KB003534

BIOHAZARD

BIOHAZARD

바이오하자드

제우미디어

프롤로그

1998년 8월 26일자 「라쿤 타임스」

시장이 '안전한 도시' 계획을 선포하다

어제 오후 시청 앞 계단에서 열린 기자회견에서 해리스 시장은 지난 여름 초, 라쿤 시티를 공포로 물들였던 잔인한 살인 사건 이후 발생한 스타스 대원들의 대량 정직 사태에 대응하기 위해 적어도 열 명의 경찰관을 새로 채용할 계획이라고 밝혔다. 경찰서장 브라이언 아이언스와 라쿤 시의회 의원들 모두가 함께 한 자리에서 해리스 시장은 라쿤 시티가 다시 살기 안전한 공동체가 될 것이며, 열한 건의 '식인 살인자' 살인과 야생동물로 인한 죽음 세 건에 대한 조사는 아직 활발히 진행 중이라며 시민과 기자들을 안심시켰다.

"지난달에 아무도 희생되지 않았다고 해서 시민들이 선출해주신 의원들이 마음을 놓을 수는 없습니다. 라쿤의 선량한 시민들은 우리의 경찰력을 믿고, 자신이 직접 뽑은 정치인들이 시민의 안전을 확보하기 위해 가능한 모든 일을 하고 있다는 사실에 안심할 수 있어야 합니다. 많은 분들이 알고 계시듯, 스타스 대원들의 정직은 영구적인 조치가 될 것으로 보입니다. 그 대원들은 살인 사건에 너무나도 미흡하게 대처했고 이후 라쿤 시티에서 자취를 감춘 것은 그들이 우리 공동체에 전혀 관심을 두지 않는다는 뜻입니다. 하지만 저는 이 자리에서 강조하고 싶습니다. 저희는 그렇지 않습니다. 여기 선 저와 아이언스 서장, 그리고 오늘 여러분 앞에 나선 의원들은 그 무엇보다도 라쿤 시티를 우리 아이들이 두려움 없이 무럭무럭 자랄 수 있는 곳으로 만들기를 염원합니다."

이어서 해리스 시장은 시민들을 안심시키고 그들이 범죄의 희생양으로 전락하는 것을 막기 위한 세 가지 계획에 대해 자세히 설명했다. 열 명에서 열두 명의 새 경찰관을 고용하는 것 외에도 시 전체에 걸쳐 내려진 통행 금지령은 적어도 9월 말까지 유효할 것이며, 아이언스 서장이 직접 서너 명의 경찰관과 형사로 구성된 대책위원회를 꾸려 올해 5월부터 7월 사이에 무려 열한 명의 목숨을 앗아간 살인자를 찾는 데 전력을 다할 것이다.

1998년 9월 4일자 「시티사이드」

엄브렐러 단지 보수 계획

라쿤 시티 시내 바로 남쪽에 위치한 엄브렐러 화학 공장에서 대규모 공사가 시작될 계획이다. 시기는 다음 주 월요일로 예정되었다. 날로 번창하는 이 제약회사가 그런 보수 작업을 진행한 건 지난 해에 이어 세 번째다. 엄브렐러의 대변인 어맨다 휘트니에 따르면 제1공장 내부에 있는 실험실 중 두 곳에 백신 합성을 위한 수백만 달러 상당의 새로운 장비를 설치하고, 건물 전체에 최첨단 보안 시스템을 적용할 예정이라고 한다. 또한 여기에 연결된 사무실 건물 모두 앞으로 몇 주에 걸쳐 컴퓨터를 업그레이드 할 것이라고 전했다. 그렇다면 시내에 교통 체증이 유발되지는 않을까?

"라쿤 경찰서 건물이 또 한 차례 공사를 마무리하고 있는 상황이라 통근하시는 분들이 막힌 도로에 불만을 품고 있다는 것을 잘 알고 있습니다. 시내 교통에 방해가 되지 않기 위해 최선을 다할 것입니다. 공사 대부분은 건물 내부에서 이루어지고, 나머지는 업무 시간을 피해 진행할 예정입니다."

독자들이 기억할지 모르지만 라쿤 경찰서 건물 앞 안뜰은 시멘트 바닥과 표층에 원인 모를 균열이 생긴 이후, 이상이 생긴 곳을 재포장하고 조경 공사도 마친 바 있다. 이때 6일간 오크 가 주변 두 블록의 통행이 차단 되었고, 차들이 우회해 지나야 했다.

최근에 왜 그리 많은 공사를 진행하느냐는 질문에 휘트니 대변인은 다음과 같이 대답했다.

"엄브렐러는 언제나 최신 기술에 발맞춘 덕분에 경쟁자보다 앞서갈 수 있었습니다. 앞으로 두어 달간 매우 바쁘겠지만 공사를 모두 마치고 나면 그러한 노력을 기울일 가치가 있었다고 느끼시게 될 겁니다."

1998년 9월 17일자 「라쿤 위클리」 사설

아이언스 서장 출마설

내년 봄 선거는 해리스 시장에게 힘든 선거가 될지도 모르겠다. 라쿤 시티 경찰 관계자에 따르면 지난 4년 반 동안 경찰 서장을 역임한 브라이언 아이언스가 다음 시장 선거에 출마하여 지금까지 세 번의 임기 동안 뚜렷한 경쟁 상대 없이 높은 인기를 누려온 데블린 해리스 시장에 맞설 것이라고 한다. 과거 스타스에 몸담기도 했던 아이언스 서장은 정계로의 진출에 대해 공식 입장을 밝히지 않았지만 이 루머를 부인하지도 않았다.

아직 해결되진 않았지만, 올 여름 도시를 휩쓴 잔인한 연쇄 살인이 멈추고 경찰력을 확대할 것이라는 계획이 발표된 이후 그의 지지율은 사상 최고에 달했다. 어쩌면 그가 해리스 시장을 시청에서 몰아낼 장본인이 될지도 모른다. 이제 남은 질문은 이것이다. 시민들은 아이언스가 지난 1994년 사이더 구역 부동산 사기에 연루되었던 사실을 눈감아줄 용의가 있을 것인가? 경찰서 건물의 일부를 사무실이 아닌 박물관처럼 바꾸어 놓은, 예술품과 인테리어 디자인에 대한 그의 다소 호화스러운 취향은 어떤가? 그가 해리스에게 도전장을 던질 계획이라고 가정한다면, 필자는 그 무엇보다도 우선 아이언스의 자산 및 부채 규모가 공개될 날을 기다리고 있을 것이다.

1998년 9월 22일자「라쿤 타임스」

도심 공원에서 청소년이 공격을 당하다

어젯밤 6시 30분 경, 시내의 버치 스트리트 공원에서 소프트볼 연습을 마치고 집으로 향하던 샤나 윌리엄슨(14세)에게 낯선 사람이 접근했다. 남자는 공원 남쪽 끝에 있는 낮은 산울타리 뒤에서 나타나 자전거를 타고 있던 윌리엄슨 양을 밀쳐 넘어뜨리고 붙잡으려 했다. 윌리엄슨 양은 몇 군데 긁힌 것 외에는 무사히 빠져나가 가까이에 사는 톰과 클라라 앳킨스 부부의 집으로 도망쳤다. 앳킨스 부인이 경찰에 신고했고, 경찰은 공원을 샅샅이 뒤졌지만 수상한 사람의 흔적을 찾지 못했다. 오늘 아침에 발표된 경찰 성명의 내용 중 윌리엄슨 양의 말을 빌리자면 이 남자는 잠시 이곳에 머무는 뜨내기처럼 보였고, 옷가지와 머리가 더러웠으며, '썩은 과일 같은 냄새'를 풍겼다고 한다. 또한 도망치는 자신을 따라오며 비틀거리고 넘어지는 것으로 보아 술에 취한 것 같다고도 덧붙였다.

5월부터 7월까지 계속되었던 식인 살인자 사건이 아직 해결되지 않은 가운데, 라쿤 시티 경찰은 이번 사건을 매우 심각하게 받아들이고 있다. 공격자의 모습이 지난 6월 빅토리 공원에서 포착된 '일당들'에 대한 목격담과 놀라울 정도로 비슷하기 때문이다. 해리스 시장은 오늘 오후 늦게 기자회견을 열었고, 그 자리에서 브라이언 아이언스 경찰서장은 새로 채용한 경찰관들 중 일부가 다음 주에 오기로 되어 있으며, 정기적인 순찰을 시내 공원 주변까지 확대키로 했다고 밝혔다.

제1장

1998년 9월 26일.

동료들이 배리의 트럭에 탄 채로 밖에서 기다리고 있는 가운데 질은 최대한 서둘렀다. 쉽지는 않았다. 마지막으로 다녀간 이후 집안이 엉망이 되었기 때문이었다. 바닥에는 온갖 책과 종이들이 흩어져 있었고, 그런 잡동사니를 잘 피해 다니기에는 집안이 너무 어두웠다. 자신의 작은 집이 이렇게 더럽혀졌다는 것은 매우 불쾌한 일이었지만 예상치 못한 것은 아니었다. 자신이 그리 감상적인 사람이 아니라는 사실이, 그리고 침입자들이 여권을 찾아 훔쳐가지 않은 게 그나마 다행이라고 해야 할까.

질은 침실의 복잡한 어둠 속에서 깨끗한 양말과 속옷을 되는대로 한 움큼 잡아 낡은 배낭 깊숙이 쑤셔 넣으면서 불을 켤 수 있으면 얼마나 좋을까 생각했다. 어둠 속에서 가방을 꾸리는 건 생각보다 훨씬 어려웠다. 집이 엉망이 되지 않았더라도 어려웠을 것이다. 하지만 질은 최대한 조심해야 한다는 걸 알고 있었다. 엄브렐러가 아직도 자기나 동료들의 집 밖에 잠복해 있을 가능성은 낮았지만, 혹시 누군가 감시하고 있다면 불 켜진 창문을 보고 대번에 공격을 해올지도 몰랐다.

'적어도 여길 떠나게 되었잖아. 더 이상 숨을 필요 없어.'

그것만으로도 충분했다. 그들은 외국으로 떠나 적의 본거지를 습격할 예정이었다. 그 와중에 목숨을 잃게 될 가능성이 농후했지만 최소한 라쿤 시티에 머무를 필요는 없게 되었다. 최근 신문에서 읽은 바에 따르면 오히려 잘된 일인지도 모른다. 지난주에만 두 건의 공격이라니….

크리스와 배리는 T-바이러스가 사람에게 어떤 영향을 미치는지 알면서도 그것이 위험의 징후라고는 생각지 않았다. 배리는 그것이 정치가들이 벌이는 일종의 PR 작전이라고, 엄브렐러가 라쿤 시티를 구원하는 것처럼 보이게 만들기 위한 수작이라고 생각했다. 크리스도 스펜서 저택 사건이 일어난 지 얼마 안 되었는데 엄브렐러가 자기 뒷마당에 똥을 싸지르지는 않을 것이라며 배리의 의견에 동의했다. 하지만 질은 그 어떤 것도 지레짐작하지 않기로 했다. 엄브렐러는 위험한 실험 물질의 외부 유출을 막을 능력이 없다는 것을 이미 입증했다. 그리고 레베카와 데이비드 트랩의 팀이 메인 주에서 발견한 것까지 생각하면….

하지만 지금은 그런 생각을 하고 있을 때가 아니었다. 시간에 맞춰 비행기를 타야 했으니까. 질은 서랍장 위에서 손전등을 잡아챈 다음 거실로 나가려다 브라를 한 벌밖에 챙기지 못했다는 걸 떠올렸다. 인상을 쓰며 몸을 돌려 열린 서랍 안을 뒤지기 시작했다. 라쿤 시티에서 도망치며 브래드가 남겨놓은 것들을 챙긴 덕에 입을 옷은 이미 충분히 가지고 있었다.

크리스와 배리, 질은 엄브렐러가 배리의 집을 공격한 이후 몇 주 동안 브래드의 빈 집에 숨어 있었다. 키 큰 크리스나 덩치 큰 배리는 브래드의 옷이 맞지 않았지만 질은 대충 몸에 걸칠 수 있었다. 하지만 여자 속옷은 브래드의 집에서 찾을 수 있는 게 아니었다. 오스트리아로 가는 비행기에서 내리자마자 브라를 사러 달려가고 싶지는 않았다.

"허영심이여, 그대의 이름은 브라 언더와이어일지니."

중얼거리며 구겨진 채 쌓인 속옷 더미를 헤집었다. 서랍을 두 번 뒤진 끝에야 원하는 것을 찾아낸 질은 속옷을 가방에 쑤셔 넣으며 자신의 월셋집 현관을 향해 달려갔다. 브래드의 집에 숨어 지낸 이후 이곳을 다시 찾은 건 이번이 두 번째였고, 앞으로 한동안 돌아오지 못하리라는 느낌이 들었다. 책장 한 곳에 꼭 챙겨 가고 싶은 아버지 사진이 있었다.

어두운 난장판을 민첩하게 통과하며 질은 한 손으로 손전등을 막아 가린 채 책장이 있는 한쪽 모퉁이에만 조심스레 빛을 비추었다. 엄브렐러에서 보낸 놈들이 책장을 넘어뜨렸지만 책을 모조리 뒤진 것 같지는 않았다. 애초에 그들이 무엇을 찾고 있었는지는 하느님만 알 것이다. 아마 스타스 대원들이 어디에 숨어 있는지 알아낼 단서 같은 것이었겠지. 배리의 집에서 공격을 받고, 캘리밴 코브에서의 작전이 처참히 끝난 이후 질은 엄브렐러가 자신들의 존재를 알면서도 무시하고 있는지도 모른다는 그 어떤 헛된 환상도 품지 않았다.

드디어 원하는 책을 찾았다. 『감옥에서의 삶』이라는 제목이 붙은, 조금은 야한 표지의 책이었다. 아마 아버지가 들었더라면 웃음을 터뜨렸을 것이다. 질은 페이지를 차르르 넘기다가 살짝 비뚤어진 미소를 띤 아버지 딕 밸런타인의 사진에서 멈췄다. 최근에 아버지가 편지와 함께 보내온 사진이었는데, 질은 이를 잃어버리지 않게 책에 끼워두었었다. 중요한 것들을 잘 숨기는 건 그녀가 어렸을 때 갖게 된 습관이었고, 그 버릇은 이번에도 다시 한 번 훌륭한 성과를 거두었다.

질은 책을 뚝 떨어뜨렸다. 그 사진을 내려다보는 동안 서둘러야 한다는 생각이 갑자기 사라졌다. 사진 속 아버지의 입술엔 희미한 미소가 걸려 있었다. 경비가 극도로 삼엄한 교도소에 갇힌 채 밝은 주황색 죄수복을 입고도 잘생겨 보이는 사람은 아마 아버지가 유일할 것이었다. 찰나였지만 아버지가 자신이 처한 상황에 대해 어떻게 생각할지 궁금해졌다. 어떻게 보면 이는 아버지의 책임이기도 했다. 애초에 스타스에 들어가게 된 계기가 아버지의 고집 때문이 아닌가. 교도소에 들어간 이후 아버지는 질에게 그 일을 그만두라고, 심지어는 딸을 도둑으로 키운 자신의 생각이 틀렸다고 말하기까지 했다.

'저는 아버지 때문에 합법적인 일을 택했어요. 사회에 해를 끼치는 대신 도움이 되는 일을 하기로 했죠. 하지만 그때 라쿤 시티 사람들이 죽어나가기 시작했어요. 그리고 생물을 괴물로 만들어버리는 바이러스를 가지고 생물학무기를 개발하려는 엄브렐러의 음모를 스타스에서 밝혀냈죠. 하지만 아무도 우리를 믿지 않았고, 엄브렐러에서 매수하지 못한 스타스 대원들은 신뢰할 수 없는 인물로 매도하거나 제거해버렸어요. 우린 지하로 숨어들어 그들의 범죄 행각에 대한 증거를 수집하려 했지만, 엄브렐러가 위험한 연구를 계속하고 선량한 사람들이 죽어가는 와중에 우린 아무런 성과도 얻지 못했어요. 이제는 유럽으로 자살 임무를 맡아 떠날 참이에요. 그들이 이 망할 지구를 파괴하려는 걸 막기 위해 수십억 달러 규모의 대기업 본사에 숨어 들어가려고요. 어떻게 생각하세요? 이렇게 말도 안 되는 이야기를 믿는다는 가정 하에 말이에요. 어떻게 생각해요, 아버지?'

"날 자랑스러워하시겠죠?"

질이 속삭였다. 자신이 소리 내어 말했다는 걸 깨닫지도, 자신의 행동이 정말 옳은지 확신하지도 못한 채 말이다. 아버지라면 당연히 딸이 덜 위험한 일을 하길 바랄 것이다. 하지만 지금 자신과 다른 동료들이 하려는 일에 비하면 도둑질은 회계사가 하는 일보다도 안전해 보였다.

한참의 시간이 흐른 뒤, 질은 사진을 조심스레 배낭 주머니에 넣고 엉망이 된 자신의 좁은 집안을 둘러보았다. 여전히 아버지에 대해, 자신의 인생이 흘러가는 기이한 방향에 대해 아버지가 할 말에 대해 생각하면서. 상황이 잘만 풀린다면 아버지를 만나 직접 물어볼 수 있을지도 모른다. 레베카 체임버스와 메인 주 임무에서 살아남은 다른 사람들은 아직도 몸을 숨긴 채 스타스 조직 내에서 자신들을 도와줄 사람들을 물색하며 크리스와 질, 배리가 엄브렐러 본사에 대해 알아낸 정보를 기다리고 있었다. 표면상으로 엄브렐러의 본사는 오스트리아에 있었다. 물론 T-바이러스를 만들어낸 장본인들은 다른 어딘가에 그들만의 비밀 연구 시설을 가지고 있을 것이라고 믿어 의심치 않았지만.

'지금 당장 움직이지 않으면 그 무엇도 알아내지 못하겠지. 지금쯤 친구들은 내가 낮잠이라도 자면서 꾸물거리는 거 아니냐고 생각할 거야.'

질은 가방을 어깨에 걸치고 마지막으로 집을 한 번 둘러본 뒤 주방을 통해 뒷문으로 향했다. 어두운 공기 중에 썩은 과일 냄새가 희미하게 맴돌았다. 냉장고 위에 놓아둔, 이미 오래 전에 곤죽이 되어버린 사과와 배에서 나는 냄새였다. 아니라는 건 알고 있었지만 그 냄새를 맡으니 등줄기에 오싹하게 소름이 돋았다. 질은 서둘러 닫힌 문으로 다가가며 스펜서 저택에서 발견한 괴물들의 모습이 선명하게 뇌리를 스치는 것을 애써 외면했다.

'부패한 채로 걸어 다니고, 축축하게 쭈그러든 손가락을 뻗으면서, 고름과 부패로 녹아내리는 얼굴에….'

"질?"

바로 바깥에서 들려온 크리스의 나지막한 음성에 질은 놀라 비명을 내지를 뻔한 것을 겨우 참을 수 있었다. 문이 열리고, 먼 곳에 켜진 가로등 빛에 크리스의 윤곽이 드러났다.

"응, 나 여기 있어. 오래 걸려서 미안. 엄브렐러가 불도저로 죄다 밀어놓는 바람에."

질이 한 걸음 나서며 대답했다. 희미한 빛 속에서도 소년 같은 그의 얼굴에 걸린 절반의 미소를 알아볼 수 있었다.

"좀비들한테 당한 줄 알았지."

크리스의 어조는 가벼웠지만 질은 그 아래 숨겨진 걱정을 느낄 수 있었다.

그가 긴장감을 풀어주려 애쓴다는 걸 알고는 있었지만 아무리 애를 써도 미소를 돌려주기는 힘들었다. 엄브렐러가 도심 외곽 숲 속에 풀어놓은 것들로 인해 너무나도 많은 사람들이 죽임을 당했다. 혹시라도 바이러스가 라쿤 시티와 더 가까운 곳에 유출되었더라면….

"재미없거든."

질이 조용히 대꾸하자 크리스의 얼굴에서 미소가 사라졌다.

"나도 알아. 준비 다 됐어?"

앞으로 다가올 일들에 대해서는 그리 잘 준비된 것 같지 않았지만 어쨌거나 질은 고개를 끄덕였다. 사실 남겨두고 떠날 것들에 대해서도 마음의 준비가 되지 않았다. 지난 몇 주라는 짧은 시간 동안 현실 감각에 엄청난 변화를 겪었다. 악몽이 곧 당연한 일이 되고 말았다.

'사악한 기업에 미치광이 과학자, 사람을 죽이는 바이러스, 거기에다가 걸어 다니는 시체들까지.'

"응. 준비 됐어."

둘은 함께 밖으로 나섰다. 문을 닫는 순간 돌연 기이하고도 불길한 확신이 머리를 가득 채웠다. 다시는 이 집에 발을 들이지 못할 것이라는, 세 사람 모두 라쿤 시티로 절대 돌아오지 못할 것이라는 확신이었다.

'우리에게 무슨 일이 생기기 때문은 아니야. 무슨 일이 생기긴 하겠지만 우리에게 일어나는 건 절대 아니야.'

질은 한 손을 문손잡이에 올린 채 얼굴을 찡그리며 말로 설명할 수 없는 이 불길한 예감을 이해하려 애썼다. 이번 정찰 임무를 무사히 마친다면, 엄브렐러와의 싸움에서 승리한다면 이곳으로 돌아오지 못할 이유가 어디 있겠는가? 그러나 정확히 짚어 말할 수는 없었지만 이 예감은 불편할 만큼 강했다. 무언가 나쁜 일이 벌어질 것이었다. 무언가….

"질, 괜찮아?"

크리스를 올려다보자 아까 보았던 그 걱정스러운 표정이 다시 그의 앳된 얼굴에 어려 있는 걸 알 수 있었다. 지난 몇 주 동안 그들은 꽤 가까워졌다. 그리고 질은 크리스가 지금보다 더 가까운 사이가 되기를 은근히 바라고 있다는 것을 눈치챘다.

'그래서, 넌 그러고 싶지 않아?'

불쾌한 일이 임박했다는 느낌이 금세 사라지고, 또 다른 불안과 불확실함이 그 자리를 채웠다. 질은 속으로 머리를 절레절레 흔들고는 그 느낌을 떨쳐버린 뒤 크리스를 향해 고개를 끄덕여 보였다. 자신의 심리를 분석하느라 늑장을 부리는 동안, 혹은 헛된 망상이든 아니든 자신의 힘으로 통제할 수 없는 일을 걱정하느라 시간을 보내는 동안 뉴욕으로 떠나는 비행기는 기다려주지 않을 것이었다.

'그래도, 그런 기분은….'

"어서 여길 떠나자."

그녀가 말했다. 그 말은 진심이었다.

둘은 바깥의 밤공기 안으로 나섰다. 무덤만큼이나 고독하고 고요한, 어둠에 잠긴 집을 뒤로 하고.

제2장

1998년 10월 3일.

산 전체에 땅거미가 내려앉으며 울퉁불퉁한 지평선을 보랏빛 황혼으로 물들였다. 구불구불한 아스팔트 도로가 다가오는 어둠을 뚫고 이어지며 구름 한 점 없는 하늘에 솟아오른 그림자 덮인 언덕에 둘러싸인 채 희미하게 반짝이기 시작한 별빛을 향해 길게 늘어졌다.

이렇게 심하게 늦지만 않았더라도 레온은 이 장엄한 광경을 감탄하며 바라보았을 것이다. 물론 제 시간에 출근할 수는 있겠지만 그보다 먼저 새 아파트에 들러 샤워를 하고, 뭘 좀 먹고 싶었다. 하지만 지금의 사정은 경찰서로 가는 길에 드라이브스루 패스트푸드점이나 들를 수 있으면 다행이었다. 마지막으로 들른 휴게소에서 제복으로 갈아입은 덕에 2분 정도는 벌었지만 망한 건 망한 거였다.

'참 잘하는 짓이다, 케네디 경관. 출근 첫 날인데 점호하면서 이

에 낀 치즈버거 조각이나 쑤시게 생겼잖아. 아주 프로다워.'

근무는 9시에 시작인데 벌써 8시가 조금 지났다. 레온은 가속 페달 위의 발에 조금 더 힘을 주었다. 방금 지나친 표지판에 의하면 라쿤 시티까지는 약 30분이 남았다. 다행히 도로는 뻥 뚫려 있었다. 세미 트레일러 두어 대를 제외하고는 지난 몇 시간 동안 사람의 그림자는 코빼기도 보지 못한 것 같았다. 뉴욕 바로 외곽에서 꽉 막힌 도로에 선 채로 오후 대부분을 날렸던 것에 비하면 기분 좋은 변화였다. 사실 조금 늦을지도 모른다고 내근 형사에게 전화를 걸려 했었지만 전화선에 문제가 있는지 통화중 신호만 계속 이어졌다.

얼마 안 되는 가구는 노동자들이 주로 모여 살지만 그리 나쁘지 않은 트라스크 지구의 스튜디오 아파트로 이미 옮겨 두었다. 두 블록도 떨어지지 않은 곳에 좋은 공원이 있고, 경찰서까지는 차로 5분이면 갈 수 있었다. 앞으로는 교통 정체에 걸려 오도 가도 못하는 일도, 사람들로 미어터지는 슬럼가도, 수시로 벌어지는 묻지마 폭행 같은 것과도 안녕이었다. 오늘 짐도 마저 풀지 못한 채로 허둥지둥 출근한 뒤에 느껴야 할 창피함을 잘 이겨낼 수 있다는 가정 하에, 레온은 평화로운 이곳에서의 삶을 고대하고 있었다.

'라쿤 시티는 뉴욕과는 정반대야. 정말 고마운 일이지. 참, 지난 몇 달간 벌어진 일만 빼면 말이야. 그런 끔찍한 살인 사건이 이곳에서 벌어지다니….'

그럼에도 레온은 그 생각에 아주 작은 스릴을 느꼈다. 물론 라쿤 시티에서 벌어진 일은 참혹하기 그지없고 역겨운 것이었지만 범인은 아직 잡히지 않은 채로 수사가 이제 막 시작 단계에 있었다. 아이언스 서장이 자신을 마음에 들어 한다면, 경찰학교의 윗선들이 그를 아꼈던 것만큼만 좋아해준다면 그 사건에 참여할 기회가 생길지도 몰랐다. 소문에 의하면 아이언스 서장은 조금 재수 없는 놈이라고 하지만 훈련을 받으며 보였던 레온의 실력은 흠잡을 데 하나 없었다. 아무리 재수 없는 사람이라도 그 정도면 레온의 실력을 인정해야 하리라. 경찰 아카데미를 10등 안으로 졸업한 그가 아닌가.

게다가 라쿤 시티는 처음 와본 곳도 아니었다. 조부모님들이 살아계실 당시에는 여름방학만 되면 이곳에 와서 지냈었다. 그때만 해도 라쿤 경찰서 건물은 도서관이었고, 엄브렐러가 이 작은 마을을 도시로 바꾸어놓기 3, 4년 전이었다. 그래도 여러 가지 면에서 이곳은 그가 어린 시절 기억하던 것과 똑같이 조용하고 평화로운 곳이었다. 식인 살인자들을 체포하고 나면 라쿤 시티는 다시 이상적인 곳, 아름답고, 깨끗하고, 비밀의 낙원처럼 산맥 사이에 자리 잡은 화이트칼라들의 평화로운 공동체로 돌아갈 것이었다.

'이곳에 적응을 마치고 한두 주쯤 지나면 내가 보고서를 얼마나 잘 쓰는지, 사격 솜씨가 얼마나 좋은지 서장이 알아챌 거야. 탐문 수사를 도울 수 있게 세부 내용을 알아두라며 사건 파일을 보라고 하겠지. 그때 내가 지금껏 누구도 알아내지 못한 단서를 찾아내는 거야. 살인 패턴 같은 게 있을지도 모르고, 아니면 두 명 이상의 희생자에게서 공통으로 나타나는 살인 동기라든가…. 아니면 목격자 보고서에서 지금까지 사람들이 잘못 이해하고 있었던 부분을 찾아내는 거야. 지금껏 너무 오랫동안 이 사건에 집중하고 있어서 오히려 아무도 그걸 찾아내지 못한 거지. 그런데 새로 등장한 신참, 경

찰 아카데미를 졸업한 지 한 달도 안 된 이 몸이 짠! 하고 나타나 사건을 해결한다면….'

그때 지프차 앞으로 무언가가 달려들었다.

"앗!"

레온이 백일몽에서 깨어남과 동시에 브레이크를 밟으며 핸들을 틀었다. 비명 같은 소리와 함께 타이어가 미끄러지자 그는 제멋대로 돌아가는 차를 통제하기 위해 안간힘을 썼다. 지프는 결국 도로를 따라 늘어선 어둑해진 나무들 방향으로 반쯤 돌았고, 마지막으로 거칠게 한 번 덜컹거리며 갓길에 겨우 멈췄다.

심장이 쿵쾅대고 뱃속은 잔뜩 긴장한 채, 레온은 창문을 내리고 목을 길게 빼어 방금 고속도로 한복판으로 뛰어든 동물을 찾아 주변을 훑어보았다. 부딪치지는 않았지만 아슬아슬했다. 또렷이 보지는 못했는데 일종의 개, 그것도 꽤 큰 종류 같았다. 셰퍼드나 아니면 덩치가 큰 도베르만일지도 몰랐지만 어딘가 모르게 이상한 모습이었다. 찰나의 순간에 불과했지만 눈이 불타듯 붉었던 것과, 날렵한 늑대 같은 몸을 알아챌 수 있었다. 그리고 그밖에도 뭔가가 있었다. 그러니까 뭐라고 표현해야 할지….

'몸이 미끄덩거렸다? 아니야, 빛이 반사되어서 그랬거나 너무 놀라서 잘못 본 걸 거야. 괜찮아. 치진 않았고 너도 다치지 않았어. 그게 중요한 거지.'

"세상에."

그가 다시 한 번, 이번에는 나직이 내뱉었다. 솟구치던 아드레날린이 물러가고 나자 안심이 되는 동시에 갑자기 화가 나기도 했다.

개들을 마음대로 풀어놓는 건 멍청이들이나 하는 짓이었다. 애완동물이 자유롭게 움직였으면 좋겠다고 지껄여대고는 그것이 차에 납작하게 눌리고 나서야 놀란 시늉을 하는 머저리들.

지프가 멈춘 곳에서 몇 미터 떨어진 곳에는 '라쿤 시티까지 16킬로미터'라고 적힌 표지판이 있었다. 점점 더 짙어지는 어둠 속에서 글씨를 겨우 알아볼 수 있었다. 레온은 시계를 힐끗 쳐다보았다. 아직 30분 정도가 남아 있으니 시간은 충분했다. 무슨 이유인지 그는 눈을 감고 깊이 숨을 들이쉬면서 잠시 앉은 채 가만히 있었다. 상쾌한 소나무 향기를 실은 바람이 얼굴을 덮었고, 아무도 없는 긴 도로는 거의 비정상적일 정도로 조용했다. 마치 주변의 모든 생물이 숨을 멈춘 채로 기다리고 있는 것처럼. 심장 박동이 조금 더 정상적으로 돌아왔지만 놀랍게도 레온은 아직도 불안했고 심지어 초조하기까지 했다.

'라쿤에서 벌어진 살인 사건들. 그 중 몇 명이 동물의 공격을 받아 죽지 않았어? 들개 같은 것 아니었나? 어쩌면 아까 그건 누군가의 애완동물이 아닐지도 몰라.'

불안한 생각이었다. 그리고 그보다 더 불안한 건 아까 그 개가 아직 가까이에, 나무 사이 어둠 속에서 자신을 지켜보고 있을지도 모른다는 갑작스러운 느낌이었다.

'라쿤 시티에 온 걸 환영합니다, 케네디 경관. 널 지켜보고 있는 것들을 조심하라고.'

"바보 같이 굴지 마."

레온이 중얼거렸다. 자기 입에서 흘러나온 어른스럽고 단호한 목소리에 기분이 조금 나아졌다. 대체 언제쯤이면 아이 같은 상상력에서 벗어나게 될까, 가끔 그런 생각이 들곤 했다.

'아이처럼 나쁜 놈들을 때려잡는 상상이나 하더니 이제는 숲에 숨어 있는 살인마 개까지 만들어내기야? 나잇값 좀 하라고, 레온, 응? 넌 경찰이야. 어른이라고.'

레온은 시동을 켜고 다시 도로로 올라갔다. 어린애 같은 자신의 행동을 꾸짖는 내면의 목소리에도 불구하고 어쩐지 이상한 불안감이 마음 한 구석을 떠나지 않았다. 새 일을 맡게 되었고, 작지만 전도유망한 좋은 도시에 좋은 아파트도 얻었다. 그는 유능하고, 똑똑하고, 생긴 것도 나쁘지 않았다. 지나친 상상력만 통제한다면 모든 일이 잘 풀릴 것이었다.

"그래서 지금 그곳으로 가고 있잖아. 얼른 가자고."

불안감을 떨치기 위해 중얼거리며 억지로 미소를 지었다. 지금 상황에 어울리지는 않았지만 마음에 평화를 되찾기 위해서는 꼭 필요한 것처럼 느껴졌다. 그는 희망에 찬 새로운 삶을 위해 라쿤 시티로 가고 있었다. 불안해 할 것 하나 없었다. 아무것도….

클레어는 신체적으로나 감정적으로나 모두 지쳐 있었다. 거기다가 지난 두 시간 동안 엉덩이가 말할 수 없이 아프다는 것도 현 상황을 긍정적으로 바라보는 데 전혀 도움이 되지 않는 사실이었다.

할리 데이비슨 오토바이의 묵직한 엔진음이 마치 뼛속 깊숙이 파고드는 것 같았고, 반대로 가슴은 표현할 수 없는 불안감에 연신 두근거렸다. 물론 최악은 극도로 쑤시고 뜨거운 엉덩이였다. 게다가 벌써 어두워지기 시작했고, 바보처럼 가죽으로 된 보호복도 입지 않고 있었다. 크리스가 이걸 본다면 무섭도록 화를 낼 것이었다.

'주변이 떠나가라 고함을 치겠지. 하지만 그래도 괜찮아. 제발, 오빠, 거기 있어야 해. 이런 바보 같은 여동생에게 마음껏 화를 내줘.'

오토바이가 굉음을 내며 어두운 도로를 따라 달리자 엔진 소리가 경사진 언덕과 어둠에 잠긴 나무들에 부딪혀 메아리를 만들었다. 클레어는 조심스레 모퉁이를 돌았다. 그러면서 이곳을 지나는 차들이 거의 없다는 걸 눈치챘다. 혹시 사고라도 난다면 누군가에게 발견되기까지 얼마나 걸릴지 알 수 없었다.

'발견되는 게 뭐가 중요하겠어. 제대로 된 장비도 없이 사고가 나면 아마 내 잔해를 아스팔트에서 박박 긁어내야 할 걸.'

멍청한 짓이었다. 뭐가 그리 바빠서 보호복도 못 입었을까. 하지만 크리스에게 무슨 일이 벌어진 게 분명했다. 아니, 도시 전체에 무슨 일이 벌어진 것이 틀림없었다. 지난 2주 동안 오빠에게 문제가 생겼다는 느낌이 점점 더 강해지더니 확신이 되어 버렸다. 그러던 와중, 그날 아침에 걸었던 전화가 계속되던 의심을 확실한 것으로 만들어버렸다.

'아무도 전화를 받지 않아. 아무도. 마치 라쿤 시티 전체가 주소나 전화번호 하나 남기지 않고 이사를 가버린 것처럼.'

정말로 으스스한 일이었다. 물론 클레어는 라쿤 시티 자체에 대해서는 신경도 쓰지 않았다. 문제는 크리스가 거기에 있다는 것이었다. 혹시라도 오빠에게 나쁜 일이라도 벌어졌다면….

아니, 그럴 수 없었다. 그런 생각은 할 수 없었다. 그녀에게 남은 건 오빠뿐이었다. 아버지는 남매가 어릴 때 건설 현장에서 사고로 돌아가셨고, 어머니는 그로부터 3년 뒤 자동차 사고로 숨을 거두셨다. 오빠인 크리스가 그 이후로 부모 노릇을 대신해왔다. 나이 차이가 크지 않으면서도 오빠는 그녀가 대학교를 선택하고, 꽤 괜찮은 심리치료사를 찾는 것을 도와주었다. 심지어 보험금 말고도 '남아도는 돈'이라며 매달 조금씩 용돈을 보내주기도 했다. 그리고 그 무엇보다도 크리스는 한 번도 거르지 않고 2주에 한 번씩 전화를 걸어주었다.

그런데 지난 한 달 반 동안에는 전혀 전화를 하지 않았고, 클레어의 전화를 받지도 않았다. 지나친 걱정은 실없는 짓이라고 스스로를 납득시키려 애도 써봤다. 드디어 여자 친구가 생겼을지도 모르고, 스타스에 대체 무슨 일이 있는 건지는 몰라도 정직 문제에 무언가 변화가 생긴 건지도 몰랐다. 하지만 전화뿐 아니라 세 통의 편지에도 답장이 없었다. 며칠 동안 전화기 앞에 앉아 기다리던 그녀는 마침내 그날 오후 라쿤 경찰서에 전화를 걸어보았다. 거기 있는 누군가가 오빠에게 무슨 일이 있는지 알려줄지도 모른다는 희망을 품고서 말이다. 하지만 돌아오는 건 통화중 신호뿐이었다.

기숙사 방에 앉은 채로 그 영혼 없는 기계음을 들으며 클레어는 진심으로 걱정을 하기 시작했다. 라쿤 시티 같은 소도시 경찰이라 해도 현장과의 연락을 위해 음성사서함 시스템은 갖추고 있었다.

머릿속으로 겁먹지 말라고 자신에게 되뇌었다. 전화선이 먹통이라고 해서 기겁할 필요 없다고 말이다. 하지만 머릿속에서는 이미 무슨 일이 터진 게 분명하다고 악을 쓰고 있었다. 그녀는 떨리는 손으로 가지고 있던 전화번호부를 뒤져 크리스의 친구 몇 명에게 전화를 해보았다. 위급한 일이 생기거나 자신이 집에 없을 때 걸라며 크리스가 알려준 전화번호들이었다. 스타스 동료인 배리 버튼, 에미스 식당, 그녀가 직접 만난 적은 없는 데이비드 포드라는 이름의 경찰. 심지어 빌리 래빗슨에게도 전화를 해보았다. 그가 몇 달 전에 실종되었다고 크리스가 알려주었는데도 말이다. 그러자 데이비드 포드의 집에서 이미 메시지로 꽉 찬 자동응답기가 전화를 받은 것을 제외하고는 모두가 통화중이었다.

수화기를 내려놓을 즈음 걱정은 패닉에 가까운 정도로 바뀌었다. 대학교에서 라쿤 시티까지는 차로 6시간 반 정도 거리에 불과했다. 룸메이트가 새로 사귄 남자친구와 오토바이를 타러 간다며 클레어의 보호복을 빌려갔지만 헬멧은 하나 더 있었다. 안 그래도 겁에 질린 머릿속에 패닉에 가까운 기분까지 덧붙여지자 더는 가만히 있을 수 없었고, 그래서 무작정 헬멧을 집어 들고 오토바이에 올랐던 것이다.

'멍청하다? 그럴지도. 충동적이다? 당연하지. 크리스가 무사하다면 내가 얼마나 우스꽝스러운 피해망상에 사로잡혀 있었는지 둘이 같이 배꼽이 빠지도록 웃어주겠어. 하지만 거기에서 무슨 일이 벌어지고 있는 건지 알아내기 전까지는 불안에 떨면서 지내야 할 거야.'

마지막 남은 햇빛이 구름 없는 하늘에서 서서히 사라지고 있었지만 보름달에 가깝게 차오른 달과 오토바이 헤드라이트 덕에 앞을 보는 데는 문제없었고, 왼편으로 앞에 서있는 '라쿤 시티까지 16킬로미터'라는 작은 표지판 또한 보기에 충분하고도 남았다.

크리스는 무사하다고, 라쿤 시티에 이상한 일이라도 일어났다면 벌써 누군가가 알았을 거라고, 생각하고 또 생각하며 클레어는 육중한 오토바이를 운전하는 데 다시 정신을 집중했다. 조금만 지나면 완전히 어두워지겠지만 오토바이를 타기에 위험할 정도가 되기 전까지는 라쿤 시티에 도착할 것이었다.

라쿤 시티가 안전하든 아니든, 이제 곧 알아낼 수 있을 것이다.

제3장

레온은 출근 시간까지 20분을 남긴 채 마을 외곽에 도착했지만 제대로 된 식사는 나중으로 미뤄야겠다고 생각했다. 이전에 경찰서에 가본 적이 있는 터라 거기에 자판기가 두어 대 있는 걸 알고 있었고, 허기를 달래줄 간식을 조금 먹으면 괜찮을 것 같았다. 물론 오래된 사탕이나 땅콩 같은 걸 먹을 생각을 하니 배고프다고 아우성치는 뱃속이 부글대는 것 같았지만 뉴욕의 무시무시한 교통체증을 미리 고려하지 않은 건 그 자신의 잘못이니 누구를 탓할 수도 없었다.

시내로 들어오는 동안 곤두섰던 신경이 조금 누그러졌다. 도심 동쪽으로 자리한 작은 농장도 몇 군데 지나쳤고, 축제 마당과 보관 창고들도 있었다. 그리고 마침내 라쿤 시티 외곽과 도심가가 나뉘는 경계에 있는 휴게소에 닿았다. 머지않아 자신이 이 외곽 도로들을 순찰하고, 안전하게 보호해야 한다는 생각이 들자 갑작스레 뿌듯함과 함께 상당한 자부심마저 느껴졌다. 열린 창문 사이로 들어오는 초가을 공기는 기분 좋게 상쾌했고, 떠오르는 달이 눈에 보이는 모든 것을 은색 빛으로 덮었다. 그리고 출근 시간에 늦지도 않았다. 이제 그는 공식적으로 라쿤 시티의 경찰관이 되는 것이다.

무언가 아주 잘못되었다는 걸 느낀 건 바이비 가로 접어든 뒤 라쿤 시티 경찰서로 이어지는 남북으로 길게 뻗은 중심가 중 하나로 향했을 때였다. 처음 몇 블록에서는 그저 조금 놀랐을 뿐이었지만 다섯 번째 블록에 다다르자 그는 일종의 쇼크 상태에 빠졌다. 단순히 이상한 게 아니었다. 그건… 그건 불가능했다.

바이비 가는 도심으로 접어들어 처음 만나는, 동쪽에서부터 이어진 거리로서 건물이 빈 공터보다 훨씬 많았다. 커피숍과 저렴한 식당이 서너 군데 있었고, 오로지 공포영화와 섹시 코미디만 상영하는 싸구려 극장도 있었다. 따라서 이곳이 라쿤의 젊은이들에게는 가장 인기 있는 집합소였다. 겨울에 스키를 타기 위해 몰려드는 대학생들에게 직접 양조한 맥주와 따뜻한 럼 음료를 파는 제법 세련된 술집들도 있었다. 토요일 밤 9시 15분 전, 바이비 가는 사람들로 들썩여야 했다.

하지만 길가에 늘어선 1층 내지 2층 벽돌 건물의 상점과 식당들은 거의 모두 어두웠고, 조명이 켜진 몇몇 건물들은 안에 아무도 없는 것처럼 보였다. 좁은 도로를 따라 주차된 차들은 많았지만 그의 눈에 들어오는 사람은 하나도 없었다. 평소 이성을 만날 목적으로 주변을 어슬렁거리는 청소년과 대학생들이 가득하던 바이비 가가 완전히 버려진 것이다.

'다들 어디 간 거야?'

조용한 거리를 천천히 움직이며 레온은 답을 찾으려, 이유를 찾으려 필사적으로 생각했다. 다시 한 번 자신을 휘감은 식은땀 나는 불안감을 덜어줄 그 어떤 원인이라도 좋았다. 교회 행사라든가 대규모 스파게티 나눔 행사 같은 게 있는지도 몰랐다. 아니면 라쿤 시티에서도 옥토버페스트(독일의 맥주 축제-옮긴이)같은 걸 하기로 결정했는데, 오늘이 대망의 첫날인지도 몰랐다.

'하지만 모든 사람이 동시에 다 사라진다고? 얼마나 대단한 파티이길래?'

그제야 레온은 라쿤 시내 16킬로미터 밖에서 개를 칠 뻔 한 이후로 도로에서 단 한 대의 자동차도 보지 못한 것을 깨달았다. 한 대도 없었다. 정말이지 오싹하기 짝이 없는 그 깨달음과 함께 또 다른 생각이 떠올랐다. 그것만큼 극적이진 않지만 확실히 훨씬 더 즉각적인 것이었다.

어디선가 고약한 냄새가 났다. 아니, 똥냄새 같기도 했다.

'세상에, 스컹크라도 죽었나. 죽기 전에 제 몸에다 구토까지 한 게 분명해.'

이미 자동차 속도를 줄인 상태였고, 앞으로 한 블록 지나 파월 가에서 좌회전을 할 계획이었다. 하지만 그 끔찍한 악취와 사람이라고는 코빼기도 찾아볼 수 없다는 사실이 합쳐져 정말 심각하게 오싹해지기 시작했다. 멈춰서 주변을 둘러봐야 할지도 몰랐다. 어딘가에 사람이 있을….

"오, 저기요…."

레온이 씩 웃었다. 혼란스럽던 머릿속을 뚫고 안도감이 느껴졌다. 모퉁이에 사람 두 명이 서있는 것 아닌가. 거의 바로 앞에 있는 것이나 다름없었다. 그들과 가까운 곳의 가로등이 꺼져 있었지만 실루엣은 뚜렷하게 볼 수 있었다. 여자는 치마를 입고 있었고, 덩치가 큰 남자는 작업화를 신은 차림이었다. 가까이 다가가자 파월 가를 따라 남쪽으로 이동하고 있는 그들이 더 자세히 보였다. 비틀거리는 모양새로 보아 엄청나게 취한 게 분명했다. 두 사람 다 문구점 때문에 드리운 그림자 속으로 휘적휘적 걸어가더니 시야에서 사라졌다. 하지만 자신도 어차피 같은 방향으로 가고 있었으니 잠시 멈춰 무슨 일이 있는지 물어보아도 아무 문제가 없을 것 같았다.

'방금 오켈리스 술집에서 나왔나본데. 꽤 많이 마셨나 봐. 하지만 운전만 하지 않는다면야 괜찮지. 오늘밤 대규모 무료 콘서트나 도시 전체가 함께 하는 바비큐 뷔페 같은 거라도 열린다는 말을 듣는다면 걱정했던 게 겸연쩍어지겠는걸.'

안도감에 잔뜩 기분이 들뜬 레온은 모퉁이를 돌아 캄캄한 그림자 속을 자세히 들여다보기 위해 눈살을 찌푸렸다. 두 사람은 보이지 않았지만 문구점과 보석상 사이에 좁은 골목이 하나 있었다. 술 취한 두 친구가 노상방뇨를 하러 찾아 들어간 건지, 아니면 그보다 덜 불법적인 일을 하러 간 건지….

"앗!"

그때 거리에서 푸드덕 갑작스레 날아오른 대여섯 마리의 어두운 형체 때문에 레온이 급하게 브레이크를 밟았다. 자동차 헤드라이트에 비친 그 모습은 마구 나부끼는 거대한 잎사귀들 같았다. 깜짝 놀란 그가 자신의 눈에 들어온 게 새들이라는 걸 깨닫기까지 족히 1초는 걸렸다. 새들은 울지 않았다. 공중으로 날아가는 새들의 바싹 마른 날개가 바스락거리는 소리를 들을 수 있을 정도로 가까웠는데도 말이다. 늦은 밤, 차에 치여 죽은 동물의 사체를 가지고 만찬이라도 즐기고 있었던 걸까. 도로 위에 쓰러진 건….

'오, 하느님.'

도로 한복판에 누워 있는 건 사람의 시신이었다. 레온의 지프 차 앞에서 5미터 남짓 떨어진 곳이었다. 얼굴이 바닥을 향해 있었지만 여자 같아 보였고, 한때 흰색이었을 블라우스 대부분이 붉은색 액체로 뒤덮여 있는 것으로 보아 술에 취해 위험한 곳에서 잠들어버린 대학생은 아닌 것 같았다.

'뺑소니 사고 희생자야. 어떤 놈이 차로 치고는 도망친 거지. 세상에, 이런 일이….'

레온이 자동차 시동을 끄고 몸을 반쯤 차 밖으로 내밀었을 때, 그제야 머릿속을 빠르게 돌고 있던 생각이 그를 멈춰 세웠다. 레온은 한 발을 아스팔트에 내린 채 잠시 머뭇거렸다. 시원하고 고요한 공기 중에 죽음의 악취가 심했다. 생각은 자꾸 그가 원치 않는 방향으로 향했지만 그것을 따르는 편이 나을 것 같았다. 이건 훈련 상황 같은 게 아니었다. 자신의 목숨이 달린 문제였다.

'뺑소니 사고가 아니라면 어떻게 할 거야? 총을 든 사이코가 묻지마 총격을 가하고 있어서 다들 몸을 피한 거라면? 다들 건물 안에 숨어 있는 건지도 몰라. 경찰이 오고 있을 거야. 그리고 아까 그

사람들은 술에 취한 게 아니라 총에 맞고 도움을 구하러 돌아다니는 건지도 몰라.'

레온은 다시 지프 안으로 몸을 들여놓은 뒤 조수석 아래를 더듬거리며 졸업 선물로 받은 권총을 찾았다. 이스라엘에서 수입한, 10인치 총열이 달린 주문 제작한 데저트 이글 매그넘 0.50구경이었다. 두 분 다 경찰이었던 아버지와 삼촌이 돈을 모아 산 것이라고 했다. 라쿤 시티에서 공식적으로 지급하는 무기는 아니었지만 그보다 훨씬 더 강력했다. 글러브박스에서 탄창 하나를 꺼내 권총에 끼우고, 약간 떨리는 손에 묵직한 무기를 쥐자, 이 권총이 지금껏 받았던 것 중에 최고의 선물이 분명하다는 생각이 들었다. 일단 경찰 행동 수칙에 따라 벨트에 찬 주머니에 탄창 두 개를 더 넣었다. 탄창마다 각 여섯 발이 들어 있었다.

장전된 총을 바닥에 겨눈 채 그는 지프에서 내려 재빨리 주변을 둘러보았다. 어두운 라쿤 시티는 그다지 익숙지 않았지만 주변이 이 정도로 어두워선 안 된다는 것만은 확실했다. 파월 가를 따라 더 멀리 있는 가로등 서너 개가 총을 맞았는지 불이 꺼져 있었고, 피투성이 시신을 뒤덮은 그림자는 매우 어두웠다. 지프차의 헤드라이트가 없었다면 아마 앞을 전혀 보지 못했을 것이다.

레온은 천천히 앞으로 움직였다. 비교적 믿을 만한 엄폐물인 지프를 벗어나자 너무나도 위험에 노출된 듯한 느낌이 들었지만 그녀가 아직 살아있을 수도 있었다. 가능성은 낮아 보였지만 일단 확인은 해야 했다.

몇 걸음 더 가까워지자 정말로 젊은 여자라는 걸 알아볼 수 있었다. 축 늘어진 붉은 머리칼에 얼굴이 가려졌지만 무릎 아래까지 내려오는 청반바지와 플랫 슈즈 같은 옷차림으로 보아 여자가 맞았다. 피에 젖은 블라우스에 대부분 가려 있었지만 상처가 수십 개는 되는 것 같았다. 축축한 옷에 난 삐죽삐죽한 구멍들 사이로 찢어져 번들거리는 살점과 진홍색 근육층이 보였다.

힘겹게 침을 꿀꺽 삼킨 레온이 재빨리 권총을 왼손으로 바꿔 쥐고 여자 옆에 쭈그리고 앉았다. 경동맥에 손가락 두 개를 대고 가볍게 누르자 차갑고 축축한 피부가 물컹하게 느껴졌다. 몇 초가 흘렀다. 겁에 질린 어린 아이가 된 것처럼 느껴지는, 길고 긴 몇 초였다. 그는 심폐소생술 방법을 떠올리며 기도를 하는 동시에, 그녀의 맥박을 찾으려 애썼다.

'다섯 번 누르고, 두 번 짧게 숨을 불어넣고, 팔꿈치는 몸에 딱 붙인 채로, 제발, 죽은 게 아니길….'

맥박은 느껴지지 않았고, 단 1초도 기다리고 싶지 않았다. 레온은 매그넘을 벨트에 끼운 다음 여자가 숨을 쉬는지 확인하기 위해 몸을 뒤집으려고 두 어깨를 잡았다. 어깨를 잡은 손에 힘을 주어 들려는 순간, 그의 눈에 무언가가 들어왔다. 그녀를 다시 내려놓게 만드는, 가슴 속에서 심장이 굳어버리는 듯한 광경이었다.

희생자의 블라우스가 바지에서 빠져나와 등뼈와 갈비뼈 일부가 겉으로 드러난 것이 눈에 보였다. 아직 살점이 붙은 척추 뼈가 붉게 번들거렸고, 좁다랗게 휘어지는 갈비뼈가 갈가리 찢어진 조직 덩어리 사이로 사라졌다. 그건 마치… 공격을 당해 쓰러진 희생자를 무언가가… 뜯어 먹은 것 같았다. 그때까지 중요하지 않은 것으로 여기던 정보가 돌연 머리에 인식되고, 몇 가지 사실이 퍼즐 조각처럼 맞춰지자 레온은 처음으로 진정한 의미의 공포가 칠흑 같은 검은색 덩굴손처럼 자신의 머릿속으로 슬금슬금 파고드는 것을 느꼈다.

'까마귀가 한 짓이 아니야. 그러려면 몇 시간은 걸렸겠지. 까마귀가 일몰 뒤에 떼로 사냥을 다닌다는 얘기도 들어본 적이 없고. 그리고 그 똥냄새 같은 건 이 여자한테서 나는 게 아냐. 그녀는 죽은 지 얼마 안 되었어. 그리고….'

식인 살인자. 살인 사건.

아니, 그럴 리 없었다. 그런 일이 일어나려면, 사람이 도로 한복판에서 죽임을 당하고 부분적으로 먹히기까지 했는데 아무도 도와줄 사람이 없으려면….

'거기다가 까마귀 떼가 시신을 파먹으러 오기까지 충분한 시간이 흐르려면…. 그런 일이 일어나려면 살인자들이 이 도시 인구 전체, 최소한 거의 대부분을 살해했어야 하는 거 아냐? 그럴 가능성이 있기나 할까? 있다고 쳐. 그럼 대체 이 냄새는 뭐야? 다들 어디 간 거야?'

그때 레온 뒤에서 낮고 나지막한 신음소리가 들려왔다. 질질 끄는 발소리, 그리고 또 다른 소리가 있었다. 무언가 축축이 젖은 소리였다.

벌떡 일어서 몸을 돌리고, 본능적으로 매그넘에 손을 뻗기까지 단 1초도 걸리지 않았다. 소리의 정체는 아까 보았던 술 취한 두 사람이었다. 그들이 휘청휘청 레온을 향해 다가오고 있었고, 이번에는 우람한 덩치의 또 다른 남자까지 합류했다. 그 남자의 윗도리는….

그의 윗도리는 온통 피투성이였다. 그의 두 손도. 입에서는 피가 뚝뚝 떨어지고 있었다. 힘없이 늘어진 붉은색 입은 그의 창백하고 부패한 얼굴 속에 마치 고름이 흐르는 상처처럼 자리 잡고 있었다. 또 다른 남자, 작업화를 신고 멜빵바지를 입은 덩치 큰 남자도 상태가 거의 비슷해 보였다. 금발 여자가 입고 있는 분홍색 블라우스 앞부분 사이로 보이는 가슴에는 어두운 색 물질과 함께 곰팡이가 점점이 피어 있었다.

세 사람이 레온을 향해 비틀거리며 다가왔다. 그의 지프차를 지나, 창백한 두 손을 앞으로 쳐들고, 굶주린 듯 울부짖는 신음 소리를 내뱉으면서 말이다. 덩치 큰 남자의 코에서 어두운 색 액체가 부글거리며 흘러나오더니 뭐라고 달싹거리는 입술을 가로질러 흘러내렸다. 그 끔찍한 악취가 시신이 부패한 냄새였고, 그것이 저 세 명에게서 나는 것임을 깨달은 레온은 이 사실을 어떻게 받아들여야 할지 아무런 생각도 들지 않았다.

그리고 또 하나가 나타났다. 거리 맞은편 작은 계단 문에서 걸어나온 젊은 여자는 얼룩진 티셔츠를 입었고, 무표정한 얼굴에 머리를 당겨 하나로 묶고 있었다.

그때 뒤에서 신음 소리가 들렸다. 레온이 힐끗 뒤를 돌아보자 짙은 색 머리칼에 두 팔이 다 썩은 젊은 남자가 차양 그림자가 덮인 보도에서 휘청거리며 걸어오고 있었다.

레온은 매그넘을 들어 가장 가까이에 있는 멜빵바지 남자를 겨냥했지만 그의 본능은 당장 도망치라고 악을 써댔다. 그는 겁에 질렸지만 훈련받은 이성은 이 모든 일에 마땅한 이유가 있을 거라고, 저들은 사람이지 걸어 다니는 시체가 아니라고 고집을 피워댔다.

'통제, 절차, 넌 경찰이라고.'

"좋아! 더 이상 가까이 오지 마! 움직이지 마!"

그의 목소리는 강하고, 권위가 실려 있었으며, 그는 경찰 제복을 입은 상태였다.

'하느님 맙소사, 왜 멈추질 않는 거야!'

멜빵바지 남자가 다시 한 번 신음을 뱉었다. 자신의 가슴을 향해 겨눠진 권총 따위는 알아보지도 못하는 것 같았다. 뒤에 따라오는 다른 이들까지, 이제 그들은 3미터도 채 떨어지지 않았다.

"움직이지 마!"

레온이 다시 말했다. 자신의 목소리에 담긴 두려움이 그를 한 걸음 뒤로 물러나게 만들었다. 좌우를 다급히 살피자 신음을 흘리며 비틀대는 더 많은 사람들이 그림자 밖으로 나오고 있음을 알 수 있었다.

무언가가 레온의 발목을 잡았다.

"안 돼!"

그가 소리치며 획 권총을 돌렸다.

뺑소니 사고 희생자가 피로 떡이 된 손으로 그의 발을 붙잡고는 엉망이 된 자기 몸을 끌어당기려 하는 것이 아닌가. 그녀가 처절한 굶주림의 신음을 흘렸고 그에 화답하듯 반대편의 놈들이 비명을 높였다. 그녀가 군화를 신은 그의 발을 깨물려 하자, 까진 턱 아래로 피가 섞인 침이 줄줄 흘러 가죽 신발 위로 떨어졌다.

레온이 그녀의 등을 쏘았다. 날카로운 폭발성에 그의 발목을 잡은 손이 떨어져 나갔다. 그렇게 가까이에서 쏘았으니 심장이 산산조각 났을 것이다. 희생자는 경련을 일으키더니 다시 도로 위로 쓰러졌다.

레온이 몸을 돌리자 이제 그들은 1.5미터도 되지 않은 거리에 있었다. 두 발을 더 쏘자 가장 가까이에 있던 사람의 가슴에 붉은 꽃송이가 피어났다. 총알 사입구에서 진홍색 피가 튀었다.

멜빵바지 남자는 상체에 난 두 개의 총알 구멍에도 아랑곳하지 않았다. 그의 비틀거리는 걸음은 오직 한 순간 멈칫거릴 뿐이었다. 그가 피투성이 입을 열더니 배가 고프다는 듯 가냘프게 울어대며 다시 양 손을 올렸다. 마치 앞에 선 레온이 굶주림의 고통을 덜어줄 장본인이라도 되는 듯 말이다.

'마약이라도 한 게 분명해. 이 정도 화력이면 코끼리도 쓰러뜨린다고.'

레온이 뒤로 물러서며 다시 한 번 총을 쏘았다. 그리고 또 한 번. 또 한 번. 다음 순간, 빈 탄창이 도로에 떨어졌다. 또 다른 탄창이 철컥 끼워지고, 또 여러 발의 총알이 발사되었다. 그런데도 그들은 악취를 풍기는 몸을 찢어 놓은 총알을 느끼지 못하는 듯 계속 다가오기만 했다. 악몽이었다. 끔찍한 공포 영화였다. 현실이 아니었다. 하지만 이걸 현실로 받아들이지 않으면 죽게 될 거라는 것도 알고 있었다. 이… 것들에게 산 채로 먹혀서 말이다.

'말 해, 레온 케네디. 말 하라고. 좀비라고 말해.'

자동차로부터 점점 멀어지며 레온은 계속해서 방아쇠를 당겼다.

제4장

이 동네 사람들은 밤에 나와 놀지도 않나. 죽은 동네나 다름없었다.

라쿤 시내로 들어설 때 두어 명의 사람들이 돌아다니는 것을 보았지만 사실 일반적인 마을이라면 그것보다 훨씬 많은 사람들로 북적여야 했다. 아니, 동네가 완전히 버림받은 것이나 다름없었다. 눌러쓴 헬멧 때문에 시야가 상당 부분 가려지긴 했지만 확실히 시내의 동쪽 끝에는 활발한 움직임이 부족했다. 사람뿐 아니라 다니는 차 역시 없었다. 그것이 무척 이상하게 느껴졌지만 오후 내내 머릿속으로 상상하고 있던 온갖 대재앙들을 생각하면 그렇게 불길한 것만은 아니었다. 적어도 라쿤 시티가 아직 존재하고 있지 않은가. 그리고 파월 가에 있는 24시간 영업하는 식당 쪽으로 향하자 꽤 많은 사람들이 골목 한가운데로 걸어 다니는 것을 볼 수 있었다. 지난번 여기 왔을 때의 기억에 비추어봤을 때 저들은 술에 취한 대학생들이 분명했다. 사고를 치고 다니긴 해도 대재앙을 몰고 온다는 요한 계시록에 등장하는 네 명의 기사들은 아니었다.

'폭탄을 맞은 흔적도, 불타고 남은 재도, 공습이 다가온다는 사이렌 소리도 없군. 지금까진 아주 좋아.'

원래는 크리스가 사는 아파트로 곧장 가려고 했으나 그리로 가는 길에 에미스 식당이 있다는 사실을 떠올렸다. 크리스는 전혀 요리를 할 줄 몰라서 시리얼과 차가운 샌드위치로 연명하며 일주일에 6일씩 에미스 식당에서 저녁을 먹었다. 설사 거기 없다고 하더라도 최근에 오빠를 본 적이 있는지 웨이트리스들에게 물어보아도 좋을 것 같았다.

에미스 식당 앞에 오토바이를 세운 클레어는 보도에 놓인 쓰레기통 위로 쥐 두 마리가 쏜살같이 달려가는 것을 보았다. 오토바이 킥 스탠드를 내리고 안장에서 내려온 뒤, 헬멧을 벗어 뜨끈한 안장 위에 올려놓았다. 하나로 모아 묶은 머리를 흔들며 클레어는 역겨움에 콧잔등을 찡그렸다. 악취로 보아 쓰레기를 내다버리지 않고 한동안 그대로 둔 것 같았다. 무엇을 버린 건지는 몰라도 정말 심각한 악취를 풍기고 있었다.

클레어는 안으로 들어가기 전 맨다리와 팔을 가볍게 문질렀다. 온기를 주는 것뿐 아니라 오랫동안 도로를 달리면서 묻은 먼지를 털기 위해서였다. 10월의 밤에 반바지와 소매 없는 재킷은 전혀 어울리지 않았고, 그런 차림으로 오토바이를 탄 것이 얼마나 멍청한 짓이었는지 다시 한 번 상기할 수 있었다. 오빠를 만나면 잔소리깨나 듣게 생겼다.

'하지만 그게 여기는 아니겠군.'

유리로 된 건물 전면을 통해 조명이 환히 켜진 가정집처럼 편안한 분위기의 식당이 잘 들여다보였다. 빨간색 스툴이 고정된 카운터부터 벽을 둘러싼 칸막이 좌석까지 훤히 보였지만 사람은 단 한 명도 없었다. 클레어는 얼굴을 찡그렸다. 처음의 실망감이 혼란스러움으로 이어졌다. 지난 몇 년간 정기적으로 오빠를 만나러 오면서 밤과 낮을 가리지 않고 이 식당에 와봤다. 둘 다 야행성이라 새벽 3시에 치즈버거를 먹으러 나가기도 했고, 그럴 때면 반드시 에미스 식당을 찾았다. 그때마다 식당엔 누군가가 있었다. 분홍색 폴리에스터 재질의 유니폼을 입은 웨이트리스와 수다를 떨든, 신문 한 부를 펴들고 커피 한 잔을 마시든, 시간을 막론하고 누군가가 반드시 식당에 있었다.

'그럼 다들 어디 간 거야? 아직 9시도 안 됐는데….'

'영업 중' 표시가 걸려 있었고, 이렇게 밖에 서서는 아무리 고민해봤자 알아낼 수 있는 게 없었다. 클레어는 마지막으로 오토바이를 한 번 더 힐끗 쳐다보고는 문을 열고 안으로 들어섰다. 깊이 숨을 들이쉰 다음, 희망을 가지고 외쳐보았다.

"저기요? 아무도 없어요?"

텅 빈 식당의 고요함 속에 목소리가 힘없이 퍼졌다. 천장에서 돌아가는 선풍기의 희미한 소음 말고는 아무 소리도 들리지 않았다. 공기 중에 익숙한 기름 냄새가 느껴졌지만 다른 무언가도 있었다. 씁쓸하면서도 은은한, 마치 썩은 꽃 같은 냄새였다.

식당은 ㄴ자 모양으로 되어 있어서 그녀의 앞과 왼쪽으로 칸막이 좌석이 늘어서 있었다. 클레어는 천천히 걸어 정면으로 나아갔다. 카운터 끝은 웨이트리스들이 쓰는 잡다한 집기와 도구들이 놓인 공간이었고, 그곳을 지나면 주방이었다. 정말로 영업 중이라면 직원들이 거기 있어야 했다. 손님이 하나도 없는 것에 자신만큼 의아해하면서 말이다.

'하지만 그걸로는 이곳이 왜 이리 어질러져 있는지 설명이 안 되겠지?'

엄밀히 말해 그다지 심하게 어질러진 것은 아니었다. 처음에 밖에서 보았을 때에는 눈치채지 못할 정도였다. 바닥에 메뉴판이 몇 개 떨어져 있고, 카운터에는 뒤집힌 물 잔이 하나, 그리고 식기 두어 개가 널려 있는 것이 무언가 이상하다는 몇 안 되는 증거였다. 하지만 그걸로 충분했다.

'주방을 확인할 것도 없어. 정말 너무 이상해. 이 동네에서 무언가가 심각하게 잘못된 게 분명해. 강도를 당했거나, 그것도 아니면 깜짝 파티 같은 거라도 준비하고 있는 걸까? 아니, 됐어. 이젠 여길 나가야겠어.'

그때 카운터 끝, 눈에 보이지 않는 공간에서 무언가가 움직이는 나직한 소리가 들렸다. 옷이 미끄러지듯 스치는 소리에 뒤이어 숨죽인 신음 소리가 이어졌다. 누군가가 거기 웅크리고 있었다.

심장이 쿵쾅거렸다. 클레어는 다시 한 번 불러보았다.

"누구 있어요?"

잠시 아무 소리도 들리지 않았다. 하지만 다음 순간 또 한 번 신음 소리가 들렸다. 목 뒷덜미의 털이 모두 곤두서는 느낌이었다.

불안감에도 불구하고 클레어는 서둘러 주방 쪽으로 향했다. 당장 이곳을 벗어나고 싶은 마음이 철없이 느껴져 스스로를 꾸짖었다. 정말로 강도가 들었는지도 모를 일이었다. 손님들이 죄다 재갈을 문 채 묶여 있을지도 모른다. 아니면 너무 심한 부상을 당해 소리조차 지르지 못하는 것일 수도 있었다. 좋든 싫든, 자신은 이미 이 일에 연루되었다.

카운터 끝에 다다라 왼쪽으로 돈 순간,

클레어는 그 자리에 못 박힌 듯 멈춰 서고 말았다. 눈이 커다랗게 벌어졌다. 마치 뺨을 한 대 얻어맞은 듯한 기분이었다. 쟁반이 가득 담긴 카트 옆에 흰색 요리사 복장을 한 대머리 남자가 등을 보인 채, 웨이트리스 시체 위로 몸을 구부리고 있었다. 그 시신에는 무언가 아주 이상한 점이 있었다. 너무나도 이상해서 처음에는 그 사실을 제대로 받아들일 수 없었다. 충격에 사로잡힌 클레어의 시선이 분홍색 유니폼과 편한 신발, 아직 여자의 가슴에 붙어 있는 플라스틱 이름표를 훑었다. '줄리', 아니면 '줄리아'라고 적혀 있는 것 같았다.

'머리… 머리가 없어.'

무엇이 잘못되었는지 깨닫고 나자 그 사실을 아무리 무시하고 싶어도 그럴 수가 없었다. 웨이트리스의 머리가 있어야 할 곳에는 말라붙은 피 웅덩이가 있을 뿐이었다. 끈적끈적한 피 웅덩이는 부서진 두개골과 잔뜩 뭉개진 짙은 색 머리칼, 이런저런 살덩이들로 둘러싸여 있었다. 요리사는 두 손을 얼굴에 가져다 댄 상태였고, 클레어가 공포에 사로잡혀 머리 없는 시체를 바라보고 있는 동안 그가 낮고도 힘없는 소리를 냈다.

클레어가 입을 열었다. 입에서 무슨 소리가 나올지는 그녀도 알 수 없었다. 비명을 지르려는 것인지, 그에게 왜, 어떻게, 이런 일이 있을 수 있느냐고 물을 것인지, 대신 도움을 청해주겠다고 말할 것인지, 솔직히 말해 알지 못했다. 요리사가 두 손을 떨어뜨리며 천천히 몸을 돌려 그녀를 올려다보았을 때, 클레어는 새로운 충격과 함께 입에서 아무 소리도 나오지 않았음을 깨달았다.

그는 웨이트리스를 먹고 있었다. 두꺼운 손가락에는 어두운 색 조직들이 엉겨 붙어 있었고, 그가 들어 올린 기이하고 낯선 얼굴은 온통 피범벅이 되어 있었다.

'좀비!'

야밤에 괴물들이 득실대는 공포 영화를 보고 캠프파이어에서 무서운 이야기를 들으며 자란 터라, 그 믿기 힘든 광경을 본 찰나의 순간에도 이성은 그 사실을 있는 그대로 받아들였다. 그녀는 바보가 아니었다.

남자는 무서울 정도로 창백했고, 식당에 들어설 때 느꼈던 그 들척지근한 부패의 냄새가 진동했으며, 눈은 뿌옇게 막이 덮인 것처럼 하얗게 번들거렸다.

'좀비. 라쿤 시티에 좀비라니. 이건 예상도 못 했는걸.'

이상하리만큼 침착하고 이성적인 깨달음과 함께 별안간 절대적인 공포가 밀려왔다. 클레어는 비틀비틀 뒤로 물러섰다. 요리사가 쭈그려 앉은 자세에서 서서히 몸을 일으키며 돌아보자 패닉이 밀려오며 뱃속이 액체로 변한 듯 요동을 쳐댔다. 그는 160센티미터 정도 되는 그녀보다 30센티미터는 더 컸으며 몸집도 거대했다.

'게다가 죽은 사람이라고! 죽은 사람이 여자를 뜯어먹고 있었어! 더 이상 가까워져선 안 돼!'

그가 한 걸음 더 다가오며 얼룩진 두 손을 주먹 쥐었다. 클레어는 더 빠르게 뒷걸음질 쳤다. 메뉴판을 밟아 거의 넘어질 뻔했다. 한쪽 발에 밟힌 포크 하나가 쨍그랑 소리를 내며 휙 날아갔다.

'당장 이곳을 벗어나야 해.'

"그럼 이제 가볼게요. 배웅하실 필요는 전혀 없어요."

그녀가 횡설수설 말했다.

요리사가 비틀비틀 계속해서 다가왔다. 앞을 보지 못하는 그의 눈이 이성이라고는 없는 굶주림만으로 빛나고 있었다. 클레어도 한 걸음 더 뒤로 물러섰다. 손을 뒤로 뻗어 더듬거렸지만 잡히는 것이라고는 없었다.

그때, 차가운 금속 문손잡이가 손에 만져졌다. 승리의 아드레날린이 온몸을 꿰뚫는 가운데 클레어는 재빨리 몸을 돌리며 손잡이를 돌렸다.

그리고 다음 순간, 짧고 날카로운 두려움의 비명을 올렸다. 밖에 둘, 아니 세 명이 더 있었다. 놈들의 녹아내리기 시작한 살점이 식당 유리창에 잔뜩 눌려 있었다. 한 놈은 눈이 한 개뿐이었고, 다른 눈이 있어야 할 곳에는 잔뜩 곪은 구멍만 보였다. 또 다른 놈은 윗입술이 잘려나가고 없어서, 턱 위로 비뚤배뚤한 영구적인 미소가 걸려 있었다. 놈들은 마구잡이로 창문을 향해 헛손질을 해댔다. 잿빛으로 망가진 얼굴은 피로 범벅이 되어 있었다. 그게 끝이 아니었다. 거리를 덮은 그림자로부터 또 다른 어두운 형체들이 어기적거리며 걸어 나왔다.

'나갈 수 없어. 막혔어! 오, 하느님… 맞아, 뒷문!'

곁눈으로 빛나는 녹색 비상구 표시가 언뜻 보였다. 클레어는 다시 획 몸을 돌렸다. 불과 몇 미터 떨어진 곳에서 그녀를 향해 팔을 뻗어오는 요리사는 거의 보지도 못했다. 온 정신은 유일한 탈출의 희망에 집중되어 있었다.

클레어는 달렸다. 벽에 늘어선 좌석의 칸막이들이 무슨 색인지도 모른 채 휙휙 지나갔고, 속도를 높이기 위해 팔은 마구 펌프질을 해댔다. 뒷문은 골목으로 이어져 있었다. 전속력으로 문을 향해 달려가고 있었으니 문이 잠겼다면 망한 셈이었다.

문을 향해 몸을 던지자 문이 쾅 하고 날 듯이 열리더니, 골목의 벽돌담에 그대로 부딪쳤다.

바로 다음 순간, 클레어의 얼굴에 총구가 겨누어졌다. 절체절명의 바로 그 순간에 그녀를 멈출 수 있는 건 아마 총을 든 그 남자뿐이었을 것이다. 클레어는 우뚝 멈춘 뒤, 쏘지 말라는 듯 본능적으로 두 팔을 올렸다.

"잠깐! 쏘지 말아요!"

총을 든 남자는 움직이지 않았다. 무시무시해 보이는 무기는 여전히 그녀의 머리를 향해 고정된 채였다.

'날 죽일 건가 봐.'

"숙여요!"

총을 든 남자가 소리치자 클레어는 재빨리 주저앉았다. 남자의 지시 때문이기도 했지만 갑자기 어깨를 더듬는 차디찬 손가락의 느낌에 절로 다리에 힘이 빠졌다.

탕! 탕!

남자가 총을 쏘자 클레어가 획 고개를 돌렸다. 뒤에 서 있던 죽은 요리사가 그대로 뒤로 넘어가는 것이 보였다. 이마에 거대한 총구멍이 난 채였다. 상처에서 피가 느릿느릿 흘러내리더니 흰색으로 변한 눈동자가 이번에는 붉은색으로 물들었다. 쓰러진 시체가 한 번, 두 번 움찔대더니 움직임을 완전히 멈췄다.

클레어는 자신의 목숨을 구한 남자를 돌아보았다. 그제야 그가 걸친 제복이 눈에 들어왔다. 경찰이었다. 그는 젊고, 키가 컸으며, 자기만큼이나 겁에 질려 있었다. 윗입술 위에 땀방울이 송골송골 맺혀 있었고, 푸른 눈은 깜빡이지도 않은 채 크게 벌어져 있었다. 하지만 그녀를 향해 손을 뻗어 일으켜주는 그의 목소리에는 힘이 있었고, 또 확신으로 차 있었다.

"여기 있어선 안 됩니다. 따라오세요. 경찰서로 가면 더 안전할 겁니다."

그가 말하는 동안에도 거리에서 헐떡이는 신음소리가 합창처럼 들려왔다. 굶주림의 아우성이 더욱 더 커졌다. 클레어는 그의 손을 꽉 잡고 몸을 일으켰다. 그의 손가락이 자기만큼이나 뜨겁고 떨리고 있다는 것에서 작은 위안을 얻을 수 있었다.

두 사람은 쓰레기통과 납작하게 눌린 상자 더미를 피해 빠르게 달렸다. 어두운 골목길을 찾아내 그들을 따라 움직이기 시작한 좀비들의 괴성이 뒤를 따라 메아리쳤다.

제5장

레온은 여자와 나란히 달리며 라쿤 시티 시내의 약도를 떠올리기 위해 머릿속을 마구 뒤졌다. 그 뒷골목은 경찰서가 있는 오크 가와 멀지 않은 애쉬 가로 이어져 있었지만 경찰서는 서쪽으로 최소한 열다섯 블록을 더 가야 했다. 탈 것을 구하지 못한다면 가망이 없었다. 이제 총알도 마지막 탄창에 든 네 발뿐이었고, 골목 안에 울려 퍼지는 소리로 판단하건대 놈들의 수는 거리의 양쪽 끝에 최소한 수십, 어쩌면 수백이나 될지도 몰랐다.

골목길 입구에 다다르자 레온은 한 손을 들어 보이고 달리던 속도를 줄이고는 어두컴컴한 거리를 살폈다. 보이는 것은 많지 않았지만 그들이 있는 곳에서부터 다음 가로등이 선 곳까지 오른편으로 열한 명, 혹은 열두 명이 비틀거리며 악취 가득 한 어둠 속을 헤매고 있었다. 왼편으로는 세 놈뿐이었고 그리 멀지 않은 곳에….

'할렐루야!'

"저기!"

희망이 밀려드는 것을 느끼며 레온이 거리 맞은편에 주차된 순찰차를 가리켰다. 경찰관은 어디에도 보이지 않았다. 상황을 고려해 본다면 지나친 희망 사항인지도 몰랐다. 하지만 앞문이 열린 채였고, 신음을 흘리며 근처를 배회하는 세 놈들은 그들보다 먼저 순찰차에 닿을 수 없어 보였다. 설사 자동차 열쇠가 없더라도 무전기가 있었고, 앞 유리창은 방탄이었다. 도움의 손길이 나타날 때까지 걸어 다니는 시체들을 피해 차 속에 숨을 수 있을 것이었다.

'이게 지금 너에겐 유일한 희망이야. 가!'

여자가 하나로 묶은 머리를 열심히 끄덕이자 두 사람은 검정색과 흰색으로 칠해진 순찰차를 향해 전속력으로 달렸다. 발 아래로 보도가 휙휙 지나갔다. 레온은 그들과 가장 가까운, 약 15미터 떨어진 놈들에게 권총을 반쯤 겨냥한 채였다. 마음 같아선 쏘고 싶었다. 놈들이 단 한 걸음이라도 가까워지는 것을 막고 싶었지만 총알을 낭비해선 안 되었다.

'하느님, 제발 열쇠가 꽂혀 있게 해주세요.'

두 사람은 동시에 자동차에 다다라 좌우로 흩어졌다. 여자가 조수석 쪽으로 달려간 순간, 레온은 새로운 종류의 공포심과 함께 그녀가 이 차를 자신의 것이라고 여기고 있음을 깨달았다. 레온은 그녀가 조수석 문을 닫기를 기다렸다가 운전석으로 뛰어들었다. 쾅 하고 문을 닫는데 머릿속 한구석에서 잔뜩 겁에 질린 목소리가 근무 첫날에 이러는 법이 어디 있느냐고 아우성을 쳐댔다.

다행히 신은 레온의 기도를 들어주셨다. 자동차 열쇠가 꽂혀 있었던 것이다. 레온은 매그넘을 무릎 위에 떨어뜨리고 열쇠를 붙잡으며 다시 한 번 희망이 들불처럼 일어나는 것을 느꼈다. 공격당해 처참히 죽는 것 말고도 다른 선택지가 있었다.

"안전벨트 매요."

대답을 듣지도 못한 채 열쇠를 돌리자 경광등에 불이 들어왔다. 애쉬 가와 그곳을 서성이던 괴물들이 모두 푸른색과 붉은색 소용돌이에 뒤덮였고, 그림자들은 형태와 농도가 계속 바뀌었다. 그야말로 지옥의 한복판이었다. 최대한 빨리 이곳을 벗어나고 싶은 마음에 레온은 가속 페달을 힘껏 밟았다.

차가 끼익 하는 소리와 함께 도로 경계석으로부터 멀어져 빙그르르 돌았다. 레온은 운전대를 오른쪽으로, 다시 왼쪽으로 홱홱 돌리며 두피가 반쯤 벗겨져나간 한 여자를 아슬아슬하게 비껴 지나갔다. 닫힌 창문 너머로 여자가 울부짖는 소리를 들을 수 있었다. 자동차 속력을 높이자 훨씬 많은 다른 괴물들의 아우성이 합쳐졌다.

'지원군, 지원군을 불러야….'

레온은 도로에서 눈을 떼지 않은 채로 무전기를 찾아 더듬거렸다. 괴물들이 달리는 차를 보고 흩어졌지만 이내 다시 끈질기게 따라붙었다. 빠르게 달리는 자동차 소리에 이끌리기라도 한 듯, 어둠에 감싸인 괴물들이 비틀비틀 거리로 나왔다. 검정색과 흰색이 칠해진 순찰차가 파월 가를 날듯이 지나쳐 계속 달려갔다. 그 와중에서너 놈을 더 피해야 했다.

여자가 황량한 창밖 풍경을 노려보면서 뭐라고 말하고 있었다.

무전기의 통신 버튼을 누른 레온은 무력감이 점점 더 커지는 것을 느꼈다. 아무 소리도 들리지 않았다. 무전기를 켜면 으레 들리는 그 흔한 잡음조차 없었다.

"도대체 이게 다 뭐예요. 정말 오래간만에 왔는데 도시 전체가 미쳐 돌아가네요."

"참 잘됐군. 무전기도 먹통이에요."

레온이 내뱉고는 무전기를 떨어뜨리고 다시 운전에 온 정신을 집중했다. 거리는 이상하리만치 어둠에 덮였고, 마치 도시 전체가 외계인 세상이라도 된 것 같았다. 어딘가 모르게 악몽의 일부분 같은 느낌이 집요하게 들었지만 극심한 악취만은 그가 꿈을 꾸는 게 아니라는 걸 재차 일깨워주었다. 죽은 자들의 냄새가 순찰차 내부에까지 배어 있어 운전에 정신을 집중하기가 힘들었다. 다니는 자동차와 사람들이 없어서 그나마 다행이라고 해야 할까. 멀쩡한 사람들 말이다.

'나랑 이 여자만 빼면 말이지. 이제 내겐 할 일이 생겼어. 이 여자가 다치는 걸 막아야 해. 불쌍한 아이 같으니… 끽해야 열아홉, 스무 살 정도로밖에 안 보이는데. 정말로 겁에 질렸을 거야. 나라도 정신을 똑바로 차리고 이 아이를 위험에서 구해야 해. 먼저 경찰서로 간 다음….'

"경찰 맞죠?"

여자의 경쾌하면서도 어딘가 빈정대는 듯한 목소리에 레온은 퍼뜩 겁에 질린 잡생각에서 깨어났다. 여자 쪽을 힐끗 쳐다보며 안색을 살폈다. 창백하긴 했어도 당장 정신을 잃고 쓰러질 것처럼 보이진 않았다. 맑은 회색빛 눈동자에는 심지어 장난기까지 어려 있었다. 레온은 그녀가 쉽게 겁에 질리는 유형은 아니라는 강한 인상을 받았다. 그들이 처한 상황을 고려할 때 아주 다행스러운 점이었다.

"네. 근무 첫 날이에요. 정말 대단하죠? 레온 케네디라고 합니다."

"클레어 레드필드예요. 난 오빠 크리스를 찾으러 왔어요…."

목소리가 차츰 잦아들더니 그녀가 다시 창밖으로 시선을 돌렸다. 양쪽에서 괴물 두 놈이 순찰차가 지나가야 할 길로 비틀비틀 다가왔지만 레온은 가속 페달을 밟아 둘 사이를 쌩 하고 빠져나가는 데 성공했다. 앞좌석과 뒷좌석을 분리시키는 강철망이 내려가 있었기에 백미러를 통해 지나온 길을 또렷이 볼 수 있었다. 발을 질질 끄는 두 놈은 이제 그들을 향해 터벅터벅 걸어오고 있었다.

'굶주렸군. 영화 속이랑 똑같아.'

잠시 둘 다 아무 말도 하지 않았다. 두 사람이 품고 있는 뻔한 의문은 여전히 입 밖으로 내지 않은 채였다. 도대체 이곳에 무슨 일이 벌어졌기에 라쿤 시티가 공포 영화 속 한 장면으로 바뀌었는지는 중요하지 않았다. 지금 중요한 건 어떻게 살아서 이곳을 벗어나느냐 였다. 도로가 계속 깨끗하다는 가정 하에 이제 1, 2분만 지나면 경찰서에 닿을 것이다. 지하에 주차장이 있으니 그곳을 먼저 가 볼 작정이었다. 하지만 문이 닫혀 있다면 약간의 거리를 걸어서 이동해야 했다. 건물 앞에 공원 같은 작은 안뜰이 있었다.

'총알이 네 발밖에 안 남았는데 이걸로 도시 전체와 맞서야 할지도 몰라. 무기가 더 필요해….'

"거기, 글러브박스 좀 열어봐요."

레온이 조수석 앞 수납공간을 가리키며 말했다. 잠겨 있다면 자동차 열쇠고리에 거기에 맞는 열쇠가 걸려 있을 터였다.

클레어가 글러브박스를 열고 안에 손을 넣자 그녀의 민소매 재킷의 등판이 언뜻 보였다. 풍만한 몸매의 천사가 폭탄을 들고 있고, 그 위에는 '메이드 인 헤븐(원산지 천국)'이라는 아플리케가 수놓아져 있었다. 그녀에게 어울리는 옷이었다.

"안에 총이 한 자루 있어요."

말하고는 미끈한 반자동 권총을 꺼냈다. 클레어는 조심스레 그것을 들어 보더니 장전이 되어 있는지 확인하고, 그런 다음 탄창 두 개를 더 꺼냈다. 라쿤 시티 경찰에서 오래 전에 지급한 9밀리미터 구경의 브라우닝 HP였다. 최근 다수의 살인 사건이 일어난 이래로 라쿤 경찰은 브라우닝 HP 대신 H&K VP70을 가지고 다니기 시작했다. 새로운 권총 역시 9밀리미터 구경이었는데 차이점이 있다면 브라우닝에는 열세 발밖에 들어가지 않는 반면 새 권총은 열여덟 발, 총의 약실에 한 발을 더 넣어두면 총 열아홉 발을 넣을 수 있었다. 권총을 다루는 솜씨로 보아 그녀는 총을 잘 아는 것 같았다.

"클레어가 그걸 가져가는 게 좋겠어요."

레온이 말했다. 라쿤 경찰서에는 꽤 괜찮은 무기가 많았다. 아직 멀쩡한 경찰이 남아 있다고 가정한다면 경찰서에 도착한 뒤 자신에게 지급될 예정인 무기를 찾을 수 있을 터였다.

'하지만 그런 가정 따위는 쉽게 하지 않는 편이 나을지도 몰라.'

애쉬 가와 3번 가가 만나는 모퉁이를 조금 빠르게 돌면서 레온은 경찰서도 시체들로 우글거릴 수 있다는 사실을 마침내 깨달았다.

모든 일이 너무나도 빠르게 벌어지는 바람에 그러한 가능성을 고려조차 하지 않은 것이다. 그는 운전대를 고쳐 잡은 뒤 가속 페달에서 발을 떼고, 만일 그럴 경우를 대비해 최대한 침착하고 이성적으로 대안을 생각해내려 애썼다. 하지만 공기 중에 떠도는 부패의 냄새가 너무나도 심하게 코를 찌르는 바람에 희망을 품는 것도 쉽지 않았다.

'기름이 4분의 3 정도는 남아 있으니 산을 넘어가는 것도 충분해. 한 시간도 안 되어 래섬까지 갈 수도 있어.'

일단 경찰서로 가보고 상황이 안 좋아 보이면 그대로 여길 빠져나가는 거다. 그 정도면 좋은 계획 같았다. 클레어가 어떻게 생각할지 물어보려고 입을 열었다.

그때 끔찍한 부패의 악취가 그를 덮치더니 무언가가 뒷자리에서 불쑥 튀어나왔다.

클레어가 비명을 질렀다. 처음부터 순찰차에 타고 있었던 괴물이 얼음장처럼 차가운 손으로 레온의 어깨를 움켜쥐었다. 놈의 더러운 숨이 그의 얼굴을 뒤덮었다. 그 놈이 레온의 오른팔을 붙잡더니 무시무시한 힘으로 침 범벅이 된 자기 입을 향해 끌어당겼다.

"안 돼!"

레온이 고함을 친 것과 동시에 차가 미친 듯 오른쪽으로 틀어지더니 도로 경계석을 뛰어넘어 벽돌 건물로 미끄러지며 돌진했다. 놈이 균형을 잃으면서 레온을 붙든 손에서 힘이 조금 빠져나갔다. 레온이 운전대를 획 돌렸지만 벽과 충돌하는 걸 완전히 피하기엔 이미 늦었다. 금속이 벽돌담에 부딪히는 날카로운 소리와 함께 불꽃이 튀어 뒷좌석에 탄 괴물의 더듬거리는 손과 비웃는 듯한 소름끼치는 미소를 환히 밝혔다. 빠르게 돌던 차가 다시 거리로 튕겨 나갔다.

시체가 이번에는 클레어를 향해 두 팔을 뻗었고, 레온은 생각할 겨를도 없이 가속 페달을 힘껏 밟으며 오른쪽으로 확 틀었다. 자동차의 뒷부분이 좌우로 흔들리더니 또 한 번 밝은 불꽃을 튀기며 트렁크 부분이 주차되어 있던 픽업트럭에 가서 부딪혔다. 침을 줄줄 흘리던 시체는 푹신한 뒷좌석으로 나가떨어졌다. 그러나 곧장 다시 몸을 일으켜 이를 악물고 클레어를 향해 팔을 휘저었다.

순찰차가 3번 가를 빠르게 내달렸다. 레온은 자동차를 통제하려 애쓰면서 매그넘의 총열 부분을 붙잡고 몸을 뒤로 반쯤 돌렸다. 가속 페달에서 발을 뗄 생각은 하지도 못했다. 좀비가 몸부림치는 클레어의 어깨에 금방이라도 이를 박아 넣을 것이라는 사실 외에는 아무것도 생각할 수 없었다.

묵직한 권총을 들어 놈의 얼굴을 세게 가격하자 개머리판이 놈의 얼굴 피부를 두껍게 벗겨내 너덜거리게 만들었다. 개머리판이 놈의 코에 박히자 축축한 퍽, 소리와 함께 연골과 뼈가 분리되고 상처에서 피가 울컥 솟아나왔다. 놈은 그르르 하는 소리를 내며 피를 흘리는 머리통을 붙잡았고 레온은 찰나의 승리감을 맛보았다.

그때 클레어가 소리를 질렀다.

"조심해요!"

고개를 들자 차 앞으로 무엇이 다가오고 있는지 알아볼 수 있었다.

레온이 총으로 좀비를 때렸을 때 클레어는 튀어 오르는 핏방울을 피하기 위해 본능적으로 몸을 움츠렸다. 겁에 질린 그녀의 시선이 발견한 것은 도로가 이제 끊긴다는 것이었다.

"조심해요!"

운전대를 온 힘을 다해 붙들고 있는 레온의 하얀 손가락 마디와 그의 앙다문 턱이 한 순간 그녀의 눈에 들어왔다.

차가 찢어지는 듯한 소리를 내며 빙글빙글 돌기 시작했다. 건물들과 가로등이 너무나도 빠른 속도로 번뜩이는 바람에 모든 것이 흐릿하게만 보였다. 그리고 그때….

콰앙!

순찰차가 무언가 단단한 것에 처박히며 폭발하는 소리와 함께 유리가 산산조각 나고 금속이 와그작 구겨졌다. 안전벨트에 묶인 클레어의 몸이 앞으로 내던져졌다가 그대로 멈췄다. 그 충격으로 좀비는 앞으로 튕겨 나갔고, 클레어가 두 팔을 반사적으로 들어 올린 것과 동시에 놈은 자동차 앞 유리창을 뚫고 날아갔다.

다음 순간, 사방이 고요해졌다. 뜨겁게 달궈진 금속이 달깍거리는 소리와 클레어 자신의 심장 뛰는 소리만이 귓가를 가득 채웠다. 두 팔을 내리고 고개를 돌리자 레온이 이미 정신을 차리고는 보닛 위에 널브러진 피투성이의 형체 모를 놈을 노려보고 있는 것이 눈에 들어왔다. 다행히도 놈의 머리는 보이지 않았다. 놈은 움직이지 않았다.

"괜찮아요?"

고개를 돌려 레온을 바라본 클레어는 갑자기 신경질적으로 미친 듯 웃고 싶은 것을 꾹 참아야 했다. 라쿤 시티는 걸어 다니는 시체들에게 점령되었고, 그들은 방금 아주 심각한 교통사고를 당했다. 시체 한 놈이 그들을 잡아먹으려 했기 때문이었다. 이런 상황을 고려해 본다면 저 '괜찮아요?'라는 말은 전혀 적절하게 들리지 않았다.

하지만 레온의 진지하고도 어두운 표정을 보자 웃음을 터뜨리고 싶은 충동이 금세 사라졌다. 그 역시 금방이라도 히스테리 발작을 일으킬 것처럼 보였다. 그런 상황에서 충격 받은 머리가 시키는 대로 굴었다가는 아무 도움도 안 될 것 같았다.

"아직 목숨은 붙어 있네요."

클레어가 대답하자 레온이 안심한 듯 고개를 끄덕였다.

클레어는 깊게 숨을 들이마셨다. 마치 몇 시간 만에 처음으로 쉰 숨 같았다. 그리고 지금 자신들이 어디에 있는 것인지 주위를 둘러보았다. 레온은 T자 모양으로 끝나는 도로 거의 끝에서 180도로 완전히 차를 돌리는 데 성공했고, 폐차 지경이 된 순찰차는 다시 왔던 길 쪽을 향한 채로 서 있었다.

일단 눈에 보이는 범위에는 다른 좀비들이 없었지만 안전한 곳까지 이동하기까지 그다지 여유는 없을 것 같다는 느낌이 들었다. 지금까지 본 바에 의하면 원인은 알 수 없지만 라쿤 시티 시민 전부, 혹은 거의 대부분이 괴물로 변해버린 것 같았으니 말이다. 그녀는 권총을 손에 꼭 쥐고 마구잡이로 뒤엉킨 감정을 추스르려 애썼다.

"일단은…."

레온이 입을 열었다가 멈추었다. 백미러를 노려보는 그의 두 눈이 점점 더 커졌다. 클레어가 뒤를 돌아보았다. 그리고 잠시 동안이지만 무작정 오토바이를 몰고 기숙사를 떠난 이후 어느 시점에선가 저주에 걸린 것이 분명하다고 생각했다.

'저주 받았어. 누군가 내가 죽기를 간절히 바라는 거야. 그것 말고는 이 상황을 설명할 방법이 없어.'

세미 트레일러 한 대가 미친 듯이 도로를 달려오고 있었다. 아직 그들과는 서너 블록 떨어져 있었지만 조종 불능 상태라는 건 이 거리에서도 알아볼 수 있었다. 트레일러가 좌우로 비틀거리며 도로 한편에 주차되어 있던 푸른색 트럭을 들이받고는 반대편에 선 우편함을 갈아엎었다. 클레어는 몸이 굳어지는 공포와 함께 그것이 대형 탱크로리라는 것을 깨달았다. 그리고 방향이 바뀔 때마다 차체가 위험할 정도로 이리저리 미끄러지는 것으로 보아 탱크가 가득 차 있는 것이 분명했다.

그러한 정보를 머릿속으로 받아들이고 이해하는 동안, 거기 실린 것이 석유나 기름이 아니기만을 간절히 비는 그 짧은 시간 동안 탱크로리는 그들과의 거리를 절반이나 줄였다. 이제 진녹색 운전석에 그려진 불꽃 모양의 그림이 눈에 보이기 시작했다. 하지만 여전히 현실로 느껴지지 않았다. 그때 레온이 긴장된 침묵을 깼다.

"우리를 그대로 들이받을 것 같은데."

그가 힘겹게 내뱉자 둘은 동시에 안전벨트 풀림 장치를 마구 눌러댔다. 클레어는 조금 전 충돌로 안전벨트가 고장 나지 않았기만을 빌었다.

다가오는 탱크로리의 점점 커지는 굉음과 좌우로 훑고 지나가는 차들의 부서지는 소리에 묻혀 찰칵, 하고 벨트가 풀리는 소리는 거의 들리지도 않았다. 이제 눈 깜짝할 사이면 탱크로리는 그들을 덮치게 될 것이었다.

"도망쳐요!"

레온이 소리쳤다. 클레어가 순찰차 밖으로 몸을 빼내자 땀으로 젖은 축축한 피부에 시원한 공기가 느껴졌다. 탱크로리의 엔진 소리가 다른 모든 소리를 뒤덮었다.

세 번 크게 걸음을 떼었을 때 탱크로리가 부딪치는 소리와 함께 충격이 몸으로 느껴졌다. 발아래에서 아스팔트가 부르르 떨리고 그들의 뒤에서 금속과 금속이 맞부딪히는 귀를 찢을 듯한 소리가 우레처럼 퍼졌다.

그리고 날 듯이 한 걸음 더 갔을 때….

쿠와앙!

마치 누군가 뒤에서 밀기라도 한 것처럼 믿기지 않을 만큼 뜨거운 열과 소리의 압력에 떠밀려 몸이 공중으로 날아갔다. 탱크로리의 폭발에 밤이 한 순간 대낮으로 바뀌었고, 공중에 붕 떴던 클레어는 어렵사리 땅에 발을 디뎠다. 한쪽 어깨를 바닥에 대고 한 바퀴 구른 탓에, 열기로 뜨거워진 피부에 모래가 마구 박혔다. 클레어는 주차된 차 뒤에 쓰러져서 힘겹게 숨을 들이쉬었다.

연기가 피어오르는 잔해들이 잠시 비처럼 떨어진 뒤 클레어는 재빨리 일어서서 비틀비틀 다시 도로로 향했다. 높이 치솟은 불꽃 너머로 레온의 모습이 보이지 않을까 이리저리 살폈다. 가슴이 철렁했다. 탱크로리와 순찰차, 그리고 그 앞에 있던 철물점은 미친 듯 타오르는 불길에 휩싸여 있었고 도로는 잔뜩 휘어지고 부서져 불타고 있는 잔해에 완전히 막혀 있었다.

"클레어!"

날름대는 불길의 벽에 가로막혀 작게 들리긴 했지만 레온의 목소리였다.

"레온?"

"난 괜찮아요! 어서 경찰서로 가요. 거기서 만나요!"

소리치는 레온의 목소리를 들으며 클레어는 떨리는 한 손에 꼭 쥐어진 권총을 내려다보고 잠시 망설였다. 두려웠다. 삽시간에 살아있는 공동묘지가 되어버린 곳에서 혼자 움직여야 한다는 게 너무나도 무서웠다. 하지만 다른 방도가 없었다. 상황이 달랐더라면 얼마나 좋았을까. 그러나 지금 그런 생각을 하는 건 시간 낭비였다.

"알겠어요!"

그녀는 몸을 돌려 연기가 피어오르고 불꽃이 남은 잔해 주변을 둘러보며 현재 위치가 어디인지 살폈다. 경찰서는 멀지 않았다. 두 블록 정도 남았다.

그때 자동차 뒤 어두워진 건물 안에서 어둠에 가려 있던 놈들이 스멀스멀 나타나기 시작했다. 놈들은 단 하나의 목적만을 가진 채 사고 현장의 맹렬한 불빛을 향해 어기적어기적 다가왔다. 둘, 셋, 혹은 넷씩 짝을 지어 다가오는 그들은 하나같이 굶주림에 찬 신음을 희미하게 흘리고 있었다. 너덜너덜해진 피부, 썩어 들어가는 팔다리, 눈이 있어야 할 곳에는 검게 뻥 뚫린 구멍이 보였다. 그러나 여전히 신선한 고기를 향해 모여들듯 클레어를 향해 느리게 움직이고 있었다.

뜨거운 잔해 너머에서 총성이 들렸다. 한 블록쯤 떨어진 곳에서 두 발이 발사되더니 곧 아무 소리도 들리지 않았다. 모든 것을 집어 삼킬 듯 타오르는 불꽃의 타닥거리는 소리와 비틀거리는 시체들의 나지막하고도 무력한 신음소리 말고는 조용하기만 했다.

'레온도 이제 혼자야. 얼른 움직여!'

클레어는 심호흡했다. 그리고 자신을 향해 포위를 좁혀오는 놈들 사이로 빠져나갈 틈을 발견하고는 달리기 시작했다.

제6장

에이다 웡은 디스크 모양의 빛나는 금속판을 석상에 난 구멍에 집어넣고, 꼭 맞아 들어갈 때까지 밀었다. 금속판이 제자리를 찾자 숨겨진 지렛대들이 움직이는 소리가 들렸다. 무슨 일이 벌어지는지 보기 위해 뒤로 살짝 물러섰다. 그녀의 발소리가 라쿤 시티 경찰서의 거대한 로비를 통해 메아리치고는, 세 개 층에 달하는 높은 공간을 돌아 다시 에이다에게 돌아왔다.

'또 다른 열쇠일까? 지하 2층으로 들어가는 데 필요한 메달 중 한 개? 아니면 오히려 샘플 자체가 이런 곳에 숨겨져 있을지도 몰라. 그렇게만 된다면 정말 좋을 텐데.'

바라는 대로 이루어지기만 한다면 얼마나 좋을까. 물동이를 든 님프 석상이 비스듬히 앞으로 미끄러지더니, 어깨에 짊어진 물동이에서 얇은 금속 조각 하나가 나와 물이 없는 분수대 가장자리에 떨어졌다. 스페이드 열쇠였다.

그녀는 한숨을 쉬며 그것을 집어 들었다. 열쇠는 이미 다 가지고 있었다. 아니, 경찰서를 수색하는 데 필요한 것 모두와 실험실에 들어가는 데 필요한 것 중 대부분을 이미 가지고 있었다. 엄브렐러의 누군가가 일을 망치지만 않았어도 일은 식은 죽 먹기, 누워서 떡 먹기였을 것이다.

'그 대신 재미라고는 찾아볼 수 없는 사흘짜리 휴가를 얻었지. 움직이는 시신들과 밤새 대치하고, '머리에 총알을 박아라'와 '기자를 찾아라' 게임도 동시에 해야 했지. 이제 누가 살아남았느냐에 따라 샘플의 행방은 종잡을 수가 없게 됐어. 약속한 물건을 가지고 무사히 이곳을 빠져나간다면 보너스를 아주 높게 불러야겠어. 이런 상황에서 일할 사람이 어디 있겠냐고.'

에이다는 엉덩이에 찬 가방에 열쇠를 집어넣은 뒤, 인상적인 홀의 위쪽 난간을 무심히 쳐다보며 지금까지 들어갔던 방들과 꼼꼼히 수색했던 방들을 머릿속으로 세어보았다. 베르톨루치는 위층과 아래층을 통틀어 건물 동쪽에는 없는 것 같았다. 에이다는 몇 시간이나 악취를 풍기는 시체 더미를 뒤지고 죽은 얼굴들을 들여다보며 그의 네모난 턱과 시대착오적인 말총머리를 찾았다. 물론 베르톨루치는 이미 시체가 되어 돌아다니고 있는지도 몰랐다. 하지만 그에 관해 얻은 정보에 의하면 그럴 가능성은 아주 낮았다. 그 기자는 마치 토끼 같아서 위험에 맞닥뜨리면 어딘가 안전한 데 숨어 있을 터였다.

'위험 이야기가 나와서 말인데….'

에이다는 고개를 절레절레 흔들고 동쪽 아래층으로 이어지는 문으로 되돌아가기 시작했다. 로비는 바이러스 감염자들로부터 비교적 안전했다. 그들은 아직 문손잡이라는 물건을 이해하지 못하는 것 같았으니 말이다.

하지만 감염된 사람들 말고도 다른 위협이 존재했다. 엄브렐러가 이 난리를 깨끗이 청소하기 위해 무엇을 보낼지, 아니면 바이러스가 유출된 뒤 실험실에서 무엇이 탈출했을지 짐작조차 할 수 없었다. 그리고 이보다는 덜 무섭지만 여전히 귀찮은 것이 바로 구조할 사람을 찾아 아직도 돌아다닐지 모르는 살아있는 경찰관이었다. 그녀가 숨은 뒤 한두 시간 간격으로 몇 번은 멀리에서, 또 몇 번은 그다지 멀지 않은 곳에서 총성이 들려왔다. 이 넓고 오래된 건물 어딘가에 아직 감염되지 않은 사람이 최소한 몇 명은 남아있는 것이 분명했다. 총을 든 공황 상태의 마초맨들에게 자신은 아직 살아있고 동행 같은 건 필요치 않다고 설명할 것을 생각하니 차라리 시체들과 맞서 싸우는 게 더 편하게 느껴졌다.

불필요한 소리를 내지 않기 위해 살금살금 걸으며 에이다는 긴 복도 끝 문을 통과해 거기에 기대선 뒤, 이제부터 어떻게 움직일지 생각했다. 아직 지하실은 확인하지 않았고 형사 사무실에는 서너 명의 감염자들이 돌아다니고 있었지만 복도의 문은 모두 닫혀 있었다. 누군가 혹은 무언가가 그녀를 공격하려 한다면 즉각 그 사실을 알아보고 제때 빠져나올 수 있을 터였다.

'아, 이 얼마나 흥미진진한 프리랜서 스파이의 삶인가. 세상을 여행하고, 중요한 물건을 훔쳐 돈을 벌어라! 사흘 동안 샤워도 못하고

제대로 된 식사도 하지 못한 상태로 살아 돌아다니는 시체들과 싸워라! 그리고 고객을 만족시켜라!'

일을 마치고 나면 기필코 보너스를 높게 부르리라고 다시 한 번 다짐했다. 약 일주일 전 라쿤 시티에 왔을 때만 해도 모든 상황에 철저한 대비가 되어 있다고 생각했었다. 지도를 꼼꼼히 익혔고, 기자에 관한 내용은 모두 외웠으며, 이곳에 온 이유에 대한 변명거리도 완벽했다. 엄브렐러에서 연구원으로 일하는 남자친구를 찾으러 온 애정 넘치는 여자.

사실 그건 어느 정도 사실이었다. 이 일을 맡게 된 것도 10개월 전 존 하워와의 짧은 만남 덕분이었다. 물론 남자친구라기보다 하룻밤 섹스 상대, 그것도 별로 만족스럽지 않은 상대였지만 존은 그렇게 생각지 않은 것 같았다. 그는 아마 죽었겠지만 이 만남은 그녀에게 행운을 가져다주었다.

그렇게 만반의 준비를 갖추었다고 생각했었다. 하지만 자신 있게 라쿤 시티에서 가장 좋은 호텔에 체크인한 지 24시간도 되지 않아 행운은 불운으로 바뀌었다. 천막으로 포장된 아클레이 호텔의 거의 텅 빈 라운지에서 저녁 식사를 하던 도중 바깥에서 비명소리가 들려오기 시작했다. 처음이자, 결코 마지막은 아닌 처참한 비명이었다.

어떤 면에서 이 참사는 에이다에게 유리하게 작용했다. 실험실 근처에 보초도 없을 테니 은밀한 침입 시도를 끝없이 해야 할 필요도 없었다. T-바이러스에 대해 사전조사를 충분히 한 덕분에 공기 중의 바이러스 입자는 그 수명이 짧고 금세 소멸된다는 걸 알고 있었다. 이 시점에서 감염될 수 있는 유일한 가능성은 보균자와의 접촉이었으나 그것은 전혀 문제가 되지 않았다. 이십여 명의 다른 생존자들과 함께 경찰서까지 도망쳤을 때 베르톨루치도 그 중에 끼어 있는 것을 보았다. 살아있는 시체들의 습격이라는 문제점이 있긴 했어도 처음에는 모든 일이 그녀에게 유리하게 돌아가고 있는 것처럼 보였다.

'임무 두 가지. 질문을 퍼부어 그가 얼마나 많은 걸 알고 있는지 알아낸 다음, 그 결과에 따라 그를 죽이든 무시하든 결정하라. 버킨 박사의 최신 창조물인 새로운 바이러스 샘플을 회수하라. 이 정도면 식은 죽 먹기 아냐?'

지금으로부터 사흘 전까지만 해도 엄브렐러 실험실이 하수도와 어떻게 연결되어 있는지 알고, 베르톨루치가 바로 코앞에 있으니 임무 자체가 거의 끝난 것처럼 보였다. 하지만 그럼 그렇지, 그때가 바로 모든 일이 꼬이기 시작한 시점이었다.

'스타스 사건 이후 경찰서의 방들이 위치가 바뀌며 모든 준비가 헛수고가 됐지. 사람들이 죄다 사라지고. 바리케이드는 계속해서 무너지고. 아이언스 경찰서장이 미친 독재자처럼 아무 명령이나 내려대고. 사망자가 쌓여가는 동안에도 해리스 시장과 그의 투덜이 딸에게 잘 보이겠다며 여전히 아양을 떠는 꼴이라니….'

베르톨루치가 어딘가에 몸을 숨길 것이라는 낌새를 눈치 챌 정도로 가까이 있었음에도 막상 그가 자취를 감춘 순간을 놓치고 말았다. 아니, 첫 번째 좀비들이 몰려온 소란한 틈을 타 그가 경찰서의 미로 속으로 사라지기 전에 말 한 번 건넬 시간조차 없었다. 단 한 차례의 대규모 공격 뒤 한 시간도 지나지 않아 민간인의 4분의 3이 학살된 것을 본 에이다는 단독으로 움직이기로 결심했다. 이 모든 건 누군가가 차고 문을 내리는 걸 잊었기 때문이었다. 남자친구를 찾아 온 겁에 질린 관광객 행세를 하겠다고 목숨을 내버릴 생각은 없었다.

그렇게 기다림의 시간이 찾아왔다. 상황이 안정되기까지 에이다는 거의 50시간 동안 3층의 시계탑 속에서 기다렸다. 들려오는 총성의 간격이 점점 더 길어지는 가운데 먹을 것을 찾거나 화장실에 가기 위해 잠시 아래층에 다녀오는 것이 전부였다. 메아리치는 총성과 비명 소리는 정말….

'참 잘됐군. 그래서 이제 겨우 밖으로 나와서는 뭐 하고 있는 거지? 가만히 서서 생각이나 하는 거야? 얼른 움직여, 에이다 웡. 빨리 끝낼수록 빨리 보수를 챙겨 어디 한적한 섬 같은 곳에서 느긋한 은퇴 생활을 즐길 수 있단 말이야.'

그래도 에이다는 베레타 총구로 스타킹을 신은 긴 다리를 톡 톡 두들기며 잠시 움직이지 않았다. 복도에는 세 구의 시신이 널브러져 있었는데 그 중 복도 중간 쯤 창가 아래에 구겨져 있는 한 구에서 눈을 뗄 수가 없었다. 잘라낸 반바지와 홀터넥 상의를 입은 여자. 그녀의 양 다리는 볼썽사납게 벌려져 있고, 한 팔은 피에 젖은 머리 위에 구부러져 있었다. 다른 두 명은 그녀가 모르는 경찰관이었지만 여자는 처음 경찰서로 도망쳐 왔을 때 이야기를 나누었던 사람 중 하나였다. 성은 기억나지 않지만 스테이시라는 이름이었다. 이제 막 10대를 벗어난, 겁에 질렸지만 의지가 강한 여자였다.

'스테이시 켈소. 맞아, 그 이름이었어. 아이스크림을 사러 시내에 나왔다가 좀비들에게 당했다고 했지. 자기도 곤경에 처했으면서 아직 집에 있는 부모님과 남동생 걱정을 하고 있었어. 착하고 선량한 아이였지.'

대체 이런 생각은 왜 하고 있는 거지? 죽은 스테이시의 왼쪽 관자놀이에는 총알구멍이 나 있었다. 어차피 자기가 죽인 것도 아니었고 개인적으로 그녀의 죽음에 책임감 같은 걸 느끼는 것도 아니었다. 에이다는 임무를 완수하기 위해 여기 왔고, 라쿤 시티가 미쳐 돌아간 것은 자신의 잘못이 아니었다.

'죄책감이 아닌지도 몰라. 그저 저 애가 살아남지 못한 게 유감이라고 느끼는 것일지도. 생명은 소중한 거잖아. 하지만 이젠 아마 저 애의 부모나 어린 남동생도 같은 신세가 되어 버렸겠지….'

"생각은 그만."

에이다가 내뱉었다. 목소리는 작았지만 거기엔 노기가 서려 있었다. 여자의 처참한 시신에서 억지로 시선을 뗀 뒤 복도 끝에 있는 부서진 재떨이에 대신 고정했다. 통제할 수 없는 일들에 대해 괴로워하는 건 에이다의 스타일이 아니었고, 그렇게 해서 이 자리까지 올라온 것도 아니었다. 트렌트 씨가 자신을 고용하기 위해 얼마나 많은 공을 들였는지를 생각하면 지금은 스스로의 공감 능력을 분석하고 있을 때가 아니었다. 사람은 죽게 되어 있고, 그게 바로 세상 돌아가는 이치였다. 이제껏 살아오면서 배운 것이 있다면 바로 그 특정한 진실을 두고 고뇌하는 건 무의미한 일이라는 사실이었다.

'임무 : 베르톨루치의 속을 캐낸 다음 G-바이러스 샘플을 손에 넣어라.'

그게 에이다가 걱정해야 할 전부였다.

지금 서 있는 곳에서 이리저리 꼬인 통로를 몇 군데 지나 위치한 기자회견실에 확인해야 할 장치가 있었다. 가장 최근에 이 건물에 추가로 장착된 것이었다. 그 장치에 대한 트렌트의 설명은 자세하진 않았지만 화려하게 장식된 조각 가스등과 유화가 관련이 되어 있다는 건 알고 있었다. 그 모든 비밀 통로와 장치들을 만들도록 주문한 게 누구인지는 몰라도 엄청나게 은밀한 삶을 살고 있었던 것이 분명했다.

위층에는 실제로 비밀 통로도 있었다. 과거 창고로 쓰였던 곳의 벽 뒤에 말이다. 아직 확인하지 않았지만 잠깐 둘러본 결과 창고가 사무실로 개조되어 있는 것을 알 수 있었다. 가구와 각종 물건으로 가득 차 있고 강박적일 정도로 남성답게 장식되어 있는 것으로 판단컨대 아이언스 서장의 사무실 같았다. 오랜 시간 함께 있었던 것은 아니지만 장식해놓은 사무실 내부의 모습으로 보아 아이언스 서장이 정신적으로 그다지 안정된 사람은 아니라는 걸 확실히 알 수 있었다. 그가 엄브렐러로부터 뇌물을 받고 있다는 데에는 의심의 여지가 없었지만, 그것 말고도 서장에게는 분명히 비정상적인 구석이 있었다.

에이다는 복도를 따라 걷기 시작했다. 화려한 플랫 구두가 흠이 난 푸른색 타일 바닥에 부딪혀 시끄럽게 달각거렸다. 벌써부터 시간이 오래 걸리는 또 다른 퍼즐 장치를 만나게 될까 겁났다. 장치를 풀 수 있는 힌트가 주어진 것도 아니었다. 처음부터 바이러스가 여전히 실험실에 있다는 가정 하에 행동을 시작했지만 조금이라도 빨리 그 바이러스 샘플을 가지고 이곳을 나갈 기회가 있다면 마다할 수 없었다.

제공받은 파일에 따르면 바이러스가 담긴 약 30밀리리터짜리 시험관은 여덟 개에서 열두 개가량이었다. 하지만 그 정보는 이미 2주나 된 동영상으로부터 나온 것이었고, 버킨의 실험실은 난공불락이라고 보기 어려웠다. 지하 실험실이 하수구를 통해 경찰서와 연결되어 있는 마당이니 바이러스 샘플이 그곳에 있지 않을 가능성 또한 고려해야만 했다. 게다가 베르톨루치가 연구 도서관이나 서쪽의 스타스 사무실에, 어쩌면 암실에 숨어 있을 수도 있었다. 그가 죽었든 살았든 찾아내야만 했다. 또한 그러다 보면 죽은 라쿤 시티 경찰로부터 9밀리미터 구경 총알을 더 찾아낼 기회도 생길 터였다.

에이다는 작은 대기실을 지나치는 통로를 따라갔다. 통로에 늘어선 여러 대의 자동판매기는 이미 누군가가 비집어 열어 안에 든 걸 죄다 꺼내간 뒤였다. 경찰서의 다른 곳들과 마찬가지로 이 복도 역시 추웠고 방향제가 절실히 필요했다. 냄새에는 그럭저럭 익숙해졌지만 냉기는 정말이지 참기 힘들었다.

아클레이 호텔을 떠난 이후 벌써 백 번째로 에이다는 조금 더 평범하게 차려 입었다면 얼마나 좋았을까 생각했다. 몸에 딱 달라붙는 붉은색의 민소매 드레스와 달각거리는 구두는 관광객 행세를 하기에는 아주 좋았지만 작전을 수행하기에는 너무나도 실용적이지 못했다.

복도 끝에 다다라서 무기를 반쯤 치켜든 채로 왼편에 난 문을 조심스럽게 열었다. 지나쳐온 통로들과 마찬가지로 텅 빈 복도는 지금은 빛이 바랜 건물의 우아함을 보여주는 또 하나의 광경으로, 벽은 어스름한 모래 색깔에 바닥에는 대칭 무늬 타일이 깔려 있었다. 예전에는 이곳도 참으로 아름다웠겠지만 몇 년 동안 공공기관으로 쓰이다 보니 그 위엄은 사라지고, 낡고 웅장한 극장 같은 모습과 차갑고 절망적인 분위기만 남아 말 그대로 불길한 느낌만 안겨주었다. 마치 금방이라도 차가운 손 하나가 머리 위로 툭 떨어지고, 죽은 자의 숨결이 뒷목을 간질일 것처럼….

에이다는 다시 한 번 얼굴을 찌푸렸다. 이 일만 끝내면 아주, 아주 긴 휴가를 떠나고 말 것이다. 그게 아니라면 이제는 다른 직업을 찾아야 할 때가 온 것 같았다. 집중력이 예전만 못한 걸 느꼈다. 더군다나 이 세계에서는 엉뚱한 순간에 단 한 번의 실수로 말 그대로 목숨을 잃을 수 있었다.

'큰 보너스. 그래, 트렌트라는 사람 돈깨나 있어 보이던데. 일곱 자리 금액은 부를 거야. 최소한 여섯 자리.'

이런 생각들을 떨치고 동물적인 본능이 그 자리를 대신하게 만들려는 시도를 거듭하던 에이다는 자꾸만 머릿속을 비집고 들어오는 한 가지 이미지를 지울 수가 없다는 걸 깨달았다. 바로 어린 남동생에 대해 이야기하며 불안한 듯 귀 뒤로 머리칼을 쓸어 넘기던 어린 스테이시 켈소의 모습이었다.

체감상 아주 오랜 시간이 흐른 뒤, 에이다는 그 골치 아픈 이미지를 겨우 밀어내고 계속해서 복도를 걸었다. 이제는 더 이상 집중력을 잃지 않겠다고 다짐하면서, 동시에 왜 그 다짐을 스스로도 믿지 못하는 것일까 의아해 하면서 말이다.

제7장

켄도 총포상에서 서랍을 바삐 열어젖히는 레온의 군화 아래로 깨진 유리조각이 밟혔다. 회색빛 재에 덮여 얼룩진 땀방울이 얼굴을 타고 흘러내렸다. 0.50구경 총알을 빨리 찾아내지 못하면 끝장이었다. 엉망으로 파괴된 가게 안에 아직 남아 있는 몇 정의 무기들은 강철 케이블로 단단히 묶여 꺼낼 수가 없었고, 가게 전면의 유리창은 완전히 부서진 채였다. 놈들이 자신을 찾아내기까지는 오래 걸리지 않을 것이다. 이제 총알은 마지막 한 발밖에 남지 않았으며, 경찰서까지는 아직도 두 블록을 더 가야 했다.

'제발… 0.50구경 액션 익스프레스… 라쿤 시티에서도 누군가가 그걸 주문했을 텐데….'

"그래!"

네 번째 서랍, 사슴 사냥용 소총 상자 아래에 여섯 개의 빈 탄창과 탄약 상자가 여러 개 들어 있었다. 레온은 상자 하나를 재빨리 낚아채고 휙 몸을 돌려 카운터 위에 올려놓은 뒤 작은 가게의 전면을 힐끔 쳐다보았다. 아직 주변에 놈들은 보이지 않았다. 바닥에 쓰러져 있는 죽은 남자를 제외한다면 말이다. 그는 아직은 움직이지 않았지만 흰색 티셔츠를 붉게 물들인, 평퍼짐한 배에 생긴 지 얼마 되지 않은 것처럼 보이는 상처를 감안하면 머뭇거릴 시간이 없었다. 놈들에게 당해 죽은 뒤 얼마의 시간이 흘러야 다시 일어서는지 알지 못했고, 알아내고 싶은 마음도 없었다.

'어쨌거나 서둘러야 해. 난 놈들에게 반짝이는 표적이나 마찬가지고 이곳은 접근하기도 아주 쉬우니까….'

박살난 가게 앞 벽과 잽싸게 움직이는 두 손에 시선을 번갈아 두며 레온은 총알을 장전하기 시작했다.

총포상을 발견한 건 순전히 우연이었다. 자동차가 폭발한 악몽 같은 현장에서 어지러운 채로 마구 달리다 보니 총포상이 거기 있다는 것을 완전히 잊고 있었다. 경찰서로 가는 가장 빠른 길이 차량 연쇄 충돌로 막힌 것을 발견했을 때, 돌아가는 길 중에서도 가장 빠른 것이 이 켄도 총포상을 통하는 방법이었다. 그 우연한 발견이 말할 필요도 없이 그의 목숨을 구한 셈이었다. 여기까지 오는 동안 괴물 두 놈을 더 죽이면서 레온은 놈들의 어마어마한 머릿수에 이미 질려 버린 상태였다.

"우어어어…."

섬뜩하게도 뼈밖에 남지 않은 놈 하나가 거리의 그림자 속에서 비틀비틀 걸어 나오더니 술 취한 사람처럼 총포상을 향해 방향을 틀었다.

"제길."

레온이 내뱉었다. 위기감 때문인지는 몰라도 손가락이 더욱 빠르게 움직이기 시작했다. 탄창 하나는 다 채웠고, 이제 하나만 더… 그러고 나면 나머지는 그대로 가져가도 되었다. 지금 당장 도망친다면 경찰서에 닿기도 전에 죽은 목숨이었다.

나병 환자 같은 또 다른 형체가 유리는 없고 틀만 남은 가게 입구 옆에 서있는 것이 돌연 눈에 들어왔다. 다리는 너무나도 심하게 부패되어 섬유 형태의 근육을 뚫고 구더기가 꿈틀대는 것이 그대로 보일 지경이었다.

'넷… 다섯… 됐어…!'

레온은 매그넘을 낚아채고 탄창을 빼낸 뒤 거의 텅 빈 탄창이 바닥에 채 떨어지기도 전에 재장전을 시작했다. 부패된 다리에서 구더기가 들끓는 놈은 아직 틀에 붙어 있는 날카로운 유리를 어깨로 밀어대며 슬금슬금 안으로 들어왔다. 놈의 목구멍에서 액체가 그렁대는 소리가 들렸다.

가방, 가방이 필요했다. 레온의 열띤 시선이 카운터 뒤의 공간을 훑었다. 그러다 뒤쪽 모퉁이의 등받이 없는 의자에 기대어 놓은 기름이 얼룩진 운동 가방에 멈췄다. 단 두 걸음에 그것을 낚아챈 레온은 탄창과 탄약이 쌓여 있는 카운터로 다시 달려오며 안에 든 걸 쏟아 버렸다. 각종 청소 도구가 리놀륨 바닥에 나뒹굴었지만 레온은 전혀 개의치 않고 탄창과 탄약을 가방에 모조리 쓸어 담았다. 총알이 몇 개 흩어져 날아갔지만 서랍 안에 든 걸 채워 넣는 것이 더 중요했다.

구더기가 득실대는 괴물이 그를 향해 어기적어기적 다가오다가 바닥에 쓰러진 배 나온 남자 시신에 걸려 비틀댔다. 그 순간 놈에게서 얼마나 지독한 썩은 내가 풍기는지 느낄 수 있었다. 레온은 매그넘을 들어 올려 놈의 얼굴을 향해 겨누었다.

'머리를 맞혀. 밖에서 죽인 두 놈처럼.'

천둥이 치듯 요란스러운 총성과 함께 목을 그렁대던 놈의 흐물흐물한 두개골이 터졌고, 철썩 하는 소리와 함께 진한 액체가 총포상 벽과 진열대에 흩뿌려졌다. 머리통이 날아간 채 엉망이 된 시체가 그 자리에서 풀썩 쓰러지기도 전에 레온은 몸을 돌려 탄약이 든 서랍 곁에 쭈그려 앉았다. 그런 다음 묵직한 탄약 상자들을 나일론 가방에 밀어 넣었다. 뒷골목에 놈들이 점점 더 많아지는 건 아닐까, 그래서 자신이 갈 길을 막아버리는 건 아닐까하는 두려움에 여전히 뱃속이 조여오고 몸이 덜덜 떨렸다.

'상자 당 탄창 다섯 개, 상자 다섯 개. 당장 나가.'

레온은 쭈그린 자세에서 몸을 펴며 가방을 어깨에 짊어지고 뒷문을 향해 달렸다. 곁눈으로 흘끔 보니 또 다른 괴물 하나가 방금 총포상 안으로 들어온 걸 알 수 있었다. 가루가 되어 부서지는 유리의 파열음으로 짐작컨대 그 뒤로 더 많은 녀석들이 모여들고 있었다.

출구를 열고 슬그머니 빠져나가 좌우를 살폈다. 레온의 뒤로 문이 스르르 닫히며 가벼운 금속성의 찰칵 소리와 함께 자동 잠금장치가 잠겼다. 골목에는 곰팡이가 슨 쓰레기로 넘쳐나는 쓰레기통과 재활용 통밖에 보이지 않았다. 골목은 그가 선 곳에서부터 왼쪽으로 뻗어나가 다시 왼쪽으로 꺾였다. 머릿속의 나침반이 아직 제대로 돌아가고 있다면 이 좁고 어수선한 골목은 곧장 오크 가로, 경찰서로부터 한 블록도 채 떨어지지 않은 곳으로 이어져 있었다.

지금까지는 운이 좋았다. 그가 할 수 있는 건 이 행운이 계속되기를, 그 행운이 자신을 무사히 경찰서 건물까지 데려다주기를, 그리고 오 하느님, 제발 대체 이 동네에서 무슨 일이 벌어지고 있는지 잘 알고 있는 중무장한 한 무리의 사람들과 만나기를 바라는 것뿐이었다.

'그리고 클레어, 클레어 레드필드… 제발 무사해요. 그리고 나보다 먼저 경찰서에 도착하거든 문만 잠그지 말아요.'

레온은 젊어진 무거운 가방을 다시 고쳐 매고 희미하게 불이 밝혀진 골목을 따라 걷기 시작했다. 길을 막는 것이 있다면 무엇이든 산산조각 내줄 준비가 되어 있었다.

////

클레어는 총을 단 한 발도 쏘지 않고 경찰서에 거의 다다랐다. 거리로 조금씩 모습을 드러내기 시작한 좀비들은 끈질기긴 했지만 움직임이 느렸고, 온몸을 돌고 있는 아드레날린의 힘 덕분에 그들을 피하는 건 쉬웠다. 아마도 탱크로리가 폭발하는 소리를 듣고 나왔다가 사람 냄새를 맡고 따라오기 시작한 것 같았다. 그 중 대략 열 놈 정도가 제법 자세히 살펴볼 수 있을 정도로 가까이 다가왔었는데, 그 중 최소한 절반은 부패가 상당 부분 진행되었는지 살점이 뼈에서 떨어져나가고 있었다.

거리를 살피는 동시에 이곳에서 무슨 일이 있었는지 골똘히 생각하느라 자칫하면 경찰서를 그대로 지나칠 뻔했다. 크리스를 만나러 두 번이나 경찰서에 왔었지만 뒷문으로 들어간 적은 한 번도 없었다. 게다가 춥고, 어둡고, 악취가 진동하는 가운데 자신을 잡아먹으려 쫓아오는 괴물들에 쫓기면서는 더더욱 아니었다.

박살난 순찰차와 좀비가 된 네다섯 명의 경찰들을 보고 그곳이 경찰서임을 깨달은 클레어는 좁은 주차장과 장비 창고 같은 곳을 지나 돌이 깔린 좁다란 안뜰로 들어갔다. 오빠와 함께 그곳 2층의 헬리콥터 이착륙장으로 올라가는 계단에 앉아 점심을 먹은 적도 있었다. 일단 경찰서까지 오는 데에는 성공했다.

L자 모양의 뜰 안을 비틀거리며 서성대는 두 명의 제복 입은 괴물들을 피해 지나가는 건 쉬웠다. 그런데 드디어 잘 아는 곳에 왔고 이제 곧 안전해질 수 있다는 생각에 안도한 나머지 다가오는 여자 괴물을 너무 늦게 알아차렸다. 한 팔을 힘없이 흔들거리고, 피범벅이 되어 찢겨나간 탱크톱을 입은 여자가 신음을 흘리며 계단 아래 그림자에서 나오더니 차갑고 딱지 앉은 손가락으로 클레어의 팔을 만진 것이다.

클레어는 화들짝 놀라 비명을 지르며 여자의 뻗은 손으로부터 뒷걸음질 쳤다. 그러고는 또 다른 놈의 품 안으로 거의 들어가 안길 뻔 했다. 금속 계단 아래에서 방금 나온 키가 크고 어깨가 넓은 남자였는데, 어기적대면서도 아무 소리도 내지 않았던 것이다.

클레어는 얼른 옆으로 피한 뒤 권총을 남자에게 겨누고 한 걸음 뒤로 물러섰다.

그러자 옥상으로 올라가는 뒷 계단의 단단한 난간에 종아리가 부딪히는 게 느껴졌다. 여자는 왼쪽으로 1.5미터 정도 떨어져 있었다. 찢어지고 피로 얼룩진 티셔츠의 오른편으로 푹 패여 갈라진 가슴이 그대로 드러나 보였고, 아직 움직이는 한 팔은 클레어를 향해 뻗은 채였다. 남자 괴물은 손을 뻗어 닿을 거리에서 겨우 한 걸음 더 떨어져 있을 뿐이었고, 클레어는 더 이상 물러설 곳이 없었다.

방아쇠를 당겼다. 그러자 어마어마한 폭발음과 함께 총이 튕기며 거의 손 밖으로 떨어질 뻔했다. 키 큰 남자의 우글쭈글한 얼굴 중 오른쪽 절반이 날아가며 산산이 조각난 두개골에서 짙은 색의 액체가 솟구쳤다.

클레어가 권총을 쥔 손에 다시 힘을 주며 몸을 돌려 이번에는 여자의 창백한 얼굴을 겨냥했다. 또 한 번 귀청이 떨어질 듯한 소리와 함께 여자의 신음이 끊기고, 밀랍을 바른 듯한 이마가 안으로 패여 들어가며 피와 뼛조각들이 산산이 튀었다. 여자가 그대로 뒤로 넘어가 보도로 떨어졌다. 마치….

'그래, 마치 시체처럼. 이미 시체였어. 이번에는 전처럼 살아 돌아다니지 못할 거야.'

마치 뒤처져 있던 모든 것이 그제야 그녀를 따라잡은 듯, 방아쇠를 당긴 순간 지금 처한 상황의 급박함이 돌연 현실로 다가왔다. 잠시 동안 클레어는 움직일 수 없었다. 짐짝처럼 쓰러진 두 괴물, 자신이 방금 쏘아 넘어뜨린 두 사람을 멍하니 내려다보았다. 이성을 잃고 악을 쓰며 발악을 하기 일보직전 상태에 이른 것 같은 느낌이었다.

사실 클레어는 총을 접하며 자라났다. 사격장에는 수십 번도 더 가보았다. 하지만 그건 0.22구경짜리 사격용 총으로 종잇장을 쏘는 것에 불과했다. 방금 그녀가 목숨을 빼앗은 두 명의 인간처럼 피를 흘리지도, 두개골 속 내용물을 분출하지도 않는 표적 말이다.

'아니. 이건 인간이 아니야. 더 이상은 아니야. 어리석은 생각하지 말고, 죄책감에 시간 낭비하지도 마. 지금쯤 레온이 이미 도착해 널 찾고 있을 수도 있어. 그리고 혹시나 스타스가 소집되었다면 오빠도 여기 있을 수 있다고.'

클레어의 머릿속에서 냉정한 목소리가 끼어들었다.

그런 생각이 아니더라도 아까 처음 안뜰을 지나쳤을 때 보았던 좀비 경찰 두 명이 이리로 다가오고 있었다. 바닥에 깔린 판돌 위로 발을 질질 끌면서 말이다. 이제는 가야 할 시간이었다.

클레어는 계단을 가볍게 달려 올라갔다. 귓속을 가득 채운 높은 이명 때문에 쿵쾅대는 자신의 발소리도 거의 듣지 못했다. 9밀리미터 총알의 강력한 발사음 때문에 청력에 일시적으로 이상이 생긴 것 같았다. 옥상에 거의 다다라서야 헬리콥터가 있다는 걸 알아차린 것도 그 때문이었을 것이다.

계단 꼭대기 바로 아래 칸에 선 클레어는 그대로 멈춰 버렸다. 거대한 검정색 헬리콥터가 그림자에 반쯤 가려진 채 공중을 맴도는 것이 시야에 들어왔다. 거센 바람이 규칙적으로 그녀의 맨 어깨를 강타했다. 헬리콥터는 이착륙장의 남서쪽 모퉁이에 붙어선 아주 오래된 급수탑 근처에 있었는데, 그것이 방금 이륙했는지 착륙하려 하는 것인지는 알 수 없었다.

알 수도 없었고, 상관도 없었다.

"이봐요! 여기에요!"

클레어가 왼손을 공중에 흔들며 소리쳤다. 목소리는 옥상에 회오리치는 먼지바람과 규칙적으로 들려오는 헬리콥터 날개 소리에 묻혀 버렸다. 클레어가 미친 듯 팔을 흔들었다. 방금 로또에 당첨된 것만 같은 기분이었다.

'누군가 와주었어! 하느님 고맙습니다, 고맙습니다!'

그때 공중을 선회하던 헬리콥터의 배 부분에서 눈부신 탐조등이 켜지더니 옥상을 한 번 훑었다. 하지만 그것은 그녀로부터 멀리, 엉뚱한 방향으로 가고 있었다. 클레어가 조금 더 다급히 손을 흔들며 큰 소리를 내기 위해 숨을 들이쉬었다.

바로 그 순간, 탐조등에 잡힌 것이 무엇인지 알아볼 수 있었다. 그리고 대부분 알아들을 수 없었지만 헬리콥터의 굉음 아래로 누군가 절박하게 소리치는 것도 들려왔다. 남자, 경찰이 옥상의 높은 부분을 등지고 계단 반대편의 이착륙장 모퉁이에 서 있었다. 그는 기관총 같은 것을 들고 있었고, 멀쩡히 살아있는 것 같았다.

"이리로!"

경찰이 헬리콥터를 향해 소리쳤다. 목소리에는 공포가 가득했다. 그 이유를 깨닫자 안도감이 한순간에 증발하는 것을 느꼈다. 좀비 두 놈이 이착륙장의 어둠을 뚫고 탐조등을 받아 환하게 빛나고 있는 경찰을 향해 휘청거리며 다가오고 있었던 것이다. 클레어는 권총을 들어 올렸다가 힘없이 다시 떨어뜨렸다. 궁지에 몰린 경찰을 맞힐까 겁이 났다.

탐조등은 조금도 흔들리지 않고 그 끔찍한 광경을 선명하게 보여주었다. 경찰은 놈들이 그를 향해 손을 뻗어 올 때까지도 그들이 얼마나 가까이에 있는지 알아차리지 못한 것 같았다. 근육이 드러난 팔들이 한곳에 고정된 흰색 빛줄기 속으로 뻗어왔다.

"저리 가! 가까이 오지 마!"

그가 소리쳤다. 목소리에 담긴 순수한 공포 덕분에 클레어는 말을 완벽히 알아들을 수 있었다. 부패해 가는 두 개의 형체가 동시에 먹잇감에게 달려들어 그녀의 시야를 가렸을 때, 경찰의 비명 소리를 또렷이 들을 수 있었던 것처럼 말이다.

그때 경찰이 들고 있던 기관총 소리가 헬리콥터 이착륙장을 갈랐다. 헬리콥터의 굉음에도 클레어는 총알이 피융, 하고 마구 날아다니는 소리를 들을 수 있었다. 그녀는 재빨리 바닥으로 몸을 던졌다. 꼭대기 계단에 부딪혀 무릎이 깨졌고, 시끄러운 기관총 소리는 끝없이 이어졌다.

그리고 다음 순간, 헬리콥터 소음에 변화가 생겼다. 이상한 진동음이 금세 기계장치가 내는 비명 같은 소리로 바뀐 것이다. 위를 올려다보자 거대한 동체가 푹 꺼지고 헬리콥터의 뒤쪽 끝이 불규칙적인 원을 그리며 마구 흔들리고 있었다.

'세상에, 헬리콥터가 맞았어!'

헬리콥터의 탐조등이 요란스레 사방을 가리키며 금속 파이프와 콘크리트, 죽어가며 몸부림치는 경찰을 차례대로 환히 밝혔다. 어찌된 일인지 경찰은 두 명의 괴물이 자신을 찢어발기는 도중에도 여전히 총을 쏘아댔다.

그때 헬리콥터가 추락하기 시작하며 불안하게 옆으로 기울었다. 그리고 다음 순간, 엄청난 굉음과 함께 기다란 날개가 옥상의 벽돌 구조물로 처박혔다. 눈을 깜빡일 틈도 없이 헬리콥터의 전면부가 옥상에 부딪히더니 끼이익 하는 소리와 함께 불꽃과 유리 조각들을 튀기며 이착륙장 위를 미끄러졌다.

폭발이 일어난 건 헬리콥터 몸체가 남서쪽 모퉁이에 부딪히며 쓰러진 경찰과 괴물들 바로 위에서 멈춰 섰을 때였다. 최초의 펑, 펑 터지는 폭발 이후 불길이 확 올라오며 옥상 위의 모든 것을 붉은 빛으로 물들였고, 기관총 소리가 마침내 멈췄다. 그와 동시에 옥상 위 어디에선가 무언가 부서지는 소리가 나면서 헬리콥터가 벽돌담을 뚫고 시야에서 사라졌다.

클레어는 후들거리는 다리로 일어서서 헬리콥터 이착륙장의 절반을 뒤덮은 불길을 멍하니 바라보았다. 모든 게 너무나도 순식간에 벌어져 현실로 느껴지지 않았다. 이 상황이 진짜임을 입증할 증거인 눈앞에 피어오르는 연기는 모든 걸 더욱 비현실적으로 보이게 할 뿐이었다. 매캐하고 들척지근한 고기 타는 냄새가 열기 가득한 공기와 함께 파도치듯 밀려들었다.

갑작스레 사방이 고요해졌다. 동시에 클레어는 아래 안뜰에 있는 좀비들의 나지막한 신음 소리를 들을 수 있었다.

계단을 내려다보니 좀비 경찰 둘 다 앞이 보이지 않기라도 한 듯 계단 맨 아래 칸에 부딪혀 넘어지기를 반복하고 있었다. 적어도 계단은 올라가지 못하는 것 같았다.

'계단을 못 올라간다….'

클레어는 경찰서 건물로 들어가는 문을 향해 겁에 질린 시선을 돌렸다. 천천히 헬리콥터의 몸체를 집어삼키고 있는 불길에서 약 9미터 정도 떨어져 있는 것 같았다. 계단을 제외하고는 그것이 옥상으로 이어지는 유일한 길이었다. 좀비들이 계단을 못 오른다면….

'그럼 빠져나가지 못하고 저 안에 득실거릴 수도 있다는 거 아니야. 경찰서는 전혀 안전하지 않아.'

클레어는 불타는 헬리콥터를 바라보며 어떻게 하면 좋을지 생각에 잠겼다. 지금 가진 권총은 한 번에 많은 탄약이 들어가고, 아직도 꽉 찬 탄창이 두 개나 있었다. 다시 거리로 돌아가 열쇠가 꽂힌 자동차를 찾아 도움을 청하러 갈 수도 있었다.

'하지만 그렇게 하면 레온은? 그가 아직도 살아 있으면? 그리고 혹시라도 경찰서 안에 더 많은 사람들이 모여 탈출을 계획하고 있으면?'

지금까지 혼자서도 꽤 잘 버텼다고 생각했지만 의지가 되는 다른 누군가와 함께라면 더 마음이 놓일 거라는 사실도 알고 있었다. 폭동 진압 경찰대도 좋고, 정 안 되면 총을 잔뜩 가진, 전투에 익숙한 베테랑 경찰 한 명이라도 좋았다. 아니면 오빠도. 크리스가 경찰서에 있을지는 알 수 없었지만 클레어는 그가 분명 살아 있으리라고 믿었다. 이런 위기 상황에서 잘 처신할 수 있는 사람이 있다면 그건 바로 자신의 오빠인 크리스였다.

경찰서 안에서 누굴 만나든 못 만나든 레온에게 말 한 마디 없이 이대로 떠날 수는 없었다. 알리지도 않고 도망쳤다가 혹시 그가 자신을 찾다 죽기라도 한다면….

마음이 정해졌다. 클레어는 움직임이 있는지 주변을 세심히 살피며 불길을 피해 조심스레 문으로 향했다. 문간에 도달하자 잠시 눈을 감고 땀으로 축축이 젖은 한 손을 문손잡이에 올렸다.

"할 수 있어."

클레어는 나지막이 중얼거렸다. 만족스러울 만큼 자신감이 넘치진 않았지만 적어도 목소리가 갈라지거나 떨리진 않았다. 눈을 뜨고 문을 열었다. 은은한 조명이 켜진 복도에선 아무것도 튀어나오지 않았다. 클레어는 살그머니 안으로 들어갔다.

제8장

브라이언 아이언스 서장은 숨을 몰아쉬며 자신만 사용하는 개인 복도에 멈춰 섰다. 건물을 통해 우르릉하는 충격의 진동이 느껴진 건 바로 그때였다. 소리도 분명히 들려왔다. 먼 곳에서 무언가가 쪼개지는 소리, 묵직하고도 갑작스러운 소음이었다.

'옥상. 옥상에서 무슨 일인가가 벌어졌군.'

무심히 생각했다. 그러나 애써 생각을 이어가지는 않았다. 무슨 일이 벌어졌든 어차피 지금보다 상황을 더 악화시킬 수는 없을 테니까.

아이언스 서장은 살집이 두툼한 한쪽 엉덩이로 벽을 밀며 최대한 조심스레 베벌리를 안아 올렸다. 곧 승강기를 타게 될 것이고, 그러고 나면 사무실까지 조금만 걸으면 되었다. 거기에서 조금 쉰 다음에는….

"그리고 그 다음에는… 그게 문제지, 안 그래? 그 다음엔 뭘 할 건데?"

아이언스의 중얼거림에 베벌리는 대답하지 않았다. 그 완벽한 얼굴은 움직이지도, 말을 하지도 않았다. 눈도 여전히 감긴 채였다. 하지만 아까보다 조금 더 가까이 자신에게 안겨드는 것 같았다. 길고 날씬한 몸이 그의 가슴팍으로 감겨왔다. 자신의 상상이 분명했다.

베벌리 해리스. 시장의 딸. 젊고 눈부시도록 아름다운 금발의 베벌리는 종종 그의 꿈에 나타나 죄책감을 안겨주곤 했었다. 아이언스는 품에 안긴 몸을 더 꼭 끌어안고 승강기로 걸음을 이었다. 베벌리가 깨어날 경우를 대비해 지친 모습은 보이지 않도록 애를 썼다.

승강기에 다다랐을 때에는 허리와 두 팔이 아파오기 시작했다. 베벌리를 자신의 취미용 방이자 안식처인 그곳에 남겨두고 오는 편이 나았을지도 몰랐다. 그곳은 조용했고 아마 경찰서 안에서 가장 안전한 곳 중 하나였다.

하지만 사무실로 가서 일기장과 몇 가지 개인 물품을 챙겨 오기로 결심했을 때, 그녀를 거기 혼자 남겨둘 수 없다는 걸 깨달았다. 그녀는 너무나도 연약하고 천진해 보였다. 해리스 시장에게 그녀를 돌봐주겠다고 약속했었다. 만일 자신이 자리를 비운 사이에 공격을 당하기라도 하면 어쩐단 말인가. 아니면 사무실에서 돌아와 보니 그녀가 홀연히 사라졌다면? 다른 모든 것처럼 사라져 버린다면?

'십 년에 걸친 노력이… 인맥을 쌓고, 연줄을 만들고, 세심한 계획 끝에 이곳까지 올라온 그 모든 노력이… 이렇게 물거품이 되어 버리다니….'

아이언스는 그녀를 차가운 바닥에 내려놓고 승강기 문을 열었다.

잃어버린 모든 것에 대해서는 생각하지 않도록 필사적으로 노력했다. 지금 중요한 건 베벌리였다.

"내가 안전하게 지켜줄게."

잠깐, 방금 중얼거린 순간 저 완벽하리만치 아름다운 입술 한쪽이 살짝 올라가지 않았나? 자신이 안전하다는 걸, 브라이언 삼촌이 잘 돌봐주리라는 걸 아는 걸까? 베벌리가 어렸을 무렵엔 자주 해리스 시장에게 저녁 초대를 받곤 했다. 덕분에 그의 집에 드나들 기회가 많았고, 베벌리는 자신을 '브라이언 삼촌'이라고 불렀었다.

'알 거야. 당연히 알지.'

아이언스는 반쯤 끌다시피 하여 승강기 안 모퉁이에 베벌리를 기대어 앉히고는 천사 같은 얼굴을 다정하게 바라보았다. 갑자기 밀려드는 부성애 비슷한 감정에 가슴이 벅차오르는 걸 느꼈다. 눈가에 눈물이 고였지만 놀랍지 않았다. 자랑스러움과 애정의 눈물이었다.

지난 며칠 동안 그는 갑작스러운 감정의 폭발에 시달려왔다. 분노, 공포, 심지어 기쁨까지. 원래 아이언스는 그다지 감정적인 사람이 아니었기에 갑작스런 감정의 변화가 당혹스러웠다. 그러나 이제는 그런 격렬한 감정을 받아들이게 되었고 어느 정도는 즐길 수도 있게 되었다. 최소한 혼란스럽지는 않지 않은가.

그밖에도 갑자기 밀려오는 아지랑이 같은 이상한 느낌이나 형태 없는 불안감에 휩싸이는 순간들도 있었다. 그런 순간을 겪고 나면 심히 마음이 불안해지는 것은 물론, 길 잃은 아이처럼 당황스럽고 어리둥절해지기까지 했다.

'더 이상은 아니야. 이제부터는 잘못될 것이 없어. 베벌리가 나와 함께 있으니 필요한 걸 챙겨서 안식처에 숨은 다음, 좀 쉬는 거야. 베벌리는 몸을 회복할 시간이 필요할 테고 나는… 난 생각을 좀 할 수 있겠지. 그래, 바로 그거야. 생각을 할 필요가 있어.'

승강기가 올라가기 시작하자 아이언스는 눈을 깜빡여 이미 까맣게 잊은 눈물을 떨쳐냈다. 그러고는 권총을 총집에서 꺼내 탄창을 빼내고 총알이 몇 발이나 남았는지 세어보았다. 개인 방은 안전했지만 사무실은 이야기가 달랐다. 미리 대비해야 했다.

승강기가 멈추자 아이언스는 한 다리로 문을 밀어 열고 끙 소리를 내며 베벌리를 들어올렸다. 마치 잠든 아이를 안아 옮기듯 조심스레 다루었다. 베벌리의 차갑고 매끄러운 몸이 그의 팔 안에 축 늘어져 있었고, 그가 움직이는 대로 머리가 이리저리 흔들렸다. 어색한 자세로 베벌리를 올려 안자 흰색 드레스가 밀려 올라가며 매끈한 크림색 허벅지가 드러났다. 아이언스는 시선을 돌리고는 벽처럼 위장된 사무실 문을 조작하는 기기판에 정신을 집중했다. 전에는 베벌리를 두고 악의 없는 상상을 펼치곤 했지만 이제 그녀를 지키는 건 자신의 책임이었다. 자신은 곧 보호자요, 백기사였다.

한쪽 무릎으로 튀어나온 버튼을 누를 수 있었다. 벽이 미끄러지듯 열리며 다행히도 비어 있는, 호화롭게 장식된 그의 사무실이 모습을 드러냈다. 벽에 매달린 박제한 동물 머리만이 유리알처럼 멍한 눈으로 그들을 반겼다.

이탈리아에서 수입한 거대한 호두나무 책상이 바로 앞에 있었고, 힘이 빠르게 빠져나가고 있었다. 베벌리는 몸매가 아담했지만 자신의 체력은 예전 같지 않았다. 아이언스는 재빨리 베벌리를 책상 위에 눕히고, 팔꿈치로 연필이 꽂힌 컵을 바닥으로 밀어냈다.

"자, 됐다!"

아이언스가 숨을 내쉬며 베벌리를 내려다보고 미소 지었다. 화답하는 미소는 돌아오지 않았지만 곧 깨어날 것을 알았다. 전에 그랬던 것처럼. 그가 책상 아래로 손을 넣어 벽을 조작하는 장치를 누르자 그들 뒤로 문이 닫혔다.

뒤편 홀에서 스콧 경관 옆에 기댄 채 잠들어 있는 베벌리를 처음 발견했을 때는 걱정이 되었었다. 온통 상처로 뒤덮인 조지 스콧은 죽은 뒤였고, 베벌리의 배에 붉은 핏자국을 보았을 때 그녀도 죽은 것이 아닐까 생각했었다. 하지만 그의 안식처로 데려갔을 때 베벌리가 속삭였었다. 몸이 좋지 않다고. 부상을 입었고, 집에 가고 싶다고 말이다.

'그랬어? 정말 그랬었나?'

아이언스가 불확실한 기억에서 퍼뜩 깨어나며 눈살을 찌푸렸다. 안식처에서 베벌리를 취미용 테이블에 올려놓고 피에 젖은 드레스의 옷매무새를 고쳐주었을 때 무언가를 느꼈었는데… 그것이 무엇인지 기억할 수 없었다. 당시에는 중요한 것 같지 않았다. 하지만 안식처로부터 멀어진 지금은 잘 떠오르지 않는 그 무언가가 머릿속 한 구석에서 아이언스를 괴롭혔다. 또 전처럼 혼란스러운 순간을 겪은 거라고, 머리에 안개가 낀 것처럼 느꼈던 거라고 상기시키며 말이다.

'그때 내가… 내가… 손가락 아래로 차갑고, 고무처럼 미끈거리

는 내장이 만져졌었지. 그녀를… 만졌을 때….'

"베벌리?"

아이언스가 속삭였다. 갑자기 다리에 힘이 풀려 책상 뒤 의자에 주저앉았다. 베벌리는 침묵을 지켰다. 그리고 혼란스러운 감정이 밀물처럼 아이언스를 덮쳐 그를 넘어뜨리고, 받아들이고 싶지 않은 이미지와 기억과 진실로 그의 머릿속을 가득 채웠다. 첫 번째 공격 이후로 전화 외선을 끊었지. 엄브렐러와 버킨과 돌아다니는 시체들. 차고에서의 대학살. 해리스 시장이 산 채로 먹힐 때 최후의 순간까지 비명을 질렀고, 마치 쇠 냄새 같은 피비린내가 공기 중을 가득 채웠지. 첫 날의 길고도 끔찍한 밤을 보내며 살아있는 사람들의 숫자가 점점 줄어들었고 차갑고도 처참한 깨달음이 연거푸 그를 덮쳤다. 도시가, 그의 도시가 이제 사라지고 말았다고.

그 이후 바로 정신적 혼란이 찾아왔다. 자신의 행동에 대해 책임을 물을 사람도, 죗값을 치를 일도 없다는 걸 깨달았을 때 찾아온 기이하고도 발작적인 기쁨. 그리고 두 번째 날 밤에 했던 게임이 기억났다. 버킨의 애완동물들이 경찰서로 들어오는 길을 찾아내어 얼마 남지 않은 경찰들을 거의 다 해치운 뒤에 한 게임 말이다. 도서관에 숨어 있던 닐 카슨을 찾아내 그를… 잡았었다. 야생동물처럼 카슨 경사를 잡아 죽였지.

'하지만 그게 중요해? 중요한 건… 중요한 건 이제 라쿤에서 내 인생이 끝났다는 거지.'

이제 유일하게 남은 것, 아이언스가 지켜야 할 것은 안식처뿐이었다. 아니, 그리고 하나 더 있었다. 안식처를 만들어낸 자신의 일부, 지금껏 언제나 감추어왔던 그의 깊은 곳에 숨겨진 어둡고도 아름다운 본능. 이제 그 본능을 자유롭게 풀어줄 수 있었다.

아이언스는 마치 섬세하고 연약한 꿈처럼 자신의 책상 위에 누워 있는 베벌리 해리스의 시신을 쳐다보았다. 그러자 마음속에서 전투를 벌이고 있는 두려움과 회의로 가슴이 찢어지는 것 같았다. 자신이 베벌리를 죽인 걸까? 기억할 수 없었다.

'브라이언 삼촌. 10년 전의 난 브라이언 삼촌이었다고. 하지만 이젠 어떻게 변해버린 걸까.'

견딜 수가 없었다. 아이언스는 베벌리의 생기 없는 얼굴에서 시선을 떼지 않은 채로 총집에서 장전된 VP70을 꺼내 무감각한 손가락으로 총열을 쓰다듬기 시작했다. 총구가 그 자신을 향해 천천히 움직이는데도 이상하게 마음이 더욱 안정되는 것 같았다. 총구가 말랑말랑한 뱃살을 꾹 누르자 이제야 마음의 평화를 손에 넣을 수 있을 것 같은 기분이 들었다. 아이언스의 손가락이 방아쇠에 닿았다. 바로 그때, 베벌리가 다시 속삭였다. 입술은 움직이지 않았지만 노래하듯 달콤한 목소리가 사방에서 들려오기 시작했다.

'날 버리지 말아요, 브라이언 삼촌. 날 안전하게 지켜주겠다고, 돌봐주겠다고 했잖아요. 모두가 사라지고 막을 사람도 없으니 이제 마음대로 할 수 있어요.'

"넌 죽었어."

아이언스가 속삭였지만 그녀는 끈질기게 나지막한 목소리로 말을 이었다.

'욕구를 충족시켜요. 막을 사람은 한 명도 없어요. 태어나 처음으

로 원하는 일을 마음껏 할 수 있게 되었잖아요.'

가슴이 찢어질듯 괴로웠지만 아이언스는 천천히, 아주 천천히 배를 누르고 있던 9밀리미터 권총을 치웠다. 그리고 잠시 후, 베벌리의 어깨에 이마를 기대고 피로에 지친 눈을 감았다.

그 말이 옳았다. 베벌리만 놔두고 갈 수는 없었다. 약속하지 않았었나. 지켜주겠다고. 그리고 이제 원하는 건 뭐든지 할 수 있다는 말에도 일리가 있었다. 자신의 취미용 테이블은 온갖 종류의 동물을 다 올려놓을 수 있을 정도로 컸다.

아이언스는 한숨을 쉬었다. 이제부터 무엇을 해야 할지 알 수 없었다. 하지만 곧 왜 그리 서둘러 결정을 내리려 하는지도 의아해졌다. 여기서 잠시 쉬어도, 아니 잠깐 낮잠을 자도 괜찮았다. 잠에서 깨고 나면 모든 일이 다시 명확해질 것이었다.

그래, 바로 그거였다. 잠시 쉰 다음 생각을 정리하고, 필요한 일을 처리하면 되었다. 따지고 보면 그는 경찰 서장이 아닌가.

다시 자신을 통제할 수 있게 된 브라이언 아이언스는 얕은 잠에 빠져들었다. 뜨겁게 달아오른 이마에 베벌리의 차가운 살갗은 너무나도 기분 좋게 느껴졌다.

제9장

켄도 총포상 뒤 골목에 세워져 있던 승합차 때문에 곧장 경찰서로 가려던 레온은 가까운 길을 또 돌아서 가야 했다. 놈들이 우글거리는 농구장과 또 다른 골목길 하나, 그리고 안에 널브러져 있는 수많은 시체들로 악취가 진동하던 주차된 버스 한 대, 놈들의 구슬픈 신음소리와 부패의 악취, 그리고 팔다리에 힘이 빠지게 만들었던 먼 곳의 폭발음까지 모두가 악몽 같았다. 돌아다니던 시체 세 놈을 더 쏘아 죽이면서 아드레날린과 공포심이 머리끝까지 솟구쳤지만 경찰서 건물은 안전할 것이라는 희망만은 잃지 않았다. 그곳에 가면 경찰관과 의료팀이 있고, 누군가가 주축이 되어 중요한 의사결정을 내리고 사람들을 결집시켜 안전한 피난처를 만들어놓았을 것이라는 바람은 여전히 굳건했다. 그건 단순한 희망이 아니라 굳은 믿음이었다. 라쿤 시티에 사람들을 보호하고 이끌 누군가가 한 명도 남아있지 않을지도 모른다는 가능성은 차마 떠올릴 수도 없었다.

마침내 경찰서 앞 거리로 허겁지겁 달려 나와 그곳에 선 불타는 순찰차들을 보았을 때, 레온은 배에 크게 한 방 얻어맞은 것 같은 기분이었다. 남아있던 일말의 희망을 빼앗아가 버린 건 썩은 내를 풍기고 신음을 흘리며 일렁이는 불길 주변을 어슬렁거리고 있는 경찰관들의 모습이었다. 라쿤 시티에는 경찰관이 오십 명에서 육십 명 정도밖에 되지 않았는데 그 중 족히 3분의 1이 경찰서 정문에서 30미터도 떨어지지 않은 공간에서 비틀거리며 돌아다니거나 피를 흘리고 쓰러져 죽어있는 것 아닌가.

레온은 애써 절망감을 밀어내고 경찰서 안뜰로 이어지는 대문에 시선을 고정했다. 살아남은 사람이 있든 없든, 자신은 세워두었던 계획에 충실하게 도움을 청해야 했다. 물론 클레어도 있었다. 두려움에만 사로잡혀 있다가는 해야 할 일을 하기가 더 힘들어질 뿐이었다.

레온은 손가락이 있어야 할 자리에 까맣게 타버린 뼈만 남은, 심하게 불탄 제복 차림의 경찰관을 민첩하게 피하며 정문으로 달렸다. 차가운 문손잡이를 붙잡고 문을 밀면서 그는 자신이 이미 이 비극에, 이 괴물들이 모두 한때는 라쿤의 시민들이었다는 사실에 점점 더 둔감해지고 있음을 깨달았다. 그렇다고 거리를 배회하는 괴물들이 덜 무서운 건 아니었다. 그저 언제까지고 충격을 받은 채로 있을 수는 없었다. 그러기엔 괴물이 너무나도 많았다.

'다행히 여긴 그리 많지 않군. 하느님 감사합니다.'

건물 안으로 들어온 레온은 문을 굳게 닫고 땀에 젖은 앞머리를 쓸어 올리며 거의 신선하게까지 느껴지는 공기를 깊이 들이마셨다. 안뜰을 훑어보니 오른편으로 보이는 잔디가 깔린 작은 공원은 빛이 환하게 밝혀져 괴물이 몇 놈밖에 없는 것이 눈에 들어왔다. 게다가 위협이 될 정도로 가까운 놈은 하나도 없었다. 경찰서 건물 전면을 장식하고 있는 두 개의 깃발도 보였다. 고요한 어둠 속에 축 늘어져 있긴 했지만 그것을 보는 것만으로도 거의 사라졌다고 생각했던 희망에 다시 불이 지펴졌다. 어쨌거나 자신이 잘 아는 곳까지 무사히 오지 않았는가. 그리고 여긴 아무래도 거리보다는 안전할 것 같았다.

레온은 앞을 못 보는 사람처럼 휘청거리는 괴물 세 놈을 빠르게 지나쳤다. 남자 둘, 여자 한 명이었는데 배고픈 아우성과 비틀거리는 움직임만 아니었다면 정상인처럼 보일 정도이니 죽은 지 얼마 안 된 것이 분명했다.

'아니, 죽은 게 아니지. 죽은 사람은 총을 맞고 피를 흘리지 않는다고. 비틀비틀 걸어 다니며 다른 사람을 뜯어먹으려 하지도 않고….'

죽은 사람은 걷지 못한다. 그리고 살아있는 사람은 0.50구경 총알을 몇 번이나 맞으면 대체로 쓰러지게 되어 있고, 살점이 썩어 들어가는 것을 그대로 놔두지도 않는다. 경찰서로 들어가는 정문 계단을 빠르게 달려 올라가는 동안 지금껏 미뤄두었던 의문이 마구 머릿속을 채우기 시작했다. 아직은 그 답을 알 수 없었지만 분명 곧 알게 될 것이었다.

경찰서 문은 잠겨 있지 않았지만 그렇다고 해서 놀라지는 않기로 했다. 이곳에 도착한 이후 겪은 모든 일을 고려한다면 앞으로 일어날 일들에 대해 괜한 기대나 예측은 하지 않는 편이 낫다고 판단했다. 레온은 문을 열고 안으로 들어갔다. 권총을 들어 올리고 손가락은 방아쇠에 올린 채였다.

건물 안은 비어 있었다. 경찰서의 웅장한 로비에서는 아무런 생명의 기운도, 라쿤 시티를 휩쓴 대재앙의 기미도 전혀 느껴지지 않았다. 레온은 놀라지 않기로 한 다짐을 잠시 잊고 문을 닫으며 움푹 팬 로비 쪽으로 이어진 짧은 계단을 내려갔다.

"누구 있어요?"

목소리를 작게 냈지만 소리는 꽤 멀리까지 퍼지더니 메아리가 되어 다시 돌아왔다. 모든 게 레온이 기억하는 그대로였다. 고전적 스타일의 오크 나무와 대리석으로 된 3층 건물. 커다란 로비 중앙 낮은 공간에는 물동이를 든 여자의 석상이 있었고, 양쪽으로는 각각 안내 데스크로 이어지는 경사로가 있었다. 석상 앞쪽 바닥에 박힌 라쿤 시티 경찰 문장은 마치 방금 누가 닦기라도 한 것처럼 벽에 달린 조명 빛을 받아 은은하게 빛났다.

'시신도, 핏자국도, 심지어 탄피 하나 없어. 여기에서 놈들의 공격이 있었다면 그 증거는 대체 어디 있는 거야?'

거대한 로비가 무섭도록 조용한 것이 불편해 레온은 왼편에 위치한 경사로를 따라 올라가 안내 데스크 앞에 서서 안쪽을 넘겨다보았다. 자리를 지키는 사람이 없다는 것만 빼면 이상한 점이 전혀 없었다. 카운터 너머 책상 위에 전화기가 한 대 있었다. 수화기를 들어 머리와 어깨 사이에 끼고 차갑고 둔한 손가락으로 버튼을 눌러보았다. 하지만 발신음은 없었다. 들리는 소리라고는 묵직하게 박동하는 자신의 심장소리뿐이었다.

레온은 전화기를 내려놓고 몸을 돌려 로비를 바라보며 먼저 어디로 가면 좋을지 생각했다. 클레어를 찾고 싶은 마음도 컸지만 다른 경찰관을 만나고 싶은 생각도 간절했다. 여기 오기 2주 전쯤 서너 개의 부서가 재배치될 것이라는 라쿤 시티 경찰의 문서를 받았지만 그건 중요하지 않았다. 건물 안에 경찰이 있기만 하다면 이런 응급 상황에 자기 자리를 지키는 것 따위는 그다지 중요하지 않게 여길 것이었다.

로비에서 경찰서의 다른 곳으로 이어지는 문은 총 세 개가 있었다. 서쪽으로 두 개, 동쪽으로 한 개였다. 서쪽에 난 문 두 개 중 하나는 문서보관소 두 곳과 브리핑룸 한 곳을 통과해 건물 뒤편으로 향하는 여러 개의 복도로 연결되어 있었다. 그리고 두 번째 문을 열면 바로 제복 경찰관 집합실과 라커룸이 나오고, 이는 다시 2층으로 올라가는 계단 근처의 복도 중 한 곳으로 연결되었다. 사실상 1층에서 동편의 전부라 할 수 있는 동쪽으로 난 문은 사무실, 조사실, 기자회견실 등 주로 형사들을 위한 공간으로 이어졌다. 그리고 지하실로 내려가는 계단과 건물 밖으로 나가는 계단도 이쪽에 있었다.

'클레어는 아마 차고를 통해 들어왔을 거야. 아니면 옥상으로 이어지는 건물 뒤편 주차장을 통하거나….'

그것도 아니면 건물을 한 바퀴 돌아 그와 같은 문으로 들어왔을지도 모른다. 경찰서에 무사히 도착했다면 말이다. 설사 여기에 와 있더라도 이 건물이 거의 한 블록 전체를 차지한다는 사실을 고려할 때 찾아야 할 곳이 너무나도 많았다.

어디서부터든 일단 시작해야 한다고 판단한 레온은 자신의 라커룸이 있을 집합실을 향해 걷기 시작했다. 무작정 고른 것이긴 했지만 다른 어느 곳보다도 그곳에서 가장 많은 시간을 보냈었다. 게다가 지금 서 있는 장소에서 거기가 가장 가깝기도 했고. 공동묘지 같은 거대한 로비의 고요함은 소름이 끼쳤다.

문은 잠겨 있지 않았다. 레온은 천천히 문을 밀었다. 숨을 참은 채로 이곳 역시 로비처럼 아무도 손대지 않고 잘 정돈되어 있기를 빌었다. 하지만 그의 눈에 들어온 건 아까의 두려움을 그대로 확인시켜주는 장면이었다. 놈들이 이곳에 다녀갔다. 그것도 아주 난장판을 만들어 놓았다.

기다란 집합실은 완전히 엉망이었다. 보이는 곳마다 탁자와 의자가 쪼개지고 뒤집혀 있었다. 말라붙은 핏자국이 벽을 장식했고, 피가 사방에 튀고 바닥에는 웅덩이를 만들어 놓았다. 그 중 하나가 무언가 끌린 듯 한 곳을 향해 이어져 있었다.

"오, 하느님."

흑인 경찰관 한 명이 왼편의 라커에 기대 앉아 있었다. 벌리고 있는 두 다리는 박살난 탁자에 반쯤 가려 있었다. 레온의 목소리에 그가 떨리는 한 팔을 힘겹게 들어 레온의 방향으로 겨냥하고는 다시 내렸다. 그것만으로도 지친 것 같았다. 그의 배는 스며 나오는 피로 범벅이 되어 있었고, 짙은 색 얼굴은 고통으로 일그러져 있었다.

레온은 두 걸음 만에 그의 곁에 쭈그리고 앉아 가볍게 어깨를 쥐었다. 상처는 보이지 않았지만 피가 너무나도 흥건한 것으로 보아 상태가 심각하다는 걸 알 수 있었다.

"누구십니까?"

그가 속삭이듯 물었다.

거의 꿈을 꾸는 듯 나지막한 그의 목소리는 여전히 피가 배어나오는 상처나 흐려진 짙은 눈동자만큼이나 레온을 겁나게 했다. 그는 죽어가고 있었다. 그것도 빠르게. 정식으로 만난 적은 없지만 예전에 본 적 있는 사람이었다. 똑똑하고 성실하여 금세 형사로 진급할 것으로 보였던 젊은 흑인 경찰… 이름이… 그래, 마빈. 마빈 브래너였다.

"레온 케네디라고 합니다. 여기서 무슨 일이 있었던 겁니까?"

레온이 여전히 마빈의 어깨를 잡은 채 물었다. 누더기가 된 그의 셔츠에서 열기가 느껴졌다.

"약 두 달 전에… 식인 살인자… 스타스가 숲 속 저택에서 좀비들을 발견했어요…."

마빈이 힘겹게 내뱉었다. 그러고는 가볍게 기침을 하자 마빈의 입가에 작게 핏방울이 맺혔다. 레온이 그에게 말을 하지 말라고, 가만히 있으라고 말하려는 찰나 마빈의 시선이 그에게 고정되었다. 얼마나 고통스럽든, 설사 이것 때문에 더 빨리 죽게 된다고 하더라도 반드시 이 이야기를 하고야 말겠다고 다짐한 것 같았다.

"크리스와 다른 대원들이 이 모든 일의 배후에 엄브렐러가 있다는 걸 알아냈고… 자신들의 목숨을 걸었는데 아무도 믿지 않았죠. 그러고선 이 일이…."

'크리스… 크리스 레드필드. 그래, 클레어의 오빠야.'

스타스 대원들에게 어떤 문제가 있다는 것을 알았는데도 전에는 이름을 듣고도 클레어의 오빠인 크리스와 스타스 대원으로서의 크리스, 그 둘을 서로 연관 짓지 못했었다. 사실 그 이야기에 대해서는 여기저기에서 조금 주워들었을 뿐이었다. 스타스 대원들이 살인사건 조사를 잘못해서 정직을 당했고, 그게 라쿤 시티에서 새로이 경찰을 모집한 이유라고 했다. 지역 신문에서 그 대원들의 이름을 본 적이 있었는데 모두가 상당히 대단한 경력을 자랑했었다.

'그리고 엄브렐러 제약회사가 사실상 이 도시를 지배하고 있지. 어떤 약품이 유출되었는데 그들이 스타스 대원들을 제거해서 사실을 덮으려고 했어.'

찰나의 순간 동안 그의 머릿속에 이 모든 생각들이 스쳤다. 그때 마빈이 다시 한 번 기침을 했다. 그 소리는 아까보다 더 약해져 있었다.

"조금만 참아요."

레온이 말하고 지혈을 할 수 있는 무언가를 찾아 재빨리 주변을 둘러보았다. 그 생각을 왜 진작 하지 못했는지, 자신이 바보처럼 느껴졌다. 마빈 옆의 라커가 조금 열려 있었는데 맨 아래에 구겨진 티셔츠가 한 장 보였다. 레온은 그것을 꺼내 마구잡이로 접은 뒤 마빈의 배에 대고 눌렀다. 마빈이 피에 젖은 자신의 손으로 임시 붕대를 누른 뒤 눈을 감고는 다시 한 번 쌕쌕거리며 입을 열었다.

"내… 내 걱정은 하지 마요. 구해야 할 사람들이… 생존자들을 구해야 해요."

마빈의 목소리에 담긴 체념의 기색은 무서울 정도로 역력했다.

레온은 진실을 부인하려 고개를 흔들었다. 고통을 줄여줄 수 있다면 무엇이든 해주고 싶었지만 그는 죽어가고 있었다. 그리고 도움을 청할 사람도 없었다.

'이건 아니야. 이런 일이 벌어져선 안 된다고.'

"가요."

마빈이 내뱉었다. 여전히 눈은 감은 채였다.

그 말이 옳았다. 어차피 자신이 할 수 있는 일은 없었다. 하지만 레온은 잠시 동안 움직이지 않았다. 아니, 그럴 수가 없었다. 그러자 마빈이 다시 무기를 들어 올려 그를 겨누었다. 마지막 남은 힘을 쥐어짰는지 그의 목소리에는 짧게 소리칠 수 있을 정도의 기운이 담겨 있었다.

"가라니까!"

마빈이 단호하게 외치자 레온은 마침내 일어섰다. 같은 상황에 있었다면 자신도 이렇게 목숨을 과감히 내던질 수 있을지 궁금했다. 마빈은 괜찮을 거라고, 레온은 스스로를 안심시켰다.

"금방 돌아올게요."

레온이 말했지만 마빈의 팔은 이미 축 늘어지고 머리는 들썩이는 가슴 위로 푹 처지고 말았다.

'생존자들을 구해야 해.'

레온은 뒷걸음질 쳐 문으로 향했다. 침을 꿀꺽 삼키며 이러한 계획 변경이 곧 자신의 목숨을 빼앗아갈 수도 있다는 사실을 받아들이려 애썼다. 하지만 아무리 위험해도 해내야만 하는 일이었다. 정식으로 임명을 받았든 아니든 자신은 경찰이었다. 생존자가 남아있다면 그들을 돕는 것이 의무였다.

지하의 차고 가까이에 무기고가 있었다. 레온은 문을 열고 다시 로비로 돌아갔다. 무기고에 무기가 충분히 남아 있기를, 자신을 도와줄 누군가가 남아 있기를 기도하면서.

제10장

클레어는 깨진 유리가 밟히는 구불구불한 복도를 지나 불타는 옥상을 내려왔다. 경찰서의 안전에 대해 품었던 의구심을 그대로 확인시켜주듯 죽은 경찰의 시신도 한 구 보였다. 클레어는 시신을 넘어 재빨리 움직였다. 긴장감이 점점 더 커지고 있었다. 복도에 줄줄이 늘어선 깨진 창문을 통해 시원한 바람이 불어 들어오며 마치 어둠을 살아있는 존재처럼 보이게 만들었다. 마룻바닥을 덮은 핏자국에 붙은 반짝이는 검은색 깃털들이 바람에 춤을 추듯 흔들리는 바람에 클레어는 마주치는 그림자마다 화들짝 놀라며 권총을 들이댔다.

바깥 계단으로 이어질 것이라 생각되는 문을 보았지만 그대로 지나쳐 건물 중앙을 향해 우회전했다. 헬리콥터가 옥상에 처박혀 불타고 있는 것이 계속 마음에 걸렸다. 오래된 경찰서 건물 전체가 거센 불길에 휩싸여 활활 타오르는 모습이 자꾸만 상상되었다.

'일이 돌아가는 상황으로 보아 그렇게 되는 것도 나쁘진 않을 것 같긴 한데….'

곳곳에 쓰러져 있는 시체들과 벽에 찍힌 핏빛 손자국들. 클레어는 경찰서 안을 돌아다녀야 한다는 사실이 전혀 즐겁지 않았다. 하지만 불에 타죽는 것 또한 달갑지 않은 건 마찬가지였다. 따라서 레온을 찾으러 가기 전에 우선 화재 상황이 얼마나 심각한지 알아볼 필요가 있었다.

복도 끝에 나타난 문을 만져보니 차가웠다. 마음속으로 행운을 빌며 문을 열었다가 매캐한 연기가 덮치자 클레어는 비틀비틀 뒤로 물러섰다. 달궈진 공기 중에 불에 탄 금속과 나무 냄새가 가득했다. 재빨리 쭈그려 앉아 다시 오리걸음으로 다가가며 오른편으로 이어진 복도를 건너다보았다. 9미터쯤 더 가니 복도가 다시 한 번 오른쪽으로 휘어져 있었다. 불이 제대로 보이지는 않았지만 밝은 노란색 불빛이 모퉁이의 회색 패널 벽에 반사되고 있었다. 보이지 않는 불꽃의 타닥거리는 소리는 좁은 복도를 통해 더욱 크게 들렸다. 안뜰에 있던 좀비들의 신음만큼이나 굶주린 듯한 소리였다.

'젠장, 이제 어쩌지?'

쭈그려 앉은 곳에서 대각선으로 맞은편, 겨우 몇 걸음 거리에 또 다른 문이 있었다. 클레어는 심호흡을 한 뒤 몸을 잔뜩 구부리고 점점 짙어지는 연기 아래로 움직였다. 그러면서 소화기가 있기를, 헬리콥터에서 시작된 불을 부디 소화기 한 대로 끌 수 있기를 빌었다.

문이 열리자 텅 빈 대기실이 나타났다. 녹색 비닐로 덮인 소파 두 개와 둥근 카운터가 있고 들어온 문 반대편에 또 다른 문이 있었다. 이 작은 방은 누가 다녀간 흔적도 없이 깨끗하고 안전해 보였다. 그리고 오늘밤 가본 모든 곳과는 정반대로 천장에 매달린 형광등 불빛의 그림자 속에 숨은 괴물도, 부패의 악취도, 비틀거리며 돌아다니는 좀비들도 없었다.

'하지만 소화기도 없군.'

일단 눈에 보이는 곳에는 없었다. 클레어는 연기가 가득한 복도 쪽 문을 닫고 총으로 입구에 설치된 발을 걷으며 카운터로 다가갔다. 카운터 위에는 구식 수동 타자기 한 대와 전화기가 있었다. 잔뜩 희망을 품고 전화기를 붙잡았으나 수화기를 통해 들려오는 소리는 전혀 없었다. 클레어는 한숨을 쉬며 수화기를 내려놓고는 몸을 숙여 카운터 아래 선반을 확인했다. 전화번호부, 서류 더미 몇 개, 그리고 맨 아래 선반에 있는 여성용 핸드백에 반쯤 가려진 것. 그렇게도 찾고 싶어 했던, 얇게 먼지가 덮인 낯익은 붉은색 물체였다.

"거기 있었구나."

클레어가 중얼거리고는 재빨리 권총을 재킷에 꽂은 뒤 무거운 원통형 소화기를 들어 올렸다. 실제로 사용해본 적은 한 번도 없었지만 작동법은 꽤 단순해 보였다. 안전핀이 달린 금속 손잡이, 소화기 통 옆에 고정된 검정색 고무로 된 노즐. 크기는 60센티미터 정도에 불과했지만 무게는 족히 20킬로그램은 될 것 같았다. 그 정도면 가득 차 있는 것이라고 판단했다.

소화기로 무장한 클레어는 다시 문으로 돌아가 짧게 몇 번 숨을 들이쉬어 폐에 맑은 공기를 가득 채웠다. 약간 어지러웠지만 그렇게 하면 숨을 더 오래 참을 수 있었다. 불을 끄기도 전에 연기를 흡입해 쓰러지는 일은 원치 않았다.

클레어는 마지막으로 숨을 깊이 들이쉬었다. 그런 뒤 문을 열고 다시 오리걸음으로, 이제는 아까보다 확실히 더 더워진 복도로 돌아갔다. 흐릿했던 연기 역시 더 짙어져 천장부터 그 아래 적어도 120센티미터 정도가 진하고 숨 막히는 안개로 가득 차 있었다.

'몸을 낮추고, 숨을 얕게 쉬고, 발밑을 조심해.'

모퉁이를 돌자 불타는 헬리콥터 잔해가 눈앞에 나타났다. 이상하게도 안도감과 슬픔이 동시에 밀려왔다. 클레어는 몸을 숙이고 재킷으로 입을 막은 채 숨을 작게 한 번 들이쉬었다. 드러난 피부가 열기에 달아오르는 것이 느껴졌다.

그래도 불은 생각한 것만큼 심하진 않았다. 실제로 타오르는 불길보다는 연기가 더 심했고, 불길의 규모 역시 클레어의 키 정도에 불과했다. 주황색 손가락처럼 벽을 뒤덮은 불길은 반쯤 쪼개진 두꺼운 나무문에 막혀 좀처럼 번지지 않고 있었다.

그녀의 시선을 잡아끈 것은 바로 헬리콥터의 앞부분이었다. 검게 변해 껍데기만 남은 조종석 안에는 마찬가지로 검게 타서 형체만 남은 조종사가 벨트에 묶인 채 의자에 그대로 앉아 있었다. 녹아내린 입이 소리 없는 비명을 지르는 듯 벌어진 채였다. 얼굴이 검은색 양초처럼 한데 뭉쳐 녹아내린 바람에 남자인지 여자인지는 알 길이 없었다.

클레어는 소화기의 핸들에서 금속 안전핀을 뺀 뒤 불길이 흰색과 푸른빛으로 춤추는 마룻바닥에 호스를 겨냥했다. 손잡이를 꽉 쥐어 누르자 쉬식 하는 소리와 함께 눈처럼 흰 물질이 뿜어져 나와 불타던 잔해를 가루 같은 구름으로 덮었다. 부풀어 오르는 흰 물질 때문에 거의 앞을 보지 못하는 상태로 클레어는 사방을 향해 호스를 휘저어 불길을 잡았다. 1분도 채 안 되어 불이 꺼진 것 같았지만 통이 텅텅 빌 때까지 계속해서 뿌려댔다.

쿨럭대는 소리와 함께 마지막 남은 소화액까지 전부 뿌리고 나자 클레어는 핸들을 붙잡고 있던 손을 놓고 얕게 숨을 몇 번 더 쉬었다. 그런 뒤 놓친 곳이 없나 세심히 주변을 살폈다. 불꽃은 보이지 않았지만 헬리콥터 조종석 옆에 있는 나무문에서는 아직 미세하게 검은 연기가 새어나왔다. 가까이 몸을 기울이자 검게 그을린 표면 아래로 빛나는 주황빛이 살짝 보였다. 그 주변은 이미 소화액을 듬뿍 뿌렸지만 그렇다고 마음을 놓을 수는 없었다. 클레어는 한 걸음 뒤로 물러서 잉걸불을 겨냥해 힘껏 발을 내질렀다.

불꽃이 남은 부위에 발길질이 정확히 맞자 나무 쪼개지는 소리와 함께 문이 벌컥 열렸다. 그을린 나무가 부서지며 불꽃과 재가 쏟아져 튀었다. 맨 종아리에도 조금 튀었지만 클레어는 불티를 털어내기 전에 무기부터 뽑아 들었다. 물집 몇 개 잡히는 것보다 부서진 문 뒤에 무엇이 있을지가 더 두려웠다.

부서진 나뭇조각과 희미한 연기로 뒤덮인 텅 빈 짧은 복도가 나왔다. 복도 왼편 끝에 문이 하나 보였다. 클레어는 그리로 향했다. 그것이 어디로 이어지는지 보고 싶기도 했고 신선한 공기가 필요했다. 불길이라는 직접적인 위협이 사라지자 클레어는 레온을 찾기로 했다. 그리고 살아남으려면 무엇이 필요한지도 생각해봐야 했다.

가는 길에 지나치는 방을 몇 군데 확인하다 보면 유용한 물건을 찾을 수 있을지도 몰랐다.

'통화 가능한 전화기, 자동차 열쇠… 아니, 기관총 두어 정이랑 화염방사기도 좋겠다. 물론 구할 수 있는 것이라면 뭐든지 좋겠지만.'

복도 끝에 있는 평범한 문은 잠겨 있지 않았다. 클레어는 움직이는 것이라면 뭐든 쏠 태세를 갖추고 문을 밀어 열었다.

그리고 우뚝 멈춰 서고 말았다. 너무나도 호화스러운 방의 기이한 분위기에 조금 충격을 받은 기분이었다. 50년대 유행하던 신사클럽을 모방한 것처럼 커다란 사무실이 우스꽝스러울 정도로 화려하게 장식되어 있었다.

벽에는 묵직한 마호가니 책장과 그에 어울리는 테이블을 둘렀고, 중앙에는 두툼하게 쿠션을 댄 가죽 의자 여러 개와 낮은 대리석 테이블로 일종의 응접실이 이루어져 있었으며, 그 아래에는 아주 값비싸 보이는 동양적 분위기의 카펫이 깔려 있었다. 천장에 매달린 정교한 샹들리에가 가구에 풍부하고도 은은한 빛을 비춰주었다. 곳곳에 사진 액자와 섬세한 화병들이 놓여 있었는데, 이 모든 우아한 분위기를 압도하는 것들이 있었다. 바로 문에서 멀리 떨어진 거대한 책상을 둘러싸다시피 하고 있는 박제한 동물 머리와 새들이었다.

'이런 세상에.'

그리고 그 책상 위에는 마치 중세 시대의 무서운 이야기에서 빠져나온 듯 풍성한 흰색 드레스를 입은 아름답고 젊은 여자가 누워 있었다. 여자의 복부는 갈기갈기 찢긴 채였다. 그 시신은 마치 식탁의 한가운데를 장식한 꽃 같았다. 먼지가 잔뜩 묻은 말라비틀어진

동물들이 번들거리는 유리 눈알로 여자를 내려다보고 있었다. 거기에는 지저분한 날개를 마치 금방이라도 날아오를 듯이 펼치고 있는 매와 독수리처럼 보이는 새들, 받침대로 받쳐놓은 사슴 머리 두어 개, 털이 부숭부숭한 무스 머리도 있었다. 전체적으로 너무도 오싹하고 비현실적이어서 클레어는 잠깐 동안 숨조차 쉴 수 없었다.

바로 그때, 책상 뒤에 있던 등받이 높은 의자가 별안간 빙그르르 돌자 그녀는 갑작스러운 공포심에 거의 비명을 지를 뻔했다. 그 뒤에서 무시무시한 미소를 띤 어두운 색의 저승사자라도 튀어나올 것 같았다. 하지만 모습을 드러낸 건 그냥 남자였다. 그리고 그 남자는 클레어를 향해 총을 겨누고 있었다.

'하룻밤에 두 번이나 당하다니. 놀랄 노자로군.'

잠시 둘 다 움직이지 않았다. 그러다 다음 순간 남자가 무기를 내렸다. 그의 통통한 얼굴에 반쯤 미소가 어렸다.

"정말 미안하게 됐군. 좀비가 나타난 줄 알았지 뭔가."

남자가 두꺼운 손가락으로 짧고 뻣뻣한 콧수염을 문지르며 말했다. 그 목소리는 솜씨 나쁜 정치인처럼 느끼하고 거짓되게 들렸다. 처음 보는 사람이었지만 클레어는 불현듯 그가 누구인지 알 것 같았다. 크리스가 한두 번 흉을 본 게 아니었으니까.

'뚱뚱하고, 콧수염이 나고, 만병통치약 판매상처럼 말만 번드르르하다고 했지. 아이언스 경찰서장이야.'

남자는 상태가 좋아 보이지 않았다. 두 볼은 열이라도 나는 듯 붉게 달아올라 있었고, 돼지처럼 작은 두 눈 주변은 허옇게 부어 있었다. 심한 편집증에 사로잡힌 듯 시선이 빠르게 방안 이곳저곳으로 움직이는 것도 영 불안해 보였다. 아니, 현실과 동떨어져 있는 것처럼 보이는 것이 실제로도 약간 미친 사람 같았다.

"아이언스 서장님 아니세요?"

클레어가 예의바르게 굴며 책상으로 가까이 다가섰다.

"그래, 맞아요. 그러는 그쪽은 누구지?"

그가 되물었다. 대답하려 입을 열기도 전에 아이언스가 다시 말을 이으며 클레어의 의심을 확인시켜주었다. 게다가 어조에는 심술마저 가득했다.

"아니, 굳이 말해줄 필요 없어. 어차피 달라지는 건 하나도 없으니까. 그쪽도 다른 사람들 꼴이 나고 말겠지…."

아이언스의 목소리가 작아지더니 자기 앞에 누운 죽은 여자를 내려다보았다. 딱히 뭐라고 꼬집어 말하기 힘든 감정을 가득 담은 눈으로. 성격이 정말 못됐고 공적으로도 무능력하다며 크리스가 많은 이야기를 해주었지만 그 순간만큼은 안 되어 보였다. 그가 지금까지 어떤 끔찍한 일들을 겪었을지, 아니면 살아남기 위해 지금까지 무엇을 해야 했을지는 하느님만 알 것이었다.

'서장이 현실로부터 벗어나려고 하는 것도 어떻게 보면 당연한 일 아니야? 레온과 나는 이 모든 일이 다 터지고 난 뒤 여기 온 거잖아. 이 사람은 처음부터 다 보았겠지. 자기 친구들이 죽어나가는 것도 보아야 했을 거야.'

클레어는 책상 위의 젊은 여자를 내려다보았다. 그때 아이언스가 다시 입을 열었다. 희한한 일이지만 아이언스의 목소리는 슬픈 동시에 거만하게 들렸다.

"시장님의 딸이야. 돌봐줬어야 했는데, 처참히 실패하고 말았지…."

클레어는 위로할 말을 열심히 찾았다. 그가 살아남은 것만으로도 운이 좋았다고, 그의 잘못이 아니라고 말이다. 하지만 아이언스가 말을 잇자 그러한 위로의 말도 동정심과 함께 목구멍 뒤로 사라지고 말았다.

"한 번 봐. 진정한 미인이었지. 피부도 완벽하다고. 하지만 모두 곧 썩어 없어지겠지. 한 시간도 안 되어 놈들과 똑같아질 거야. 다른 사람들처럼 말이야."

섣부른 결론을 내리고 싶진 않았지만 아이언스의 말투에 담긴 애석한 듯한 갈망과 굶주린 듯 번득이는 시선에 클레어는 소름이 돋는 것 같았다. 죽은 여자를 바라보는 것이 꼭….

'아니, 괜한 상상하지 마. 이 사람은 경찰서장이지 미친 변태가 아니야. 그리고 유용한 정보를 얻을 수 있는 처음 만난 사람이라고. 기회를 그냥 날리지 마.'

"그렇게 되는 걸 막을 방법이 분명 있을 거예요."

클레어가 조심스레 말했다.

"어떤 의미로는 방법이 있지. 머리에 총알을 박아주거나 머리를 베어 버리면 돼."

아이언스가 마침내 시신으로부터 눈을 돌렸지만 클레어를 보지는 않은 채 책상 가장자리에 놓인 박제된 동물들로 시선을 돌렸다. 그의 목소리는 체념한 듯한 어조를 띠었지만 어딘가 모르게 유쾌하게 들리기도 했다.

“생각해보니… 박제가 내 취미였었는데 말이지. 하지만 이젠….”

그때 클레어의 머릿속에서 경고음이 시끄럽게 울리기 시작했다.

‘박제? 그거랑 책상 위에 있는 죽은 사람의 시체랑 대체 무슨 상관이라는 거야?’

아이언스가 마침내 클레어를 바라보았다. 하지만 클레어는 조금도 기쁘지 않았다. 그의 반짝거리는 짙은 색 눈동자는 클레어의 얼굴을 향해 있었으나 그녀를 보고 있는 것 같지는 않았다.

그러고 보니 클레어는 아이언스가 자신에게 어떻게 여기 오게 됐는지 묻지도 않았고, 사무실로 새어 들어오는 연기에 대해 한 마디도 하지 않았다는 것을 깨달았다. 그리고 죽은 시장의 딸에 대해 이야기하는 태도도… 여자의 죽음에 대한 진정한 슬픔 같은 건 느껴지지 않았다. 오로지 자기 연민과 일종의 일그러진 찬사만이 존재할 뿐이었다.

‘오 이런. 이런, 이런. 살짝 미친 게 아니야. 완전히 딴 세상에 가 있잖아.’

“미안하지만 지금은 혼자 있고 싶군.”

아이언스가 조용히 말하더니 의자 깊숙이 몸을 묻고 눈을 감았다. 그리고는 피로에 지친 듯 머리를 푹신한 등받이에 완전히 기댔다.

그렇게 간단히 밖으로 나가달라고 하다니. 묻고 싶은 게 수백만 가지는 있었고, 아이언스라면 그 중 상당수 질문에 대한 답을 알고 있었을 것이다. 그러나 일단은 아이언스로부터 최대한 멀어지는 게 최선일지도 몰랐다. 적어도 지금 당장은.

그때 클레어의 뒤쪽 왼편에서 무언가 삐걱대는 소리가 작게 들렸다. 소리가 너무 작아 처음에는 제대로 들은 건지도 확실치 않았다. 클레어는 얼굴을 찌푸리며 몸을 돌렸다. 그러자 사무실로 이어지는 또 다른 문이 있는 것이 보였다. 처음에는 알아채지도 못했는데 그 작은 소리는 그 문 뒤에서 들려오고 있었다.

'또 다른 좀비일까? 아니면 누군가 숨어있는 거 아닐까?'

아이언스 서장을 다시 쳐다보자 그는 아까 그 자세 그대로였다. 아무것도 듣지 못한 게 분명했고, 지금 클레어는 그에게 존재하지 않는 사람과도 같았다. 아이언스는 클레어가 우연히 이 사무실로 들어오기 전에 빠져 있었던 자기만의 세상으로 돌아간 것 같았다.

'그렇다면… 들어온 길로 다시 나갈까, 아니면 2번 문 뒤에 무엇이 있는지 볼까?'

레온, 레온을 찾아야 했다. 그리고 미쳤든 그렇지 않았든 간에 아이언스는 소름끼치도록 싫은 사람이 분명해 보였으니 그가 힘을 합치지 않겠다고 해도 크게 실망할 일은 아니었다. 하지만 건물 안에 숨어 있는 다른 사람들이 있다면, 클레어와 레온이 도울 수 있거나 반대로 그들에게 도움이 될 사람이 있다면….

확인하는 건 잠깐이면 될 것이었다. 클레어는 죽은 동물들에 둘러싸여 시장 딸 시신 옆에 늘어져 있는 아이언스 서장을 힐끔 쳐다본 뒤 두 번째 문으로 다가갔다. 그리고 자신이 큰 실수를 저지르고 있는 게 아니기만을 빌었다.

제11장

셰리는 경찰서에 아주 오래, 족히 3, 4일은 숨어 있었고 아직 엄마를 찾지 못했다. 단 한 번도, 심지어 아직 많은 사람들이 남아 있었을 때조차도 보지 못했다. 여기 온 직후 애디슨 선생님을 만났지만 선생님은 죽고 말았다. 좀비가 선생님을 먹어 버렸다. 그리고 그 일이 있고 얼마 지나지 않아 셰리는 건물 거의 전체에 이어져 있는 환기구를 찾아냈고, 어른들과 함께하는 것보다 홀로 숨는 게 더 안전하다는 판단을 내렸다. 어른들은 계속해서 죽어나가기만 했고, 경찰서에는 좀비나 안팎이 뒤집힌 괴물들보다 더 끔찍한 괴물이 있었기 때문이었다. 그리고 그 괴물은 틀림없이 셰리 자신을 찾고 있었다.

물론 바보 같은 생각이었다. 괴물이 특정한 한 사람만 찾아다닐 리 없지 않은가. 하지만 애초에 괴물이 존재한다고 생각지도 않았으니, 확실한 건 없었다.

그래서 셰리는 그 이후로 쭉 숨어 지냈다. 주로 머무른 곳은 기사의 방이었다. 거긴 죽은 사람의 시신이 없었고, 갑옷 뒤에 숨겨진 환기구 외에 들어갈 수 있는 유일한 출입구는 커다란 호랑이가 지키고 있는 긴 복도를 통하는 것이었다. 호랑이는 박제된 것이었지만 여전히 무서웠고, 셰리는 그 호랑이가 괴물을 물리쳐줄지도 모른다고 생각했다. 물론 그런 생각이 바보 같다는 것도 마음 한구석에서는 알고 있었지만, 어쨌거나 안심이 되었으니 괜찮았다.

좀비들이 경찰서 내부의 거의 모든 걸 장악한 이후 셰리는 많은 시간을 잠으로 보냈다. 잠자고 있을 때에는 엄마와 아빠에게 무슨 일이 생겼는지, 자신에게 앞으로 무슨 일이 벌어질지 생각하지 않아도 되었다. 환기구는 꽤 따뜻했고, 아래층의 스낵 자판기에서 가져온 먹을 것도 많았다. 하지만 모든 게 무서웠고, 무서운 것보다 더 싫은 건 외로운 것이었다. 그래서 아이는 그저 잠만 잤다.

기사들 뒤에서 몸을 잔뜩 만 채로 따뜻하게 잠을 청하고 있을 때, 바깥 어디선가 들려오는 어마어마한 폭발음에 잠이 깨고 말았다. 괴물이 분명하다고 생각했다. 쇠창살을 통해 그 거인의 거대하고 끔찍하게 생긴 등짝을 딱 한 번 보았을 뿐이었지만 이후 건물 곳곳에서 그 놈의 비명과 울부짖는 소리를 여러 번 들었다. 괴물은 아주 무섭고, 끔찍하고, 폭력적이고, 굶주려 있었다. 때로는 한 번에 몇 시간씩 사라져 이제는 포기한 게 아닌가 희망을 품게 했지만 언제나 다시 돌아왔고, 셰리가 어디에 있든 괴물은 가까운 곳에 다시 나타나는 것만 같았다.

꿈 없는 잠에서 아이를 깨워버린 그 커다란 소음은 마치 괴물이 벽들을 모조리 때려 부수는 소리 같았다. 셰리는 자기만의 장소에 몸을 숨긴 채 소리가 조금이라도 더 가까워지면 곧바로 환기구로 도망칠 준비를 했다. 하지만 소리는 가까워지지 않았다. 셰리는 아주 오랫동안 움직이지 않고 눈을 꽉 감은 채로 행운의 부적을 붙든 손에 더욱 힘을 주었다. 그것은 마침 지난주에 엄마가 준, 크기가 아주 커서 아이의 손에 꽉 차는 아름다운 금 펜던트였다. 전에도 그랬듯 이번에도 행운의 부적이 효과가 있었다. 그 크고 무서운 소리가 한 번으로 그치고 더 이상 반복되지 않았던 것이다. 아니면 그 커다란 호랑이가 괴물을 막아주었는지도 몰랐다. 어쨌거나 사무실에서 들려오던 가벼운 쿵쿵 소리를 들었을 때 셰리는 은신처에서 복도로 기어 나와 귀를 기울여 봐도 꽤 안전할 것 같다고 느꼈다. 좀비들과 안팎이 뒤집힌 괴물들은 문을 여는 방법을 몰랐고, 그것이 더 끔찍한 괴물이었다면 벌써 문을 부수고 고함을 지르면서 이미 자신을 찾아냈을 것이었다.

'그러니까 사람이 틀림없어. 엄마일지도 몰라….'

복도를 반쯤 걸어와 오른쪽으로 휘어지는 지점에 이르렀을 때, 셰리는 사무실 안에서 사람들이 두런두런 이야기하는 소리를 듣고 희망과 외로움이 한데 뒤섞여 물밀 듯 밀려오는 것을 느꼈다. 무슨 말을 하는지 알아들을 수는 없었지만 괴성을 지르지 않는, 멀쩡한 사람의 목소리를 들은 건 거의 이틀 만이었다. 사람들이 무언가 이야기를 하고 있다면… 어쩌면 마침내 구조의 손길이 라쿤 시티를 찾아온 것일지도 몰랐다.

'군대나 정부, 해병대… 아니면 모두가 다 같이 왔을지도 몰라.'

신이 난 셰리는 서둘러 복도를 달려 으르렁대는 커다란 호랑이 곁, 문 바로 옆에 섰다. 그리고 그 순간, 신이 났던 기분이 흔들리는 걸 느꼈다. 목소리가 갑자기 뚝 끊긴 것이다. 갑자기 불안해진 셰리는 움직임을 멈추고 가만히 섰다. 누군가 도와주러 온 거라면 비행기와 트럭 소리가 들리지 않았을까? 총을 쏘고 폭탄을 터뜨리면서, 사람들에게 모두 나오라고 확성기로 말하지 않았을까?

'군인들의 목소리가 아닌지도 몰라. 나쁜 사람들이면 어떻게 하지? 미친 사람… 그 아저씨처럼 말이야.'

환기구에 숨고 얼마 지나지 않아 아이는 라커룸으로 이어지는 쇠창살 틈으로 아주 무서운 장면을 목격했다. 붉은 머리의 키 큰 남자가 방안에서 혼잣말을 하며 의자에 앉은 채로 몸을 앞뒤로 흔들고 있었다. 사실 처음에는 그에게 도와달라고, 부모님을 찾아달라고 부탁할까 생각했었다. 그런데 남자가 혼잣말을 하고 킥킥 웃으면서 부드럽게 몸을 흔드는 모습에 경계심이 들어 잠시 안전한 환기구 속에서 지켜보기로 했다. 남자는 커다란 칼을 들고 있었다.

한참 시간이 지난 뒤 남자는 여전히 웃고, 혼잣말하고, 몸을 흔들다가 결국 칼로 자기 배를 찌르고야 말았다. 셰리는 좀비들보다 그 남자 때문에 더 겁이 났다. 아무래도 말이 되지 않았다. 남자는 미친 게 분명했고, 자살을 했다. 아이는 울면서 환기구 속을 기어 그곳을 벗어났다. 아무래도 이해할 수 없었다.

그런 사람을 또 만나고 싶진 않았다. 그리고 사무실에 있는 사람들이 나쁜 의도는 아니라도 안전한 곳으로부터 자신을 데려가 자기들 힘으로 보호하려고 할 수도 있었다. 그건 곧 죽음을 의미했다. 괴물은 절대 어른들을 두려워하지 않았기 때문이었다.

그대로 그곳을 벗어나자니 기분이 좋지 않았지만 선택의 여지가 없었다. 셰리는 다시 갑옷이 있던 방으로 돌아가기 시작했다.

삐그덕!

마룻바닥이 발밑에서 움직이는 소리에 셰리는 그대로 얼어붙었다. 나무가 삐걱대는 소리는 놀랄 만큼 컸다. 아이는 펜던트를 손에 꼭 쥔 채 숨을 멈추고 문이 벌컥 열리지 않기를, 어떤 미친 사람이 달려 나와 자신을 붙잡지 않기만을 간절히 빌었다.

아무 소리도 들리지 않았지만 시끄럽게 쿵쾅대는 심장 소리 때문에 금방이라도 들킬 것만 같았다. 그렇게 거의 10초 가량이 지나고 나서야 셰리는 최대한 살금살금, 조심스럽게 다시 복도를 걷기 시작했다. 잠든 뱀들이 우글대는 동굴에서 몰래 도망치는 듯한 기분이 들었다. 갑옷이 있는 방으로 돌아가는 복도가 1킬로미터는 되는 것 같았고, 복도가 휘는 지점에 이른 다음에는 무턱대고 달리고픈 마음을 억누르느라 안간힘을 써야 했다. 영화와 텔레비전 드라마에서 배운 게 한 가지 있다면 위험으로부터 뛰어서 도망치는 사람들은 항상 끔찍한 최후를 맞는다는 것이었다.

마침내 갑옷 방으로 돌아가는 입구에 다다랐을 때 아이는 안도감으로 그대로 쓰러질 것만 같았다. 이젠 다시 안전했다. 애디슨 선생님이 찾아준 낡은 담요 속으로 다시 들어가기만 하면….

그때, 사무실 문이 열렸다. 열리더니 다시 닫혔다. 그리고 1초 뒤, 발소리가 들리기 시작했다. 셰리를 향해 다가오고 있었다.

셰리는 갑옷 방으로 몸을 던졌다. 공포가 높다란 파도처럼 몸을 휩쓸고 뒤흔들자 아무것도 생각할 수 없었다. 아이는 숨을 장소도 잊은 채 세 벌의 갑옷을 지나쳐 그대로 달렸다. 생각할 수 있는 것이라고는 이곳에서 빠져나가야 한다는 것, 최대한 멀리 가야 한다는 것뿐이었다. 방 한가운데의 유리 상자를 지나면 어둡고 아주 작은 방이 있었다. 지금 필요한 건 어둠, 몸을 숨길 수 있는 그림자였다.

어두운 방으로 달려 들어가 가장 먼 모퉁이로 뛰어가는 동안 뒤편 어딘가에서 달려오는 발소리를 들을 수 있었다. 셰리는 방 안 벽난로의 먼지 쌓인 벽돌과 그 옆의 쿠션 달린 의자 사이에 숨어 몸을 쭈그리고는, 무릎을 두 손으로 감싸고 얼굴을 묻어 몸을 최대한 작게 말았다.

'제발, 제발, 제발, 들어오지 마. 날 보지 마. 난 여기 없어.'

달려오던 발소리가 갑옷 방으로 들어왔고 이제는 머뭇거리는 듯 느리게 방 중간의 커다란 유리 상자 주변을 서성대고 있었다. 셰리는 원래 숨어있던 장소, 환기구 입구를 떠올렸다. 거기로 갔으면 어디로든 도망칠 수 있었을 텐데. 자책감으로 뜨거운 눈물이 쏟아지려는 걸 참기 힘들었다. 벽난로가 있는 이 방에는 다른 출구가 없었다. 이제는 갇힌 신세였다.

공허한 발소리와 함께 낯선 사람은 셰리가 숨은 어두운 방에 점점 더 가까워졌다. 셰리는 자기 몸을 더 꽉 끌어안은 채로 이 낯선 사람이 그대로 가주기만 한다면 무엇이든, 그 무엇이든 하겠다고 간절히 빌었다.

쿵. 쿵. 쿵.

갑자기 방이 눈부시도록 환해졌다. 조명 스위치를 누르는 가벼운 달칵, 소리는 공포에 질린 셰리의 비명에 묻혔다. 아이는 구석에서 몸을 빼내어 아무것도 보지 못한 채 소리를 지르며 무작정 달렸다. 낯선 사람을 그대로 지나쳐 환기구로 되돌아갈 수만 있다면….

그때 따뜻한 손 하나가 아이의 팔을 단단히 붙잡고 더 이상 달리지 못하게 했다. 셰리는 다시 비명을 지르며 최대한 세게 팔을 빼냈지만 낯선 사람은 힘이 셌다.

"기다려!"

여자였다. 목소리는 셰리의 쿵쾅대는 심장만큼이나 다급했다.

"놔줘요!"

셰리가 울부짖었지만 여자는 여전히 셰리를 붙잡은 채 오히려 더 가깝게 끌어당겼다.

"괜찮아, 괜찮아. 난 좀비가 아니야. 안심해. 괜찮아…."

여자의 목소리와 말투가 셰리를 달래듯 누그러졌다. 셰리의 손목을 잡은 손은 따뜻하고 힘이 셌다. 노래하듯 달콤한 목소리가 부드러운 말을 자꾸만 반복했다.

"괜찮아. 안심해. 해치지 않을 거야. 이제 안전해."

셰리는 마침내 여자를 올려다보았다. 정말 예쁜 언니였다. 눈동자에는 걱정과 동정심이 가득했다. 그제야 셰리는 도망치려던 것을 멈추었다. 그러자 뜨거운 눈물이 두 볼을 타고 흘러내리는 게 느껴졌다. 붉은 머리 남자가 자살하는 광경을 본 이후로 계속해서 참고 있었던 눈물이었다. 아이는 본능적으로 이 젊고 예쁜, 그리고 낯선 여자를 끌어안았다. 그러자 여자도 셰리를 안아주었다. 여자의 가느다란 팔이 셰리의 떨리는 어깨를 꼭 붙들었다.

셰리는 조금 더 울었다. 그동안 여자는 아이의 머리를 쓰다듬고 달래듯 귓가에 부드러운 말들을 속삭여주었다. 그러자 마침내 최악의 상황이 끝난 것 같은 기분이 들었다. 그대로 여자의 품안에 안겨 모든 두려움을 잊고, 마침내 안전해졌다고 믿고 싶었지만 그건 사실이 아니라는 걸 알았다. 게다가 셰리는 더 이상 아기가 아니었다. 지난 달로 만 열두 살이 되지 않았던가.

셰리는 애써 여자로부터 한 걸음 멀어져 눈물을 닦고는 그녀의 예쁜 얼굴을 올려다보았다. 여자는 스무 살이나 되었을까, 그렇게 나이가 많지 않아 보였고 아주 멋진 옷을 입고 있었다. 부츠와 짧게 자른 분홍색 데님 반바지, 거기에 어울리는 소매 없는 재킷 차림이었다. 빛나는 갈색 머리를 하나로 높게 올려 묶었고, 웃을 때면 마치 영화배우처럼 예뻤다.

여자가 여전히 미소를 지으며 셰리 앞에 몸을 쭈그려 앉았다.

"내 이름은 클레어야. 넌 누구니?"

셰리는 갑자기 쑥스러워졌다. 이렇게 착한 사람으로부터 도망치려 발버둥친 것이 부끄러웠다. 부모님들은 셰리가 가끔 감정적으로 굴고 '지나치게 상상력이 풍부하다'고 했었다. 이게 그 증거 아닌가. 클레어는 자신을 해칠 사람이 아니었다. 그 정도는 알 수 있었다.

"셰리 버킨이요."

셰리는 대답하며 클레어를 향해 웃어 보였다. 자기한테 화가 난 게 아니기를 바랐다. 화가 난 것 같지는 않았다. 아니, 오히려 셰리의 대답을 듣고 기뻐하는 것 같았다.

"부모님이 어디 계신지 아니?"

클레어가 아까와 똑같이 부드러운 목소리로 물었다.

"엄브렐러 화학 공장에서 일하세요. 시내 바로 바깥에서요."

"화학 공장이라고… 그럼 넌 여기서 혼자 뭐 하니?"

"엄마가 전화해서 경찰서로 가라고 했어요. 집에 있는 건 위험하다고 했어요."

셰리의 대답에 클레어가 고개를 끄덕였다.

"상황으로 보아 엄마 말씀이 맞는 것 같구나. 하지만 여기도 위험한 건 마찬가지야."

클레어가 생각에 잠겨 얼굴을 찌푸리더니 다시 미소 지었다.

"나랑 같이 가는 게 낫겠다."

셰리는 뱃속에 커다란 돌덩이가 내려앉는 것 같은 기분을 느꼈다. 그리고 고개를 저었다. 클레어에게 그건 좋은 생각이 아니라고, 아니 아주 나쁜 생각이라고 어떻게 설명하면 좋을지 알 수 없었다. 다시 혼자가 되는 건 죽기보다 싫었지만 안전하지 않았다.

'언니랑 같이 갔다가 괴물이 우릴 찾아내면….'

클레어는 죽게 될 것이었다. 그리고 클레어는 마르긴 했어도 자기처럼 환기구에는 들어가지 못할 게 분명했다.

"여기 무언가가 있어요. 난 봤어요. 좀비들보다 훨씬 커요. 그리고 날 잡으러 오고 있어요."

클레어가 고개를 흔들며 무언가를 말하려 입을 열었다. 분명 셰리를 설득하려 한 게 틀림없었다. 하지만 그 순간 분노에 찬 무시무시한 괴성이 방 안을 가득 채웠고, 건물 안쪽에서부터 거센 물결처럼 메아리가 밀려왔다. 가까운 곳이었다.

우으아!

셰리는 온몸이 차갑게 식는 것을 느꼈다. 클레어의 눈도 커다래지고 안색이 창백해졌다.

"무슨 소리지?"

셰리는 숨도 쉬지 못한 채 뒤로 물러섰다. 머릿속으로는 이미 세벌의 갑옷 뒤 자기만의 장소를 향해 달리고 있었다.

"제가 얘기한 게 저거예요."

가까스로 내뱉고는 클레어가 붙잡기도 전에 몸을 돌려 달아나기 시작했다.

"셰리!"

셰리는 클레어의 외침을 무시하고 유리 진열 상자를 지나 안전한 환기구로 전속력으로 달렸다. 그리고 민첩하게 갑옷 받침대를 뛰어넘어 몸을 낮춘 뒤, 고개를 숙이고 벽 맨 아래 부분에 위치한 오래 된 돌구멍 속으로 재빨리 기어 들어갔다.

자신이 살아남는 유일한 길, 그리고 클레어를 살릴 수 있는 유일한 길은 그녀로부터 최대한 멀리 도망치는 것이었다. 운이 좋으면 괴물이 간 뒤 클레어와 다시 만날 수 있을지도 몰랐다.

셰리는 좁고 구불구불한 어둠 속을 빠르게 기어가면서 너무 늦은 게 아니기만을 빌었다.

제12장

에이다는 형사반장 사무실의 어수선한 책상에 걸터앉은 채 아픈 발을 쉬며 모퉁이에 있는 텅 빈 강철 금고를 멍하니 바라보았다. 인내심이 점점 바닥나고 있었다. G-바이러스 샘플은 어디에서도 찾을 수 없었고 베르톨루치는 이미 이곳을 떠난 것 같았다. 휴게실, 스타스 사무실, 도서관을 모두 뒤졌다. 그 기자가 쉽게 접근할 수 있는 곳이라면 어디든 다 살펴보았다고 생각했고, 그러느라 두 개의 탄창에 가득 들어 있던 탄약도 바닥이 났다.

그러나 단순히 탄약이 떨어진 게 문제가 아니었다. 그건 시간낭비를 의미했다. 총알을 스물여섯 발이나 쏘고도 아무 결과가 없다니. 곳곳에 널브러진 바이러스가 득실대는 시체들이 십여 구나 더 생겼다는 것만 빼고 말이다. 아, 엄브렐러가 만들어낸 잡종 괴물 두 놈도 함께.

에이다는 기자회견실에서 죽였던 기이하게 생긴 괴물들의 얼룩덜룩한 붉은색 피부와 시끄러운 비명 소리를 떠올리며 몸을 부르르 떨었다. 기업이든 개인이든, 탐욕에 사로잡혀 사고를 치는 존재들에 그다지 거부감을 느껴본 적은 없었는데, 엄브렐러는 정말로 심각하게 비도덕적인 실험을 하고 있었던 것이 분명했다.

트렌트는 타이런트 리트리버라는 괴물들에 대해 이미 경고했었다. 다행히도 아직까지는 나타나지 않았다. 하지만 혀가 길고, 날카로운 발톱을 가진 징그러운 휴머노이드는 이런 일에 경험이 많은 그녀도 견디기 힘들었다. 보통의 좀비보다 죽이기 훨씬 힘든 건 말할 필요도 없었다. 그 괴물들이 T-바이러스의 산물이라면 버킨 박사가 새로이 창조한 바이러스를 가지고 아직 아무것도 하지 않았기만을 빌어야 할 판이었다. 트렌트의 말에 따르면 새로 만든 G-바이러스는 아직 사용되지 않았다지만 T-바이러스보다 두 배나 강력하다고 했다.

에이다는 잠시 시선을 돌려 기능적으로만 꾸며진 평범한 사무실을 둘러보았다. 잠시 휴식을 취하기에 썩 좋은 곳은 아니었지만 적어도 핏자국은 그리 많지 않았다. 게다가 문을 닫아 놓으면 사무실 주 공간에 있는 경찰관들의 시신이 풍기는 악취도 거의 맡을 수 없었다. 에이다의 총에 맞을 당시 그들은 이미 부패가 상당히 진행되어 있었다. 뼈가 없는 듯 흐물흐물하고 축축한 것으로 보아 완전히 쓰러지기 전 단계였던 것이 분명했다.

'여기에서 냄새가 안 난다고 다가 아니지. 머리카락이랑 옷에 이미 그 망할 냄새가 다 배어 버렸잖아. 일단 썩기 시작하면 아주 제

대로라니까….'

바이러스의 과학적인 면을 조금 더 자세히 알아왔더라면 얼마나 좋았을까. T-바이러스가 어떤 용도로 쓰이는지는 알고 있었지만, 사용 시 생리 화학적 측면에서 어떤 효과가 나타나는지까지 조사할 필요는 없다고 생각했었다. 엄브렐러가 자기 본거지에 엄청난 양의 바이러스를 유출시킬 계획을 세우고 있다고는 예상치도 못했고, 그렇게 판단할 근거도 전혀 없었으니 굳이 뭘 하러 조사를 하겠는가?

바이러스의 효과가 얼마나 무서운지에 대한 정보는 직접 들었기에 이미 충분히 알고 있었다. 그러나 감염된 사람의 몸과 마음에 정확히 어떤 변화가 일어나는지, 무엇이 그들을 아무 생각 없는 식인마로 바꾸어놓는지 알았더라면 더 좋았을 뻔했다. 그렇게 하지 못했으니 이제 에이다는 직접 관찰한 바를 머릿속에 차곡차곡 쌓아가며 진실을 추측할 수밖에 없었다.

지금까지 본 바로는 감염된 사람이 좀비로 바뀌기까지 한 시간이 채 걸리지 않았다. 때로는 고열을 동반한 일종의 코마 상태에 먼저 빠지기도 했는데, 이것이 두뇌의 일부를 망가뜨리는 것 같았다. 그러다 보니 벌떡 일어나 신선한 고기를 찾으러 다니기 시작하는 것이 흡사 죽었다가 깨어나는 것 같은 인상을 더해주었다.

바이러스 감염의 증상은 모두 똑같았으나 진행 속도는 달랐다. 감염되고 단 2분 만에 피에 굶주린 상태, 즉 에이다가 '백내장에 걸린 상태'라 이름 붙인 단계로 진행되는 것도 최소한 세 번은 보았다. 몇 가지 공통점 중 하나가 바로 좀비가 됨과 동시에 눈동자에 달걀흰자 같은 점액질이 끼며 색이 탁해진다는 점이었다. 더불어 감염된 뒤 거의 즉각적으로 신체적 부패가 시작되었지만 어떤 이들은 다른 이들보다 훨씬 빠른 속도로 너덜너덜하게 망가졌다.

'그런데 이런 생각은 대체 왜 하고 있는 거야? 네가 할 일은 치료법을 찾는 게 아니라고. 안 그래?'

에이다는 한숨을 쉬고는 몸을 굽혀 발가락을 문질렀다. 맞는 말이었다. 그래도 생각해볼 일이긴 했다. 살아남는 데 온 정신을 집중하는 건 피곤하긴 하지만 무엇보다도 중요한 일이었다. 복도에 돌아다니는 괴물들을 없애는 동안에는 이 상황이 얼마나 골치 아픈지 생각할 겨를이 없었다. 지금은 쉬는 시간이었고, 몸이 쉬는 동안 머리를 좀 굴릴 필요가 있었다. 그래야 조금 더 복잡한 부분들에 대해 곰곰이 생각할 수 있었다.

'그러고 보니 생각해보아야 할 것들이 천 가지는 되네. 트렌트, 베르톨루치가 아는 것 혹은 모르는 것… 그리고 스타스… 그 바른 생활 사나이들한테는 대체 무슨 일이 일어났던 거야?'

트렌트가 준 정보 파일에 담겨 있던 기사를 통해 스타스 대원들이 정직 당했다는 사실은 알고 있었다. 그들이 무엇을 수사하고 있었는지를 생각하면 바보가 아닌 이상 엄브렐러의 생물학 무기 개발 실험에 대해 전부 다, 아니면 어느 정도 밝혀냈다는 이유로 그런 꼴을 당했다는 걸 짐작할 수 있었다. 그들이 자취를 감추지 않았다면 엄브렐러에서 이미 처치했을 것이다. 에이다는 트렌트가 스타스 대원들에게 벌어진 불행한 일들에 혹시 관여했는지, 아니면 그 전이나 후에 그들과 연락을 취하려 노력했는지 궁금했다.

물론 설사 그가 연루되었더라도 자신에게는 아무것도 알려주지 않았을 것이다. 확실한 게 있다면 트렌트는 수수께끼 같은 사람이라는 점이었다. 실제로 만난 건 한 번뿐이었지만 라쿤 시티로 떠나오기 전에 전화로 서너 번 연락을 받았다. 에이다는 자신이 사람들의 속마음을 읽는 능력이 뛰어나다고 자부했지만 트렌트의 속셈이 무엇인지, 왜 G-바이러스를 손에 넣고 싶어 하는지, 엄브렐러에 대체 어떤 앙심을 품었기에 그러는지 아무것도 알아낼 수 없었다.

그가 엄브렐러 내부에 연줄이 있는 것만은 확실했다. 회사의 돌아가는 사정을 지나치게 소상히 알고 있었다. 하지만 그것이 맞는다면 왜 자기가 직접 바이러스 샘플을 훔치지 않을까? 외부의 전문가를 고용하는 건 보통 일이 복잡해지는 걸 피하고 싶어 하는 사람들이 하는 행동이었다. 대체 뭐가 복잡해지기에…?

'우리가 할 일은 이유를 묻는 게 아니야….'

신조로 삼기 좋은 원칙이었다. 게다가 에이다는 트렌트의 속셈을 알아내라고 돈을 받은 게 아니었다. 아니 설사 트렌트의 속셈을 알아내는 대가로 돈을 받는다고 해도 그 임무는 완수할 수 있을 것 같지 않았다. 지금껏 트렌트처럼 자제력이 뛰어난 사람은 만난 적이 없었다. 직접 만나든 전화를 하든, 그와 소통할 때마다 에이다는 트렌트가 언제나 속으로 웃고 있다는 느낌을 받곤 했었다. 마치 아무도 모르는 즐거운 비밀을 혼자서만 알고 있다는 듯 말이다.

하지만 그러면서도 절대 거만하게 굴거나 허풍을 떨지 않았다. 트렌트는 괜찮은 사람이었다. 다만 상냥한 태도가 너무나도 자연스러워 어딘가 모르게 어렵게 느껴졌다고 할까. 트렌트의 진짜 의도를 파악하지는 못했어도 그런 식의 침착한 유머는 예전에 본 적이 있었다. 그건 바로 진정한 권력의 맨얼굴, 자신만의 계획과 그것을 실행에 옮길 수 있는 수단을 가진 사람의 얼굴이었다.

'그러니까 계획이 무언지는 몰라도 바이러스 유출 사건이 트렌트의 계획에 차질을 준 건가? 아니면 이런 일이 벌어질 걸 예측하고 대비를 해두었던 걸까? 계획한 건 아닐지 몰라도 '불의의 습격을 받다'라는 표현은 그의 사전에 없을 것 같은데….'

에이다는 뒤로 기댄 뒤 피곤한 듯 머리를 좌우로 돌리고 책상에서 일어서서 불편한 신발을 다시 신었다. 휴식은 이만하면 충분했다. 아무리 발이 아프고 피곤해도 여유를 부릴 시간은 단 몇 분밖에 없었고, 어차피 라쿤 시티에서 멀어지기 전까지는 많은 걸 알아낼 수 있으리라 기대하지도 않았다. 하수도로 내려가기 전 베르톨루치가 있을 법한 곳을 두어 군데 더 확인해야 했고, 1층 창문의 바리케이드가 바라던 것만큼 단단하지 않다는 것도 알아차렸다. 외부에서 새로 들어온 감염자들 때문에 갈 길이 막히는 건 원치 않았다.

건물 동쪽에는 '비밀' 통로들이 있었고, 차고지를 지나치면 아래층에 유치장도 있었다. 이 두 군데에서 베르톨루치를 찾지 못한다면 그가 이곳을 떠났다고 판단하고 대신 바이러스 샘플을 손에 넣는 데 노력을 집중해야 했다.

그녀는 먼저 지하에 가보기로 했다. 베르톨루치가 우연히 비밀의 복도를 발견했을 가능성은 낮다고 보았기 때문이었다. 그가 쓴 기사를 찾아보았는데 자기 엉덩이가 어디에 있는지도 못 찾을 위인이었다. 그리고 그가 유치장 안이나 근처에 숨어있다면 경찰서를 배회하며 더 이상의 시간을 낭비할 필요도 없었다. 또한 언젠가는 누군가가 침입해오게 되어 있었다. 지하2층으로 가는 입구는 아래층에 있었으니 일이 복잡해지는 것을 피해 곧바로 실험실로 향할 수도 있었다.

사무실 밖으로 걸어 나온 에이다는 느리게 돌아가는 천장 선풍기 바람을 타고 새로이 밀려오는 악취에 코를 찡그렸다. 책상으로 채워진 이 공간에는 최소한 일고여덟 구의 시신이 있었고 모두가 경찰이었으며, 그 중 그녀가 조금 전에 쏘아 죽였던 셋은 유독 냄새가 고약했다.

'가만, 아까 지나왔을 때 다섯 명의 감염자를 죽이지 않고 그대로 놔두지 않았었나?'

에이다는 커다랗게 열린 방문 바로 바깥에 멈춰 선 채 뒤쪽 계단으로 이어지는 좁은 연결 복도를 다시 돌아보았다. 다섯이 맞았던가? 처음 왔을 때 두 놈을 처리한 건 알고 있었다. 나머지는 너무나도 느려서 굳이 죽일 필요가 없었고, 분명 다섯이 있다고 생각했었다. 그런데 잠시 휴식을 취하기 위해 돌아왔을 때에는 오직 세 놈만 처리하면 됐었다.

'분명 다섯이 있었어. 최상의 컨디션은 아닐지 몰라도 숫자를 세는 법까지 까먹은 건 아니라고.'

그런 것들을 기억하는 자신의 능력에 자꾸 의심을 품는 습관 같은 건 없었다. 그리고 사소한 부분을 놓친 것을 이제야 알아챘다는 건 바로 자신이 얼마나 피곤한지 보여주는 증거였다. 이틀 전이었다면 즉시 알아차렸을 것이다. 나머지 좀비들이 총을 맞았는지, 아니면 그냥 스스로 녹아내렸는지는 바이러스에 노출될 각오를 하고 달려들어 확인하지 않는 한 알아낼 길이 없었다. 놈들은 너무 엉망이 되어 있었으니 말이다. 그러니 이쯤에서 아직도 살아남아 돌아다니고 있는 생존자들이 몇 명 더 있을 것이라고 결론짓는 것이 여러모로 이로웠다.

'하지만 그것도 얼마 남지 않았지. 일이 어떻게 풀리든 말이야.'

좀비들이 쳐들어오든 안 오든, 엄브렐러에서 곧 조치를 취할 것이었다. 아니, 벌써 시작했는지도 몰랐다. 라쿤 시티에서 벌어진 일은 주주들이 상상할 수 있는 최악의 악몽이었고 엄브렐러도 당연히 이 문제를 좌시하지 않을 것이었다. 어쩌면 이미 안전장치가 걸려 있는 또 다른 사고를 준비해두고, 바이러스 유출을 은폐하기 위해 언론에 흘릴 다른 이야기도 마련해두었을지 모른다.

엄브렐러가 새로운 사건을 터뜨리기 전에 어떻게든 버킨이 만든 신종 바이러스를 구해내려 애쓸 것이라는 사실은 이미 처음부터 내려져 있던 결론이었다. 그건 곧 에이다가 각별히 조심해야 한다는 뜻이었다. 버킨은 자신이 하던 일을 꽁꽁 숨겨왔던 모양이었다. 그리고 트렌트는 엄브렐러에서 궁극적으로 바이러스 회수를 위한 팀을 보낼 것이라고 알려주었다. 라쿤이 이 모양이 되었으니 그렇게 되기까지 걸리는 시간이 아마 앞당겨졌을 것이다.

'바라건대 멀쩡한 사람으로 구성된 팀이었으면 좋겠군. 그 정도는 처리할 수 있으니까. 하지만 타이런트라면…. 그런 골칫거리는 사양하겠어.'

에이다는 몸을 돌려 지하실로 이어지는 닫힌 문을 향해 걸어갔다. 타이런트는 엄브렐러에서 진행하던 생물학무기 연구 중에서도 특정 시리즈, T-바이러스를 가장 파괴적인 형태로 적용시킨 시리즈를 가리키는 암호명이었다. 트렌트의 말에 따르면 비밀 실험실에서 일하는 사람들인 화이트 엄브렐러 과학자들이 일종의 휴머노이드 사냥개에 대한 테스트를 시작한 모양이었다. 비인간적인 어마어마한 능력을 갖추고 입력된 특정한 냄새나 물질을 집요하게 추적하는 무서운 놈들이라고 했다. 파괴가 거의 불가능한 신체와 수술로 이식한 두뇌 시스템을 갖춘 타이런트 리트리버라면… G-바이러스 같은 걸 찾아내기 위해 보낼 법한 바로 그런 괴물이 아닐까.

트렌트가 지시한 바이러스 샘플만 찾아내고 나면 이제 끝이었다. 약속된 돈을 받아 머나먼 이국의 땅에서 마가리타 칵테일이나 홀짝거리며 지낼 생각이었다. 그리고 얼마나 많은 무고한 사람들이 목숨을 잃었는지, 트렌트가 무슨 목적으로 G-바이러스를 찾으려는 건지… 그런 건 그저 자신이 할 일에 포함되지 않은 수많은 일 중 하나로 여기고 잊어야 했다.

그렇게 생각을 정리한 에이다는 베르톨루치가 있을지도 모를 지하실로 걸음을 옮기기 시작했다.

레온은 엉망이 된 지하 무기고에 서서 총집 끈을 조절하며 클레어가 어디에 있을지 생각했다. 지금까지 본 바에 의하면 경찰서 상태는 그다지 나쁘지 않았다. 춥고, 어둡고, 복도에 쌓인 시신들로 악취가 진동하긴 했지만 거리만큼 위험이 도사리고 있진 않았다. 그다지 감사히 여길 정도는 아니었지만 상황이 상황이니만큼 있는 그대로 받아들여야 했다.

지하실로 가는 도중에 동료 경관 두 명과 다 떨어진 교통경찰 제복을 입은 여자 한 명을 죽였다. 경관들은 위층에, 여자는 시체안치소 바로 바깥, 라쿤 시티 경찰의 모든 무기가 보관되어 있는 작은 창고에서 몇 미터 떨어진 곳에 있었다. 형사들의 공간에서 피해 지나칠 수 있었던 몇 놈을 제외하면 경찰서에 도착한 이후로 레온이 죽인 건 그 세 놈에 불과했다.

하지만 짧은 거리를 이동하는 와중에 열댓 구나 되는 시신들을 지나쳤고, 그 중 절반은 눈이나 관자놀이 같은 곳에서 총알구멍을 확인할 수 있었다. 깨끗하게 '처리된' 좀비들과 라커에서 사라진 무기의 수를 비교해본 그는 생존자가 있다는 마빈의 말이 옳았다고 감히 희망을 품어 보았다.

'마빈 브래너… 지금쯤 이미 죽었겠지. 그렇다면 마빈도 좀비로 변했을까? 이 일의 배후에 정말로 엄브렐러가 있다면 지금 사태는 일종의 전염병이 분명해. 제약회사잖아. 그렇다면 어떻게 병에 걸리게 되는 걸까? 접촉에 의한 것일까, 아니면 숨을 깊이 들이쉬는 것만으로도 옮을 수 있는 걸까?'

레온은 그런 생각을 재빨리 떨쳤다. 지하는 서늘하고 습했는데 자신도 좀비가 되는 병에 이미 감염되었을지 모른다는 생각을 하자 갑자기 열이 오르며 땀이 솟구쳤다. 라쿤 시티 전체가 여전히 바이러스로 득실댄다면 어쩌지? 시내에 들어온 것만으로 병에 걸렸다면? 갑자기 불안감이 엄습하며 창고의 복잡한 선반들이 아까보다 조금 더 거리를 좁혀온 것 같은 기분이 들었다.

하지만 진짜 공황 상태에 빠지기 전에 레온은 머릿속에서 현실을 상기시켜주는 소리를 들었다. 그와 동시에 레온은 현실을 받아들였고, 덕분에 두려움을 잊을 수 있었다.

'병에 걸렸으면 걸린 거지. 괴물이 되기 전에 총알을 삼키면 되잖아. 병에 안 걸렸다면 살아남아 언젠가 손자, 손녀들에게 이 이야기를 들려줄 수 있을지도 모르고. 어쨌거나 지금 할 수 있는 일은 없을 거야. 경찰 노릇을 제대로 해내려 애쓰는 건 빼고 말이지.'

레온은 한숨을 쉬며 고개를 끄덕였다. 걱정만 하는 것보다는 나은 계획이었고 이제는 성공 확률을 조금이나마 높여줄 장비도 손에 넣었다. 무기고의 전자식 잠금장치는 총을 맞아 부서져 있었기에 카드키를 찾으러 돌아다니거나 직접 쏘아 부숴야 하는 수고는 덜었다. 그리고 누군가가 연장으로 억지로 문을 연 듯 외부의 자물쇠와 손잡이가 말 그대로 너덜너덜해져 있었다. 처음 무기고를 뒤졌을 땐 실망함과 동시에 조금 많이 당황했다. 권총은 한 정도 없었고, 움푹 팬 녹색 라커 안에는 탄약도 거의 남아 있지 않았다.

하지만 산탄총 탄약을 한 상자 찾아냈고, 잠시 뒤 조금 더 필사적으로 뒤진 끝에 높이 쌓인 상자 더미 뒤에서 12구경 산탄총인 레밍턴 한 정을 발견했다. 벽에는 레밍턴 모델에 쓸 수 있는 어깨끈 두 개와 그가 현재 착용중인 것보다 더 큰 장비용 허리띠가 걸려 있었다. 거기에는 장전된 매그넘 탄창을 모두 넣을 수 있을 정도로 깊은 사이드팩 주머니도 달려 있었다.

마지막으로 어깨끈을 단단히 조인 레온은 가장 확실한 곳부터 시작하는 것이 좋겠다고 결정을 내렸다. 가능성이 있는 모든 입구에서부터 이어지는 모든 복도를 뒤질 생각이었다. 그러기 위해 먼저 로비로 다시 돌아가 메모를 남길 수 있게 종이 같은 걸 찾아서….

탕! 탕! 탕!

총이 발사됐다. 그것도 가까운 곳에서. 메아리 소리로 미루어 볼 때 복도 바로 아래에 있는 차고에서 들려오는 것 같았다. 레온은 매그넘을 재빨리 꺼내 들고 문을 향해 달렸다. 망가진 문손잡이를 더듬거리느라 귀중한 몇 초의 시간이 날아갔다.

오른편 바닥에 쓰러져 있는 죽은 교통경찰을 제외하면 복도는 텅 비어 있었다. 정면으로는 차고로 가는 입구가 있었다. 겁먹은 경찰에게 총을 맞고 싶은 생각은 없으니 급히 뛰어들어선 안 된다고 스스로에게 상기시키며 서둘러 그리로 달려갔다.

'천천히 들어가고, 움직이기 전에 항상 잘 살피고, 신분을 명확히 밝혀.'

오른편 벽에 달린 문은 열려 있었다. 넓고 개방된 공간 안을 재빨리 살피는 동안 레온의 몸은 콘크리트 블록으로 된 벽에 가려져 있었다. 그때 눈에 들어온 어떤 것 때문에 레온은 총을 쏜 사람의 존재를 잠시 까맣게 잊었다.

'그 개잖아. 망할 그 개라고.'

말도 안 되는 일이었다. 하지만 주차선이 그려져 있는 공간 중앙에 널브러져 있는 생기 없는 동물은 그 개와 똑같아 보였다. 도로에서 본 것은 정말 찰나에 불과했지만 지금 보이는 개 모습의 축축하고 미끈거리는 괴물은 도시에서 16킬로미터 떨어진 도로에서 자동차 사고를 일으킬 뻔하게 만들었던 그것과 한배에서 나온 놈이 분명했다. 기름얼룩이 가득한 추운 차고, 그 안을 밝힌 깜빡거리는 형광등 아래에서 레온은 그 괴물이 얼마나 기이하게 생겼는지 정확히 확인할 수 있었다.

움직이는 것은 없어 보였고, 형광등 진동음 말고 다른 소리도 없었다. 여전히 매그넘을 치켜든 채 레온은 괴물을 조금 더 가까이에서 볼 생각으로 차고 안으로 발을 옮겼다. 그러자 주차된 순찰차 옆에 또 한 마리가 있는 것이 눈에 들어왔다. 첫 번째 놈과 마찬가지로 이미 죽은 상태였다. 둘은 모두 자기 피로 만들어진 끈적이는 웅덩이에 드러누워 있었고, 피부가 벗겨진 듯한 기다란 팔다리는 어색하게 벌어진 채였다.

'엄브렐러. 야생동물의 습격, 질병… 도대체 언제부터 이런 말도 안 되는 일이 벌어졌던 거야? 그리고 그렇게 연쇄 살인이 터진 뒤에도 어떻게 소문이 새어나가는 걸 막았던 거지?'

더욱 이해할 수 없는 것은 라쿤 시티가 이 지경이 되었는데도 왜 구조하러 온 사람들이 득실대지 않느냐는 것이었다. '식인 살인자' 사건과 관련이 있다는 사실은 소문이 나지 않게 막을 수 있었다고 치자. 하지만 어떻게 라쿤 시민들이 시 외부에 도움을 청하는 것도 막을 수 있었을까?

'그리고 이 개들은 정말 복제해놓은 것처럼 똑같이 생겼어… 엄브렐러가 실험실에서 만든 또 다른 괴물인가?'

그는 얼굴을 찌푸리며 개처럼 생긴 쓰러진 괴물들을 향해 한 걸음 더 나아갔다. 머릿속에서 마구 만들어지는 어두운 음모론이 마음에 들지 않았지만 무시할 수만은 없었다. 그리고 더욱 더 마음에 들지 않는 건 바로 콘크리트 바닥의 얼룩이었다. 얼룩은 금속에 녹이 슨 것처럼 붉은 색이었고 말라붙은 큰 자국이 너무 많아 세기도 힘들었다. 레온은 바닥을 더 자세히 보기 위해 몸을 구부렸다. 갑작스레 머리를 스친 끔찍한 의심을 잠재우는 데에 정신이 팔린 나머지 총알 하나가 휭 소리를 내며 자신의 머리를 아슬아슬하게 지나칠 때까지도 총이 발사되었다는 것을 눈치채지 못했다.

탕!

레온이 왼쪽으로 휙 몸을 돌리며 매그넘을 쳐들고 동시에 소리를 쳤다.

"쏘지 마!"

그러자 총을 쏜 사람이 무기를 내리는 것이 보였다. 짧은 붉은색 드레스와 검정색 레깅스 차림의 여자가 먼 쪽 벽에 세워진 승합차 옆에 서있었다. 여자가 날씬한 엉덩이를 가볍게 흔들며 그를 향해 걸어오기 시작했다. 머리는 꼿꼿이 쳐들고 어깨도 전혀 수그러지지 않은 당당한 자세였다. 마치 칵테일 파티라도 참석한 듯 도도했다.

레온은 분노가 치밀어 오르는 것을 느꼈다. 사람을 거의 죽일 뻔 해놓고 어찌 그리 침착할 수 있는가. 하지만 여자가 가까워오자 자기도 모르게 그녀를 용서하고 싶은 마음이 들었다. 여자는 매우 아름다웠고 그를 만나 진심으로 반갑다는 표정을 짓고 있었다. 죽음을 무수히 많이 경험한 뒤에야 맞닥뜨린 아주 반가운 광경이었다.

"정말 미안해요. 경찰 제복을 보고 또 좀비가 나타난 줄 알았지 뭐예요."

여자가 말했다. 그녀는 아시아계 사람이었다. 뼈대가 가늘지만 키가 컸고, 숱이 많고 윤기가 반들거리는 검은색 머리칼은 짧았다. 깊고 부드러운 목소리는 그를 바라보는 눈길과 정반대로 마치 기분 좋아 가르랑거리는 고양이 소리 같았다. 하지만 입가에 지어진 엷은 미소는 아몬드 모양의 가늘고 긴 눈까지 이어지지는 않았고, 두 눈은 그를 세심히 뜯어보고 있었다.

"당신 누굽니까?"

레온이 물었다.

"에이다 웡이라고 해요."

또 허스키하고 섹시한 목소리. 여자는 여전히 미소 지으며 머리를 옆으로 살짝 기울였다.

"난 레온 케네디입니다."

레온이 반사적으로 답했다. 하지만 무엇을 물어야 할지, 어디서부터 시작해야 할지 알 수 없었다.

"나는… 그런데 여기서 뭐 하고 있었던 겁니까?"

그러자 에이다가 그녀 뒤에 있는 승합차를 향해 고갯짓했다. 라쿤 시티 경찰의 출동 차량이 유치장을 막고 서있었다.

"사람을 찾으러 라쿤 시티에 왔어요. 베르톨루치라는 이름의 기자죠. 그가 여기 유치장 중 한 곳에 있을 수 있다고 생각했어요. 그리고 베르톨루치는 내 남자친구를 찾는 걸 도와줄 수 있을 거예요."

에이다의 얼굴에서 미소가 사라지고, 거의 전기가 흐를 것 같은 날카로운 눈빛이 레온의 시선과 마주쳤다.

"그리고 그 기자는 여기에서 무슨 일이 있었는지 다 알고 있을 거예요. 그러니까 저 승합차를 미는 걸 도와주겠어요?"

그들에게 무슨 이야기든 해줄 수 있는 기자가 차고 반대편에 있다면 레온 역시 그를 만나고 싶었다. 에이다의 이야기를 믿을 수 있을지 없을지는 확신할 수 없었으나 딱히 거짓말을 할 이유도 없어 보였다. 경찰서는 안전하지 않았고 에이다도 레온과 마찬가지로 생존자를 찾고 있는 것 아닌가.

"그래, 좋아요."

레온이 대답했다. 상대방의 솔직한 태도에 경계심이 조금 풀리는 걸 느꼈다. 그와 동시에 에이다가 자연스레 이 상황을 주도하고 있음을 깨달았다. 미묘하여 정확히 느끼기는 힘들지만 에이다는 의도적으로 상황을 통제하려 하고 있었고, 아무렇지 않은 듯 몸을 돌려 승합차로 걸어가는 걸로 보아 레온이 순순히 뒤를 따라 올 것이라고 믿고 있는 것이 분명했다.

'괜한 의심하지 마. 원래 자기주장이 강한 여자들도 있다고. 그리고 생존자를 더 많이 찾아낼수록 클레어를 찾는 걸 도와줄 사람이 많아지는 거잖아.'

이젠 홀로 계획을 세우는 게 아니라 그저 누군가를 따라야 할 때가 된 건지도 몰랐다. 레온은 매그넘을 총집에 넣고 그녀 뒤를 쫓아갔다. 그리고 그 기자라는 사람이 에이다가 말한 곳에 있기를, 어떻게든 이곳 상황을 이해할 수 있게 되기를 빌었다.

제13장

셰리 버킨이 사라졌지만 클레어의 몸집으로는 아이를 뒤따라 환기구에 들어갈 수 없었다. 성난 괴성으로 불쌍한 아이를 그리도 겁에 질리게 한 장본인은 나타나지 않았다. 어쨌거나 셰리는 사라져 버렸다. 어쩌면 아직도 어둡고 먼지 가득한 터널 속을 다급히 기어다니고 있을지도 몰랐다. 셰리는 환기구 속에서 한동안 숨어 지낸 게 분명했다. 환기구 입구에는 빈 초코바 봉지와 낡은 담요 한 장이 쑤셔 박혀 있었다. 방 안에 나란히 선 세 개의 갑옷 뒤가 아이만의 비참한 은신처였다.

셰리가 돌아오지 않으리라는 사실을 깨닫고 나자 클레어는 서둘러 아이언스의 사무실로 돌아왔다. 환기구가 어디로 이어지는지 그라면 알려줄 수 있을지도 몰랐다. 하지만 돌아와 보니 아이언스는 사라지고 없었다. 시장의 딸이라던 여자의 시신도 함께 말이다.

클레어는 박제된 동물들의 음침한 유리눈알 시선을 받으며 사무실에 멈춰 섰다. 이곳에 온 이후 처음으로 어떻게 해야 할지 진정 갈피를 잡을 수가 없었다. 원래는 연락이 닿지 않는 오빠를 찾으러 왔을 뿐이었다. 하지만 곧 좀비를 피하고, 레온을 찾고, 소름 끼치는 아이언스 서장을 피해야 하는 일련의 순서대로 목표가 점차 확장되어 갔다. 그런데 셰리라는 그 어린 소녀를 만나고 기이하고 무시무시한 비명 소리를 들은 잠깐 사이에 클레어의 우선순위는 완전히 뒤바뀌어 버렸다. 아이가 무서운 악몽에 사로잡혀 있었다. 괴물이 자신을 뒤쫓고 있다고 굳게 믿는 어리고 연약한 아이가.

'정말 그런 건지도 몰라. 라쿤 시티에 좀비들이 득실거리는 것도 사실인데 괴물이 없으란 법 있어? 제길, 그렇게 따지면 뱀파이어랑 사람 죽이는 로봇은 어떻고?'

셰리를 찾고 싶었지만 어디서부터 시작해야 할지 몰랐다. 오빠도 찾고 싶었지만 그가 어디에 있는지 모르는 것만큼이나 찾을 방법을 알 수 없었다. 그리고 슬슬 오빠가 라쿤 시티에서 벌어진 일에 대해 무언가 알고 있었던 건 아닐까 하는 생각이 들기 시작했다.

마지막으로 통화하면서 왜 스타스 대원들이 정직을 당했는지 물었을 때 오빠는 답을 회피하면서 걱정하지 말라고만 했었다. 그와 팀원들이 사무실에서 정치적인 일에 휘말린 것뿐이고 다 잘 해결될 것이라고 말이다. 자신을 보호하려 드는 오빠의 태도에 워낙 익숙해 그때는 이상한 점을 못 느꼈지만, 돌이켜 생각하니 오빠가 조금 과하게 일을 얼버무리려 했던 것 같기도 했다. 그리고 스타스 대원들은 그 식인 살인자 사건을 조사하고 있었다. 사람을 먹어 치우는 행위와 현재의 상황 사이에 일종의 연관성이 있다고 보는 것도 그리 지나친 비약은 아닐 것이다.

'그래서 무슨 뜻이라는 거야? 오빠가 무슨 무시무시한 음모 같은 걸 파헤치고는 나한테서 숨기고 있었다는 거야?'

알 수가 없었다. 클레어가 아는 것이라고는 오빠가 죽지 않았다는 것과 현재로서는 크리스나 레온을 찾는 것보다 셰리를 찾는 것이 더 중요하다는 것이었다. 상황이 심각하긴 하지만 클레어에게는 방어 수단이 있었다. 총도 있었고, 최소한 셰리보다 조금 더 정서적으로 성숙하다고 볼 수도 있었다. 그리고 거의 2년 가까이 매일 8킬로미터씩 조깅을 해서 체력도 매우 좋았다. 하지만 셰리 버킨은 열한 살이나 열두 살을 넘어 보이지 않았고, 먼지투성이 금발 머리부터 커다란 푸른 눈에 담긴 불안감까지, 모든 면에서 연약하기 짝이 없었다. 셰리는 클레어의 마음속 깊은 곳에 숨겨져 있던 모든 보호본능을 자극했다.

쿵!

그때 묵직하고 공허한 진동이 천장을 통해 퍼지며 아이언스의 사무실에 달린 정교한 샹들리에를 부르르 떨리게 만들었다. 클레어는 반사적으로 권총을 꼭 쥐고 위를 올려다보았다. 보이는 것이라고는 나무와 회반죽뿐이었고, 소리는 반복되지 않았다.

'옥상에 뭔가가 있는 걸까… 그런데 대체 뭐가 그런 소리를 내는 거야? 공중에서 코끼리라도 떨어뜨린 거야?'

셰리가 말한 괴물일지도 몰랐다. 아까 개인용 전시실에서 들었던 그 포악한 비명은 환기구나 벽난로를 통해 들려왔기 때문에 소리의 진원지를 집어내기가 불가능했다. 하지만 옥상일 가능성도 있었다. 클레어는 그런 괴성을 지르는 존재를 마주치고 싶은 생각은 없었다. 하지만 셰리는 그 괴물이 자신을 쫓고 있다고 굳게 믿는 것 같았다.

'그 말대로라면 소리를 내는 괴물을 찾으면 셰리도 찾게 되는 거야? 완벽한 계획이라 볼 수는 없지만 지금 시점에서 달리 할 수 있는 것도 없잖아. 어쩌면 그 애를 찾을 수 있는 유일한 방법일지도 몰라.'

아니면 아이언스 서장이 그 위에 있는 것인지도 몰랐다. 그를 만난 뒤 마치 상한 음식을 먹고 난 것처럼 입안에 끈적끈적하고 불쾌한 느낌이 남긴 했지만 그에게서 더 많은 정보를 캐지 못한 게 후회되었다. 미쳤든 안 미쳤든, 아이언스는 멍청한 사람 같지는 않았다. 그러니 다시 찾아내 최소한 환기구 시스템에 대해 몇 가지 물어보려는 것도 그리 나쁜 생각은 아니었다.

무엇이든 직접 확인해보기 전까지는 아무것도 알 수 없었다. 클레어는 몸을 돌려 바깥 복도로 이어진 사무실 문으로 다가갔다. 아까 자신이 헬리콥터 화재를 제압한 곳이었다. 연결된 복도에 연기는 많이 사라졌다. 공기는 여전히 따뜻했지만 새롭게 타오르는 불꽃의 열기 때문은 아니었다. 화재를 진압하는 것만큼은 성공적이었다.

까맣게 타버린 헬리콥터 조종사의 시신으로부터 시선을 돌리며 클레어는 복도로 한발 나섰다.

쩌억!

클레어는 걸음을 멈췄다. 두껍고 거대한 나무판자가 쪼개지는 소리와 함께 덩치가 어마어마한 게 분명한 누군가가 굽은 모퉁이 너머 복도 어딘가에서 대단히 육중하게 움직이고 있었다. 신중하면서도 매우 큰 소리였다.

'몸무게가 1톤은 나가나 봐. 오 하느님, 방금 저 소리가 문짝이 떨어져 나가는 소리가 아니라고 말씀해주세요!'

클레어는 아이언스의 사무실로 이어지는 좁은 복도를 돌아보았다. 본능은 당장 도망치라고 외치고 있었고, 머리는 그 끝은 막혀 있다고 아우성을 쳤으며, 몸은 본능과 머리가 외치는 두 가지 목소리 사이에서 오도 가도 못하고 굳어 있었다.

다음 순간, 태어나 본 사람 중에서 가장 덩치 큰 남자가 시야에 나타났다. 복도를 따라 떠다니는 옅은 연기에 가려진 채였다. 거대한 몸집을 더욱 강조해주는 기다란 녹색 군복 코트를 입었고, 키는 NBA 농구 스타 정도이거나 더 컸으며, 덩치는 그에 걸맞게 대단했다. 허리에는 두꺼운 작업용 벨트가 감겨 있었다. 지니고 있는 무기는 보이지 않았지만 남자로부터 잔인한 폭력성이 눈에 보이지 않는 파동처럼 발산되고 있는 것을 느낄 수 있었다. 병색이 완연한 새하얀 얼굴과 머리카락 없이 비탈진 두개골이 얼핏 보였다. 그리고 돌연 클레어는 그가 괴물이라고 확신했다. 검정 장갑을 낀, 사람 머리만큼 거대한 주먹을 지닌 킬러….

'쏴! 놈을 쏘라고!'

클레어는 총을 겨눴지만 잠시 망설였다. 끔찍한 실수를 저지르는 건 아닐까 두려웠다. 하지만 그것도 놈이 나무둥치 같은 다리로 클레어를 향해 크게 한 발 다가왔을 때까지만이었다. 프랑켄슈타인 같은 녀석의 부츠를 신은 커다란 발 아래로 마룻바닥이 쪼개지는 소리가 들렸다. 그리고 놈의 눈을 보았다. 붉은색 테두리가 둘러진 검디검은 눈. 기형적으로 생긴 커다란 흰색 바위 속에 용암을 채운 구멍 같은 그 눈은 공허했지만 앞을 보지 못하는 건 아니었다. 놈의 눈이 클레어를 찾아냈다. 그러자 놈이 꽉 움켜쥔 두툼한 주먹을 들어 올렸다. 위협의 표시가 확실했다.

'쏴, 쏴, 쏴!'

클레어가 방아쇠를 당겼다. 한 번, 두 번, 그리고 총알이 날아가 박히는 것을 보았다. 괴물의 쇄골 바로 아래 옷깃이 너덜너덜해지고, 두 번째 총알은 놈의 목 한쪽을 말끔하게 뚫고 들어갔다.

그런데도 놈은 한 걸음 더 다가왔다. 대충 잘라 빚어놓은 것 같은 얼굴에는 일말의 표정도 스치지 않았고, 주먹은 여전히 높이 들린 채 뭉개버릴 표적을 찾는 중이었다. 목에 난 연기가 피어오르는 검은색 구멍에서는 피 한 방울 흐르지 않았다.

'이런 젠장!'

아드레날린과 함께 솟구치는 두려움 속에 클레어는 다시 권총을 놈의 심장 부위에 겨누고 연거푸 방아쇠를 당겼다. 그 와중에도 괴물은 한 발짝 더 다가와 쏟아지는 총알 세례를 눈 하나 깜빡하지 않고 그대로 받아냈다.

몇 번이나 총을 쏘았는지 기억할 수도, 놈이 여전히 다가오고 있다는 것을 믿을 수도 없었다. 이제 괴물은 거대한 가슴으로 쏟아지는 총알을 받아내며 3미터도 떨어지지 않은 곳에 서있었다.

다음 순간, 권총이 찰칵 소리를 내며 총알이 떨어졌음을 알렸다. 놈은 그 자리에 멈춰 선 채 거센 바람을 맞은 높은 건물처럼 양옆으로 조금씩 흔들리고 있었다. 클레어는 어안이 벙벙한 시선을 놈에게서 떼지 않은 채 재킷에서 탄창 하나를 꺼내 허둥지둥 재장전했다. 클레어의 두뇌는 이 걸어 다니는 대재앙의 정체를 알아내기 위해 미친 듯이 돌아가고 있었다.

'터미네이터, 프랑켄슈타인이 만든 괴물, 닥터 이블, 미스터 엑스….'

놈의 정체가 무엇이든 가슴팍에 박아 넣은 일곱 발 이상의 철갑탄들이 마침내 효과를 내기 시작했다. 놈은 아무 소리도 내지 않고 천천히 오른쪽으로 쓰러져 연기로 검게 변한 벽에 육중하게 부딪히더니, 그대로 조금 축 처졌다. 완전히 널브러진 것도 아니었지만 움직이진 않았다.

'각도가 이상하긴 하지만 죽었을 거야. 그저 자기 덩치 때문에 벽에 기댄 채로 떠받쳐져 있는 거고.'

클레어는 가까이 다가가지 않은 채 움직이지 않는 괴물을 향해 든 권총을 그대로 유지했다.

'이게 그 괴성을 지른 놈일까?'

매우 강력하고 인간처럼 보이지 않긴 했지만 그런 것 같지는 않았다. 이놈은 피를 달라고 울부짖는 태고의 성난 악마가 아니었다. 이 미스터 엑스는 영혼 없는 기계에 가까웠다. 고통을 무시할 수 있는, 어쩌면 기꺼이 받아들일 수 있는 피도 흘리지 않는 살덩이….

"이젠 죽었잖아. 중요하지 않아."

클레어가 속삭였다. 계속해서 쏟아지는 쓸모없는 생각들을 차단하는 것뿐 아니라 동시에 자신을 안심시키기 위해서이기도 했다. 대체 이것이 무엇인지 생각해야, 알아내야 했다. 괴물 좀비들이 일종의 돌연변이를 일으킨 것 같지는 않았다. 그러면 대체 뭘까? 왜 총을 맞고도 쓰러지지 않았지? 거의 꽉 차있던 탄창 하나를 다 쏟아 부었다. 그렇다면 누군가 총성을 들었을까? 셰리나 아이언스 서장, 레온, 아니면 경찰서 곳곳에 숨어있는 사람들이 자신을 찾으러 올지도 몰랐다. 그렇다면 이 자리 그대로 머물러야 할까?

이미 미스터 엑스라고 자기도 모르게 이름을 붙여버린 괴물은 숨을 쉬지 않았다. 근육질 몸은 미동도 없었고, 얼굴은 죽은 것처럼 굳어 있었다. 클레어는 아랫입술을 깨물며 아직도 완전히 쓰러지지 않고 반쯤 벽에 기대어 선 놈을 뚫어져라 쳐다보았다. 혼란과 두려움 속에서도 이성적으로 생각하려 애썼다.

그때 놈의 눈이, 번득이는 검정색과 붉은색의 눈이 번쩍 뜨이는 것을 보았다. 놈은 통증을 느끼거나 힘을 주는 듯 얼굴을 찡그리지도 않은 채 본래의 선 자세로 돌아와 복도를 막아섰다. 거대한 두 주먹이 다시 올라갔다.

그리고 강력한 스윙과 함께 두 주먹이 허공을 갈랐다. 놈의 기다란 양 팔이 뒷걸음질 치는 클레어의 바로 앞에서 휙 지나쳤다. 그 어마어마한 힘에 두 주먹 모두가 놈이 기대고 있던 벽 반대편에 날아가 박혔다. 부딪힌 충격에 주먹이 벽에 그대로 파묻히고, 두 팔은 팔꿈치 중간까지 나무와 회반죽에 박혔다.

'저 벽이 나일 수도 있었어.'

다시 아이언스의 사무실로 돌아가면 그대로 갇힐 것이었다. 클레어는 더 이상 생각하지 않고 즉각 미스터 엑스를 향해 전속력으로 달렸다. 날듯이 뛰어 놈을 지나치는 순간 오른쪽 팔이 놈의 두꺼운 코트자락에 스치기도 했다. 그것이 피부에 닿자 심장이 잠시나마 멈추는 것 같았다.

클레어는 급하게 왼쪽으로 몸을 틀어 뿌연 복도를 미친 듯 질주했다. 대기실을 지나 무엇이 있었는지 기억하려 애쓰며, 미스터 엑스가 벽에서 두 손을 빼낸 뒤 다시 움직이기 시작한 것이 분명한 소리를 무시하려 애쓰며.

'세상에, 도대체 저게 무슨 괴물이야.'

클레어는 달려 들어오며 문을 닫고 대기실을 통과했다. 생각은 나중에 하기로 했다. 지금은 더 빠르게 달릴 수 있는 방법 외에는 아무것도 생각하지 않고 무조건 달리기로 했다.

벤 베르톨루치는 차고에서 가장 먼 방의 마지막 유치장에서 금속 간이침대에 길게 뻗은 채 가볍게 코를 골고 있었다. 에이다는 무표정을 유지한 채 레온으로 하여금 그를 깨우게 하기로 했다. 그를 만나 지나치게 반가워하는 것처럼 보이고 싶지 않았다. 그리고 남자들의 속성에 대해 한 가지 아는 것이 있다면 자신이 상황을 주도하고 있다고 여길 때 더 다루기 쉽다는 점이었다. 에이다는 조급한 마음을 애써 숨기고 레온을 올려다보며 기다렸다.

두 사람은 베르톨루치가 있는 마지막 유치장에 다다르기 전에 텅 빈 개 사육장과 구불구불한 콘크리트 복도를 지나쳤다. 차갑고 축축한 공기에는 피와 부패의 냄새가 가득했지만 시신은 아직 보지 못했다. 차고에서 대학살이 벌어졌다는 사실을 고려하면 조금 이상한 일이었다. 에이다는 레온에게 자초지종을 아는지 물어볼까 하다가 그와 대화를 나누지 않으면 않을수록 좋다고 판단했다. 레온 역시 자신과 함께 움직이는 것에 익숙해져봤자 좋을 것 하나 없었다.

개 사육장의 어두운 한쪽 구석에 녹슨 맨홀이 있는 것을 보았고, 기쁘게도 근처의 열린 선반에 그것을 열 때 쓸 수 있는 쇠지렛대도 하나 놓여 있었다. 베르톨루치가 바로 앞에서 코를 골고 있으니 이제야 모든 일이 제대로 돌아가는 것 같은 기분이었다.

"어디 보자. 당신이 베르톨루치 같은데, 맞습니까? 일어나요. 당장."

레온이 큰 소리로 말하고는 권총 개머리판으로 유치장의 쇠창살을 탕탕 두드렸다.

베르톨루치가 끄응 소리를 내고는 천천히 일어나 앉아 까칠하게 수염이 자란 턱을 쓰다듬었다. 그들이 있는 방향을 향해 피곤한 듯 눈살을 찌푸리는 모습을 보고 있자니 에이다는 피식 웃고 싶어졌다. 베르톨루치는 형편없는 몰골을 하고 있었다. 옷은 모두 구겨졌고, 하나로 묶어 볼품없이 늘어진 머리는 잔뜩 눌려 있었다.

'그래도 아직 넥타이는 매고 있네. 이 불쌍한 게으름뱅이는 넥타이를 매면 진짜 기자처럼 보인다고 생각하는 게 분명해.'

"왜 그래요? 그냥 한숨 자고 있었던 건데."

베르톨루치가 투덜거렸다. 에이다는 다시 한 번 웃음을 꾹 참아야 했다. 그리도 찾기 어렵게 꼭꼭 숨어 있더니만, 느닷없는 경찰의 출동에 잠에서 깬 것이 고소하게 느껴졌다.

레온은 잘 모르겠다는 표정으로 에이다를 힐끗 쳐다보았다.

"이 사람이 맞습니까?"

에이다가 고개를 끄덕였다. 레온은 그가 유치장에 감금된 죄수일 것이라고 생각한 것 같았다. 조금만 더 이야기를 나누면 그런 생각쯤은 금세 사라지겠지만 그녀는 레온이 필요 이상으로 많은 걸 알아내기를 원치 않았다. 따라서 말을 조심해야 했다.

"베르톨루치 씨, 여기 공무원들한테 이곳에서 무슨 일이 있었던 건지 알고 있다고 말했다면서요? 무슨 말을 한 거예요?"

조금 다급한 어조로 말하는 소리에 베르톨루치가 자리에서 일어나 에이다를 노려보았다. 입술이 미소 짓듯 말려 올라갔다.

"대체 누구쇼?"

에이다는 그 질문은 못 들은 척하고 다급한 기운을 조금 더 자아냈다. 하지만 아주 약간이었다. 곤경에 빠진 연약한 여자 흉내를 과하게 내고 싶진 않았다. 그건 지금까지 홀로 살아남았다는 사실과 어울리지 않았으니까.

"친구를 찾고 있어요. 존 하위. 시카고에 있는 엄브렐러 지부 사무실에서 일하고 있었는데 몇 달 전에 종적을 감췄어요. 그런데 그가 여기, 이 도시에 있다는 이야기를 들었어요…."

일부러 말을 얼버무리며 베르톨루치의 표정을 유심히 살폈다. 그가 무언가 알고 있다는 건 의심의 여지가 없었지만 순순히 털어놓을 것 같지는 않았다. 베르톨루치는 걸걸한 목소리로 대꾸했다.

"난 아무것도 몰라요. 그리고 설사 안다고 해도 왜 당신한테 이야기하겠수?"

'그럼 그렇지. 저 경찰만 없었어도 그냥 쏴버렸을 거야.'

아니, 실은 그렇지 않을 것이었다. 에이다는 마구잡이로 사람을 죽이지 않았다. 설득력을 조금만 발휘한다면 아마 정보를 캐낼 수 있을 것이라고 생각했다. 미인계가 통하지 않으면 무릎을 쏘아버린다든지 하는 방법도 얼마든지 있었다. 하지만 불행히도 레온이 얼쩡거리고 있는 한 그렇게 할 수는 없었다. 레온이라는 변수를 만나게 될 줄은 몰랐지만 지금으로서는 함께 있을 수밖에 없었다.

"그렇군. 에이다, 그냥 여기 남겨두고 가는 게 어때요?"

기자의 답변이 마음에 들지 않는 것이 분명해 보이는 레온은 짜증을 숨기지 않고 베르톨루치를 노려보며 에이다에게 말했다.

베르톨루치는 반쯤 미소를 지으며 주머니에 손을 넣어 두꺼운 고리에 걸린 은색 유치장 열쇠 꾸러미를 꺼내 보였다. 에이다는 전혀 놀라지 않았지만 레온은 아까보다 더 화가 난 것처럼 보였다.

"마음대로 하슈. 어쨌거나 여길 나갈 생각은 없으니까. 여긴 이 건물에서 제일 안전한 곳이야. 밖엔 좀비 말고도 더 무서운 놈들이 많다고. 내 말 믿어요."

의기양양하게 대꾸하는 말투로 판단컨대 아무래도 그를 죽여 버려야 할 것 같았다. 트렌트의 지시는 명확했다. 베르톨루치가 버킨 박사의 G-바이러스 연구에 대해 조금이라도 알고 있다면 반드시 제거해야 했다. 정확한 이유는 알지 못했지만 그것이 자신의 임무였다. 단 몇 분만 단둘이 있을 수 있다면 그가 연구에 대해 얼마나 알고 있는지 알아낼 수 있을 터였다.

하지만 문제는 어떻게 알아내느냐였다. 레온을 쏘고 싶지는 않았다. 무고한 사람은 죽이지 않는다는 원칙을 가지고 있었기 때문이었다. 게다가 에이다는 경찰을 좋아했다. 똑똑한 족속은 아니라고 생각하지만 그와는 별개로 에이다는 평소 자신의 목숨을 내어놓아야 하는 직업에 몸담은 사람들에게 존경심을 품고 있었다. 그리고 레온의 무기 취향이 마음에 들기도 했다. 데저트 이글은 비슷한 제품들 중에서도 최고니까….

'뭘 그리 변명거리를 찾고 있어? 먼저 그를 떼어내고 혼자 다시 돌아오는 거야. 이제 와서 물러질 것도 아니고.'

으르렁!

그때 인간의 것이라고 할 수 없는 무시무시한 괴성이 긴장감 어린 침묵을 꿰뚫었다. 에이다는 재빨리 베레타를 돌려 텅 빈 유치장 공간으로 이어진 열린 문을 겨냥했다. 그게 무엇이든 지하 어딘가에 존재했다.

"무슨 소리죠?"

레온이 뒤에서 다급히 물었다. 에이다도 자신이 그 답을 알고 있다면 얼마나 좋을까 생각했다. 그 성난 비명이 남긴 메아리는 예전에 들어본 적 없는 소리였고, 엄브렐러의 연구에 대해 알고 있던 에이다 역시 전혀 예상치 못했던 것이었다.

"말했잖수. 난 여기서 안 나간다니까. 볼 일 끝났으면 얼른 나가

버려요. 당신들 때문에 놈들한테 들키기 전에."

베르톨루치의 목소리는 가볍게 떨리고 있었다.

'징징대기만 하는 겁쟁이 같으니.'

"이것 봐요. 이 건물 안에 살아있는 경찰은 나밖에 없을지도 모릅니다."

레온이 말했다. 그 목소리에 두려움 말고도 강인한 용기가 담겨 있는 것을 느낀 에이다가 힐끗 돌아다보았다. 레온의 시선은 베르톨루치에게 고정되어 있었고, 푸른 눈은 날카롭고도 단호했다.

"그러니까 살고 싶으면 우리랑 같이 갑시다."

"됐수. 난 특수부대가 나타날 때까지 여기서 꼼짝도 안 할 거예요. 머리가 돌아간다면 그쪽도 그러는 게 좋을 거고."

베르톨루치의 대꾸에 레온이 고개를 절레절레 흔들었다.

"누군가 나타나기까지 며칠씩 걸릴 수도 있어요. 우리에게 최선의 길은 라쿤 시티에서 빠져나갈 방법을 찾는 겁니다. 그리고 저 소리 들었잖아요. 그런 소리를 내는 놈이 여길 찾아오기를 정말 바라는 겁니까?"

에이다는 놀랐다. 지금 이 순간에도 엄브렐러에서 창조한 무시무시한 괴물이 이쪽을 향해 오고 있는지도 모른다. 그런데도 레온은 쓸모라고는 하나도 없는 이 기자의 목숨을 구하려 애쓰고 있었다.

"그런 위험은 감수하겠수다. 그리고 여길 탈출하겠다니… 행운을 빌어요. 쉽지 않은 일이 될 테니."

베르톨루치가 말했다. 그러고는 두 사람을 번갈아 바라보며 쇠창살이 있는 곳까지 다가와 기름진 머리칼을 쓱 빗어 넘겼다. 덧붙인 말은 아까보다 조금 누그러진 목소리였다.

"이것 봐요. 건물 뒤편에 개 사육장이 있는데 그 안에 맨홀이 있어요. 그리로 가면 하수구로 내려갈 수 있는데, 아마 그게 여기서 벗어나는 가장 빠른 길일 거요."

에이다는 속으로 한숨을 내쉬었다. 제길. 실험실로 가는 비밀 통로가 이렇게 들통 나다니. 지금 레온을 따돌린다 해도 5분이면 자신을 다시 찾아낼 수 있을 것이었다.

'언제든지 죽여 버려도 되잖아. 반드시 그래야만 한다면. 그게 아니면… 하수구로 같이 가서 거기 어딘가에 버려둔 뒤 그가 거기서 길을 청소하는 동안 다시 돌아와 베르톨루치에게 필요한 질문을 해도 되겠지.'

베르톨루치와 달리 에이다는 조금 전과 같은 괴성을 지른 괴물과 마주치고 싶은 마음이 없었다. 그리고 그가 어디도 가지 않고 이곳에 숨어 있겠다는 사실을 알았으니 이제부터는 레온을 따돌려야 했다.

'불필요하게 피를 보지 않기 위해 이렇게까지 해야 하나.'

"좋아요. 그리로 가보죠."

에이다는 레온의 답변을 기다리지 않은 채 바로 몸을 돌려 문을 향해 달려갔다.

"에이다! 에이다, 기다려요!"

에이다는 레온의 말을 무시하고 텅 빈 유치장들을 지나 차가운 복도로 다시 돌아갔다. 아직 아무것도 나타나지 않아 다행이었다. 그런데 가볍게 그들을 제거하지 않으려 애쓰는 자신이 조금 이상하게 느껴졌다. 레온과 베르톨루치, 그냥 둘 다 처리해 버리면 일은 훨씬 쉬워질 것이었고, 다른 상황이었다면 그런 결단을 내리기까지 크게 망설이지 않았을 것이다. 하지만 지금 에이다는 사방을 둘러싼 죽음에 넌더리가 나 있었고, 그런 끔찍한 짓을 저지른 엄브렐러에 단단히 질린 상태였다. 반드시 필요한 경우가 아니라면 이 경찰을 죽이고 싶지 않았다.

'반드시 필요한 경우가 생긴다면? 무고한 사람을 희생시키면서도 임무를 완수해야 한다면 어떻게 할 건데?'

자신에게 그런 질문을 던진다는 것 자체가 지금의 심리 상태를 고스란히 말해주는 것이나 마찬가지였다. 에이다는 개 사육장으로 가는 문 앞에 멈춰 서서 심호흡하며 성가신 감정들을 몰아냈다. 그리고 안으로 들어가 레온 케네디를 기다렸다.

제14장

'너무나 아름다워….'

베벌리 해리스는 시신이 되어서도 눈부신 빛을 발하고 있었지만 자신이 지켜보고 있는 동안 별안간 벌떡 일어나게 둘 수는 없었다. 아이언스는 조심스럽게 베벌리의 몸을 포개 싱크대 아래 돌로 된 수납장 안에 집어넣고 문고리를 걸었다. 조금 더 시간이 넉넉해지고 나서 도로 꺼낼 생각이었다. 베벌리는 그가 지금껏 손본 것들 중에 가장 아름답고 눈부신 동물이 될 것이다. 제대로 처리하고 나면 영원히 완벽한 모습으로 남겠지. 진정한 꿈이 실현되는 것이었다.

'시간이 나면. 내게 조금이라도 시간이 남아 있다면 말이지.'

다시 신세를 한탄하기 시작했다는 걸 알고 있었지만 지금은 자신에게 동정을 표해줄 사람도, 자신이 겪은 그 어마어마한 일들에 대해 함께 아파해줄 사람도 없었다. 정말이지 괴로웠다. 슬프고, 화나고, 외로웠다. 하지만 이제는 모든 것이 또렷해지는 기분도 들었다. 이제 아이언스는 알았다. 왜 자신이 핍박받고 있는지. 그리고 그 이유를 깨닫자 다시 집중력이 살아났다. 진실은 괴로웠지만 적어도 전처럼 길을 잃고 헤매지는 않게 되었다.

'엄브렐러. 처음부터 날 망치려는 엄브렐러의 음모였어.'

아이언스는 자신만의 특별한 장소인 안식처의 흠집 나고 얼룩진 테이블에 앉아 아까 만났던 그 젊은 여자가 다시 자기를 찾아오기까지 얼마나 걸릴지 생각했다. 건강하고 날렵한 몸을 지닌, 자기 이름을 알려주지 않은 그 여자. 어떤 면에서 또렷한 정신을 되찾게 된 건 그 여자 덕분이었다. 모순이었지만 고맙게 생각할 수밖에 없었다. 진실을 알려준 건 그녀의 갑작스러운 등장이었으니까.

여자는 당연히 다시 그를 찾아올 것이었다. 엄브렐러에서 보낸 스파이일 테니까. 엄브렐러는 꽤 오랫동안 자신을 감시해온 것이 분명했다. 아마도 아이언스가 소유한 모든 것의 명단은 물론 그에 대한 엄청난 양의 심리 분석 보고서, 심지어 재무 기록도 가지고 있겠지.

시간을 들여 생각해보니 이제야 말이 되었다. 엄브렐러는 라쿤 시티에서 가장 힘센 사람인 아이언스의 몰락을 세심히 계획했다. 자신에게 가능한 한 최고로 고통스러운 괴로움을 안기기 위해 악랄한 공격을 하나, 하나 계획해온 것이다.

아이언스는 자신의 보물, 눈앞의 선반에 놓인 박제 도구와 박제된 동물들을 응시했지만 평소에 그걸 볼 때마다 느끼던 자부심은 전혀 느껴지지 않았다. 윤이 나게 닦아놓은 뼈들은 그저 엄브렐러의 배신을 깨닫고 두뇌가 움직이는 동안 바라볼 대상에 지나지 않았다.

몇 년 전, 처음 엄브렐러가 하는 일을 눈감아주는 대가로 돈을 받기 시작했을 때만 해도 상황은 달랐다. 그때는 그저 정치적인 의도, 라쿤 시티를 진정으로 좌지우지하는 권력 구조에서 자신만의 틈새를 찾아내기 위한 목적에 불과했다. 그리고 그 이후로 오랫동안 상황은 매끄럽게 돌아갔다. 계획대로 차근차근 승진해 올라갔고, 이 지역 공무원과 시민들의 존경을 받게 되었으며, 무엇보다도 투자한 대로 결실을 거두었다. 행복한 삶이었다.

'그러다가 버킨이라는 작자가 나타났지. 윌리엄 버킨과 노이로제 걸린 그의 아내, 그리고 버르장머리 없는 딸까지.'

스펜서 저택에서 바이러스가 유출된 이후 그는 스타스 대원들과 그 망할 웨스커 대위가 모든 문제의 주범이라고 생각했었다. 하지만 돌이켜 생각해보니 그보다 거의 1년 먼저 버킨 박사와 그의 가족들이 이곳으로 온 게 문제의 시작이었다. 스펜서 저택의 실험실이 파괴된 건 상황을 가속화시킨 것에 불과했다. 엄브렐러에서는 아마 자신이 버킨을 만난 그 날부터 줄곧 자신을 감시해왔을 것이다. 처음에는 그저 지켜보면서 여기저기에 컴퓨터 바이러스를 심고 감시 카메라를 설치했을 것이다. 스파이를 보내는 건 나중에야 시작되었을 테고….

버킨 가족이 라쿤 시티에 온 건 윌리엄 버킨 박사가 스펜서 저택의 비밀 실험실에서 행하고 있던 연구를 바탕으로 T-바이러스를 업그레이드하여 더 우수한 바이러스를 개발하는 데 집중하기 위해서였다. 윌리엄은 때로 변덕스럽고 기분 나쁘게 굴기도 했지만 아이언스는 처음 만난 순간부터 그를 좋아했다. 엄브렐러의 가장 뛰어난 천재였지만 아이언스와 마찬가지로 자신의 지위를 떠벌리는 사람은 아니었기 때문이다. 윌리엄은 겸손한 사람으로, 오직 자신의 잠재력을 최대한 발휘하는 데에만 관심이 있을 뿐이었다. 두 사람 다 너무 바빠 우정을 쌓기는 힘들었지만 둘 사이에는 서로를 향한 공통된 존경심이 자리 잡고 있었다. 아니, 아이언스는 윌리엄 버킨이 가끔씩 자신을 우러러본다고 느꼈었다.

'하지만 그렇게 하도록 놔둔 건 내 실수였어. 그에 대한 호감 때문에 직감이 흐려진 거야. 처음부터 감시당하고 있었다는 걸 알아채지 못했다고.'

스펜서 저택 실험실 사고는 엄브렐러의 고위층에도 꽤 큰 파장을 불러 일으켰고, 폭발이 일어나고 겨우 며칠 만에 아네트 버킨이 남편의 메시지를 들고 그를 찾아왔었다. 메시지, 그리고 부탁을 들어달라는 요청이었다. 버킨은 새로이 개발한 G-바이러스가 완벽히 준비되기도 전에 엄브렐러가 당장 내놓으라고 할 것을 걱정하고 있었다. 뚜렷이 기억나지는 않지만 그는 이전에 개발한 T-바이러스가 그런 식으로 사용된 것에 대해, 복제 과정을 완벽하게 다듬을 기회를 주지 않은 것에 대해 큰 불만을 품고 있는 것 같았다. 그리고 엄브렐러가 스펜서 저택 사고로 인한 재정적 충격에서 회복할 길을 찾고 있던 터라, 버킨은 그들이 아직 검증되지 않은 바이러스의 완전무결성에 흠집이라도 내지 않을까 걱정하고 있었다.

버킨은 아내 아네트를 통해 그에게 도움을 요청했고, 그 대가로 약간의 돈도 주겠다고 약속했다. 10만 달러를 받고 아이언스가 해야 하는 일은 G-바이러스의 존재를 숨기는 걸 도와주는 것이었다. 한 마디로 엄브렐러가 스파이를 보내는지 살피고, 살아남은 스타스 대원들을 감시하며 그들이 엄브렐러의 연구에 대해 더 이상 알아내지 못하게 막으면 되었다.

'그랬지. 10만 달러. 안 그래도 벌써 우리 도시를 지켜보면서 그 말 안 듣는 사고뭉치들을 주시하고 있었다고. 정말 손쉬운 돈벌이였지. 게다가 모든 게 계획대로 돌아가기만 하면 더 많이 벌 수도 있었어. 하지만 그건 모두 함정이었지. 엄브렐러가 파놓은 함정….'

아이언스는 그것도 모르고 함정 한가운데로 순순히 걸어 들어갔고, 그때부터 엄브렐러가 그동안 수집한 정보를 가지고 아이언스를 괴롭힐 계획을 세우기 시작한 게 분명했다. 그게 아니라면 어떻게 상황이 이리도 빨리 무너져 내릴 수 있단 말인가? 스타스 대원들이 종적을 감추더니 그 다음으로는 버킨이 사라졌다. 그리고 상황을 잘 판단할 기회가 생기기도 전에 공격이 다시 시작되었다. 모든 게 엉망진창이 되기 직전에 라쿤 시티를 봉쇄한 것만 해도 정말이지 아슬아슬했다.

'이 모두가 내가 친구라 믿었던 인간을 도와주었기 때문이야. 그것도 결과적으로는 엄브렐러에 더 이득이 되는 일이었는데. 이런 비극이 있다니.'

아이언스는 자리에서 일어나 해부 테이블 주변을 천천히 걸으며 손가락으로 테이블에 난 흠집과 칼자국을 하릴없이 매만졌다. 자국마다 하나의 이야기가, 성취의 기억이 숨겨져 있었다. 하지만 여전히 아무런 위안도 느껴지지 않았다. 서늘하고 조용한 은신처의 공기는 언제나 그를 위로해주었다. 이곳은 그가 자신의 취미를 즐기는 곳, 진정한 자신으로 돌아갈 수 있는 장소였다. 하지만 더 이상은 그의 것이 아니었다. 자신에게 남은 건 아무것도 없었다. 엄브렐러가 빼앗아갔다. 라쿤 시티를 빼앗아간 것처럼.

그들이 자신을 망치고 권력을 빼앗기 위해 바이러스를 유출시켰다는 게 그리도 믿기 힘든 일인가? 거기다가 그 여자, 헐벗은 갈색머리 여자애까지 보내 그의 실수를 상기시키다니. 굳이 왜 그리 예쁜 아이를 골랐겠는가? 엄브렐러는 아이언스의 약점을 알고 그것을 이용하고 있었다. 그에게 일말의 자존심도 남겨주지 않기 위해서 말이다.

'곧 다시 나를 찾아오겠지. 아무것도 모르는 바보 연기를 하면서, 연약한 척 하며 날 유혹하려 하겠지. 엄브렐러에서 보낸 암살자, 스파이… 그게 그 여자의 정체야. 아마 그 예쁜 얼굴이라는 가면 뒤에서 나를 비웃고 있겠지.'

바이러스 유출은 정말로 사고인지도 모른다. 마지막으로 만났을 때 윌리엄 버킨은 조금 불안정하고, 편집증적이었으며, 극도로 지쳐 있었다. 원래 사고란 것은 모든 게 안정적일 때도 터지기 일쑤인데 하물며 그런 상황이었으니…. 하지만 나머지는 자신의 생각이 옳을 수밖에 없었다. 자신이 어떻게 그리 철저히 무너졌는지, 엄브렐러의 짓이라는 것 말고는 달리 설명할 방도가 없었다. 그 여자, 엄브렐러에서 보낸 스파이는 정말로 그를 잡으러 올 것이다. 그리고 단순히 자신이 죽는 것만으로는 멈추지 않겠지. 오, 안 돼. 어떻게든 베벌리를 찾아내서는 더럽히고 말 것이다. 아이언스가 아끼는 건 단 하나도 그대로 남겨두지 않기 위해서.

아이언스는 은은하게 불이 밝혀진, 한때는 자신의 것이었던 작은 방을 둘러보며 오랫동안 사용했던 도구와 가구를 아쉬운 눈길로 물끄러미 바라보았다. 울퉁불퉁한 돌벽 틈에서 뿜어져 나오는 달콤하고 익숙한 소독약과 포름알데히드 냄새도 느껴졌다.

'나의 안식처. 나만의 것.'

아이언스는 특별한 해부 테이블 위에 놓인 권총을 집어 들었다. 이 VP70만은 아직도 그의 것이었다. 씁쓸한 미소가 지어졌다. 그의 삶은 끝났다. 이젠 확실히 알 수 있었다. 이 모든 일은 버킨으로부터 시작되었고 여기에서, 바로 자신의 손으로 끝날 것이었다. 하지만 아직은 아니었다.

엄브렐러의 스파이가 자기를 찾으러 오거든 그 여자를 죽이고, 마지막으로 베벌리에게 작별인사를 한 다음 스스로 목숨을 끊음으로써 패배를 인정할 생각이었다. 하지만 그 앙큼한 계집애만큼은 자신이 그동안 얼마나 괴로웠는지 몸으로 직접 느끼도록 만들어줄 작정이었다. 아이언스가 그동안 견뎌야 했던 모든 고난에 대해 대가를 치르게 만들 것이다. 대가는 살점과 뼈, 그리고 그가 가할 수 있는 최대한의 고통을 통해 치르게 될 것이다.

자신은 결국 죽겠지만 혼자 가진 않을 것이다. 그리고 여자가 고통 속에 비명을 지르게 만들어 죽어버린 자신의 꿈의 목소리를 대신하게 만들 것이다. 너무나도 또렷하고 진실한 목소리, 그를 배신한 엄브렐러 중역들의 검디검은 심장까지 파고들 그런 목소리로 말이다.

////

스타스 사무실은 어수선하고, 춥고, 먼지가 쌓이고, 텅 비어 있었지만 클레어는 그곳을 나서고 싶지 않았다. 시신들이 널려있는 2층 복도를 두려움에 질려 허둥지둥 도망친 직후라 그런지 오빠가 한때 근무했던 곳을 찾아내니 반가움과 안도감으로 온몸에 힘이 빠지는 것 같았다. 미스터 엑스는 따라오지 않았다. 조금이라도 빨리 셰리를 돕고 레온을 찾고 싶은 마음이 간절했지만 자기도 모르게 이곳에서 머뭇거렸다. 생기라고는 없는 싸늘한 복도로 돌아가기가 두려웠고, 오빠 크리스의 존재감이 느껴지는 유일한 장소를 떠나기가 싫었다.

'어디 있는 거야, 오빠? 이제 난 어쩌지? 좀비, 화재, 죽음, 오빠가 이야기하던 그 괴상한 아이언스 서장에다가 길 잃은 어린 여자애까지… 상황이 더 이상 미쳐 돌아갈 순 없을 거라고 생각하자마자 무슨 짓을 해도 죽지 않는, 괴물 중의 괴물을 맞닥뜨리다니. 어떻게 하면 여길 살아서 벗어날 수 있냐는 말이야.'

클레어는 크리스가 쓰던 책상에 앉아 책상 맨 아래 서랍에서 찾아낸 작은 흑백 사진을 응시했다. 길게 연결된 네 장의 사진은 지난 크리스마스에 뉴욕에서 보낸 일주일을 기념하기 위해 찍은 즉석사진이었다. 둘이 함께 싱글벙글 웃으며 우스꽝스런 표정을 짓고 있었다. 그 사진을 보니 처음에는 울고 싶어졌다. 지금까지 꾹 참고 있던 모든 두려움과 혼란이 오빠의 사랑스러운 미소를 보자 마침내 수면 위로 올라와버렸다. 하지만 오빠의 얼굴을, 함께 웃으며 즐거운 시간을 보내고 있는 둘을 쳐다보면 볼수록 기분이 점점 더 좋아졌다. 행복한 것도 아니었고, 멀쩡해졌다고도 할 수 없었으며, 앞으로 닥칠 일들에 대한 두려움이 가신 것도 아니었다. 그저 전보다 조금 나아졌다. 침착해지고, 더 강해졌다.

클레어는 오빠를 사랑했고, 오빠가 어디에 있든 여전히 자신을 사랑할 것임을 알았다. 부모님을 잃은 상실감도 둘이 힘을 합쳐 극복했고, 각자 나름의 위치에서 잘 살아가고 있었으며, 진정한 의미의 돌아갈 집이 없으면서도 크리스마스에 만나 함께 유치한 사진도 남겼으니, 무엇이든 이겨낼 수 있었다. 할 수 있었다.

'할 수 있어. 그리고 해낼 거야. 셰리와 레온을 찾고, 하늘이 도와준다면 오빠도 찾아낼 거야. 그런 다음 다 함께 라쿤 시티를 벗어나는 거야.'

사실 클레어에게 선택권 같은 건 없었다. 그럼에도 행동에 들어가기 전에 선택권이 없음을 인정하는 과정을 거칠 필요가 있었다. 언젠가 들었는데, 진정한 용기란 두려움이 없는 것이 아니라 두려움을 받아들이고 자신이 해야 할 일을 어떻게든 해내는 것이라고 했다. 잠시 자리에 앉아 오빠에 대해 생각하다보니 그렇게 할 수 있을 것 같은 기분이 들었다.

클레어는 깊이 숨을 들이쉬고 그 사진을 재킷 주머니에 집어넣은 뒤 책상에서 몸을 일으켰다. 미스터 엑스가 어디로 갔는지는 몰랐지만 그 자리에서 가만히 기다릴 놈은 아닌 것 같았다. 이제부터는 아이언스의 사무실로 되돌아가 셰리나 아이언스가 돌아왔는지 확인해야 했다. 미스터 엑스가 여전히 거기 그대로 있다면 언제든 도망칠 수 있었다.

'게다가 그의 사무실도 수색해봐야 하잖아. 스타스에 대해 뭔가 알아낼 수 있을지도 몰라. 여기엔 쓸 만한 게 하나도 없어.'

클레어는 일어서며 마지막으로 주변을 한 번 더 둘러보았다. 쓸 수 있는 물건이나 정보 같은 게 조금 더 있었더라면 얼마나 좋았을까. 여기에서 찾아낸 것이라고는 크리스 자리 뒤쪽 책상에 있던 허리에 차는 버려진 가방뿐이었다. 가방 주머니에 들어있던 기한이 만료된 도서관 회원증을 보니 질 밸런타인의 것이었다. 클레어는 질을 만난 적이 없었지만 크리스가 두어 번 언급한 적이 있었다. 총을 잘 다룬다고 했었다.

'그러면 총이나 한 자루 남겨두고 갔으면 좋았잖아.'

대원들이 정직을 당한 뒤 중요한 물건은 모조리 치운 것이 분명했지만 남겨진 개인 물품은 놀랍도록 많았다. 사진이 끼워진 액자, 머그잔 같은 것 말이다. 반쯤 완성된 플라스틱 총 모형이 올려져 있는 배리의 책상은 쉽게 찾을 수 있었다. 배리 버튼은 크리스의 가장 친한 친구 중 한 명으로, 덩치가 매우 크고 친근한 곰돌이 같으면서도 총을 미치도록 사랑하는 사람이었다. 클레어는 크리스가 어디에 있든 배리가 함께 있기를, 그가 오빠의 뒤를 봐주고 있기를 진심으로 빌었다. 그것도 로켓탄 발사기 같은 것을 가지고 말이다.

'로켓탄 발사기 이야기가 나와서 말인데….'

지금은 무엇보다도 또 다른 무기나 지금 가지고 있는 9밀리미터 권총의 탄약을 더 찾아야 했다. 총알이 열세 발, 꽉 찬 탄창이 하나 더 있었지만 그걸 다 쓰고 나면 끝장이었다. 건물 동편으로 돌아가는 길에 시신들을 확인해보는 게 좋을지도 몰랐다. 혼비백산하여 도망치는 와중에도 클레어는 그 중 몇몇이 경찰이라는 걸 알아보았다. 그녀가 가지고 있는 권총은 라쿤 시티 경찰 지급품이 아닌가. 죽은 사람들을 건드리고 싶은 생각은 추호도 없었지만 탄약이 떨어져 가는 건 그보다도 무서운 일이었다. 특히 미스터 엑스가 돌아다니고 있는 마당에 말이다.

클레어는 문가로 다가가 문을 밀어 열었다. 어두컴컴한 복도로 들어서며 생각을 가다듬으려 애썼다. 막상 사무실을 떠나려니 굳은 결심이 조금 흔들리는 것 같았다. 사무실 문을 닫으며 아직도 생생한 미스터 엑스의 모습이 떠올라 클레어는 몸을 부르르 떨었다. 갑자기 자신이 다시 너무 연약해진 기분이었다. 클레어는 오른쪽으로 방향을 틀어 도서관으로 돌아가기 시작했다. 그러면서 꼭 필요한 경우가 아니라면 그 거대한 괴물에 대해서는 생각하지 않기로 했다. 그 공허하고 인간 같지 않은 검은 눈이라든가, 마치 자기 앞에 있는 모든 걸 부숴버리겠다는 듯 강력한 주먹을 들어 올리던 모습 같은 건 자꾸 떠올리고 싶지 않았다.

'그러니까 그만 생각해. 셰리를 떠올려. 어떻게 탄약을 구할 건지, 아이언스 서장을 찾으면 어떻게 대할 건지나 생각하라고. 살아남는 것에만 집중해.'

어두운 목재로 된 복도가 바로 정면에서 다시 오른쪽으로 꺾여 있었다. 클레어는 앞으로 해야 할 일을 위해 마음을 단단히 먹었다. 자신의 기억이 정확하다면 모퉁이에 죽은 경찰이 한 명 있었다.

'안 그래도 냄새로 알 수 있는 걸.'

시신을 뒤져야 했다. 최소한 그 시신은 그렇게 심하게 역겹진 않았다. 적어도 겉으로 드러난 부분은.

모퉁이를 돈 클레어는 앞을 뚫어져라 바라보며 그대로 우뚝 멈췄다. 뱃속이 단단히 죄어들며 다른 감각이 끼어들기도 전에 자신이 위험에 처했다는 걸 즉각 알려주었다. 아까 스타스 사무실로 가는 길에 뛰어 넘어갔던 시신이 이제는 피투성이가 되어 마구 헝클어진 살덩이로 변해 있었다. 보이는 건 살점과 망가진 팔다리, 너덜너덜한 경찰 제복뿐이었다. 머리는 사라지고 없었는데 그것이 떨어져 나가 어디론가 가버린 건지, 아니면 그저 알아볼 수 없을 정도로 뭉개진 것인지조차 알 수 없었다. 마치 누군가가 클레어가 지나가고 단 몇 분 뒤에 대형 해머나 도끼 같은 걸 가져다가 시신을 잔인하게 짓이겨놓은 것 같았다.

'하지만 언제, 어떻게… 아무 소리도 못 들었는데.'

그때 무언가가 움직였다. 흐릿한 그림자 하나가 전방 6미터 지점 정도에서 으깨진 시신 위로 후다닥 지나갔다. 그와 동시에 클레어는 이상한 쇳소리 같은 소리를 들었다. 무언가가 숨 쉬는 소리였다.

고개를 들어 위를 보았다. 뭐가 보인 건지, 무엇을 들은 건지는 아직도 확실치 않았다. 거친 숨소리와 두꺼운 발톱이 나무에 부딪히는 듯한 탁탁 소리, 발톱, 두껍게 휘어진 발톱, 세상에 존재하지 않는 괴물의 발톱….

놈은 거대했고 몸집은 성인 남자 정도의 크기였지만 인간과의 공통점은 그게 다였다. 생김새가 너무나도 현실과 동떨어져서 클레어는 놈의 신체를 각 부분별로 겨우 알아볼 수 있을 뿐이었다. 전부

합쳐놓아도 머리로는 그 존재에 대해 이해할 수 없었다. 염증 같은 게 생긴 듯 보랏빛으로 변한 피부의 벌거벗은 괴물, 팔다리가 긴 괴물이 천장에 달라붙어 있었다. 머리에는 부분적으로 노출된 두뇌의 회백색 조직이 보였다. 눈이 있어야 할 곳에는 가장자리가 흉터로 이루어진 구멍만 있을 뿐이었다.

'이건 현실이 아니야.'

놈의 둥근 머리통이 다시 떨어지며 거대한 입을 벌렸다. 짙은 색 침이 기다란 줄기를 이루며 쏟아져 내리더니 경찰의 시신 위로 후두둑 떨어졌다. 놈이 뱀처럼 기다란 분홍색 혀를 스르르 내밀자 울퉁불퉁한 표면이 번들번들 빛났다. 혀는 나오고, 나오고, 계속해서 늘어나기만 했다. 뱀처럼 기다란 혀가 입 밖으로 풀려 나오며 양 옆으로 흔들렸는데 너무나도 길어 처참히 뭉개진 시신 위로 질질 끌릴 지경이었다.

클레어는 여전히 몸이 굳은 채 믿지 못하겠다는 듯 멍하니 바라보기만 했다. 그러는 가운데 그 징그러운 혀가 다시 휙 올라가며 어두운 공기 중에 핏방울을 흩뿌렸다. 이 모두가 단 1초 만에 벌어진 일이었지만 시간은 마치 느리게 흘러가는 것 같았다. 클레어의 심장이 너무나도 빠르게 뛰어 다른 모든 건 슬로모션처럼 느껴졌다. 심지어 그 괴물이 나무 바닥으로 떨어진 것조차도. 놈의 몸이 허공에서 휙 뒤집히더니 엉망이 된 경찰의 시신 위로 착지했다. 놈은 다시 입을 열어 비명을 질렀다.

클레어는 기이하고도 공허한 비명이 괴물에게서 터져 나온 순간에야 비로소 몸을 움직여 무기를 겨누고 방아쇠를 당길 수 있었다.

9밀리미터 구경 총알의 강렬한 폭발음이 좁은 복도에 메아리치는 놈의 울부짖는 소리를 뒤덮었다.

탕, 탕, 탕!

여전히 그 소름 끼치는 비명을 지르며 놈이 뒤로 날아갔다. 발톱이 달린 두 팔이 허우적댔다. 놈의 다리가 경련을 일으키며 경찰의 시신에서 피투성이 살점들을 파내어 날려 올렸다. 귀 하나가 붙어 있는 너덜거리는 두피 조각이 복도 반대편으로 날아가 철썩, 소리를 내며 벽에 부딪히더니 천천히 미끄러져 내렸다.

놈이 다시 똑바로 서더니 마치 연체동물처럼 유연한 자세로 앞을 향해 펄쩍 뛰어 올랐다. 놈은 무시무시한 발톱으로 바닥을 긁고 끊임없이 울부짖으며 거미처럼 기어 놀라운 속도로 클레어를 향해 다가왔다.

클레어가 다시 총을 발사했다. 자신 역시 비명을 지르고 있다는 걸 깨닫지 못한 사이, 세 발이 추가로 놈의 몸에 날아가 박히며 열린 두개골 사이로 튀어나와 있던 회색빛 조직을 찢어발겼다. 아마 자신은 죽게 될 것이다. 이제 1초도 안 되어 놈이 덮쳐올 것이고, 거대한 발톱은 클레어의 다리에서 겨우 몇 센티미터 떨어져 있었다.

전혀 예상치 못하게 시작되었던 공격처럼 그 끝도 매우 갑작스러웠다. 근육질의 온몸이 부르르 떨리고 흔들리더니, 둥그런 머리에서 회색 액체가 뚝뚝 떨어졌다. 두꺼운 발톱은 미친 듯 나무 바닥을 긁으며 어지러운 무늬를 새겼다. 최후의 속삭임 같은 신음과 함께 놈이 죽었다. 이번에는 확실했다. 뇌를 박살냈으니 다시는 일어서지 못할 것이었다.

클레어는 괴물을 내려다보았다. 충격에 빠진 머리를 굴려 그것과 닮은 무언가를 찾기 시작했다. 동물, 아니면 상상 속의 동물이라도 이것과 닮은 점이 조금이라도 있다면 좋았다. 하지만 몇 초 뒤, 클레어는 탐색을 포기했다. 이것은 현실에 존재하는 생물이 아니었다. 거리가 가까워지니 놈의 냄새를 맡을 수 있었다. 냄새는 좀비들처럼 강하지 않았다. 조금 씁쓸한 기름 냄새 같은 게 났으며 동물이라기보다 화학약품 냄새에 가까웠다.

'초콜릿 쿠키 냄새가 난들 뭐가 달라지겠어? 이곳엔 괴물들이 득실거린다고. 이제 놈들을 맞닥뜨리더라도 제발 그만 좀 놀라자.'

꾸짖듯 들려오는 머릿속 목소리도 실은 애써 용감한 척 하는 데 불과했다. 대담하고 단호하게 그 괴물을 넘어서서 가던 방향으로 걸음을 계속 진행하고 싶은 마음이 굴뚝같았지만 클레어는 잠시 그대로 서있었다. 그리고 순간, 스타스 사무실로 돌아가는 게 좋겠다고 심각하게 생각했다. 사무실로 돌아가 문을 잠가버리는 것이다. 거기 숨어서 누군가 도와주러 올 때까지 기다리면 안전할지도 몰랐다.

'얼른 결정을 내려. 망설이고 징징대는 건 그만두고 이거든 저거든 얼른 하라고. 이제 너 하나의 문제가 아니잖아. 네가 그렇게 하면 셰리는? 그 어린 아이의 목숨을 희생하면서까지 살아남고 싶어?'

시간이 흘렀다. 클레어는 괴물의 징그러운 붉은색 몸뚱이를 조심스레 넘어서 경찰 시신 옆에 쭈그려 앉았다. 그리고 권총을 이용해 피투성이 제복의 찢어진 조각을 걷어냈다. 구역질이 올라오는 것을 겨우 참고 썩은 살점과 뼈들을 들쑤시며 이 경찰이 누구였는지, 어떻게 죽었는지는 생각하지 않으려 애썼다.

죽은 경찰에겐 아무것도 없었다. 이제 클레어에게 남은 총알은 일곱 발뿐이었지만 겁먹지는 않기로 했다. 오히려 그 실망감을 이용해 결의를 더욱 불태웠다. 이렇게 엉망으로 망가진 피투성이 살덩이를 헤집을 수 있다면 또 다른 걸 보아도 그리 할 수 있었다.

클레어는 죽은 괴물을 마지막으로 한 번 더 내려다보고는 일어서서 재빨리 복도 끝을 향해 걸어갔다. 결단은 내려졌다. 숨어서도, 두려움으로부터 도망쳐서도 안 된다. 만일 죽게 되더라도 최소한 괴물 몇 놈은 더 데려가서 셰리의 탈출 가능성을 높여줘야 했다.

아무런 시도도 하지 않는 것보다는 시도하다가 죽는 것이 나았다. 클레어는 다시는 흔들리지 않으리라 자신을 다잡았다.

제15장

레온은 기자가 말한 대로 개 사육장 안에 있는 녹슨 맨홀 뚜껑을 들어 올리려 안간힘을 쓰는 중인 에이다를 찾아냈다. 어디선가 쇠지렛대를 찾아내서 두꺼운 철판 아래 끼워 넣고 누르는 에이다의 날렵한 팔뚝이 땀으로 가볍게 빛나고 있었다. 뚜껑을 2센티미터 정도 올리는 데는 성공했지만 레온이 들어오자 그대로 다시 떨어뜨렸다. 차갑고 텅 빈 공간 안에 쨍그렁, 하고 금속성 소음이 퍼졌다.

그가 무슨 말을 하기도 전에 에이다는 시멘트 바닥에 쇠지렛대를 내려놓고 억지로 반쯤 웃으며 그를 올려다보고는 녹이 묻어 더러워진 손을 털었다.

"와줘서 기쁘네요. 혼자 할 수 있을 것 같지 않아요."

전에는 확신할 수 없었지만 자신은 힘없는 여자에 불과하니 도와달라고 말하는 듯한 그 표정이 레온의 의심을 증명해주었다. 에이다는 그를 가지고 놀고 있었다. 함께 한 건 고작 20분에 불과했지만 에이다가 혼자 힘으로 하지 못할 일은 아무것도 없어 보였다.

"혼자서도 잘해내고 있는 것 같은데요."

그가 말했다. 그리고 매그넘을 총집에 집어넣었지만 맨홀을 향해 다가가진 않았다. 그는 팔짱을 낀 채로 얼굴을 살짝 찌푸렸다. 화가 난 건 아니었다. 단지 호기심이 생길 뿐이었다.

"게다가 서두를 거 뭐 있어요? 그 기자랑 이야기를 하고 싶어 했던 거 아니었습니까? 존이라는 엄브렐러 다니던 친구에 대해?"

그 순간, 곤경에 처한 여자 같은 표정이 눈 녹듯 사라지더니 섬세한 에이다의 얼굴이 차갑고도 딱딱하게 변했다. 하지만 딱히 보기 싫은 건 아니었다. 처음 만난 순간의 강하고 자신감 있는 에이다로, 진정한 자신으로 돌아간 것이었다. 레온이 당연하다는 듯 그녀를 돕기 위해 나서지 않은 것에 대해 에이다가 놀랐다는 걸 알 수 있었고, 그런 표정을 보니 기분이 좋아졌다. 정체를 알 수 없는 낯선 여자에게 휘둘리지 않더라도 이미 걱정할 일이 많았다. 지금까지 그녀는 레온의 질문을 피하기 위해 무던히도 애를 썼지만 이제는 몇 가지 해명을 해줘야만 했다.

에이다가 일어서서 침착하게 그와 시선을 맞췄다.

"기자 말 들었죠? 아무것도 안 알려주겠다잖아요. 게다가 이곳은 너무 위험하니 그가 양심의 가책을 느껴 입을 열 때까지 기다릴 생각은 없었어요."

에이다가 시선을 떨어뜨렸다. 그러자 어조가 조금 누그러졌다.

"그리고 존이 라쿤 시티에 있는지 없는지조차 확실하지 않아요.

하지만 여기 경찰서에 없다는 것만은 알겠어요. 경찰서가 완전히 괴물 소굴이 되기 전에 이곳을 벗어나고 싶어요."

그 정도면 훌륭했지만 여전히 뭔가를 숨기고 있다는 기분이 들었다. 몇 초 동안 레온은 그녀가 모든 걸 털어놓게 만들 정중한 방법이 없을까 생각하다가 그만두기로 했다. 이 상황에서 예의 같은 건 집어치워야 했다.

"도대체 무슨 꿍꿍이입니까? 나한테 숨기는 게 있죠?"

에이다가 다시 레온을 쳐다보았다. 또 한 번, 레온은 자신이 그녀를 놀라게 했음을 깨달았다. 하지만 그 차갑고 어두운 시선은 여전히 읽을 수가 없었다.

"그저 여기서 빠져나가고 싶을 뿐이에요."

그녀가 말했다. 그리고 그 말에 담긴 진심을 부인하는 건 사실 불가능했다. 지금까지 그녀가 한 말을 전혀 믿을 수 없더라도 이것만은 믿어야 했다.

'그게 그리 쉬운 일이라면 얼마나 좋을까. 하지만 클레어도 있고, 저 재수 없는 기자도 있어. 그리고 생존자가 얼마나 더 있는지도 확실하지 않은 상황이라고.'

레온이 고개를 흔들었다.

"난 갈 수 없습니다. 아까도 말했지만 내가 여기 남은 유일한 경찰일지도 몰라요. 여기 사람이 있다면 최소한 그들을 돕기 위한 노력이라도 해야 합니다. 그리고 당신도 나와 함께 가는 게 최선이라고 생각해요."

"걱정해주는 건 고맙지만 내 몸은 내가 지킬 수 있어요."

에이다가 다시 한 번 조그맣게 미소를 지어 보였다. 레온도 그 말을 믿어 의심치 않았다. 하지만 그녀의 능력이 시험에 드는 걸 목격하고 싶은 마음도 없었다. 물론 레온도 경험 없는 신참에 불과했지만 어쨌거나 위기 상황에 대처하는 방법을 훈련받지 않았던가. 이건 그의 직업이었다.

'스스로에게 솔직해지자고. 이미 클레어를 놓쳤고, 마빈 브래너도 돕지 못했고, 벤 베르톨루치라는 사람은 너의 보호 능력을 조금도 믿지 못하잖아. 거기다 에이다까지 실망시키고 싶지 않은 거지. 그리고 무엇보다 혼자 있기 싫어서 그러는 거잖아.'

에이다는 그가 무슨 생각을 하고 있는지 아는 것 같았다. 레온이 그녀를 설득할 수 있는 그럴 듯한 말을 꺼내기도 전에 에이다가 한 걸음 앞으로 다가와 가느다란 손을 그의 팔에 올렸다. 빛나는 눈동자에 담겨 있던 웃음기가 사라지고 있었다.

"자기 할 일을 하고 싶어 하는 것 알아요. 하지만 레온도 말했잖아요. 라쿤 시티에서 빠져나갈 길을 찾아서 외부에 도움을 청해야만 해요. 그러려면 하수구가 유일한 희망인지도 몰라요."

에이다의 가볍고 조심스러운 접촉에 레온은 조금 놀랐다. 그리고 뱃속에 찌르르한 느낌마저 들며, 예상치 못한 온기에 갑자기 모든 것이 불확실해지고 말았다. 레온은 자신의 반응이 드러나지 않게 하는 데 간신히 성공했다. 에이다가 생각에 잠겨 얼굴을 찌푸리며 말을 이었다.

"그러면 이렇게 해요. 맨홀 뚜껑 여는 걸 도와주고 아래에 뭐가 있는지 함께 들여다봐요. 위험해 보이거든 여길 포기하고 당신과 함께 갈게요. 하지만 하수구가 괜찮아 보이면… 음, 그건 그때 가서 이야기하자고요.”

레온은 안 된다고 말하고 싶었지만 사실 그녀가 원치 않는 일을 하게끔 만들 자신이 없었다. 그리고 자신이 고압적인 마초 같은 사람은 아니라는 걸, 협상을 잘 받아들이는 사람이라는 걸 어떻게든 보여주고 싶었다.

‘존이라는 사람을 찾아왔다고 하잖아. 남자라고! 이건 데이트가 아니야. 이성적으로 생각해.’

에이다의 손이 자기 팔 위에 얹힌 채로 그런 생각을 하는 게 어색해진 레온은 뒤로 물러서며 씩씩하게 고개를 끄덕였다. 둘은 함께 맨홀 옆에 쭈그려 앉았다. 레온이 쇠지렛대를 들어 올려 뚜껑 아래 한쪽 끝에 끼워 넣었다. 그는 잡아당기고 에이다는 밀었다. 그러자 두꺼운 금속이 맞물려 갈리는 묵직한 소리와 함께 뚜껑이 위로 올라왔다. 레온이 더 힘을 주어 뚜껑을 한쪽으로 밀어냈다.

다음 순간, 두 사람은 어두운 구멍에서 뿜어져 나오는 엄청난 악취에 움찔 놀라 뒤로 물러섰다. 숨을 막히게 하는 피와, 오줌과, 토사물의 냄새였다.

“으, 대체 뭐죠?”

“차고에 있어야 할 시신들인가 봐요. 누군가 여기에 버린 게 분명해요.”

레온이 악취에 컥컥거리며 말했다. 에이다가 한 손으로 입을 막은 채 뒤로 물러서 쭈그려 앉았다. 그게 무슨 소리냐고 레온이 묻기도 전에, 무시무시한 공포의 비명이 지하 복도를 타고 닫힌 문을 통과해 메아리쳤다. 남자의 비명은 끊이지 않고 계속되었고, 겁에 질린 소리는 갑자기 쿨럭대는 듯한 단말마의 비명으로 바뀌었다.

'그 기자!'

레온의 시선이 에이다의 시선과 마주쳤다. 똑같은 놀라움과 깨달음의 빛이 에이다의 얼굴을 스쳤다. 다음 순간, 두 사람 모두 벌떡 일어나 달리며 각자 무기를 꺼내 비명의 메아리가 끝나기도 전에 문을 통과했다.

'그냥 놔두고 오다니… 그러는 게 아니었는데….'

두 사람은 유치장을 향해 복도를 달렸다. 죄책감은 레온을 한계라 생각했던 것보다 훨씬 더 빨리 달리게 만들었다. 누군가, 아니면 무언가가 베르톨루치를 공격했다. 그것도 그렇게 가까이에 있던 레온조차도 전혀 모르는 새에 말이다.

////

셰리는 아이언스의 사무실에 서서 행운의 부적을 문지르며 클레어가 돌아오기만을 빌었다. 괴물로부터 벗어나기 위해, 놈을 클레어로부터 멀리 떨어뜨려놓기 위해 수십 개는 되는 먼지 쌓인 터널을 기었다. 다행히 작전이 먹힌 것 같았다. 놈의 괴성은 다시 들리지 않았다. 원래 있던 자리로 돌아와 보니 클레어는 떠나고 없었다. 괴물이 클레어를 찾아냈다면 이미 죽어 갈가리 찢겨 있었을 것이다.

'하지만 여기 없네. 아무도 없어.'

셰리는 방 한가운데 있는 낮은 테이블 가장자리에 앉아 이제부터 무엇을 해야 할까 생각했다. 혼자 있는 건 익숙했고, 그 때문에 지금까지 얼마나 외로웠는지조차 깨닫지 못하고 있었다. 하지만 클레어를 만나고 난 뒤엔 상황이 달라졌다. 클레어를 다시 보고 싶었고, 다른 사람들과 함께 있고 싶었으며, 부모님이 너무나도 그리운 나머지 가슴이 아팠다. 심지어 아이언스 씨라도 곁에 있으면 좋을 것 같았다. 그가 마음에 들진 않았지만 말이다. 그를 본 건 두 번 정도에 불과했지만 그 사람은 어딘지 모르게 이상했고, 잘난 척했으며, 진심이라고는 없어 보였다. 더군다나 그의 사무실은 소름이 끼쳤다. 그런데도 혼자가 아닐 수만 있다면 그런 사람도 기꺼이 견뎌낼 수 있을 것 같았다.

발자국 소리. 사무실 바깥 복도에서 들려오고 있었다.

셰리는 벌떡 일어나 갑옷이 있는 방으로 돌아가는 열린 문으로 달려갔다. 클레어이기를 바랐다. 혹시 클레어가 아니라면 바로 도망갈 준비도 되어 있었다. 셰리는 문틀을 붙잡고 고개만 빼꼼 내민 채 숨을 참았다. 복도에 있는 박제한 호랑이를 노려보며 마음속으로 기도만 계속했다.

바깥쪽 문이 열렸다 닫혔다. 카펫 위를 걷는 느린 발소리. 셰리는 금방이라도 도망갈 태세를 갖추고는 살짝 내다보기 위해 최대한 용기를 짜냈다.

"셰리?"

'클레어다!'

"여기예요!"

사무실로 다시 달려가니 클레어가 보였다. 클레어의 얼굴이 미소로 환하게 밝아졌다. 셰리는 클레어의 벌린 두 팔로 달려 들어갔다. 너무나도 반가워서 눈물이 날 것 같았다.

"찾고 있었어. 앞으로는 그렇게 도망치지 마. 알겠니?"

클레어가 셰리를 꼭 끌어안고 말했다. 아이 앞에 무릎을 꿇고 앉은 클레어는 여전히 싱글싱글 웃는 얼굴이었지만 셰리는 그 미소 뒤에, 그리고 회색 눈동자 안에 숨겨진 걱정을 알아볼 수 있었다.

"미안해요. 하지만 그럴 수밖에 없었어요. 안 그랬으면 괴물이 나타났을 거예요."

"어떻게 생긴 괴물인데? 그러니까… 색깔이 붉고 발톱이 달린 모습이야?"

클레어가 물었다. 미소가 서서히 사라졌다. 셰리가 힘겹게 꿀꺽 침을 삼켰다.

"안팎이 뒤집힌 괴물들! 언니도 봤어요?"

"그래, 그게 바로 내가 본 거야. 안팎이 뒤집힌 괴물… 아주 적절한 표현인데."

갑자기 웃음이 나와 클레어는 씩 웃으며 고개를 절레절레 흔들었다. 그러다가 조금 더 진지한 얼굴로 눈살을 찌푸리며 셰리를 바라보았다.

"그런데 괴물들이라고? 한 놈이 아닌 거야?"

"맞아요. 하지만 내가 말한 괴물하곤 달라요. 한 번 밖에, 그것도 뒤에서 봤는데 그 괴물은 사람, 아주 거대한 사람이에요."

"혹시 대머리 아니니? 긴 코트를 입고?"

한 놈이 아니라는 셰리의 말에 클레어가 흥분하여 물었다.

"아니, 머리카락 있어요. 갈색 머리요. 그리고 한쪽 팔이 정말 괴상하고 다른 것보다 훨씬 길어요."

"참 대단하다. 라쿤 시티에는 별의별 괴물이 다 있는 모양이구나."

클레어가 한숨을 쉬고는 손을 내밀어 셰리의 손을 붙잡고 꼭 쥐었다.

"그러니까 더욱 나랑 함께 다녀야 해. 지금까지 혼자서도 정말 잘했고, 참으로 용감했어. 하지만 네 부모님을 찾을 때까지는 널 보살피는 게 내가 할 일이라고 생각해. 그리고 그 괴물이 나타나거든 내가… 내가 무찔러줄게. 알겠지?"

셰리가 조금 놀란 듯 웃음을 터뜨렸다. 클레어가 자신을 깔보는 투로 말하지 않아서 좋았다. 셰리가 고개를 끄덕이자 클레어가 아이의 손을 다시 한 번 꼭 잡았다.

"좋아. 그럼 좀비도 있고, 안팎이 뒤집힌 괴물도 있고, 또 다른 무시무시한 괴물이 더 있구나. 덩치가 크고 대머리인 놈도 있고…. 셰리, 라쿤 시티에 무슨 일이 벌어진 건지 혹시 아니? 어쩌다가 이렇게 된 거야? 나한테 뭐라도, 아무 거라도 말해줄 수 있겠니? 그중에 중요한 게 있을지도 몰라."

셰리가 생각에 잠겨 얼굴을 찌푸렸다.

"음, 지난 5월인가 6월에 살인 사건이 많이 일어났어요. 열 명인가가 죽었거든요. 그러고 나서 사건이 멈추더니 한 일주일 전쯤에 누군가가 공격을 받았어요."

"좋아. 그러고 나서 공격이 더 있었니? 아니면… 경찰은 어떻게 했니?"

클레어가 잘 설명하고 있다는 듯 고개를 끄덕였다. 셰리는 자신이 더 많은 걸 알려줄 수 있었으면 좋겠다고 생각하며 고개를 흔들었다.

"모르겠어요. 그 여자애가 공격당하기 바로 직전에 엄마가 회사에서 전화를 해서는 아주 속상한 듯한 목소리로 절대 집 밖으로 나가면 안 된다고 했어요. 옆집에 사는 윌리스 부인이 엄마의 부탁을 받고 오셔서 저녁을 차려주셨는데, 그 여자애에 대한 이야기는 그때 들었어요. 다음 날 엄마가 다시 전화를 해서 아빠랑 엄마는 회사에 일이 생겨 당분간 집에 못 들어온다고 했어요. 그러고 나서 사흘 전쯤 다시 전화가 와서 나더러 이리로 가라고 했어요. 윌리스 부인도 함께 가자고 이야기하려고 그 집에 가보았는데 집은 온통 캄캄하고 아무도 없었어요. 아마 그때 벌써 상황이 심각해졌던 것 같아요."

"그러는 동안 내내 혼자 있었던 거야? 경찰서에 오기 전에도?"

클레어가 골똘히 아이를 바라보았다. 셰리가 고개를 끄덕였다.

"네, 난 혼자 있을 때가 많아요. 부모님 둘 다 과학자이시고 중요한 걸 연구하셔서 때로는 일을 하는 중간에 중단할 수가 없대요. 그리고 엄마는 내가 마음만 먹으면 언제든 혼자서도 잘 지낼 수 있는 아이라고 늘 말씀하셨어요."

"부모님이 어떤 일을 하시는지 아니? 엄브렐러에서?"

클레어는 여전히 아이를 유심히 관찰하고 있었다.

"질병 같은 것의 치료제를 개발하세요. 약도 만들고요. 병원에서 쓰는 주사 같은 거 말이에요."

셰리가 자랑스레 대답했다. 하지만 클레어의 시선이 먼 곳에 가 있고 잠시 다른 생각을 하는 것 같자 셰리의 말소리가 작아졌다. 부모님에게서 너무나도 자주 보았던 표정이었다. 이는 곧 부모님이 더 이상 자신의 말을 귀 기울여 듣지 않는다는 뜻이었다. 하지만 셰리가 말을 멈추자 클레어는 다시 아이에게 시선을 집중하고는 손을 뻗어 아이의 어깨를 두드려주었다. 그러자 아주 바보 같은 이유로 셰리는 다시 울고 싶어졌다.

'내 말을 들어주기 때문이야. 날 보살펴주고 싶어 하기 때문이라고.'

"어머니 말씀이 옳아. 넌 혼자서도 정말 잘 지내는 아이구나. 그리고 지금까지 잘 버텼다는 건 네가 아주 강한 아이라는 뜻이기도 해. 잘됐다. 우리 둘 다 이곳에서 도망치려면 정말로 강해져야 하거든."

셰리는 놀라움에 자신의 눈이 커지는 것을 느꼈다.

"그게 무슨 말이에요? 경찰서를 나간다고요? 하지만 사방에 좀비들이 우글대고, 우리 부모님이 어디에 있는지도 몰라요. 부모님에게 도움이 필요하면, 아니면 날 찾으러 오면 어떻게 해요?"

"부모님은 괜찮으실 거야. 아마 아직도 공장에 안전하게 숨어계실 거야. 너처럼 도시 밖에서 사람들이 도와주러 오기를, 상황을… 안전하게 만들어주기를 기다리고 계실 거야."

"괴물들을 다 죽인다는 말이죠? 난 12살이에요. 아기가 아니라고요."

셰리의 말에 클레어가 미소를 지었다.

"미안해. 그래, 괴물들을 다 죽이러 올 거야. 하지만 좋은 편이 오기 전까지 우리는 알아서 살아남아야 해. 그리고 지금 우리가 할 수 있는 가장 좋은 일, 가장 똑똑한 일은 그 사람들을 방해하지 않는 거야. 최대한 그 사람들의 길을 막지 않는 거라고. 네 말이 맞아. 거리는 안전하지 않지. 하지만 차를 구할 수 있을지도 몰라…."

이번에는 클레어의 말소리가 작아졌다. 클레어는 자리에서 일어서서 두리번거리며 사무실 끝에 있는 커다란 책상으로 걸어갔다.

"아이언스 서장이 자동차 열쇠를 여기에 놔뒀는지도 모르겠다. 아니면 무기도 좋고…."

그때 클레어가 책상 뒤 바닥에서 무언가를 보았다. 그녀가 쭈그려 앉자 셰리가 서둘러 따라왔다. 클레어가 무엇을 발견했는지 보기 위해서이기도 했지만 최대한 가까이 붙어 있고 싶어서이기도 했다. 또 무슨 일이 벌어지든 클레어와 헤어지고 싶지 않았다.

"여기 핏자국이 있어."

클레어가 나지막이 말했다. 목소리가 너무 작아 셰리는 그것이 혼자 속으로 한 말인지도 모른다고 생각했다.

"그래서요?"

클레어가 눈살을 찌푸린 채 평범한 황갈색 벽을 올려다보고는 다시 바닥에 있는 반쯤 마른 커다란 핏방울을 내려다보았다.

"아직도 덜 말랐어. 그리고 자국이 뚝 끊겨 있는 거 보이니? 여기 벽에도 조금 묻어 있어야 하는데 말이야…."

그녀는 벽에 붙은 짙은 색 나무 장식을 두들기고는 다시 벽을 두드렸다. 분명 차이가 있었다. 나무 장식에서는 둔탁한 쿵 소리가 났지만 벽은 속이 비어 있는 것처럼 들렸다.

"이 뒤에 방이 있는 건가요?"

"모르겠어. 하지만 소리는 그렇다고 하네. 그렇다면 그가 아까 어디에 갔는지 설명이 되지. 아이언스 서장 말이야."

클레어는 셰리를 올려다보고는 벽의 아래쪽 테두리를 두른 굽도리 널판을 따라 벽을 만져보고 밀어보았다.

"셰리, 책상 주변을 돌아볼래? 스위치나 손잡이 같은 게 있나 봐줘. 내 생각에는 어딘가, 서랍 같은 데에 장치가 숨겨져 있을 것 같아."

셰리가 책상 뒤로 움직이더니 무언가에 걸려 비틀거렸다. 연필 여러 개가 떨어져 있는 것을 보지 못하고 밟아 미끄러진 것이다. 셰리는 넘어지지 않으려 책상을 붙잡았지만 맨 무릎을 꽤 심하게 부딪혔다.

"아야!"

클레어가 곧바로 달려와 셰리의 어깨를 손으로 감쌌다.

"괜찮니?"

"네, 그냥 살짝 넘어진… 앗, 이것 보세요!"

셰리는 멍든 무릎은 바로 잊은 듯 책상 맨 위쪽 서랍 아래, 작은 금속판에 붙은 스위치를 가리켰다. 조명 스위치처럼 보였지만 비밀의 문을 조종하는 장치가 분명했다. 그냥 느낌으로 알 수 있었다.

'내가 찾았어!'

클레어가 손을 뻗어 스위치를 올렸다. 그러자 그들 뒤로 약 1미터 너비의 벽의 일부가 매끄럽게 위로 올라가더니, 천장 속으로 사라지며 커다란 벽돌을 두른 어둑한 방이 나타났다. 차갑고 축축한 공기가 사무실 안으로 들어왔다. 영화에 나오는 것과 똑같은 비밀스런 통로였다.

둘은 함께 일어서서 열린 문으로 걸어갔다. 클레어는 자신이 먼저 들여다보기 위해 한 팔로 셰리를 붙들었다. 작은 방은 완전히 비어 있었다. 세 면의 벽돌로 된 벽과 얼룩진 나무 바닥, 크기는 사무실의 절반 정도밖에 되지 않았다. 남은 한 면의 벽은 커다란 구식 승강기 문이 대부분을 차지하고 있었다. 한쪽으로 밀어 여는 식이었다.

"이제 저걸 타는 거예요?"

셰리가 물었다. 흥미진진하면서도 조금은 두렵기도 했다. 클레어가 권총을 꺼냈고, 셰리 옆에 쪼그려 앉은 뒤 미소를 지었다. 하지만 기분 좋은 미소는 아니었다. 셰리는 클레어가 입을 열기도 전에 무슨 말이 나올 것인지 알고 있었다.

"셰리, 내가 먼저 가서 둘러보는 게 더 안전할 것 같아. 너는 여기에…."

"하지만 함께 다니자고 했잖아요! 자동차를 찾아서 여길 나가자고 했잖아요! 괴물이 다시 돌아왔는데 언니가 여기 없으면 어떻게 해요? 아니면 언니가 죽어 버리면요?"

클레어가 셰리를 끌어안았지만 아이는 무력한 분노로 구역질이 올라올 것만 같았다. 걱정하지 말라고, 괴물은 나타나지 않을 거라고, 아무 일도 없을 거라고 거짓말을 할 것이다. 어쨌든 나만 놔두고 가버릴 테지.

'어른들의 거짓말….'

클레어가 몸을 뒤로 빼고는 얼굴을 덮은 셰리의 머리칼을 뒤로 넘겨주었다.

"겁이 나는 것도 당연해. 나도 그렇거든. 안 좋은 상황이야. 그리고 솔직히 나도 무슨 일이 벌어질지 몰라. 하지만 셰리 너를 위해서는 옳은 일을 하고 싶어. 그러려면 네가 다칠 수 있는 상황에 널 데리고 가선 안 되지."

셰리가 눈물을 삼키며 다시 입을 열었다.

"하지만 나도 같이 가고 싶어요. 언니가 다시 돌아오지 않으면 어떻게 해요?"

"꼭 돌아올게. 약속해. 혹시… 혹시 내가 돌아오지 않거든 전에 그런 것처럼 다시 숨도록 해. 누군가 올 거야. 곧 누군가 도와주러 올 거고, 널 찾아낼 거야."

적어도 클레어는 솔직하게 말해주었다. 물론 마음에 드는 내용은 아니었지만. 그래도 클레어는 솔직했다. 그리고 얼굴에 나타난 표정으로 보아 셰리 자신이 무슨 말을 해도 클레어의 마음이 바뀔 것 같지 않았다. 어린애처럼 굴며 떼를 쓸 수도 있었고 이대로 받아들일 수도 있었다.

"조심해요."

셰리가 속삭이자 클레어가 다시 한 번 아이를 끌어안았다. 이윽고 클레어는 몸을 일으켜 승강기로 향했다. 승강기 문 옆에 있는 버튼을 누르자 낮게 진동음이 들렸다. 그러고는 몇 초 뒤 승강기가 올라와 천천히 멈췄다. 클레어는 문을 밀어 열고 안으로 들어간 뒤 마지막으로 셰리를 돌아보았다.

"여기에 있어. 금세 다시 올게."

셰리는 억지로 고개를 끄덕였다. 클레어가 문을 닫고서 안에서 무언가를 건드리자 승강기가 다시 내려갔다. 클레어의 웃는 얼굴이 시야에서 사라지고 셰리는 다시 춥고 어두운 통로에 혼자 남았다.

셰리는 먼지 덮인 바닥에 앉아 양 무릎을 꼭 껴안고 천천히 몸을 앞뒤로 흔들었다. 클레어는 용감하고 똑똑했다. 금방 돌아올 것이었다. 금방 돌아와야만 했다.

"엄마, 보고 싶어."

셰리가 속삭였지만 들을 사람은 아무도 없었다. 아이는 다시 혼자였다. 혼자가 되는 건 가장 원치 않는 일이었는데….

'하지만 난 강해. 강한 사람이야. 그리고 기다릴 수 있어.'

셰리는 한쪽 무릎에 턱을 기대고 엄마가 준 행운의 목걸이를 꼭 쥐었다. 그리고 클레어가 돌아오기를 기다리기 시작했다.

제16장

지칠 대로 지친 아네트 버킨은 실험실 모니터룸에 앉아 감시 계기판을 중심으로 벽면 전체에 펼쳐진 스크린을 올려다보았다. 남편 윌리엄이 돌아오길 기다리며 여기 앉아있었던 시간이 마치 몇 년처럼 느껴졌다. 그러나 남편은 이제 돌아오지 않을 것 같았다. 아네트는 조금만 더 기다려보기로 했지만 곧 스크린에 나타나지 않는다면 또 한 번 수색을 해야 했다.

'망할 신기술….'

그것은 한 달도 되지 않은, 새로 설치한 시스템이었다. 스크린은 25개나 되고, 계기판을 이용하면 연구 시설의 어느 곳이든 볼 수 있었다. 훌륭한 기술이었지만 문제는 지금 멀쩡히 작동하는 것이 열한 개밖에 되지 않고, 그 중 절반 이상의 화면이 지지직거리며 끝없이 눈 내리는 듯한 모습으로 춤을 추고 있다는 점이었다. 화면이 또렷한 다섯 개 스크린에서 보이는 것이라고는 죽어 썩어가고 있는 시신들, 그리고 만찬을 즐기거나 잠을 자고 있는 Re3들뿐이었다.

"리커(licker, 핥는 동물). 당신은 저걸 리커라고 불렀었지. 긴 혀 때문에…."

최악의 고통은 지나갔다고 생각했다. 하지만 차갑고 휑뎅그렁한 방에 퍼지는 자신의 외로운 목소리와 아무런 응답이 없다는, 앞으로도 영영 없을 것이라는 깨달음은 칼로 에이는 듯한 슬픔을 다시 새롭게 몰고 왔다. 윌리엄은 없다. 그는 없고 자신은 혼잣말만 하고 있었다.

아네트는 계기판에 머리를 기댄 채 피곤한 눈을 감았다. 최소한 눈물은 더 이상 나지 않았다. 엄브렐러에서 G-바이러스를 가지러 온 이후 며칠 동안 눈물이 바다를 이루도록 울었지만 이제는 말 그대로 눈물이 모두 말라 버렸다. 지금은 오로지 고통, 그리고 엄브렐러가 저지른 일에 대한 극심하고도 무력한 분노만이 가끔씩 느껴질 뿐이었다.

'한 달, 어쩌면 두 달만 더 있었어도 순순히 내주었을 거야. 아무 저항 없이 G-바이러스를 주었을 테고, 윌리엄은 이사로 승진하고 우리 모두 행복했을 거야. 모두가 행복했을 거라고.'

조용하던 보안 스크린 중 하나에서 희미하게 끽끽대는 소리가 들려왔다. 아네트는 희망과 두려움을 동시에 품고 고개를 들었다. 하지만 그건 한 층 위, 수술실에 있는 리커일 뿐이었다. 놈이 천장에 있는 횃대에서 뛰어내려 연구원 중 한 명의 시신을 뜯어먹고 있었다. 놈은 시신의 배를 파먹으면서 바보 같이 혼자 울부짖었다. 죽은 사람은 화학 공장의 연락책 중 한 명이었던 돈 웰러처럼 보였지만 확실하진 않았다. 그 사람은 시신을 뜯어먹고 있는 Re3만큼이나 엉망진창으로 망가져 사람처럼 보이지 않았다.

아네트는 작은 스크린을 통해 리커가 배를 채우는 모습을 바라보았지만 실제로 눈에 들어오는 것은 없었다. 생각은 자꾸만 다른 곳으로, 이제 자신이 해야 할 남은 일들로 향했다. 이미 컴퓨터의 모든 자료를 말끔히 삭제하고 카운트다운 암호를 입력했다. 실험실은 준비가 되었고, 탈출로도 확보했다. 하지만 윌리엄을 다시 찾을 때까지, 그가 엄브렐러 연구 시설로 돌아온 걸 확인하기 전까지는 일을 마무리 지을 수 없었다. 실험실을 폭파하더라도 그가 폭발 범위에 들어오지 않는 한 아무 문제도 해결되지 않을 것이었다. 그들이 윌리엄을 찾아내서는 그의 혈액에서 바이러스를 추출하고 말 테니.

'엄브렐러는 절대 바이러스를 가질 수 없어. 내 목숨이 붙어있는 한은 절대 가져가게 두지 않을 거야.'

이 끔찍한 상황 속에서 유일한 위안은 엄브렐러가 윌리엄이 만든 바이러스에 탐욕스러운 손을 뻗지 못했다는 사실이었다. 지금까지, 앞으로도 그럴 일은 없을 것이었다. G-바이러스를 만들어내는 데 필요한 모든 것은 수천 톤의 불타는 돌과 나무 아래 묻힐 것이다. 윌리엄, 그리고 그가 회사를 위해 만들어낸 괴물들 전부와 함께 말이다.

아네트는 잠시 어딘가에 몸을 숨기고 몸과 마음을 치유하며 앞으로 어떻게 하면 좋을지 생각해본 다음에 경쟁사에 G-바이러스를 팔기로 했다. 엄브렐러는 가장 규모가 크긴 했지만 생물학무기를 연구하는 유일한 대기업은 아니었다. 그리고 아네트가 작정한 대로 일을 마치고 나면 엄브렐러는 그 분야 일인자의 자리에서도 내려와야 할 터였다. 대단한 복수는 아니었지만 아네트가 할 수 있는 건 그게 전부였다.

"물론 셰리도 있지만."

아네트가 속삭였다. 어린 딸아이를 생각하자 가슴이 아파왔다. 조금은 다른 아픔이었지만 고통스럽기는 매한가지였다. 셰리가 태어난 이후 아이와 더 많은 시간을 보내고 싶었다. 윌리엄의 연구를 돕는 것 말고도 아이에게 조금 더 집중하고 싶었다. 하지만 어느 새 몇 년이 훌쩍 지나가 버렸고, 윌리엄은 계속해서 승진했으며, 연구는 그 어느 때보다도 흥미롭고 중요해졌다. 윌리엄과 그녀는 스스로에게, 그리고 서로에게 가족으로서 단란하게 살아가자고 거듭 약속을 했지만 어쩐 일인지 그 다짐은 계속해서 뒤로 미뤄지기만 했다.

'그리고 이젠 너무 늦어버렸어. 우린 다시는 가족을 이루지 못할 테고, 셰리에게 부모의 역할도 해 줄 수 없겠지. 결국에는 우릴 팔아넘긴 회사를 위해 노예처럼 일하느라 소중한 시간이 그냥 흘러가 버렸어.'

너무 늦었다. 이제 와서 과거를 후회하는 것도 소용없는 일이었다. 지금 아네트가 할 수 있는 것이라고는 엄브렐러가 또 한 명의 가족, 셰리를 빼앗아가지 못하게 막는 것이었다. 윌리엄은 이미 사라졌지만 아직 셰리가 남았다. 아이의 몸 속 어딘가에 남은 윌리엄은 삶을 계속 이어나갈 것이고, 아네트는 늘 바랐지만 이루지 못했던 엄마의 꿈을 다시 이루어볼 계획이었다.

물론 셰리를 찾으러 가기까지 상황이 좀 안정되기를 기다려야 했다. 최소한 몇 달은 걸리겠지만 아이는 안전할 것이다. 경찰에서 아이를 고모 댁으로 보내겠지. 두 사람의 유언장에 적힌 내용이니까.

'아이언스가 살아있지 않다면 말이야. 그 뚱뚱하고 탐욕스러운 놈은 아주 작은 기회만 주어져도 당장 모든 걸 망칠 길을 찾아낼 거야.'

아네트는 그가 죽었기를 빌었다. 엄브렐러에서 G-바이러스에 대해 알아낸 것이 그의 직접적인 책임이 아니라 하더라도 브라이언 아이언스는 도덕심이라고는 눈 씻고도 찾아볼 수 없는, 역겹고 거만한 인간이었다. 엄브렐러에 몇 년이나 충성을 바쳐 놓고 겨우 10만 달러라는 돈에 매수되다니. 아네트보다도 아이언스를 더 경멸했던 윌리엄조차 놀랐었다.

그때 스크린 속의 Re3가 식사를 마쳤다. 죽은 남자의 시신에서 남은 것이라고는 텅 빈 껍질과 둥근 모양의 피투성이 갈비뼈, 얼굴도 없는 두개골뿐이었다. 생생해야 할 화면의 색상은 밋밋한 회색빛으로만 보였다. 리커는 끈적끈적한 액체 자국을 길게 남기며 시야에서 사라졌다.

그들이 고안한 파충류 시리즈는 T-바이러스 덕분에 모두 아주 효율적인 킬러였지만 시리즈 3에는 설계상의 결함이 존재했다. 가장 큰 문제점은 대뇌가 두개골 밖으로 튀어나와 보호되지 않는다는 점이었고, 또 신진대사율이 말도 안 될 정도로 높아서 그에 상응한 양의 먹이를 대야 하는 것도 끊임없는 골칫거리였다.

'하지만 더 이상은 아니지. 썩어가는 고기가 곳곳에 충분하니까. 그리고 다행히도 곧 따뜻한 식사를 하게 될 기회가 생길 거야.'

아네트는 기운이 빠지는 것을 느꼈지만 실험실로 돌아가고 싶지는 않았다. 하지만 그렇다고 윌리엄이 작동되는 카메라 하나에 우연히 포착되기를 바라고 있을 수만도 없었다. 이틀 전쯤 3층에서 그의 소리를 들었지만 직접 보지 못한 건 거의 나흘이나 되었다. 더 이상 기다릴 수 없었다. 엄브렐러에서 보낸 사람들이 벌써 들어올 길을 찾고 있을지도 몰랐다. 중앙 컴퓨터를 싹 지웠지만 문을 통과할 다른 방법들이 있었다.

'그리고 윌리엄도 빠져나갈 길을 찾아냈는지도 모르지. 부인하고 싶은 마음은 굴뚝같지만 계속해서 모른 척 할 수는 없어.'

실험실 서쪽에 버려진 공장이 하나 있었다. 지하 시설을 비밀로 유지하기 위해 엄브렐러에서 매입한 운송 회사였다. 엄브렐러가 애초에 사람들의 의심을 받지 않고 연구 시설을 지을 수 있었던 것도 그 덕분이었다. 공장 창고에 장비와 자재를 숨기고, 공장 내의 중장비를 동원해 그것들을 운송했던 것이다.

공장에서부터 들어오는 입구는 마지막으로 확인했을 때도 굳건히 봉쇄되어 있었지만 윌리엄이 그곳을 통과했을 일말의 가능성이 있었다. 그리고 공장으로 들어갈 수 있다면 하수구로도 향하는 것도 가능했다.

아네트는 다리와 등의 통증을 무시하고 억지로 몸을 일으키고는 계기판에 두었던 권총을 집어 들었다. 총에 대해서는 아는 것이 별로 없었지만 사용법은 꽤 신속하게 알아냈다.

'놈들이 G-바이러스를 가지러 온 덕분이었지. 방독면을 쓴 남자들이 총을 쏘며 뛰어다녔고, 윌리엄… 불쌍한 윌리엄은 피투성이가

되어 죽어갔어. 주사기가 눈에 들어온 건 너무 뒤늦은 일이었지.'

몸을 부르르 떨며 심호흡을 하고는 그 끔찍한 기억을 몰아내려, 윌리엄을 빼앗아가고 라쿤 시티를 죽은 자들의 도시로 만들어버린 그 사건을 잊으려 애썼다. 더 이상은 중요하지 않았다. 앞으로의 여정은 결코 달가울 리 없었고, 아네트는 정신을 집중하기 위해 노력했다. 탈출한 Re3들과 감염 1, 2단계에 있는 사람들, 식물 실험체, 거미 시리즈… 엄브렐러에서 보낸 사람들은 물론이고 T-바이러스 보균자들과도 마주칠 수 있었다.

'그리고 윌리엄도 있지. 나의 남편, 나의 사랑. 최초의 인간 G-바이러스 보균자. 이제는 인간이라고 할 수 없지만….'

더 이상 눈물이 남아있지 않다고 생각한 건 착각이었다. 아네트는 라쿤 시티 지표면으로부터 다섯 개 층 아래에 있는 거대한 지하 실험실 한가운데 서서 상실과 괴로움으로 가득 찬 울음을 터뜨렸다. 그러나 눈물도 고독이라는 극심한 고통을 전혀 줄여주지는 못했다.

엄브렐러는 후회하게 될 것이었다. 윌리엄이 그들의 손에 닿지 않는 곳에 있다는 확신이 들면 아네트는 엄브렐러가 그리도 소중하게 여기던 연구 시설을 파괴한 뒤 G-바이러스를 가지고 도망칠 것이다. 그들이 일을 얼마나 심각하게 망쳤는지 절실히 깨닫게 만들어줄 것이다. 그리고 자신을 막으려는 자는 신의 도움이라도 받지 않는 한 결코 무사하지 못하리라.

제17장

에이다는 레온보다 한 발짝 늦게 유치장으로 달려 들어갔다. 때마침 베르톨루치가 유치장에서 비틀비틀 걸어 나와 바닥에 쓰러지는 것이 보였다.

"그를 도와줘요!"

레온이 외치고는 베르톨루치를 지나쳐 유치장을 확인하려 달려갔다. 에이다는 숨을 헐떡이는 기자 앞에 멈췄지만 레온의 지시는 무시했다. 기자를 공격한 것이 무엇인지는 몰라도 열린 유리창 밖으로 튀어나올 것 같아 일단 기다렸다.

'베르톨루치는 닫힌 유치장 안에 있었어. 어떻게 이런 일이…'

에이다는 레온이 뛰어들어간 열린 유치장 정면을 겨눈 채 기다렸다. 가슴이 쿵쾅거렸다. 그리고 다음 순간, 레온의 앳된 얼굴에 나타난 놀라움과 어리둥절한 표정을 보았다. 그의 시선이 유치장 안

곳곳을 살피는 것으로 보아 그곳이 비어 있다는 걸 알 수 있었다. 베르톨루치를 공격한 것이 투명하지 않다면 말이다.

'그럴 리 없어. 그런 생각조차 하지 마. 헛된 생각에 빠지지 말라고.'

베르톨루치 옆에 무릎을 꿇은 에이다는 그가 심각한 상태임을 즉각 알아챘다. 그는 죽어가고 있었다. 베르톨루치는 반쯤 앉은 자세로 몸을 잔뜩 구부린 채 옆에 있는 유치장 창살에 머리를 기대고 있었는데, 아직 숨은 쉬고 있었지만 멈추기까지는 그리 오래 걸리지 않을 것 같았다. 에이다는 그런 표정을 전에도 본 적이 있었다. 먼 곳을 보는 듯한 시선과 떨림, 그리고 창백한 얼굴. 이해되지 않는 것이 있다면 어떻게 이런 일이 벌어졌느냐 하는 것이었고 그 점이 두려웠다. 겉으로 보이는 상처는 없었으니 심장마비나 발작 같은 것이 분명했다.

'그렇다면 그 비명은 뭐야.'

"벤? 벤, 무슨 일이에요?"

깜빡이던 시선이 에이다의 얼굴이 고정되었다. 베르톨루치의 입가가 살짝 찢어진 채 피가 나오고 있는 것이 보였다. 그가 말을 하기 위해 입을 열었지만 나오는 것이라고는 알아들을 수 없는, 헐떡이는 신음이었다.

레온이 그녀만큼이나 어리둥절한 표정으로 그들 옆에 쭈그려 앉았다. 그러면서 고개를 흔들었다. 에이다가 묻지 않은 질문에 대한 무언의 대답, 바로 무슨 일이 벌어졌는지 육안으로는 아무 증거가 없다는 뜻이었다.

에이다가 베르톨루치를 내려다보며 다시 물었다.

"뭐였어요, 벤? 무슨 일이 있었는지 말할 수 있겠어요?"

기자의 떨리는 손이 몸 위로 천천히 올라와 가슴 위에 놓였다. 그는 아주 힘겹게 입을 열어 한 단어를 뱉는 데 성공했다.

"…창문…."

에이다는 믿을 수 없었다. 유치장의 창문은 가로가 30센티미터도 안 되고 세로는 15센티미터 정도에 바닥으로부터는 2.5미터 높이에 있었다. 그리고 창문이라기보다 차고로 뚫린 환기구에 가까웠다. 그 무엇도, 최소한 에이다가 어디선가 듣거나 읽은 괴물들 중 어느 것도 그곳을 통과할 수 없었고, 그건 곧 대비하지 못한 또 다른 위험이 도사리고 있다는 뜻이었다.

베르톨루치가 여전히 무언가를 말하려 애썼다. 에이다와 레온 둘 다 그의 고통스러운 속삭임을 알아들으려 몸을 앞으로 기울였다.

"…가슴이 타는 것 같… 타는 것 같아…."

에이다는 조금 긴장을 풀었다. 그가 유치장 밖에서 무언가를 보았거나 들었고, 그것 때문에 심장마비가 온 것이다. 그런 상황이라면 받아들일 수 있었다. 베르톨루치에게는 안 된 일이지만 어쨌거나 그를 직접 죽여야 하는 수고는 덜게 되었다.

그때 베르톨루치가 별안간 손을 뻗더니 에이다의 팔을 붙들고는 놀라울 정도로 강한 눈빛으로 그녀를 노려보았다. 팔을 쥔 손힘은 약했으나 그의 젖은 눈에는 필사적인 느낌이 어려있었다. 방금 전까지 에이다의 머릿속을 채우고 있던 생각에 대해 죄책감마저 들게 하는 절박함과 슬픔 같은 것 말이다.

"아이언스에 대해… 아무것도 이야기하지 않았어. 그는… 엄브렐러에 매수… 처음부터 계속. 좀비들은… 엄브렐러의 실험실… 그가 살인 사건을 은폐했지만 입증할 수가… 그게 내 특종 기삿거리였는데….”

그가 힘겹게 내뱉었다. 하고 싶었던 말을 모두 꺼내기 위해, 그리고 목숨을 부지하기 위해 안간힘을 쓰는 것 같았다.

베르톨루치는 멍이 든 듯 푸르딩딩한 눈을 감더니 얕게 숨을 쉬었다. 그의 손가락이 천천히 그녀의 팔에서 떨어져 나가자 에이다는 돌연 동정심을 느꼈다. 불쌍한 바보 같으니. 그 대단한 비밀이라는 게 고작 엄브렐러가 생물학 무기 연구를 하는 중이고 아이언스가 매수당했다는 거란 말이야? 물론 대단한 특종이었지만 구체적인 증거는 찾지 못한 게 분명했다.

‘G-바이러스에 대해서는 아무것도 모르는군. 전혀 눈치도 채지 못했어. 어쨌거나 죽게 되었네. 정말 불공평한 일이야.’

“세상에, 아이언스 서장이….”

레온이 나지막이 내뱉었다. 잠시 이 젊은 경찰이 아무것도 모른다는 사실에 대해서 거의 잊고 있었다. 레온은 신참내기가 확실해 보였지만 두어 번 정도 뛰어난 직관을 발휘해서 에이다를 놀라게 한 적도 있었다. 그는 단순히 호르몬으로만 똘똘 뭉친 바보가 아니었다. 분명 머리에도 든 게 있었다.

‘이제 그만 좀 해. 너보다 그리 많이 어리지도 않다고. 기자는 곧 숨이 넘어갈 거고, 너도 얼른 갈 길을 가야지. 이 친절한 경관님에 대해서는 걱정할 필요 없다고.’

갑자기 베르톨루치가 경련을 일으키더니 신음을 흘리며 두 손으로 가슴팍을 감쌌다. 날카로운 고통의 비명이 흘러나왔다. 그가 등을 휘었고, 손가락이 갈고리처럼 살을 파고들었다.

그 순간, 베르톨루치의 입에서 피가 거품처럼 솟구치며 신음소리가 바뀌었다. 숨이 막히는지 팔다리가 격렬하게 떨렸고, 그가 기침을 터뜨릴 때마다 진홍색 핏방울들이 산산이 튀었다.

그리고 가슴팍을 감싼 베르톨루치의 손바닥 밑 흰색 셔츠에 붉은색 꽃봉오리가 피어나는 것이 에이다의 눈에 들어왔다. 뒤이어 뼈가 부러지는 듯 축축하고도 섬뜩한 우지끈 소리가 들렸다. 에이다가 뒤로 펄쩍 뛰어 물러섬과 동시에 레온이 베르톨루치의 손을 잡으려 팔을 뻗었다. 무슨 일이 벌어지는 건지는 몰라도 심장마비가 아닌 것만은 확실했다.

'하느님 맙소사, 대체 뭐야?'

그리고 다음 순간, 베르톨루치가 축 늘어졌다. 그의 눈동자가 아무것도 보지 못한 채 눈꺼풀 뒤로 넘어갔다. 터진 입술에서는 여전히 피가 배어나오고, 살점이 찢어지는 듯 무서운 소리가 이어졌다. 얼룩진 그의 셔츠 아래에서 무언가가 움직였다.

"물러서요!"

에이다가 소리치며 죽은 기자를 향해 베레타를 겨눴다. 그녀가 조준을 하는 그 찰나의 순간, 무언가가 베르톨루치의 피투성이 가슴에서 폭발하듯 튀어나왔다. 성인 남자의 주먹 크기 정도에 피와 살점에 흠뻑 젖은 그 생물이 아주 작고 어두운 구멍 같은 입을 벌리고 새된 소리로 울자, 날카로운 붉은색 이빨들이 보였다. 놈은 가오리 꼬리 같은 것을 휘저어 시신을 비집고 나오면서 차가운 시멘트 바닥에 피에 젖은 조직과 내장을 흩뿌렸다.

차갑게 식어가는 기자의 몸을 휘갈기듯 빠져나온 놈은 솟구치는 피와 함께 바닥으로 떨어져, 마치 발사된 총알처럼 눈 깜짝할 새에 열린 문을 통해 복도로 달아났다. 에이다의 눈에는 보이지 않았지만 뱀처럼 꿈틀거리는 꼬리와 다리로 움직였다. 놈이 사라진 자리에는 붉은색 핏자국만 남았다.

놈은 에이다가 총을 들고 있다는 사실을 떠올리기도 전에 문을 빠져나가 자취를 감췄다. 라쿤 시티에 온 이래 처음으로, 아니 세상에 태어나 처음으로, 너무나도 큰 충격을 받은 나머지 반응을 보일 생각조차 하지 못했다. 가슴을 뚫고 나온 기생 생물이라니. 마치 SF 영화에서 그대로 튀어나온 것 같았다.

"그건… 봤어…?"

"봤어요."

레온이 숨도 제대로 못 쉬고 물었다. 에이다는 조그맣게 대답하며 그의 말을 잘랐다. 그리고 몸을 돌려 베르톨루치를 내려다보았다. 극심한 고통에 일그러진 채 굳은 그의 얼굴과 흉골 바로 아래 입을 벌리고 있는 축축한 구멍까지.

'입가가 찢어져 있었어.'

베르톨루치의 몸속에 괴물이 심어졌다. 누가, 무엇이 그랬는지는 알지 못했고, 알고 싶지도 않았다. 에이다가 원하는 건 이 임무를 최대한 빨리 끝내고 라쿤 시티로부터 최대한 멀리 떠나는 것이었다. 아니, 이제껏 그 무엇도 이렇게 간절하게 원했던 적이 없었던 것 같았다. T-바이러스 유출 사건이 일어난 것을 처음 알았을 때부터 일종의 불쾌한 생명체를 맞닥뜨리게 될 줄은 알고 있었다. 하지만 괴물이 억지로 입안으로 들어가 마치 무시무시한 태아처럼 체내에 자리를 잡았다가 이윽고 몸을 뚫고 나온다는 건…. 이게 자신이 생각할 수 있는 가장 무서운 일이 아니라면 달리 무엇이 있을까.

에이다는 변명 같은 건 집어치우고 레온을 똑바로 쳐다보았다. 실험실로 가야만 했고 협상의 여지 같은 건 없었다.

"난 나갈래요."

말하고는 대답을 기다리지도 않고 곧장 몸을 돌려 문으로 뚜벅뚜벅 걸어갔다. 그 작은 괴물이 남긴 번들거리는 핏자국은 밟지 않으려 조심하면서 말이다.

"잠깐만요! 이봐요, 내 생각에는… 에이다? 저기요!"

에이다가 무기를 든 채 복도로 들어섰지만 놈은 사라지고 없었다. 복도 절반쯤 이르러 핏자국이 점차 작아졌고, 그제야 개 사육장으로 가는 문을 열어두고 왔다는 걸 깨달았다.

'하수구로 가는 맨홀 뚜껑도 열린 상태고 말이야. 참 잘됐군.'

몇 걸음 더 가기 전에 레온이 따라잡았다. 그가 에이다 앞에 서서 길을 막았다. 아주 잠깐이지만 에이다는 그가 자신을 몸으로 막아서려 한다고 생각했다.

'그러지 마. 널 해치고 싶진 않아. 하지만 꼭 필요하다면 그렇게 할 거야.'

"에이다, 제발 가지 말아요. 내가… 라쿤에 왔을 때 어떤 여자를 만났는데, 그녀도 경찰서 안 어딘가에 있는 것 같아요. 그녀를 찾는 걸 도와준다면, 셋이 함께 이곳을 도망쳐요. 셋이라면 살 수 있는 가능성이 훨씬….”

레온의 말은 명령이 아니라 애원이었다.

“미안해요, 레온. 하지만 여긴 자유 국가잖아요. 당신은 해야 할 일을 해요. 행운을 빌어요. 하지만 난 갈 거예요. 이 정도면 충분해요. 여기서 나가게 되면 도움을 보낼게요.”

에이다는 폭력을 쓰지 않아도 되길 빌며 자신의 일을 방해하지 말라고, 그렇게 되면 정말 위험해질 수 있다고 말하고 싶은 것을 꾹 참고서 그를 지나치기 시작했다. 그때 레온이 다시 한 번 그녀를 놀라게 했다.

“그럼 나도 같이 가요. 혼자 가게 둘 수는 없어요. 다른 누구도, 당신도 다치기를 바라지 않아요.”

그가 말하고는 침착하게 에이다와 눈을 맞췄다. 겁에 질렸으면서도 레온의 시선은 위축되지 않고 단호했다.

에이다는 그를 바라보았다. 뭐라고 말하면 좋을지 알 수 없었다. 베르톨루치가 죽었으니 레온을 하수구에 버릴 필요도 없어졌다. 사실 그렇게 넓은 하수구에서 사람 하나 따돌리기는 쉬운 일이었다. 하지만 그는 정말이지 너무 착했고, 자신에게 조금이라도 도움을 주려 애썼다. 그래서 이제는 그에게 어떤 나쁜 일도 하고 싶지 않았다. 레온이 거만하기만 한 나쁜 놈이었다면 일이 훨씬 쉬워졌을 텐데 말이다.

‘그래, 그럼 그냥 네 정체를 드러내든가. G-바이러스를 훔치러 온 스파이라고, 같이 다니고 싶지 않다고 말해. 기자가 죽게 되었다는 걸 깨달았을 때 얼마나 안도했는지, 사람을 죽이는 것을 개의치 않는다고 말해. 그게 좋은 목적, 그러니까 사람을 죽여 돈을 버는 것처럼 정당한 목적 때문이라면 말이야. 전부 털어놓고 나서도 아까처럼 친절하게 나올지 한 번 두고 보라고.'

당연히 그렇게 할 수는 없었다. 따라오지 말라고 설득하는 일 역시 말이 안 되기는 마찬가지였다. 그리고 에이다의 머릿속 깊숙한 곳에는, 인정하고 싶진 않지만 혼자 있고 싶지 않은 마음도 숨어 있었다. 베르톨루치의 몸에서 튀어나온 괴물을 보고는 큰 충격을 받았고, 자신이 스스로 생각했던 것만큼 어떤 충격에도 끄떡없는 사람이 아니라는 걸 깨달은 것이다.

'그럼 따라오게 해. 실험실로 가서 그를 버려둘 안전한 곳을 찾아서 거기 남겨두고 와. 그러면 아무도 다치는 사람 없잖아.'

레온은 그녀를 유심히 들여다보며 승낙만을 기다리고 있었다.

"가요."

에이다의 대답에 레온이 씩 지어 보인 미소는 그녀를 더욱 불편하게 만들 뿐이었다.

두 사람은 더 이상 아무 말 없이 개 사육장을 향해 걸어갔다. 에이다는 자신이 대체 무얼 하고 있는 건지, 이제 이 일을 하기 위해 필요한 능력이 모두 사라져버린 건 아닌지 생각했다.

클레어는 승강기에서 내려 마주친 어두운 지하 감옥 같은 복도

끝, 마치 중세시대 같은 분위기를 풍기는 문 앞에 섰다. 경찰서 자체도 서늘했지만 돌로 만들어진 이 복도의 축축한 냉기는 상대적으로 경찰서를 한여름처럼 느껴지게 했다. 마치 중세시대에서 막 튀어나온 아주 오래된 성, 그것도 귀신이 나오는 성으로 내려온 듯한 기분이었다.

클레어는 숨을 깊이 들이쉬고 어떻게 들어가면 좋을지 생각했다. 아이언스가 갑작스런 방문을 좋아하지 않을 것이 분명했지만 노크를 하는 것도 우스꽝스러웠다. 위험한 것은 말할 필요도 없고 말이다. 묵직한 나무문 양쪽에는 횃불걸이에 꽂힌 횃불이 타올랐고, 문짝에는 녹슨 금속이 얇게 덧대어 있었다. 이전에는 아이언스가 미친 사람이라는 생각에 조금이나마 의심을 안고 있었지만, 타오르는 두 개의 횃불과 복도를 가득 채운 차가운 공기 속 두려움이 반신반의하는 마음을 단박에 없애버렸다.

'비밀 터널에 조명까지 완벽히 갖춰진 비밀의 방… 제정신이 박힌 사람이라면 절대 이런 곳에서 얼쩡대고 싶어 하지 않을 거야. 이 도시를 덮친 대재앙 때문에 정신이 나간 게 아니야. 엄브렐러 사건이 터지기 한참 전부터 이미 미치광이였던 게 분명해.'

이 또한 확실했다. 증거는 없었지만 셰리가 부모님이 어떤 일을 하셨는지, 경찰서에 오기 직전에 무슨 일이 있었는지 알려준 말을 종합해보니 모든 일이 마치 퍼즐처럼 맞아 들어갔다. 엄브렐러는 질병을 일으키는 바이러스의 일종으로 실험을 하던 중이었고, 라쿤 시티의 시민들이 그에 감염된 것이 분명했다. 사고가 있었을 것이다. 바이러스를 유출시켜 사람들을 좀비로 만들어버린 사고….

'시간 그만 끌어.'

클레어는 입술을 깨물었다. 어떻게 하면 좋을지 알 수 없었다. 아이언스가 여기 어딘가에 있다는 건 확실했지만 한편으로는 다시 마주치고 싶지 않았다. 그냥 이대로 돌아가 셰리를 데리고 또 다른 탈출구를 찾는 게 나을지도 몰랐다. 여기 비밀 통로가 있다고 해서 반드시 탈출로가 숨겨져 있다는 보장이 있는 것도 아니니 말이다.

'아직도 시간을 끌고 있잖아. 셰리가 저 위에 혼자 있다고. 그리고 넌 총도 가지고 있잖아. 잊었어?'

탄약은 거의 떨어졌지만. 그러나 여기가 아이언스의 은신처라면 안에 무기가 있을지도 몰랐다. 아니면 문 반대편에 또 다른 복도, 이 경찰서의 더 깊은 지하로 들어가는 통로가 있을지도 몰랐다. 어쨌거나 문을 열지 못한 채 계속 생각만 하는 건 아무 도움도 되지 않았다.

문손잡이에 손을 올리고 다시 한 번 깊이 숨을 들이쉰 다음 문을 밀었다. 경첩에 기름칠이 잘 되어 있는지 무거운 문이 스르르 열렸다. 클레어는 안으로 들어서서 권총을 겨눴다.

'세상에.'

복도만큼이나 축축하고 으스스한 텅 빈 방이었다. 하지만 그곳의 가구와 장식을 본 순간 소름이 돋았다. 갓이나 커버도 없는 전구 하나가 천장에 덩그러니 매달려 지금까지 본 것 중 가장 섬뜩한 방을 비췄다.

방 중간에는 잔뜩 얼룩진 낡은 테이블이 놓여있고, 그 위에는 쇠톱과 다른 절단용 도구들이 흩어져 있었다. 찌그러진 금속 양동이

와 대걸레를 물 얼룩이 진 한쪽 벽에 기대어둔 옆에 붉은색 자국이 말라붙은 대야가 보였다. 그리고 먼지 쌓인 병들이 가득 세워진 선반에는 인간의 것처럼 보이는, 잘 닦이고 창백한 뼈가 마치 무시무시한 트로피처럼 전시되어 있었다. 냄새도 끔찍했다. 강한 화학 약품 냄새가 날카롭게 코를 찔렀다. 하지만 화학 약품 냄새가 아무리 강하더라도 그보다 더 진하고 무서운 냄새는 숨길 수 없었다. 바로 광기의 냄새였다.

방을 들여다보는 것만으로도 구역질이 나올 것 같았다. 단지 미치광이란 말로 이 경찰 서장을 표현하기는 부족했다.

방에는 아무도 없었고, 이는 곧 안쪽 어딘가에 또 다른 비밀통로가 있을지도 모른다는 뜻이었다. 최소한 무기가 있는지는 확인해봐야 했다.

클레어는 침을 꿀꺽 삼키고는 방 안으로 들어갔다. 셰리를 데려오지 않은 것이 다행으로 여겨졌다. 아이언스만의 작은 고문실을 보고 나면 셰리는 악몽을 꿀 것 같았다. 절대 아이에게 보여줄 만한 것이 아니….

"꼼짝 마. 움직이면 쏠 테다."

클레어가 우뚝 멈췄다. 몸의 모든 근육이 얼어붙은 가운데 뒤쪽에서 아이언스의 웃음소리가 들려왔다. 클레어가 살펴보지 않았던 문 뒤편에서.

'오 하느님, 세상에, 셰리 정말 미안해.'

쿡쿡대며 시작한 아이언스의 웃음소리가 미치광이 특유의 섬뜩한 박장대소로 이어졌다. 클레어는 자신이 곧 죽게 될 것임을 깨달았다.

제18장

레온은 깊이 숨을 들이쉬지 않으려 애쓰며 금속 사다리 가장 아래 칸에 다다라 재빨리 몸을 돌렸다. 그리고 짙은 어둠 속에 매그넘을 조준했다. 탁한 물이 군화를 신은 발에 닿아 찰랑거렸다. 눈이 어둠에 익숙해지자 그 끔찍한 악취가 어디에서 나는 건지 알 수 있었다.

'어쨌거나 냄새의 일부는 말이야.'

레온의 앞에 펼쳐진 지하 2층 터널은 절단된 신체 부위, 갈가리 찢긴 시신의 각종 부위로 덮인 상태였다. 팔다리와 머리, 상체가 돌로 만든 통로에 아무렇게나 널려 바닥을 덮은 몇 센티미터 깊이의 어두운 색 물에 찰랑대며 잠겨 있었다.

"레온? 안은 어때요?"

에이다의 목소리가 사다리 위 동그란 빛 속에서 들려와 그를 감싸고 공허하게 메아리쳤다. 레온은 대답하지 않았다. 놀란 그의 시선은 눈앞의 끔찍한 장면에 못 박혀 있었고, 머리로는 찢긴 신체 부위들을 더해보며 시신의 수를 계산해내려 안간힘을 썼다.

'얼마나 많은 거야? 대체 몇 명이나 되는 거야?'

너무나도 많아 셀 수조차 없었다. 얼굴 없는 머리통에 붙은 긴 머리칼이 마치 구름처럼 주변에 둥둥 떠 다녔고, 머리가 잘려나간 여자의 두터운 몸통은 가슴 한쪽이 노출되어 물결치는 어둠 위로 드러나 있었다. 너덜너덜한 경찰 제복에 감싸인 팔 한 쪽. 아직도 운동화를 신고 있는 맨 다리 한 개. 주먹을 꽉 쥔 손가락은 창백했다.

'열 명? 스무 명?'

"레온?"

"괜찮… 괜찮아요. 아무것도 움직이지 않아요."

에이다의 어조가 날카로워지자 레온은 목소리가 갈라지는 것을 애써 가다듬으며 대답했다.

"나도 내려갈게요."

레온이 공간을 만들기 위해 사다리에서 비켜났다. 그러자 에이다가 전에 말했던, 차고에 있어야 할 시신들이 어딘가 버려졌다는 말이 떠올랐다.

에이다가 사다리 마지막 칸에서 내려와 첨벙, 소리와 함께 어두운 터널에 들어섰다. 레온의 눈은 이미 어둠에 익숙해져서 에이다의 섬세한 얼굴에 서린 표정을 잘 볼 수 있었다. 혐오감과 함께 일종의 비애가 엿보였다.

"차고에서 좀비들의 공격이 있었어요. 열네다섯 명 정도가 죽었어요.”

그녀가 나지막이 말하며 눈살을 찌푸리고는 레온을 지나쳤다. 앞에 있던 잘린 시신들을 자세히 살피다가 다시 입을 연 에이다의 목소리는 걱정스러웠다.

“공격 장면을 직접 보지는 못했지만 시신이 이렇게 찢긴 건 이상한데요.”

에이다가 고개를 들더니 권총을 손에 꼭 쥐고 터널 천장을 살폈다. 레온은 그녀의 시선을 따라갔지만 조류와 이끼에 뒤덮인 돌덩이 말고 다른 건 없었다. 에이다는 고개를 흔들고는 잔잔히 흔들리는 시신들의 바다를 다시 내려다보았다.

“좀비들이 한 짓이 아니에요. 그들이 죽은 뒤에 무언가가 이렇게 해놓은 거예요.”

레온은 등골이 오싹해지는 걸 느꼈다. 축축하고 악취가 가득한, 찢긴 시신들로 둘러싸인 곳에서 듣고 싶은 이야기가 절대 아니었다.

“그렇다면 여기는 위험해요. 다시 올라가서….”

그 순간, 에이다가 뒤엉킨 팔다리를 넘어서 앞으로 나아가기 시작했다. 그녀의 조심스러운 움직임이 일으키는 잔잔한 물소리조차 조용한 터널 속에서는 매우 크게 들렸다.

‘젠장, 이 여자는 다른 사람 말은 무조건 다 무시하는 거야, 아니면 나한테만 이러는 거야.’

레온도 조심하며 그 뒤를 따라가 한 손으로 에이다의 어깨를 건드렸다.

“최소한 내가 앞장서게 해줘요. 알겠죠?”

"좋아요. 앞장서시죠."

그녀가 거슬린다는 듯 대꾸했지만 진심처럼 느껴지진 않았다.

레온이 앞섰고 둘은 다시 전진하기 시작했다. 레온은 눈앞에 보이는 어둠, 그리고 발아래 느껴지는 물에 흠뻑 젖은 뼈와 살을 번갈아 주시하며 걸음을 옮겼다. 바로 앞에서 터널이 오른쪽으로 굽어졌고, 기름진 물 표면에 약간의 빛이 반사되었다. 시신도 아까만큼 많지 않았다.

레온은 잠시 멈춰 어깨에 메고 있던 레밍턴을 내린 뒤 한 발이 장전되어 있는지 확인했다. 시신들을 뜯어놓은 게 무엇인지 모르고 가까이에 있는 것 같지도 않았지만, 놈이 다시 돌아올 경우를 대비해두고 싶었다.

에이다는 말없이 기다렸지만 내심 조급해한다는 걸 느낄 수 있었다. 또 한 번, 레온은 그녀가 무엇을 숨기고 있는지 궁금해졌다. 그는 겁이 났고, 추웠고, 피곤했고, 아직도 경찰서를 헤매고 있을지 모를 클레어가 걱정되었다. 클레어가 아직 살아있는지조차 알 수 없었지만 에이다를 홀로 위험한 상황 속에 버려두는 것도 옳은 일처럼 느껴지지 않았다.

하지만 에이다는… 마치 베테랑 군인처럼 침착했고 얼른 움직이고 싶다는 짜증 섞인 조급함 말고는 거의 아무런 내색도 하지 않았다. 그리고 자신이 함께 있어 주어 반갑기는 한 것인지, 그 비슷한 기색도 전혀 비치지 않았다. 물론 에이다가 고마움을 표해주기를 바라는 것은 아니었지만….

'하지만 보통 사람이라면 경찰이 함께 있는 것을 달가워하지 않

나? 아무리 신참이라도?'

안 그런 사람도 있는 모양이었다. 그리고 지금은 시답지 않은 질문을 던질 때도, 장소도 아니었다. 레온은 생각을 접고 다시 움직이기 시작했다. 그리고 원래 형태가 무엇인지 알아보기 힘든 씹다 뱉은 듯한 살덩이 위를 조심스레 지나쳤다.

"멈춰요. 들어봐요."

에이다가 날카롭게 속삭였다. 레온이 한 손에 레밍턴을, 다른 한 손에는 매그넘을 든 채 긴장했다. 그가 고개를 옆으로 기울이고 귀를 기울였지만 들리는 소리라곤 멀리에서 들려오는 공허한 물 떨어지는 소리밖에 없었다.

그리고 작게 쿵쿵대는 소리가 들려왔다. 빠르지만 무작위로 들려오는 그 소리는 마치 두툼한 쿠션이 덧대어진 표면을 역시 덮개를 씌운 망치 같은 것으로 두드리는 소리 같았다. 그게 무엇이든 간에 앞쪽 터널이 굽어진 부분에서부터 다가오며 점점 가까워지고 있었다.

'그런데 왜 물 튀는 소리는 없지? 왜 물 소리가 들리지 않는 거야?'

레온이 무기 두 정을 살짝 들어 올리며 뒤로 한 걸음 물러섰다. 그때 에이다가 천장을 올려다보았던 것이 떠올랐다.

놈은 천장에 있었다. 그것을 본 순간 레온은 심장이 멎는 것 같은 기분을 느꼈다. 커다란 개 크기의 거미가 벽을 타고 젖은 돌 위를 기어 다니고 있었다. 털이 숭숭 난 놈의 기다란 다리가….

'말도 안 돼.'

그리고 다음 순간, 레온의 오른쪽 귀 바로 옆에서 고막이 터질 것 같은 폭발음이 연쇄적으로 들렸다.

탕! 탕! 타앙!

에이다가 방아쇠를 당길 때마다 베레타에서 솟구치는 빛이 이 지옥 같은 터널을 환히 밝혔다. 쿵쿵대는 메아리가 어둠 속을 휘도는 가운데 거대한 거미가 벽에서 떨어져 시커먼 물속으로 첨벙 내려앉았다.

놈이 상처를 입은 채로 두 다리를 질질 끌면서 그들을 향해 기어왔다. 짙은 색 액체가 징그럽고 둥근 몸 뒤로 길게 줄기를 이루며 쏟아졌다. 놈이 사람의 머리 위로 올라타자 잘린 두개골이 불룩하게 박동치는 놈의 배 밑에서 굴러 나왔다. 그때 레온은 놈의 빛나는 검은 눈을 보았다. 각각의 크기가 탁구공만 했다.

그리고 레온도 레밍턴의 방아쇠를 당겼다. 폭발하는 총의 격렬한 반동도 거의 느끼지 못한 채 그의 모든 정신은 세상에 존재해서는 안 되는 이 거미에 집중되어 있었다. 발사된 산탄총알이 놈을 정확히 맞히자 기괴한 얼굴이 수천 개의 축축한 조각들로 폭발했다. 거미가 물소리와 함께 그대로 뒤로 넘어갔고, 두꺼운 다리가 바르르 떨리더니 털 덮인 몸통 위로 굽어들었다.

귀가 윙윙대고 가슴은 쿵쾅거리는 가운데 레온은 또 한 발을 장전했다. 그의 머리는 자신이 방금 날려버린 것이 거대한 거미라는 사실을 이해할 수 없었다. 말이 안 되었다. 저렇게 거대한 놈이 몸통에 비해 터무니없이 가는 다리로 몸을 지탱하고, 또 빠르게 움직일 수 있다니. 스스로의 무게를 견디지 못해 그대로 무너져야 옳은 것 아닌가. 그런데 다음 순간, 에이다가 레온을 지나쳐 달리며 그를 향해 소리쳤다.

"얼른 와요! 놈들이 더 올지도 몰라요!"

레온이 그 뒤를 따라 달렸다. 에이다의 갑작스러운 행동에 자신의 충격은 잠시 접어둬야 했다. 레온은 어두운 터널을 달리며 물결에 조금씩 흔들리는 살덩이들을 뛰어넘었다. 그리고 라쿤 시티에 오기 전, 현실에서는 존재조차 하지 않았던 거대한 죽은 거미를 빠르게 지나쳤다.

"무기를 버려."

아이언스가 말하자 클레어는 아주 잠시 망설이다가 시키는 대로 했다. 브라우닝 권총이 달그락 소리와 함께 바닥에 떨어지자 아이언스는 다시 한 번 웃고 싶은 충동을 참아야 했다. 저 여자가 얼마나 멍청하게 행동했는지 생각하면 할수록 우스웠다. 엄브렐러에서 보낸 암살자는 너무 오만했다. 마치 이곳이 다 제 것인 양 자신의 은신처로 당당히 걸어 들어오다니. 과도한 자만심 때문에 그녀는 게임에서 지게 생겼다.

"돌아서, 천천히. 손은 잘 보이게 들고."

아이언스가 여전히 싱글거리며 말했다. 오, 이렇게 손쉽게 처리하다니. 엄브렐러에서 그를 과소평가한 것이 분명했다.

다시 한 번, 여자는 그가 시키는 대로 했다. 그 자리에서 천천히 빙그르르 도는 여자의 손에는 아무것도 들려 있지 않았다. 여자의 얼굴에 담긴 표정은 아주 가관이었다. 코가 살짝 큰 여자의 얼굴은 한 마디로 두려움과 충격으로 가득했다. 예상치 못한 상황임이 분명했다. 브라이언 아이언스를 제거하는 건 아주 손쉬운 임무라고 생각했겠지. 따지고 보면 아이언스는 그의 도시, 그의 삶을 모두 빼앗기고 정신적으로 망가져 예전의 모습과 비교하면 허깨비만 남은 사람이니까.

"아주 큰코다쳤지, 응?"

말을 내뱉자 즐거운 기분이 사라지고 다시금 분노가 샘솟는 것이 느껴졌다. 아이언스는 자신의 VP70을 말도 안 되게 앳된 그녀의 얼굴에 겨눴다. 모욕적인 일이었다. 날 제거하라고 이렇게 어린 아이를 보내다니. 그것도 이렇게 예쁜 여자를.

"진정하세요, 아이언스 서장님."

여자가 말했다. 화가 난 상태임에도 그 관능적인 목소리에 담긴 긴장감, 소용없는 애원 아래에 깔린 두려움의 기운이 듣기 좋았다. 분명 즐거운 일이 될 것 같았다. 상상한 것보다 훨씬 더….

'하지만 먼저 물을 것이 있지.'

"누가 보냈지? 본사의 콜먼인가? 아니면 그보다 더 높은 곳에서 지시한 거야? 이사회에 있는 누군가가? 거짓말해도 소용없어. 더 이상은 안 된다고."

여자가 멍하니 그를 노려보았다. 그녀의 눈은 꾸며낸 혼란스러움으로 가득했다.

"난… 무슨 말씀을 하시는지 모르겠어요. 제발, 무슨 착오가 있는 것 같은데…."

"오, 착오가 있지, 있고말고. 네 착오 말이야. 엄브렐러는 언제부터 날 감시해온 거지? 정확히 네가 받은 명령이 뭐야? 날 바로 없애는 것이었나, 아니면 엄브렐러에서 죽기 전에 내가 더 고통받기를 바랐나?"

여자는 잠시 아무 대답을 하지 않았다. 어디까지 털어놓으면 좋을지 생각 중인 것이 틀림없었다. 실력이 괜찮은 여자였다. 여자의 표정은 오직 혼란과 두려움만을 내비치고 있었지만 아이언스는 바로 꿰뚫어 볼 수 있었다.

'딱 걸렸어. 어차피 내가 살려주지 않을 걸 아는데도 진실을 숨기려 하는군. 어리지만 훈련을 아주 제대로 받았어.'

"라쿤 시티에 온 건 오빠를 찾기 위해서예요. 오빠는 스타스에 근무하고 있었는데 난 그저…."

"스타스? 지어낸 게 고작 그건가?"

여자가 커다란 눈으로 자기 얼굴에 겨눠진 총구를 응시하며 느리게 대답했다. 아이언스는 고개를 절레절레 저으며 씁쓸하게 웃었다. 라쿤 시티의 스타스 대원들은 상황이 나빠지기 전에 진작 이곳을 떴다. 그리고 마지막으로 듣기로는 엄브렐러에서 이미 그 조직을 접수했고, 자기편에 순순히 가담하지 않으려는 자들을 제거하는 과정에 있다고 했다. 스타스를 핑계로 삼기에는 많이 엉성했다.

'하지만 뭔가가 있긴 있는데….'

눈살을 조금 찌푸리고서 아이언스는 여자의 창백하고 불안한 얼굴을 자세히 살폈다.

"오빠가 누군데?"

“크리스 레드필드요. 누군지 아시죠? 전 클레어 레드필드예요. 엄브렐러에서 무슨 일을 꾸민 건지 전 아무것도 몰라요. 당신을 죽이라고 보낸 것도 아니고요.”

그녀가 재빨리 말했다. 하고 싶은 이야기를 후다닥 늘어놓느라 말을 거의 더듬을 뻔했다.

일단 겉으로 보기엔…. 크리스와 닮은 구석이 보이기는 한 것 같았다. 하지만 그와 남매 사이라고 거짓말하는 게 자신에게 무슨 도움이 되리라고 생각한 건지는 도저히 이해할 수 없었다. 크리스 레드필드는 대놓고 여러 차례 자신을 거역한 거만하고 존경심이라고는 없는 애송이였다. 아니 그렇다면….

“크리스도 엄브렐러랑 한통속이었지, 아니야?”

말을 입 밖으로 꺼내고 보니 그것이 사실임을 깨달을 수 있었다. 그의 분노가 마치 붉은색 파도처럼 솟구쳐 올랐다. 무엇이든 태워 없앨 것 같은 강렬한 불길이 혈관을 타고 빠르게 흐르기 시작하자 구역질이 올라올 것만 같았다.

‘내 밑에 있던 놈들까지… 엄브렐러의 꼭두각시에게 배신을 당했군.’

“스펜서 저택 일도, 엄브렐러를 모함한 일도… 다 계획적이었군. 그를 시켜 일부러 문제를 일으킨 거야. 내 정신을 팔리게 만든 다음 버킨이 만든 새 바이러스를 훔쳐가려고….”

아이언스가 여자에게 한 발 다가갔다. 계획한 일이 있음에도 방아쇠에 올려둔 손가락이 근질거렸다. 자신을 클레어라고 소개한 여자가 마치 그의 분노를 막으려는 듯 두 손바닥을 들어 보이며 한 걸음 뒤로 물러섰다.

“그래서 스타스가 때맞춰 여길 떠난 거군. T-바이러스가 유출되기 전에 여길 뜨라고 미리 경고를 받은 거야!”

그가 또 한 발 다가왔지만 클레어는 눈을 커다랗게 뜬 채 자리에 못 박힌 듯 서있었다.

“그럼 오빠가 여기 없다는 말이에요?”

희망에 찬 듯한 작은 목소리는 아이언스의 몸속을 가득 채운 분노에 더욱 불을 지필뿐이었다. 이는 단순한 분노를 초월하여 그의 모든 생각과 감각을 매우 잔인한 일에만 집중하게 만들었다. 엄브렐러와 스타스에 배신당한 걸로는 부족했나. 조종당하고, 고통받고, 암살자에 쫓기는 걸로도 부족해서….

‘이 어린 여자애한테도 거짓말을 들어야 한다는 거야? 배신자 출신의 스파이이자 암살자한테? 평생을 봉사했는데, 평생 나 자신을 희생하며 노력했는데, 돌아온 건 이런 취급이라니.’

“얼굴을 한 대 얻어맞은 것 같은 기분이군. 날 이렇게 바보 취급하다니. 최소한 날 존중한다면 거짓말이라도 제대로 꾸며야 하는 것 아닌가?”

흉포한 마음이 더욱 새롭고 거세게 올라와 그를 공격받는 사람이 아닌 공격하는 사람의 위치로 올려놓자 아이언스의 목소리는 더욱 차가워졌다.

손에 든 9밀리미터 구경 총을 더욱 길게 뻗으며 여자를 향해 다가갔다. 발걸음은 하나하나가 침착하고 의도적이었다. 이제 그녀의 공포심은 진짜였다. 여자가 비틀비틀 뒤로 물러서며 입술이 바르르 떨리고, 가슴이 보기 좋게 들썩이는 것을 보아 알 수 있었다. 그녀는 겁에 질린 채 무기를 찾아 주변을 두리번거리고, 그를 쳐다보고, 동시에 도망치려 하고 있었지만 점점 다가오는 그 앞에서 아무것도 할 수 없었다.

"주도권을 쥔 건 나야. 여긴 내 은신처, 내 구역이라고. 너는 여기 제멋대로 침입한 거야. 거짓말쟁이, 사악한 암살자. 이제 산 채로 네 껍질을 벗길 거다. 비명을 지르게 만들어주겠다고. 차라리 태어나지 않은 편이 나았다는 생각이 들게 만들어주겠다. 놈들이 얼마나 쥐어줬는지 몰라도 그 정도 가치는 없다고 생각하게 만들어주겠어."

클레어가 뒤로 물러서다가 선반에 등이 닿았다. 작업대 다리에 걸려 비틀대다가 한쪽 구석 바닥에 있던 작은 문 위로 거의 쓰러질 뻔했다. 무력한 여자의 모습을 보고 흥분한 아이언스는 짜릿한 힘이 혈관을 타고 흐르는 것을 느꼈다.

"제발, 이러지 마세요! 저는 그런 사람이 아니라고요!"

여자의 간절한 애원에 그는 멈춰 서서 웃음을 터뜨렸다. 공포심을 더욱 부채질하고 싶었다. 지금 누구도 건드릴 수 없는 힘을 지닌 건 자신이라는 걸 알게 하고 싶었다. 그녀는 박제들이 놓인 선반과 뚜껑이 덮인 구덩이 사이에 낀 채로 서있었고, 아이언스는 조금 멀찍이 떨어진 채 그녀의 번들거리는 눈에 담긴 표정을 즐기고 있었다. 구석에 몰린 동물의 공포심, 부드럽고 유연한 몸을 지닌 무력한 동물….

아이언스는 혀로 입술을 핥았다. 그의 굶주린 듯한 시선이 그녀의 나긋나긋하고 매끄러운 몸을 훑었다. 또 하나의 훌륭한 박제, 변신시켜줄 몸을 하나 더 얻었다. 이제는 계획대로 진행할 때가….

크르르르!

'대체 뭐….'

그 순간, 지하 2층으로 이어지는 바닥문이 어마어마한 소리와 함께 쪼개지며 공중으로 솟구치고, 쪼개진 나뭇조각 하나가 아이언스의 골반을 때렸다. 충격에 아이언스가 비틀거렸다. 무슨 일인지 이해할 수 없었다. 조금 전까지만 해도 모든 게 그의 통제 하에 있었는데 이젠 일이 완전히 엉망으로, 끔찍하게 망쳐져 버렸다.

무언가가 그의 발목을 감쌌다. 너무나도 세게 조여오는 바람에 그는 뼈가 부러지는 소리를 들었다. 말할 수 없는 강한 통증이 다리를 타고 올라왔다.

그리고 여자와 시선이 부딪혔다. 그녀의 눈은 새로운 공포로 아까보다 더 커졌고 눈이 마주친 순간, 깨달음의 순간에 아이언스는 그녀에게 너무나도 말해주고 싶었다. 자신은 원래 좋은 사람이라고, 이런 대접을 받을 사람이 아니라고….

발목을 잡은 무언가가 휙 움직이자 아이언스는 그대로 쓰러지며 총을 떨어뜨렸고, 고통 속에서 비명과 함께 아래에서 자신을 기다리고 있던 괴물을 향해 그대로 끌려 들어갔다.

제19장

조금 전까지 아이언스는 클레어 앞에 선 채, 서늘한 슬픔이 담긴 눈으로 그녀를 노려보고 있었다. 그런데 바로 다음 순간 아이언스는 그대로 사라지고 말았다. 얼핏 본, 기다란 발톱이 달리고 무언가를 뚝뚝 떨어뜨리던 강력한 팔 하나가 바닥에서 솟구쳐 나와 그를 잡아채고는 어두운 바닥으로 끌고 가, 순식간에 시야에서 사라졌다.

괴물에게서 또 한 번의 괴성이 들려왔다. 놈과 어울리는 강력하고도 거대한 울부짖음이었다. 하지만 그것도 겁에 질린 아이언스의 비명에 비하면 아무것도 아니었다. 방안을 꿰뚫는 무시무시한 비명 소리에 그대로 몸이 굳은 클레어는 아무것도 하지 못하고 그 소리를 듣기만 했다. 충격과 안도감, 자신의 안위에 대한 두려움이 머릿속을 가득 채우고 서로 다투는 동안, 무서운 비명 소리가 열린 구멍을 통해 솟구쳐 올라와 아이언스가 만들어놓은 차갑고 음울한 지하 감옥과 그녀의 귀를 가득 채웠다.

그러더니 컥컥거리는 소리와 함께 그의 비명이 우뚝 멈췄다. 겨우 1, 2초나 지났을까. 뒤이어 후루룩거리며 살점이 찢어지는 듯한 소리가 시작되었다.

클레어는 움직였다. 아이언스가 떨어뜨린 권총을 집어 들고 방 중앙에 놓인 테이블을 돌아 재빨리 달려갔다. 아이언스처럼 그 괴물에게 잡혀 아래로 끌려 내려가고 싶지 않았다.

'놈이 그를 죽였어. 죽였다고. 날 죽이려고 했었는데….'

방금 무슨 일이 일어났는지, 방금 그 일이 없었다면 대체 자신이 무슨 꼴을 당하게 되었을지 깨달음이 닥쳐오자 팔다리가 후들거리기 시작했다. 클레어는 열린 구덩이로부터 힘들여 몇 걸음을 더 도망치고는 찬 이슬이 맺힌 돌벽에 기대어 그대로 무너졌다. 그리곤 씁쓸한 냄새가 가득한 공기를 힘겹게 들이마시며 심호흡을 했다.

아이언스는 클레어를 죽이려 했다. 하지만 바로는 아니었다. 클레어는 그의 광기 어린 시선이 자신의 몸을 훑는 것을 보았다. 미친 웃음소리에 기대감이 가득한 것도 들었다.

모퉁이에서 낮게 으르렁대는 짐승의 소리가 들려왔다. 배를 채운 사자가 만족스러워하는 소리 같았다. 클레어는 몸을 돌려 무거운 권총을 들어 올렸다. 아까보다 더 큰 공포심이 느껴질 수 있다는 것이 놀라웠다.

그때 구멍에서 무언가가 솟구쳐 올랐다. 허우적대는 팔이 달린 것이었다. 클레어가 총을 쏘았지만 총알은 맞지 않았다. 대신 그 물체가 바닥에 떨어짐과 동시에 반대편 선반에 놓여 있던 유리병 하나가 박살났다.

바닥에 떨어진 건 아이언스였다. 하지만 절반에 불과했다. 그는 깨끗하게 두 동강이 나 있었다. 그를 낚아챈 괴물이 잘라놓은 것이다. 통통한 허리 밑으로 모든 것이 사라져 있었다. 다리가 있어야 할 곳에는 배어나오는 핏물 위로 찢긴 피부와 근육만 덜렁거릴 뿐이었다.

클레어가 문을 향해 뒷걸음질 쳤다. 권총은 여전히 열린 구덩이를 향한 채였다. 그때 괴물이 다시 한 번 괴성을 지르는 것을 들었다. 메아리치던 소리가 조금씩, 상상조차 할 수 없는 곳을 향해 조금씩 멀어지고 있었다. 1초쯤 지났을까, 그녀는 아무 소리도 들을 수 없었다. 놈이 사라진 것이다.

'이게 셰리가 말한 괴물이구나. 셰리가 이야기한 게 이놈이라고.'

클레어는 엉망으로 망가진 아이언스의 시신을 향해, 입을 벌린 검은 구멍을 향해 천천히 조금씩 다가갔다. 가까이에서 보니 어둠만 있는 건 아니었다. 어디에선가 빛이 새어 들어오고 있어서 그 아래에 한 층이 더 있고 금속 격자판 같은 것으로 만들어진 좁은 통로가 존재한다는 것은 알아볼 수 있었다. 그리로 이어지는 사다리도 있었다.

'지하 2층이잖아. 혹시 이리로 나갈 수 있을까?'

클레어는 다시 구덩이에서 물러섰다. 아이언스로부터 들은 정보와 합쳐져 생각이 어지러이 흘러갔다. 크리스는 라쿤 시티에 없고, 스타스가 사라졌다. 다행스러우면서도 무서웠다. 그건 곧 오빠가 안전하다는 뜻이었지만 동시에 자신을 구하러 달려오지 않을 것이라는 뜻이기도 했다. 그리고 엄브렐러에서 유출 사고가 있었다. 그것이면 좀비들도 설명이 되었다. 하지만 버킨, 버킨이 만든 바이러스란 무슨 말일까… 버킨이라면 혹시 셰리의 아빠일까?

'그리고… 어쩌면 좀비들도 그 실험실 사고의 결과물인지도 몰라. 하지만 다른 괴물들은? 미스터 엑스와 안팎이 뒤집힌 괴물은?'

아이언스가 엄브렐러에 대해 주절주절 늘어놓은 말을 종합해보면 사고는 예상치 못한 것이었지만 엄브렐러는 무고한 희생자가 아니었다. 뭐라고 했더라?

"T-바이러스. 그래 맞아. 버킨이 만든 새 바이러스도 있고 T-바이러스도 있다고 했어…."

클레어가 몸을 부르르 떨며 나지막이 중얼거렸다. 사람들을 좀비로 만든 병의 이름을 이제 알게 된 것이다. 사람은 원래 잘 아는 것에만 이름을 붙이는 법이지. 그렇다면 그건….

그게 무슨 뜻인지는 아무리 생각해도 알 수 없었다. 그녀가 아는 것이라고는 셰리와 함께 라쿤 시티를 벗어나야 한다는 것, 지하 2층에 길이 있을지도 모른다는 것이었다. 막다른 길은 아니었다. 아이언스를 죽인 괴물도 그것을 통해 어디론가 사라지지 않았는가.

'그런데 정말 그 길로 가고 싶어? 셰리까지 데리고서? 놈이 다시 돌아올지도 몰라. 그리고 놈이 정말로 셰리를 찾고 있다면….'

기분 좋은 생각은 아니었다. 하지만 이대로 길가로 나가는 것도 구미가 당기진 않았고, 경찰서에 다른 어떤 괴물이 있을지는 아무도 몰랐다. 클레어는 아이언스가 떨어뜨린 권총의 탄창을 확인했다. 열

일곱 발이 들어 있었다. 경찰서를 점령한 괴물들을 상대하기에는 충분하지 않았지만 놈들로부터 도망칠 수 있을 정도는 될 것 같았다.

이건 기회였고 클레어는 기회를 잡을 준비가 되어 있었다. 클레어는 숨을 깊이 들이쉬었다가 천천히 내뱉으며 마음을 가라앉혔다. 정신을 똑바로 차려야 했다. 자신을 위해서가 아니라면 셰리를 위해서라도 말이다.

클레어는 몸을 돌려 아이언스의 처참한 시신을 내려다보았다. 이런 식으로 죽는 건 끔찍했지만 그렇다고 동정심이 들진 않았다. 그는 자신을 강간하고 고문하려 했으며, 살려달라는 말에 웃음을 터뜨렸다. 그런 인간이 죽었다. 기쁘진 않았지만 그렇다고 죽음을 애도할 생각도 없었다. 지금 드는 생각이라고는 셰리를 데려오기 전에 시신을 무언가로 덮어야 한다는 것뿐이었다. 그 아이는 끔찍한 장면을 이미 충분히 보았으니까.

'그건 너나 나나 마찬가지인 것 같아.'

지친 클레어가 생각했다. 그리고 아이언스의 시신을 덮을만한 것을 찾기 시작했다.

레온이 에이다를 찾아낸 건 물이 찬 지하 2층에서 몇 계단 올라간, 하수구 입구로 이어지는 추운 통로에서였다. 그녀는 하수구로 들어갈 수 있는 열쇠를 미리 그곳에 갖다놓기 위해 먼저 달려간 것

이었다. 열쇠를 어떻게 손에 넣었는지 레온에게 설명하고 싶지는 않았다. 에이다는 레온의 발소리가 가까워지기 직전에 열쇠를 바로 옆의 보일러실로 던져 넣는 데 성공했다.

'그나마 숨 찬 척까지 할 필요는 없어 다행이라고 해야 하나.'

레온의 얼굴에 담긴 표정으로 보아 간단하게나마 설명을 해야 할 필요가 느껴졌다. 에이다는 그가 어두운 복도로 들어서자마자 불안한 미소를 지어 보이며 말했다.

"도망쳐서 미안해요. 거미를 정말 싫어하거든요."

레온은 얼굴을 찌푸리고 그녀를 차근차근 살폈다. 무언가를 묻는 듯한 그의 눈을 들여다본 에이다는 그 정도 설명으로는 부족하다는 걸 깨달았다. 에이다는 그에게 한 걸음 다가갔다. 지나치게 가깝지는 않지만 체온을 느낄 수 있을 정도의 거리였다. 시선을 떼지 않은 채 에이다는 두 사람 사이의 키 차이를 강조하듯 고개를 들어 그를 올려다보았다. 별 것 아니었지만 경험상 남자들은 그런 작은 일에 큰 반응을 보이곤 했다.

"그냥 조금이라도 빨리 이곳을 벗어나고 싶었나 봐요. 나 때문에 걱정한 건 아니죠?"

미소를 짓지 않고 조용히 건넨 말에 그가 시선을 떨어뜨렸지만 에이다는 거기에 관심이 담겨 있는 것을 놓치지 않고 포착했다. 혼란스럽고 조심스럽긴 했지만 분명한 관심이었다. 그러다 보니 레온이 그대로 물러선 것이 더욱 더 놀라웠다.

"그래요, 걱정했어요. 그러니까 다시는 그러지 마요, 알겠죠? 대단한 경찰은 아니어도 노력 중이라고요. 더군다나 이런 데서 또 어떤 괴물을 만날지 누가 알겠어요?"

레온은 다시금 에이다와 시선을 맞췄다.

"그리고 당신과 함께 온 건 돕고 싶어서예요. 경찰로서의 임무를 다하기 위해서라고요. 그런데 당신이 혼자 가버리면 내 일을 할 수 없잖아요. 게다가, 당신이 그렇게 뛰어가면 누가 날 도와주겠어요?"

그가 조금 웃으며 덧붙였다. 이번에 시선을 피한 건 에이다였다. 레온은 솔직했다. 에이다에게 자신의 두려움을 공개적으로 인정했고, 비교적 노골적이었던 그녀의 유혹에 대해서는 한 발 뒤로 물러서며 경찰 노릇을 제대로 하려고 노력 중이라고 말했다.

'관심은 있지만 그런 데 홀딱 빠져 제정신을 잃는 사람이 아니군…. 그리고 자신의 능력을 믿지 못한다는 걸 솔직히 인정할 정도로 남자다워.'

미소를 지어 보일 수밖에 없었지만 쉽지는 않았다.

"최선을 다해 볼게요."

레온이 고개를 끄덕이고는 복도를 확인하기 위해 몸을 돌렸다. 다행스럽게도 대화도 끝이 났다. 레온에 대해 어떻게 생각하고 있는지 자신도 확신할 수 없었지만 그를 향한 존경심이 점점 커지고 있다는 것만은 확실했다. 상황을 고려할 때 좋은 현상은 분명 아니었다.

축축하고 어두컴컴한 복도에 볼 것은 그다지 많지 않았다. 출입구 두 곳과 막다른 길 하나. 에이다가 일반적인 열쇠라기보다는 플러그에 가까운 형태인 독특한 모양의 열쇠를 던졌던 보일러실은 그들 바로 앞에 있었고, 하수구 입구가 뒤쪽 모퉁이에 있었다. 그리고 벽에 붙은 표시에 따르면 또 다른 문은 창고였다.

에이다는 둘 중에 더 가까운 문인 창고로 걸어가는 레온을 그대로 따라갔다. 그리고 레온이 매그넘으로 문을 밀어 열고 안으로 들어서는 동안 뒤에서 기다렸다. 상자 여러 개, 탁자 한 개, 트렁크 한 개, 특별할 것은 없었지만 다행히 징그러운 벌레도 없었다. 잠깐 확인한 뒤 그는 다시 복도로 돌아왔고, 그들은 보일러실을 향해 움직였다.

"그런데 총 쏘는 건 어디에서 배웠어요? 꽤 잘 쏘던데요. 혹시 군인이거나 그 비슷한 일을 하나요?"

두 사람이 문 앞에 멈춰 섰을 때 레온이 물었다. 그의 어조는 지나가는 말처럼 평범했지만 에이다는 말 속에 단순한 호기심 이상의 의문이 숨어 있음을 감지했다.

'시도는 좋았어, 경찰 나리.'

에이다가 씩 웃으며 미리 준비해둔 변명을 꺼냈다.

"믿기 어렵겠지만 서바이벌 게임을 하며 배운 솜씨에요. 10대였을 때 삼촌하고 사격장에 간 적이 몇 번 있었지만 그 당시에는 그렇게 좋아하지 않았어요. 그러다가 몇 년 전에 뉴욕의 화랑에서 바이어로 함께 일하는 직장 동료 손에 이끌려 주말에 서바이벌 게임을 하러 갔는데 정말 재미있었거든요. 산을 오르고, 암벽을 타고, 그러면서 페인트볼 총을 쏴댔죠. 너무 재미있어서 그 이후로 두어 달에 한 번씩 꼭 게임을 하러 갔어요. 물론 거기에서 배운 기술을 실제로 사용하게 될 줄은 몰랐지만요."

다행스럽게도 레온이 그 말을 믿는다는 걸, 아니 믿고 싶어 한다는 걸 알 수 있었다. 아마 이것으로 그가 묻기를 망설이던 몇 가지 질문이 해결되었을 것이다.

"같이 경찰 아카데미에 다녔던 많은 친구들보다 당신이 훨씬 나아요. 정말이에요. 자, 그럼 이번엔 이 문을 열어볼까요?"

에이다가 고개를 끄덕였다. 레온은 보일러실 문을 열고, 넓고 텅 빈 공간에 놓인 아주 오래되어 녹슨 기계를 가볍게 훑어보고는 그녀를 데리고 안으로 들어갔다. 에이다는 일부러 바닥을 내려다보지 않았다. 자신이 조금 전에 이곳에 던져 놓았던 작게 포장된 꾸러미를 레온이 먼저 발견하기를 바랐다.

아까는 보일러실을 제대로 보지 못했었다. 옆으로 누운 H자 모양으로 생긴 이 방에는 부식된 철책이 둘려 있고, 방의 양쪽에는 오래되고 거대한 보일러가 각각 하나씩, 총 두 개 있었다. 머리위에서 형광등이 털털 소리를 내며 깜빡였고, 아직 작동하는 등의 불빛이 물 자국이 있는 벽을 따라 세로로 늘어선 금속 파이프에 이상한 모양의 그림자를 드리웠다. 하수구로 이어지는 문은 멀리 왼쪽 모퉁이에 있었다. 벽에 붙은 패널 옆, 무거워 보이는 해치 문이었다.

"엇… 누군가 뭘 흘리고 간 것 같은데요."

레온이 말하며 몸을 구부려 해치 문을 열 수 있는 열쇠 꾸러미를 집어 들었다. 에이다가 아무것도 모르는 척 무얼 찾아낸 거냐고 물으려는 찰나, 무슨 소리를 들었다. 무언가가 스르르 미끄러지듯 기어가는 작은 소리가 보일러에 가로막혀 거의 보이지 않는, 오른편 뒤쪽 모퉁이에서 들려오고 있었다.

레온도 그 소리를 들었다. 그가 재빨리 열쇠 꾸러미를 떨어뜨리고 일어서서 산탄총을 들었다. 에이다도 그쪽으로 베레타를 겨냥했다. 그제야 지하 2층에서 처음 올라왔을 때 여기 문이 살짝 열려 있었던 것이 생각났다.

'오, 제길. 베르톨루치의 몸에서 나온 그 놈이야.'

놈이 기어와 시야에 들어오기 전에 이미 눈치 채긴 했지만 그 모습을 본 충격은 여전히 컸다. 작았던 녀석은 성장해 있었다. 그것도 아주 빠르게. 단 몇 분 만에 원래 크기보다 너끈히 스무 배는 커져 있었고, 아직도 기하급수적으로 자라는 중이었다. 한쪽 구석에서 방 가운데로 움직이는 몇 초 동안 놈은 작은 강아지 크기에서 열 살 먹은 아이의 덩치로 훌쩍 자라났다.

모양 역시 바뀌어 있었고 이 와중에도 계속 변화하는 중이었다. 더 이상 베르톨루치의 몸에서 튀어나왔을 때처럼 에일리언 올챙이 같은 모습이 아니었다. 일단 꼬리가 사라졌고, 녹슨 바닥 위로 조금씩 기어 나온 놈에게는 팔다리가 생겨 있었다. 고무 같은 살덩이 바깥으로 접혀져 있었던 것 같은 두 팔이 펴졌다. 연골에 구멍이 뚫리는 것 같은 소리와 함께 몸을 감싸고 흔들거리듯 소용돌이치던 황갈색 피부에서 발톱이 튀어나왔다. 근육질의 다리가 펼쳐지고 액체에 불과해 보였던 것이 늘씬한 모양새로 바뀌면서 더듬더듬 기어오던 모습도 거의 고양이의 움직임처럼 조금씩 더 매끄러워졌다.

산탄총과 베레타가 동시에 불을 뿜자 거대한 폭발음에 산발적으로 울리는 9밀리미터의 높은 총성이 더해졌다. 놈은 여전히 변화하면서 서서히 몸을 일으켜 휴머노이드의 형태로 돌연변이를 일으키는 중이었다. 쏟아지는 총알 세례에 대해 놈은 입을 열어 무언가를 토해내는 것으로 반응했다. 열린 입으로 신음과 비명, 그리고 흉측한 녹색 담즙 같은 것이 함께 터져나왔다.

놈이 뱉어낸 토사물이 바닥에 쏟아지더니 이윽고 움직이기 시작했다. 널따랗고 납작한 얼굴에서 쏟아져 내린 녹색 액체는 살아있었다. 괴물의 벌린 입에서 떨어진 것은 게와 비슷한 모양의 생명체였다. 십여 마리는 되어 보이는 그 생명체들은 마치 악취가 진동하는 돌연변이 자궁을 위협하는 존재가 어디에 있는지 본능적으로 알고 있는 것 같았다. 다리가 여러 개 달린 그 녀석들이 고요한 물결처럼 에이다와 레온을 향해 몰려오는 가운데, 모체가 되는 괴물은 커다랗게 한 발 앞으로 움직였다. 그리곤 터무니없이 길고 두꺼운 목에서 박동하는 듯한 기다란 줄 여러 개가 뻗어 나왔다.

"작은 놈들은 내가 맡을게요!"

레온의 총이 더 강력했기에 에이다가 소리치며 가장 가까이에 있는 꼴 보기 싫은 녹색 게들을 향해 베레타를 쏘기 시작했다. 둘 다 빨랐지만 에이다가 더 빨랐다. 그녀가 겨냥하고 쏘고, 겨냥하고 쏘기를 반복하자 작은 괴물들이 폭발하며 짙은 색의 액체로 변해 처음 나타났던 것처럼 조용히 죽어갔다.

레온도 산탄총으로 쏘고 또 쏘았지만 에이다는 그가 놈에 맞서 잘 싸우고 있는지 한 번 쳐다볼 겨를도 없었다. 이제 작은 괴물은 다섯 마리 남았지만 앞으로 세 발이면 총알이 모두 떨어질 것이었다.

그때 산탄총이 바닥에 떨어지는 소리와 함께 그보다 화력이 조금 떨어지는 0.50구경의 깊은 총성이 울려 퍼지는 것이 들렸다. 그 사이에 그녀는 기어오는 작은 괴물 두 마리를 더 처리했지만 그와 동시에 총알이 떨어지고 말았다.

에이다는 주저없이 베레타를 버리고 바닥으로 몸을 던졌다. 그리고 산탄총의 총열 부분을 쥐고 쏟아지는 레온의 총알 아래로 몸을 굴려 힘껏 무기를 내리쳤다. 묵직한 공격에 돌연변이 게 괴물 두 마리가 순식간에 터져 끈적이는 액체로 변했다. 하지만 그 순간, 마지막 남은 세 번째 놈이 예상치 못한 속도로 앞을 향해 뛰어올랐다. 그러고는 에이다의 허벅지에 떨어져 바늘처럼 날카로운 발톱으로 그녀의 다리에 매달렸다.

에이다는 산탄총을 떨어뜨렸다. 다리를 타고 기어 올라오는 놈의 따뜻하고 축축한 무게감에 혐오감으로 허둥지둥하며 신음을 내뱉었다. 그녀가 뒤로 쓰러져 이미 어깨까지 올라온 놈을 손으로 쳐댔다. 놈은 계속해서 얼굴로, 그녀의 입으로 다가오고 있었다.

'저리 가. 저리 가란 말이야!'

그때 레온이 에이다를 붙들고 한 손으로는 거칠게 일으켜 세우며 다른 한 손으로 괴물을 쳐냈다. 에이다는 비틀거리다 넘어지지 않기 위해 그의 허리를 붙들었다. 괴물이 에이다의 드레스에 끈질기게 매달렸지만 레온이 놈을 단단히 붙잡았다. 마침내 레온이 그것을 떼어내고는 바둥거리는 놈을 그대로 방 반대편으로 내던지며 소리쳤다.

"매그넘!"

매그넘은 레온의 벨트에 끼워져 있었다. 총을 빼낸 에이다는 놈이 이제는 움직이지 않는, 이미 레온에게 죽임을 당한 커다란 괴물 근처에 떨어진 것을 보았다.

에이다가 방아쇠를 당겼다. 자세가 엉망이었고 괴물이 몸에 들어올 뻔한 위기에 정말 큰 충격을 받았음에도 정확히 명중시킬 수 있었다. 묵직한 총알이 바닥에 맞으며 녹슨 금속 조각들이 사방으로 튀었다. 그리고 그와 함께 작은 괴물 녀석도 뒷벽에 흉한 얼룩을 남기며 그대로 산산조각 났다.

아무것도 움직이지 않았다. 그리고 두 사람도 잠시 그대로 서로에게 기댄 채 가만히 서있었다. 마치 갑작스럽고도 끔찍한 사고에서 살아남은 생존자들처럼. 아니, 어떻게 보면 그 말이 맞았다. 총격전이 벌어진 건 다 합쳐 1분도 채 되지 않았고 그들은 아무데도 다치지 않고 무사히 살아남았다. 하지만 에이다는 상황이 얼마나 아슬아슬했는지, 자신들이 방금 없앤 것이 무엇인지 스스로에게 거짓말을 하는 일 따위는 하지 않을 것이었다.

'G-바이러스.'

틀림없었다. T-바이러스로는, 여러 번의 수술을 거치지 않고서는 저렇게 복잡한 형태의 괴물을 만들어낼 수 없었다. 레온과 에이다는 놈이 자라나는 것을 똑똑히 보았다. 그들이 마침 이곳에 들어와 저지하지 않았다면 괴물은 얼마나 더 커지고 강력해졌을까? 어쩌면 놈은 초기 G-바이러스 실험체일지도 몰랐다. 하지만 그것이 바이러스 유출 사고에 의한 것이라면? 이 놈 말고도 다른 것들이 또 있다면?

'하수구, 공장, 지하 공간들… 어둡고 그늘진 곳들, 비밀의 장소들. 그런 곳이라면 무엇이든 숨어 자랄 수 있어….'

상황이 어떻든 이제 실험실로 가는 건 식은 죽 먹기가 아니었다.

에이다는 갑자기 레온이 함께 와준 것이 무척이나 고마워졌다. 게다가 자기가 앞장서겠다고 그렇게 고집을 피웠으니 무언가 공격을 해오더라도 그녀는 살아남을 가능성이 높아졌다.

"괜찮아요? 다친 데 없어요?"

그때 레온이 한 팔로 여전히 에이다를 붙든 채, 진심어린 걱정이 담긴 눈으로 들여다보았다. 에이다는 갑자기 그의 체취, 깨끗한 비누 냄새 같은 것이 느껴진다는 것을 깨닫고 그를 밀어냈다. 그리고 매그넘을 다시 돌려주고 옷매무새를 고쳤다. 그를 바라보는 것을 의식적으로 피하기 위해 옷에 찢어진 곳이 없는지 세세히 살피는 척했다.

"고마워요. 난 괜찮아요. 걱정 접어둬요."

어조가 생각한 것보다도 훨씬 날카로웠지만 에이다는 당황한 상태였고, 그건 괴물의 공격 때문이 아니었다. 그녀는 레온을 힐끔 쳐다보았다. 자신의 퉁명스러운 반응에 그가 놀랐다는 걸 알았고, 그 반응에 대해 다시 어떤 태도를 보여야 할지 알 수 없었다. 레온이 천천히 눈을 껌뻑이자 그의 표정이 다시 침착해졌다. 인정하고 싶진 않았지만 그가 얼마나 강인한 사람인지 알 수 있었다.

"서바이벌 게임 덕분이라고요?"

그가 조용히 내뱉고는 아무 말 없이 다시 열쇠 꾸러미를 가지러 갔다.

에이다는 레온의 뒷모습을 물끄러미 바라보았다. 그가 자신을 어떻게 생각하는지 관심을 두는 것은 정말로 우스꽝스러운 일이라는 걸 스스로에게 상기시켰다. 지금 에이다는 레온을 버릴 수도 있었고, 자기 목숨을 위해서 그를 희생시킬지도 모를 여정을 계속하는 중이었다.

'아니면 내 손으로 죽일지도 모르고. 그걸 잊지 말자고. 나를 고마움도 모르는 나쁜 년이라고 생각한들 그게 무슨 상관이란 말이야?'

정말이었다. 레온에게 고마워해야 했다. 그 사실을 상기시켜준 것에 대해.

에이다는 몸을 구부려 산탄총을 집어 들었다. 우선순위를 다시 바로잡을 필요가 있었다. 그런데 아주 오랫동안 느끼지 못했던 마음속 깊은 곳의 공허함이 다시 느껴지기 시작했다.

제20장

아이언스 서장은 아주 나쁜 사람이었다. 그것도 정신 나간. 셰리는 처음부터 그것을 어느 정도 알고 있었지만 마치 미친 과학자의 실험실 같은 그의 비밀 고문실을 직접 보니 그것이 더욱 현실적으로 느껴졌다. 각종 뼈와 약병들이 가득한 이 방은 정말이지 징그러웠고, 냄새는 좀비들의 악취보다 더 역겨웠다. 바닥에 피로 얼룩진 방수천에 덮인, 온전치 못한 시신의 형태를 보고도 클레어가 우려한 것의 절반도 겁내지 않았던 건 아마 그 때문이었을 것이다. 셰리는 그에게 정확히 무슨 일이 일어났던 건지 생각하며 얼룩진 방수천을 노려보았다.

"가자, 셰리. 얼른."

클레어가 말했다. 억지스럽게 밝은 그녀의 목소리에 셰리는 아이언스 서장이 심각하게 엉망이 된 게 분명하다고 생각했다. 클레어가 이야기해준 것이라고는 아이언스 서장이 그녀를 해치려 했고, 무언가가 나타나 서장을 공격했으며, 지하로 내려가면 안전한 어딘가로 나갈 수 있는 가능성이 존재한다는 것뿐이었다. 셰리는 클레어를 본 것만으로도 너무 안도해서 다른 질문 같은 건 하지 않았다.

'저 방수천 아래에 어른 한 사람이 들어가 있다기엔 크기가 너무 작은데. 괴물한테 먹힌 건가? 아니면 몸이 잘린 걸까?'

"셰리? 가자니까."

클레어가 아이의 어깨에 한 손을 얹고 아이언스의 시신으로부터 가볍게 밀어냈다. 셰리는 순순히 그녀를 따라 구석의 어두운 구멍으로 다가갔다. 질문은 하지 않는 편이 낫겠다고 판단했다. 아이언스 서장이 죽은 것에 개의치 않는다고 말할까 생각했지만 버릇없는 아이처럼 보이고 싶진 않았다. 게다가 클레어는 자신을 돌봐주려고 하고 있었고, 그건 기쁜 일이었다.

클레어가 먼저 사다리를 내려갔고 잠시 뒤 안전하니 내려오라고 셰리를 불렀다. 셰리는 조심스레 금속 사다리로 내려갔다. 며칠 만에 처음으로 즐거운 기분이 들었다. 이제 드디어 무언가를 하고 있었다. 경찰서 밖으로 나가 탈출을 시도하고 있는 것이다. 무슨 일이 벌어지든, 기분은 좋았다.

바닥까지 두 계단을 남겨두고 클레어가 손을 잡아주었고, 마지막에는 자신을 안아 금속 바닥에 내려주었다. 셰리가 몸을 돌려 주변을 둘러보았다. 아이의 눈이 휘둥그레졌다.

"우와."

셰리의 목소리가 어두컴컴한 그림자 사이로 스며들어가더니 기이하게 생긴 벽에 반사되어 다시 돌아왔다.

"그렇지? 얼른 가자."

클레어가 걷기 시작하자 부츠가 또각대며 메아리를 만들었다. 셰리도 여전히 놀라움에 차 주변을 두리번거리며 바짝 따라갔다. 마치 스파이 영화에 나오는 나쁜 놈의 은신처, 산 중간에 만들어놓은 공장 통로 같았다. 그들은 난간으로 둘러싸인 통로를 걸었고 어딘가 아주 깊은 아래에서부터 올라온 탁한 녹색 불빛이 강판 같이 생긴 바닥을 통과해 비췄다. 오른편은 거친 벽돌 벽이었지만 왼편은 실제 동굴 벽이었다. 물기를 머금은 거대한 돌기둥들이 흐릿한 녹색 빛을 띤 바위 덩이들을 따라 길게 뻗어 있었다.

셰리는 코를 찡그렸다. 흥미롭긴 했지만 냄새도 꽤 심했다. 그리고 차가운 공기 중에 소리가 퍼지는 것 역시 마음에 들지 않았다. 모든 것이 공허하게 느껴졌다.

"여기가 어디인 것 같아요?"

조심스레 묻는 셰리의 말에 클레어가 고개를 흔들었다.

"어디인지는 확실하지 않아. 하지만 냄새와 위치로 보건대 하수처리장 같기도 해."

셰리가 고개를 끄덕였다. 궁금한 것을 대략적으로나마 알게 되어 조금 마음이 놓였다. 그리고 바로 앞에 나가는 길이 보여 더 기분이 좋아졌다. 그다지 길지 않은 통로는 바로 왼쪽으로 꺾였고 그 끝에 또 다른 사다리가 위로 뻗어있는 구조였다. 거기에 다다랐을 때 클레어는 열린 머리 위를 올려다보고 다시 뒤쪽의 어둡고 텅 빈 동굴을 번갈아 보며 잠시 망설였다.

"내가 먼저 올라갈게. 셰리는 나를 따라서 바로 올라오되, 내가 괜찮다고 말할 때까지 사다리에서 기다리면 어떨까?"

셰리가 안심하여 고개를 끄덕였다. 클레어가 전처럼 여기에서 기다리라고 할까봐 잠시 걱정했었다.

'절대 안 되지. 여긴 어둡고, 냄새나고, 외로워. 내가 괴물이라면 바로 이런 곳에 있을 거라고….'

클레어가 올라가 구멍 사이로 쉽사리 몸을 끌어 올렸고, 셰리도 차가운 금속 가로대를 꽉 붙들고 바로 뒤를 따랐다. 몇 초 뒤 클레어의 길고 가는 팔이 셰리를 끌어올려주기 위해 아래로 내려왔다.

두 사람은 다시 맨땅으로 올라왔다. 동굴에 있다가 나와서 그런지 놀라울 정도로 밝게 느껴지는 짧은 시멘트 복도가 나타났다. 셰리는 자신들이 아직 하수 처리장에 있다고 생각했다. 아까처럼 심한 냄새는 나지 않았지만 통로 왼쪽으로 유속이 느린 하수, 오물로 이루어진 강이 흘렀기 때문이었다. 강의 깊이는 30센티미터에 폭이 150에서 180센티미터 정도였다. 진흙 같은 탁한 물이 양쪽으로 흘렀는데, 한쪽에는 낮고 둥근 터널이 덮여 있고 다른 한 쪽은 거대한 금속문으로 막혀 있었다. 그 위로 일종의 발코니 같은 것이 보였지만 그리로 가는 계단 같은 것은 없었다.

'그렇다면… 우웩.'

"이 길밖에 없는 거예요?"

"그런 것 같은데. 하지만 긍정적으로 생각하자. 제정신이 박힌 괴물이라면 여기에 발을 담그면서까지 우릴 쫓아오지 않을 거야."

한숨을 쉬는 클레어의 말에 셰리가 씩 웃었다. 그렇게 웃기진 않았지만 클레어의 행동은 고마웠다. 아이언스 서장의 시신을 덮어서 보이지 않게 한 것이나 부모님이 안전할 거라고 말해준 것도 모두 고마웠다.

'끔찍한 일들로부터 날 보호하려고 그러는 거야….'

셰리는 그 점이 좋았다. 너무나도 좋아서 벌써부터 클레어와 영영 헤어지게 될 순간이 두려워졌다. 언젠가는 그녀도 자신을 두고 떠나겠지. 클레어에게는 자기 나름의 인생이 있고 친구와 가족도 있었다. 라쿤 시티를 벗어나고 나면 원래 살던 곳으로 돌아갈 테고, 그럼 셰리는 다시 혼자가 될 것이다. 부모님이 살아계신다 하더라도 어떤 의미로는 혼자나 마찬가지였다. 셰리는 부모님이 무사하기를 간절히 바랐지만 클레어와 함께 하는 시간이 끝나는 것도 원치 않았다.

아직 열두 살에 불과했지만 셰리는 이미 2년 전부터 자신의 가족이 보통의 다른 가족과 다르다는 걸 알고 있었다. 학교의 다른 친구들은 부모님과 함께 많은 시간을 보내고, 생일 파티도 하고, 캠핑도 다니고, 형제자매와 애완동물도 있었다. 하지만 셰리는 그런 걸 누려본 적이 없었다. 부모님이 일부러 그러는 것이 아닌 것도, 자신을 사랑한다는 것도 알았지만 자신이 아무리 조용하고 얌전히 굴고 혼자서 잘 지낸다 하더라도 때로는 부모님에게 방해가 되는 것 같은 기분을 떨칠 수 없었다.

"준비 됐어?"

클레어의 예쁜 목소리가 들려와 셰리는 한참 빠져 있던 생각을 떨쳤다. 조금 더 정신을 똑바로 차려야 했다. 셰리가 고개를 끄덕이자 클레어가 먼저 더러운 짙은 색 물속으로 내려간 다음 셰리를 내려주기 위해 팔을 뻗었다.

물은 차갑고 미끈거렸으며, 셰리의 무릎까지 올라왔다. 역겹기 짝이 없었지만 구토가 나올 정도까지는 아니었다. 셰리만큼이나 역겨워하는 기색이 역력한 클레어가 새로 얻은 총으로 왼편에 있는 커다란 금속 문 쪽을 가리켰다.

"보아하니 저쪽으로 가야 할 것 같은…."

그때 발코니에서 들린 커다란 소리에 클레어의 말이 끊어졌다. 둘이 동시에 위를 올려다보았다. 소리가 한 번 더 들리자 셰리는 본능적으로 클레어에게 가까이 다가섰다. 발걸음 소리 같았지만 정상적이라고 생각하기에는 너무 느리고 너무 컸다.

다음 순간 셰리는 기다란 짙은 색 코트를 걸친 남자가 시야로 걸어 들어오는 것을 보았다. 두려움에 순간적으로 입이 바싹 말랐다. 그는 거대했다. 키가 3미터는 될 것 같았고, 머리카락 한 올 없는 머리는 죽은 생선의 배처럼 허옇게 빛났다. 각도가 맞지 않아 그를 온전히 볼 수는 없었지만 눈에 들어오는 것만으로도 충분했다. 그가 나쁜 존재임을, 그에게는 무언가 아주 기이하고 무서운 점이 있다는 것을 느낄 수 있었다. 그러한 기운이 마치 질병처럼 남자에게서 뿜어져 나왔다.

"클레어?"

셰리가 갈라진 목소리로 겨우 소리를 냈다. 그와 동시에 거인이 발코니를 가로지르더니 둘을 향해 몸을 돌리기 시작했다. 느렸다. 너무 느렸다. 셰리는 그 얼굴을 보고 싶지 않았다. 발코니로 나오는 것만으로도 그렇게 극심한 공포심을 안겨주는 남자의 얼굴을 보고 싶지 않았다.

"도망쳐!"

클레어가 셰리의 손을 잡았고 둘은 물을 튀기며 닫힌 문을 향해 달리기 시작했다. 셰리는 넘어지지 않는 데 온 신경을 집중하며 문이 열리기만을 빌었다.

'제발 잠겨 있지 않기를, 잠겨 있지 않기를!'

그리고 뒤를 돌아보지 않도록, 그 거대한 나쁜 남자가 무엇을 하고 있는지 보지 않도록 온 정신을 집중했다. 문은 가까웠지만 거기까지 가는 데 영원의 시간이 걸리는 것 같았다. 차갑고 미끈거리는 물의 무게와 싸우며 뛰어가는 동안 1초가 마치 억겁처럼 느껴졌다.

허둥지둥 해치 문에 닿자 클레어가 계기판을 찾아 다급히 버튼을 두들겼다. 그 모습을 본 셰리는 더욱 두려워졌다. 문 중간이 갈라지며 반쪽은 천장으로, 나머지 반쪽은 물결치는 하수 아래로 미끄러지듯 움직였다.

셰리는 돌아보지 않았지만 클레어는 돌아보았다. 무얼 보았는지는 몰라도 클레어가 훌쩍 문을 뛰어넘더니 셰리를 마구 끌고 해치 문 뒤로 이어진 길고 어두운 터널을 돌진하기 시작했다. 터널을 통과하자마자 클레어가 벽을 더듬거렸고, 이내 뒤에서 문이 닫히며 그들을 물이 똑똑 떨어지는 어둠 속에 가뒀다.

"움직이지 말고 조용히 있어."

클레어가 속삭였다. 위쪽 어딘가에서 새어 들어오는 아주 희미한 빛 속에 셰리는 클레어가 총을 빼어 들고 또 다른 위험이 없는지 어둠 속을 살피고 있는 걸 보았다. 셰리는 그 말에 따랐다. 심장이 쿵쾅거렸다. 그 남자가 누구, 아니 무엇이었는지 궁금했다. 클레어가 전에 물어본 그 남자라는 것은 확실했다. 하지만 그 남자의 정체는 무엇일까? 보통 사람은 그 정도로 덩치가 크지 않다. 그리고 뒤를 돌아본 클레어도 겁에 질렸었다.

철컥.

그때 셰리 뒤의 벽에서 금속성의 작은 소리가 들려왔다. 셰리는 발 주변의 물이 갑자기 움직이는 것을 느꼈다. 빠른 물살이 다리를 잡아당겨 균형을 잃게 만들었다.

셰리는 비틀거리다 결국 차갑고 더러운 물에 얼굴부터 풍덩 빠졌다. 물살이 더 거세지며 몸을 뒤로 잡아끌었다. 셰리는 손을 뻗었다. 무엇이든 잡으려 했지만 손가락 밑으로 미끈거리는 돌이 그대로 스쳐 지나가면서 물살은 아이를 더 멀리, 클레어로부터 멀리 데리고 갔다.

'숨을 쉴 수가 없어.'

셰리는 미친 듯 몸을 비틀고 발버둥을 쳤다. 더러운 물에 눈이 따끔거렸다. 얼굴이 물 밖으로 겨우 나오자 숨을 한 모금 들이쉬는 데 성공했다. 그 순간 셰리는 자신이 경찰서의 환기구만 한 아주 좁고 깜깜한 터널 안에 있다는 것을 깨달았다. 빠른 물살에 끌려가는 가운데 셰리는 더러운 공기를 허겁지겁 들이마시며 끊임없이 밀려오는 거센 물결에 저항하지 않으려 애썼다. 터널은 언젠가는 끝나게 되어 있었다. 어디에서 끝나든 물에서 벗어나면 바로 도망칠 준비를 해야 했다.

'클레어 언니, 제발 날 찾아줘요. 제발 포기하지 말아요.'

셰리는 아무것도 보지 못하고 듣지 못한 채 길을 잃고 어둠 속을 떠내려갔다. 그리고 라쿤 시티를 집어삼킨 악몽 같은 괴물들로부터, 자신을 보호해줄 단 한 사람으로부터 점점 더 멀어지고 있었다.

////

아네트는 남편이 실험실이 있는 구역을 탈출했다는 사실을 더 이상 부인하지 않았다. 연구 시설의 출입구 중 절반이 열려 있고 공장을 둘러싼 울타리도 파괴되었을 뿐 아니라 비어 있어야 할 하수구 터널도 외부에서 들어온 것이 분명한 바이러스 감염자들로 득실대고 있었다. 감염자들의 신체 기능은 이미 상당히 저하되어 있었을 텐데도 아네트는 지하철에서 하수 처리실까지 가는 길을 확보하기 위해 다섯 명이나 되는 감염자를 쏘아 죽여야 했다.

미로와 같은 시설을 흐르는 짙은 색 물을 하염없이 헤치고 다닌 뒤에야 자신이 찾던 곳에 다다랐다. 아네트는 콘크리트 터널로 들어서서 몇 미터 앞에 있는 닫힌 문을 힘겹게 바라보았다. 손상되지 않은 채로 닫혀 있다는 건 좋은 징조였다. 하지만 남편이 인간의 지능을 모두 잃기 전에, 생각 같은 것이라고는 할 줄 모르는 폭력적인 동물로 변하기 전에 그곳을 열고 통과했다면 어떻게 한단 말인가? 지금도 약간의 기억 같은 걸 가지고 있을지도 몰랐다. 아니, 사실 아무것도 확신할 수 없었다. G-바이러스는 인간에게 테스트한 적이 아직 한 번도 없었으니까.

'어쨌거나 그이가 이곳을 통과했다면 어쩌지? 경찰서까지 갔다면?'

아니다. 그러한 가능성은 생각할 수도, 생각해서도 안 되었다. 단계별 화학생리적 변화에 대해 아네트가 확실히 아는 것, 그러니까 바이러스가 제대로 작용했을 때 윌리엄이 할 수 있는 것을 고려하면 그가 감염되지 않은 사람들에게 접근한다는 생각만으로도… 아니, 그건 생각조차 할 수 없었다.

'경찰서는 안전해. 아이언스가 무능력한 멍청이인지는 몰라도 다른 경찰들은 그렇지 않으니까. 윌리엄이 어디에 있든 경찰들까지 뚫고 지나갈 수는 없었을 거야.'

아네트는 단호하게 마음을 다잡았다. 그 외의 생각은 할 수 없었다. 시키는 대로 했다면 셰리는 거기에 있을 것이었다. 셰리는 자신의 혈육인 것은 물론이고 앞으로의 계획에서 아주 중요한 역할을 맡을 것이었다. 이것만으로도 충분한 이유가 되어야 한다고 그녀는 스스로에게 상기시켰다.

아네트는 물기가 어린 차가운 벽에 기댔다. 시간이 촉박하다는 건 알고 있었지만 잠깐이라도 쉬지 않고서는 더 이상 갈 수 없었다. 그녀는 바이러스에 내재된 귀소 본능이 윌리엄을 실험실에서 멀리 떨어진 곳까지 보내지 않을 것이라 믿고 있었기에 그를 찾을 수 있다고, 자신의 살아 있는 인간 냄새가 그를 유혹할 것이라고 믿고 있었다. 하지만 이제는 폐쇄된 구역의 거의 끝까지 와 있었는데도 윌리엄을 발견할 수 없었고, 찾아낸 것이라고는 그가 탈출했을 가능성이 있는 경로 십여 군데뿐이었다.

'그리고 엄브렐러가 곧 들이닥칠 거야. 돌아가야 해. 그들이 방해하기 전에 폭파 장치를 가동시켜야 해.'

윌리엄은 평화로운 죽음을 맞을 자격이 있었다. 게다가 아네트는 한때 자신의 남편이었던 괴물을 없애야만 목표를 달성했다는 확신을 얻을 수 있었다. 실험실을 폭파시키고 겨우 탈출했는데 엄브렐러가 그를 사로잡았다면 어떻게 할 것인가? 그 모든 고생이, 그의 모든 연구가 물거품이 되는 것이다.

아네트는 눈을 감고 의사결정을 내릴 수 있는 쉬운 길이 있다면 얼마나 좋을까 생각했다. 사실 윌리엄을 죽이는 건 실험실을 파괴하는 것만큼 중요하지 않았다. 엄브렐러에서 그를 찾아내지 못할 가능성도, 엄브렐러가 윌리엄의 변신에 대해 전혀 눈치채지 못했을 가능성도 충분히 있었다.

'하지만 그렇다고 내게 다른 선택의 여지가 있는 건 아닌 걸. 그는 여기 없어. 어디에도 없다고.'

아네트는 벽에서 몸을 떼어낸 뒤 문을 향해 천천히 걷기 시작했다. 마지막으로 남은 터널 몇 곳을 확인하고 회의실에 훼손된 흔적이 있는지 살펴본 뒤 돌아갈 것이었다. 돌아가서 엄브렐러가 시작한 일을 끝내야지.

아네트는 문을 밀어 열었다. 그리고 발소리를 들었다. 앞쪽 어딘가의 좁은 복도를 통해 메아리치고 있었다. 이곳의 복도는 T자 모양으로 되어 있어 소리가 한데 섞이기에 정확히 어느 방향에서 들려오는지 알아내는 건 불가능했다. 하지만 그건 감염되지 않은 인간의 강하고 확실한 발소리였다. 그리고 한 명이 아닌 것 같았다.

그것의 의미는 단 하나뿐이었다.

'엄브렐러. 드디어 그들이 온 거야.'

분노가 끓어오르며 손이 덜덜 떨렸다. 벌어진 입술 사이로 앙다문 이가 드러났다. 그들이 분명했다. 그들이 보낸 살인 스파이들이었다. 이 터널이 여전히 사용되고 있다는 것, 이것이 지하의 연구시설로 이어져 있다는 걸 아는 건 아이언스와 라쿤 시티 공무원 일부를 제외하면 엄브렐러뿐이었다. 바이러스 유출 사고의 무고한 생존자들일 수도 있다는 가능성은 그녀의 뇌리에 떠오르지도 않았다. 도망쳐야 한다는 생각도 없었다. 아네트는 권총을 들어 올리고 엄브렐러가 보낸 비정한 살인자들이 나타나기만을 기다렸다.

그때 형체 하나가 시야에 들어왔다. 붉은색 옷을 입은 여자였다. 아네트가 방아쇠를 당겼다.

탕!

하지만 아네트가 덜덜 떨며 속으로 비명을 지르고 있었기에 총알은 빗나갔다. 총알이 핑, 소리와 함께 시멘트벽에 맞고 튀자 상대 여자도 무기를 들어올렸다.

아네트가 다시 한 번 총을 쏘았다.

탕!

그런데 갑자기 또 다른 형체가 나타나더니 빠른 속도로 여자 앞으로 뛰어들어 그녀를 밀쳐냈다. 모두 순간적으로 벌어진 일이었다.

아네트는 고통의 비명 소리를 들었다. 남자였다. 돌연 승리의 환희가 밀려오는 걸 느꼈다.

'맞혔어. 남자를 맞혔다고.'

하지만 다른 일행이 더 있을 수 있었고, 원래 표적이었던 여자는 맞히지 못했다. 더군다나 그들은 모두 훈련받은 킬러들이었다.

아네트는 몸을 돌려 도망쳤다. 더러운 실험실 가운이 나부끼고 젖은 신발이 시멘트에 부딪혀 철썩거리는 소리를 냈다. 실험실로 돌아가야 했다. 가능한 한 빨리.

시간이 부족했다.

제21장

레온이 어깨에 맨 총집 끈을 조절하기 위해 잠시 멈춰선 사이 에이다가 먼저 걸어갔다. 처음 지나온 몇 개의 터널은 놀라울 만큼 멀쩡했다. 기억이 정확하다면 이 복도를 나가면 바로 하수 처리장이었다. 그곳을 지나면 연구실로 가는 지하철이 있었고, 그러고 난 다음에는 지하로 가는 승강기가 있었다. 실험실에 가까워질수록 상황이 악화될 것이었지만 지금까지는 괴물 한 놈 나타나지 않았기에 그녀는 점점 상황을 낙관적으로 느끼고 있었다.

하수구로 들어가는 통로를 연 이후 레온은 불편할 정도로 침묵을 지켰다. 발 조심해요, 잠깐 기다려요, 어느 방향으로 가야 할 것 같아요, 이런 식으로 필요할 때에만 겨우 입을 열었다. 에이다는 레온이 스스로 얼마나 방어적으로 굴고 있는지 인식조차 못하고 있다고 생각했다.

에이다는 점점 더 그를 잘 읽을 수 있게 되었다. 레온은 용감했고, 머리는 최소한 평균 이상이었으며, 사격 실력도 매우 뛰어났다. 그리고 마지막으로 여자에 대해서는 눈곱만큼도 아는 것이 없었다. 괜찮냐고 걱정하는 그에게 차갑게 대했을 때 레온은 혼란스러워 했고 상처받았다. 그리고 지금은 에이다를 어떻게 대해야 하는지 모르고 있었다. 그래서 또 한 번 거부를 당하느니 아예 다가가지 않는 편을 택한 것이었다.

'사실 이게 최선인지도 몰라. 불필요하게 가까워질 것 없지. 그러면 귀찮게 달래줄 필요도 없고.'

에이다는 그를 버리기 가장 쉬운 장소가 어디일지 생각하며 텅 빈 복도의 교차로에 들어섰다.

그리고 어떤 여자를 본 순간, 여자가 이쪽을 향해 총을 쏘았다.

탕!

에이다는 콘크리트 조각이 맨 어깨로 떨어지는 것을 느끼며 베레타를 들어 올렸다. 반응을 보이는 그 찰나에 여러 가지 감정과 깨달음이 뒤섞여 머릿속을 채웠다. 제때 반격을 하지 못할 것이고, 상대의 다음 번 총알에 자신은 목숨을 잃을 것이었다. 어쩌면 이렇게 바보같이 굴었을까, 하는 생각에 분노가 치솟는 것과 동시에 상대가 누구인지 알아보았다.

'아네트 버킨!'

두 번째 총성을 들었다. 하지만 동시에 에이다는 밀쳐져서 차가운 바닥으로 쓰러졌고, 레온이 고통과 놀라움에 찬 소리를 질렀다. 곧이어 그의 따뜻한 몸이 에이다의 몸을 덮었다.

에이다는 숨을 깊이 들이쉬었다. 방금 무슨 일이 벌어졌는지 깨달음과 동시에 충격과 놀라움이 몰려왔다. 레온이 몸을 굴려 그녀의 위에서 내려오며 자기 팔을 붙들었다. 달려가는 발소리와 함께 레온의 헐떡이는 숨소리가 들렸다. 에이다가 벌떡 일어나 앉았다.

'오, 하느님. 말도 안 돼.'

레온이 총을 맞았다. 자기 대신. 에이다는 비틀비틀 일어서서 그 위로 몸을 굽혔다.

"레온!"

"난… 괜찮아요."

통증에 이를 악물고 레온이 에이다를 올려다보았다. 왼쪽 겨드랑이 근처를 꾹 누른 그의 손가락 사이로 피가 배어나오고 있었다. 그가 헐떡이며 대답했다. 얼굴은 창백하고 눈에는 고통이 가득했지만 그 말이 맞는 것 같았다. 미친 듯 아프겠지만 죽을 정도는 아니었다.

'하지만 난 죽었을 거야. 레온이 내 목숨을 구했어.'

그 생각 끝에 또 다른 생각이 떠올랐다.

'아네트 버킨. 그 여잔 아직 살아있어.'

"저 여자, 총을 쏜 여자하고 이야기 좀 해야겠어요."

에이다는 불쑥 내뱉으며 일어섰다. 달려가기 위해 몸을 돌리는 순간 이미 죄책감이 밀려왔다.

모퉁이를 돌고 복도를 따라 전속력으로 달렸다. 복도 끝에 있는 문은 열린 채였다. 레온은 살 것이다. 괜찮을 것이다. 그리고 아네트를 잡을 수 있다면 이 망할 악몽도 곧 끝이었다. 받은 자료의 사진을 외워두었기 때문에 에이다는 그녀가 버킨의 아내라는 것을 알고 있었다. 그리고 혹시나 아네트가 바이러스 샘플을 가지고 있지 않더라도 그게 어디에 있는지는 분명히 알 것이었다.

에이다는 문을 통과해 내달려 물이 채워진 또 다른 터널 안으로 뛰어들기 직전에 멈췄다. 주변 소리에 귀를 기울이고 물결치는 더러운 물 표면을 잠시 훑어보았다. 물이 튀는 소리도 없었고, 왼쪽으로는 물이 고요히 흔들리고 있었다. 그리고 벽에 사다리가 붙어 있었다. 사다리는 환풍기 통로로 이어져 있었다.

'처리장으로 이어지는군.'

에이다는 물로 뛰어들어 사다리로 향했다. 더 멀리에도 통로가 하나 있었지만 그 끝은 막혀 있었다. 아네트는 분명 탈출할 길을 택했을 것이다.

에이다는 금속 사다리를 재빨리 올라가며 레온에 대해서는 생각하지 않으려 애썼다. 그는 분명 괜찮을 테니까. 환기구 안을 들여다보자 안은 비어 있었다. 이렇게 지체하는 순간에도 아네트 버킨은 여전히 도망치고 있을 테지만 또 다시 충격을 받고 싶진 않았다.

환기구를 통과하여 끝에 멈춰있는 거대한 환풍기 날개를 통해 안을 살짝 들여다보았다. 그런 다음, 다시 또 다른 사다리를 타고 아래로 내려왔다. 하수 처리 기계가 위치한 거대한 2층 높이의 공간은 에이다가 예상한 대로 각종 장비만이 즐비한 차가운 공업용 공간으로, 생명체라고는 그림자도 보이지 않았다. 공간을 가로지르는 유압식 다리가 있었는데 그 다리는 방금 빠져나온 층으로 올라가 있었고, 이는 곧 아네트가 유일한 다른 출구인 서쪽 사다리를 통해 아래로 내려갔다는 뜻이었다. 에이다는 머릿속으로 지도를 확인한 다음 다리를 건너기 시작했다. 그리고 곧 다리가 폐기물 처리장으로 이어져 있다는 것이 떠올랐다.

"총을 버려!"

뒤에서 들려온 소리였다. 에이다는 찡 하는 고통을 느끼며 우뚝 멈췄다. 비밀스러운 작전을 수행하는 스파이로서 자존심에 쩌억 하고 금이 간 기분이었다. 얼마 안 되는 시간 동안 벌써 두 번째로 일을 망쳤다. 그것도 아주 엉망으로. 그렇다고 해서 아네트 버킨의 히스테리 가득한 명령에 복종할 수는 없었다. 아네트의 사격 솜씨가 엉망이라는 걸 알기에 에이다는 재빨리 몸을 낮추고 빙그르르 돈 다음 사격을 할 태세를….

탕! 핑!

총알이 날아와 에이다의 오른발 바로 옆 바닥을 때리더니 녹이 슨 다리에 튕겨 날아갔다. 아네트에게 꼼짝없이 잡힌 것이었다. 에이다는 베레타를 떨어뜨리고 천천히 두 손을 들어 올린 뒤 몸을 돌려 아네트를 마주보았다.

'이런 실수를 저지르다니. 죽어 마땅해.'

아네트 버킨이 다가왔다. 9밀리미터 구경 브라우닝 권총이 쭉 뻗은 한 손에 들린 채 심하게 떨리고 있었다. 에이다는 흔들리는 총을 보고 얼굴을 찡그렸지만 동시에 기회를 엿보았다. 아네트가 조금 더 가까이 다가오더니 마침내 3미터도 떨어지지 않은 곳에 멈춰 섰다.

'가까워. 너무 가까워. 그리고 이 여자… 완전히 무너지기 일보직전이잖아.'

"넌 누구야? 이름이 뭐지?"

에이다가 꿀꺽 침을 삼키고는 일부러 말을 더듬었다.

"에이다, 에이다 웡이에요. 제발 쏘지 마세요. 제발. 전 아무 짓도…."

아네트가 얼굴을 찌푸리고는 한 걸음 뒤로 물러섰다.

"에이다 웡… 아는 이름인데…. 에이다, 존의 여자친구 이름이야."

"맞아요, 존 하워! 어떻게, 어떻게 알았어요? 그가 어디에 있는지 아세요?"

에이다의 입이 쩍 벌어졌다. 흐트러진 몰골의 여자가 에이다를 노려보았다.

"존이 우리 남편 윌리엄과 함께 일했으니 당연히 알지. 윌리엄의 이름은 들어보았겠지? 윌리엄 버킨, T-바이러스를 창조한 장본인 말이야."

아네트의 말에는 자부심과 절망이 뒤섞여 있었다. 에이다는 그 점에서 희망을 엿보았다. 그것을 약점으로 이용할 수 있을 것 같았다. 에이다는 윌리엄 버킨에 대해서 읽은 적이 있었다. 그가 엄브렐러의 연구소에서 꾸준히 공을 세워 점차 높은 위치에 올라섰으며, 바이러스와 유전자 배열 분야에서 획기적인 돌파구를 마련했다는 사실을, 그리고 과학자로서의 야망 때문에 사실상 반사회적 인격장애자나 다름없다는 것도 알고 있었다. 지금 보니 그의 아내 또한 비슷한 사람인 것 같았다. 그리고 그건 곧 아네트가 방아쇠를 당기는 것을 그리 망설이지 않을 것이라는 뜻이기도 했다.

'모르는 척 해. 감쪽같이 속여야 해.'

"T-바이러스요? 그게 무슨…? 버킨 박사요? 잠깐만, 그 생화학자 버킨 박사님 말이에요?"

에이다가 눈을 깜빡이다가 휘둥그레 뜨고는 물었다. 그러자 아네트의 얼굴에 기쁨의 빛이 스치는 것이 보였다. 하지만 이는 금세 사라지고 절망만 남았다. 절망과 번득이는 광기가 그녀의 핏발선 눈에 가득 담겨 있었다.

"존 하위는 죽었어. 스펜서 저택에서, 3개월 전에 죽었지. 유감이군. 하지만 너도 곧 그를 따라가게 될 거야. 내게서 G-바이러스를 빼앗아갈 수는 없어. 절대 못 가져가!"

에이다가 온 몸을 떨기 시작했다.

"G-바이러스요? 제발, 무슨 말씀하시는지 하나도 모르겠어요!"

"알잖아. 엄브렐러에서 그걸 훔치라고 널 보낸 거잖아? 거짓말하지 마! 윌리엄은 이제 죽은 거나 다름없어. 엄브렐러에서 그를 빼앗아갔다고. 엄브렐러 때문에 그걸 사용할 수밖에 없었어. 그들이 그렇게 만든 거라고…."

아네트의 목소리가 점점 작아지고 시선은 갑자기 먼 곳을 향했다. 에이다가 금방이라도 움직이기 위해 온몸에 힘을 주었다. 하지만 다음 순간, 아네트는 정신이 돌아온 듯 두 눈에 눈물이 가득 고이더니 에이다의 얼굴에 권총을 겨누었다.

"일주일 전에 그들이 왔지. 그걸 가져가려고 왔어. 샘플을 내놓지 않으려고 하자 그들이 윌리엄을 쏘고 샘플을 가져갔지. 두 바이러스 모두 최종 샘플을 다 가져갔어. 하지만 윌리엄은 G-바이러스 하나를 겨우 지켜냈지…."

아네트의 목소리가 갑자기 고함치듯 변했다. 애처로우면서 동시에 애원하는 듯한 외침이었다.

"그는 죽어가고 있었다고. 모르겠어? 그래서 다른 선택의 여지가 없었던 거야!"

그 순간 에이다는 이해했다. 모든 걸 이해할 수 있었다.

"그걸 자신에게 주사한 건가요? 그렇죠?"

아네트가 고개를 끄덕이자 축 늘어진 금발머리가 눈을 덮었다. 목소리가 다시 속삭임으로 바뀌었다.

"그게 윌리엄의 세포 기능을 다시 활성화시켰어. 그게, 그게 그를 바꿔놓았지. 난 보지 못했어. 그가 무슨 짓을 했는지. 하지만 나중에 윌리엄을 죽이려 한 사람들의 시체를 보았어. 그리고 비명소리도 들었지."

에이다가 한 걸음 다가가 마치 그녀를 위로하듯 두 팔을 내밀었다. 얼굴도 온통 동정심으로 위장했다. 하지만 아네트는 다시 총을 든 손을 뻗었다. 슬픔에 잠겨 있으면서도 에이다가 가까이 다가오지 못하게 하고 있었다.

'하지만 이 정도면 충분해.'

"정말 유감이에요. 그래서 G-바이러스가 유출되어 라쿤 시티 전체를 이렇게…."

에이다가 팔을 내리며 말했다. 하지만 아네트가 고개를 저었다.

"아니야. 엄브렐러에서 보낸 살인자들이 죽임을 당했을 때 샘플 상자가 깨지고 말았어. T-바이러스가 유출되었고, 공기 중의 바이러스에 감염된 연구실 직원들은 밖으로 나가지 못했지만 쥐들이 있었지. 하수구의 쥐들 말이야…."

아네트가 말을 잠시 멈췄다. 그녀의 입술이 바르르 떨렸다.

"윌리엄, 사랑하는 나의 윌리엄이 복제를 시작하지 않았다면 G-바이러스는 아직 퍼지지 않았을 거야. 배아를 이식해서 복제하고 있지 않다면…. 아직은 그럴 때가 안 되었지만 난…."

아네트가 말을 멈췄다. 그녀의 눈이 가늘어졌고, 마치 밀어닥치는 높은 파도처럼 광기가 다시금 그녀를 뒤덮는 것이 눈에 보이는 것 같았다. 창백했던 두 뺨에 붉은 기가 올라오고, 충혈된 두 눈은 피해망상으로 번들거렸다.

'준비해.'

"절대 못 가져가! 그걸 지키기 위해 내 남편은 목숨을 버렸어. 넌 스파이야. 절대 가져갈 수 없어!"

아네트가 비명을 지르자 갈라진 입술에서 침이 튀었다. 그와 동시에 에이다가 몸을 숙였다가 훌쩍 뛰어오르며 두 팔을 아네트의 팔 아래로 밀어 넣고 재빨리 총을 위로, 두 사람 모두에게서 멀리 밀어 올렸다. 브라우닝이 발사되어 총알이 천장에 맞아 핑, 소리와 함께 튀는 와중에 그들은 무기를 손에 넣기 위해 서로 몸싸움을 벌였다. 원래는 아네트의 힘이 더 약했지만 그녀는 증오와 상실감에 휩싸인 상태였고, 광기는 힘을 더욱 강하게 만들었다.

'하지만 생각하는 힘은 약하게 만들지.'

에이다가 돌연 총을 놓자 예상치 못한 움직임에 아네트가 비틀거렸다. 그녀가 다리 난간에 부딪히며 쓰러지자 에이다가 그대로 달려들어 팔꿈치로 아네트의 아랫배를 가격하여 균형을 잃게 만들었다.

아네트가 반쯤 돌더니 놀라움으로 입을 벌린 채 균형을 잡기 위해 팔을 허우적댔다. 하지만 다음 순간, 난간을 넘어 그대로 아래로 떨어지고 말았다. 약 6미터 아래 바닥에 몸이 떨어지면서 낮게 쿵, 하고 부딪치는 소리 말고는 아무 소리도, 비명도 없었다.

"제길."

에이다가 내뱉고는 난간으로 다가가 아래를 내려다보았다. 아네트는 얼굴을 바닥으로 향한 채 움직이지 않고 누워 있었다. 총은 가느다랗고 창백한 한 손에 여전히 꽉 쥐어진 채였다.

'정말 잘됐군. 한 번도 아니고 두 번이나 매복을 당하고, 샘플이 어디에 있는지 알려줄 수 있는 유일한 미친 여자를 죽여 버리다니.'

그때 아네트 버킨에게서 낮은 신음이 흘러나왔다. 그러더니 그녀가 등을 구부려 한쪽 옆으로 몸을 돌리려 했다.

'제길, 제길, 제길!'

에이다는 몸을 돌려 다리를 뛰어가서는 떨어진 베레타를 주워 환기구 사다리 옆에 붙은 계기판 같은 곳으로 달려갔다. 아네트가 다시 도망가기 전에 다리 밑으로 내려가 보아야 했다.

그런데 가까이 가보니 그 계기판은 환기구를 조작하기 위한 것이었다. 또 한 차례 고통스러운 소리가, 아까보다 조금 더 커진 신음이 메아리치듯 위로 올라왔다. 에이다는 시간이 얼마 남지 않았다는 걸 알 수 있었다.

'매립장. 매립장으로 내려간 다음 터널을 통해 다시 돌아오는 거야.'

그런 생각을 하면서 몸은 이미 서쪽 사다리를 향해 달려갔다. 이 불쌍한 여자가 한 1, 2분 정도는 움직이지 못할 정도로 부상을 입었기를 바랐다. 다리 끝에는 폐기물 처리장이 내려다보이는 작은 발코니가 있었고, 그 오른쪽 끝에 밑으로 내려가는 금속 사다리가 있었다. 에이다는 최대한 빨리 사다리를 내려가 마지막 1미터 정도를 남기고 시멘트 바닥 위로 몸을 날려 뛰어내렸다.

폐기물 처리장은 커다란 상자 모양의 방이었고, 벽을 따라 부서진 나무 상자, 녹슨 파이프, 철사로 뒤덮인 판, 썩어가는 종이 상자 같은 산업 폐기물이 가득했다. 에이다는 거의 90센티미터 높이의 검은 폐수 안으로 들어섰다. 차갑고 끈적거리는 오물이 허벅지까지 올라왔다. 그런 건 괜찮았다. 오로지 아네트 버킨을 찾아내 라쿤 시티에서 한시라도 빨리 벗어나고 싶은 마음뿐이었다.

그런데 그때, 불투명하고 악취가 가득한 물 아래에서 아주 커다란 무언가가 움직였다. 에이다는 파충류의 등뼈 같은 것이 바로 앞에서 물을 가르고 지나가는 것을 보았다. 그리고 동시에 거의 3미터쯤 앞에 쌓여 있던 널빤지 더미가 넘어져 물에 빠지는 것을 보았고 소리도 들었다.

'말도 안 돼….'

그게 무엇인지는 몰라도 어서 빨리 아네트 버킨을 찾아야 한다는 일념을 포기하게 만들기에는 충분했다. 에이다는 다시 물 밖으로 나가기 위해 플랫폼 위로 몸을 끌어올렸다. 그러는 동안에도 가볍게 물결치는 폐수 속을 헤엄치는 정체 모를 형체로부터 시선을 떼지 않았다.

그 순간 놈이 검은 물을 사방으로 뿌려대며 불쑥 튀어 올라와 곧장 이쪽을 향해 다가오기 시작했다. 에이다는 베레타를 들어 방아쇠를 당겼다.

///

텅 빈 회의실 한쪽 모퉁이에 작은 승강기가 있었다. 아래로 내려가는 것이 분명해 보였다. 클레어는 악취가 진동하는 물을 뚝뚝 떨어뜨리며 서둘러 그리로 다가갔다. 조금이라도 빨리 움직여야 한다는, 셰리를 찾아야 한다는 생각에 마음이 급하면서도 길을 잃은 느낌에 두렵기 짝이 없었다.

'제발, 살아있어 줘. 셰리, 제발….'

용케 배수구를 찾아냈지만 셰리는 없었다. 빠르게 흐르는 물속을 향해 큰 소리로 아이를 불러도 보고 좁은 구멍 안으로 어떻게든 들어가 보려 애쓰며 고통스러운 시간을 보낸 후, 클레어는 결국 포기할 수밖에 없었다. 셰리는 가버렸다. 익사했을 수도 있고 그렇지 않을 수도 있었다. 하지만 갑자기 물의 흐름이 바뀌지 않는 한 아이는 돌아오지 않을 것이었다.

클레어는 한 사람이 겨우 들어갈 정도의 작은 승강기를 조종하는 계기판을 찾아내 버튼을 눌렀다. 보이지 않는 곳에서 모터 돌아가는 소리가 나더니 승강기가 천천히 내려왔다. 아마도 또 다른 빈 공간으로, 알지 못하는 어딘가로 그녀를 데려갈 것이었다. 만일 운이 나쁘다면 또 다른 무서운 괴물이 나타나는 곳으로 데려갈 수도 있었다.

클레어는 승강기가 조금 더 빠르게 움직이기를, 조금이라도 더 빨리 셰리를 찾아낼 방법이 있기를 바라며 다급한 마음에 젖은 두 손을 꼭 쥐었다. 눈앞에 나타나는 길마다 아무렇게나 따라가며 무작정 달리는 듯한 기분이 들었다. 셰리를 잃어버렸던 터널에서 나오니 어두운 복도가 있었고, 그곳을 지나니 아무 장식도 없어 차가워 보이는 회의실이 나타났다.

이곳은 마치 끝없이 이어진 유령의 집 같았다. 유령 대신 괴물이 나오긴 했지만. 이런 곳에 셰리를 데리고 온 것이 후회되기 시작했다. 만일 셰리가 죽었다면 그건 모두 클레어 자신의 잘못이었다.

생각이 점점 더 깊은 곳으로 빠지기 전에 애써 마음을 다잡고 정신을 집중했다. 지금은 자신을 탓해봤자 아무 소용이 없었고 도움도 되지 않았다. 승강기가 내려가면서 복도가 나왔다. 클레어는 몸을 굽히고 아이언스에게서 빼앗은 무거운 총으로 정면을 겨냥하며 사방을 살폈다.

콘크리트 복도의 반대편 끝에는 또 다른 승강기가 있었고 그로부터 한 12미터 떨어졌을까, 중간에 교차하는 두 번째 복도가 보였다. 그리고 교차점 옆 시멘트벽에 시신 하나가 기대어 앉아 있었다. 경찰처럼 보였다.

축 늘어진 경찰의 모습을 살펴본 클레어는 충격과 괴로움이 섞여 밀려드는 것을 느꼈다. 머리색이나 덩치가 꼭….

'저건… 레온?'

승강기가 바닥에 닿기도 전에 클레어는 재빨리 뛰어내려 앉아있는 사람에게로 달려갔다. 레온이었다. 그는 의식이 없는 건지 죽은 건지 움직이지 않았다. 아니, 숨은 쉬고 있었다. 클레어가 그 앞에 쭈그려 앉자 그가 눈을 떴다. 레온의 손이 왼쪽 겨드랑이 위를 붙들고 있었고, 손가락은 피로 흥건했다.

"클레어?"

그의 푸른 눈은 또렷해 보였다. 지치긴 했어도 의식은 있었다.

"레온! 무슨 일이에요? 괜찮아요?"

"총에 맞았어요. 잠깐 정신을 잃었나 봐요."

그가 조심스레 손을 치우자 겨드랑이 바로 위에 피가 배어나오는 작은 구멍이 드러났다. 정말 아파 보였지만 다행히 피가 줄줄 흐르는 정도는 아니었다.

레온이 얼굴을 찡그리며 다시 구멍 위에 너덜너덜해진 제복을 덮고 그 위에 손을 올렸다.

"죽도록 아프지만 죽진 않을 것 같아요. 에이다, 에이다는 어디 있죠?"

레온이 마지막 말을 다급히 토해내며 벽에서 몸을 일으키려 애썼다. 하지만 이내 낮게 신음하며 다시 털썩 주저앉았다. 움직일 수 있는 상태가 아닌 모양이었다.

"가만히 누워있어요. 잠시만이라도요. 그런데 에이다가 누구에요?"

"경찰서에서 만났어요. 당신을 찾지 못하고 있었을 때, 하수구를 통하면 라쿤 시티에서 빠져나갈 수 있다고 들었어요. 이곳은 안전하지 않아요. 엄브렐러 실험실에서 일종의 유출 사고가 있었어요.

에이다는 바로 빠져나가고 싶어 했죠. 그러던 중 누군가 우리를 쏘았고 내가 맞았어요. 에이다는 저쪽 복도로 우리를 쏜 사람을 따라갔어요. 여자라고 했는데…."

물음에 답한 레온은 정신을 차리려는 듯 머리를 몇 번 흔들더니 클레어를 향해 얼굴을 찡그렸다.

"에이다를 찾아야 해요. 내가 의식을 잃은 지 얼마나 되었는지 모르겠지만 길어도 1, 2분은 넘지 않았을 거예요. 그렇게 멀리 가지 못했을…."

레온이 다시 몸을 일으키려 하자 클레어가 그를 붙잡고 가볍게 뒤로 밀었다.

"내가 가볼게요. 난 어린 여자아이랑 같이 왔는데 하수구 어딘가에서 아이가 사라졌어요. 어쩌면 둘 다 찾을 수 있을지도 몰라요."

레온이 잠시 망설이다가 고개를 끄덕였다. 부상으로 움직일 수 없다는 것을 인정한 것 같았다.

"탄약은 충분해요?"

"음, 여기에 일곱 발, 또 여기에 열일곱 발이 들었어요."

클레어가 벨트에 끼워져 있던, 레온을 만난 뒤 순찰차에서 가져왔던 권총을 두드리며 말했다. 그게 마치 백만 년쯤 전의 일처럼 느껴졌다. 클레어는 마지막으로 아이언스의 총을 들어 올려 보였다. 레온이 다시 한 번 고개를 끄덕이더니 피곤한 듯 머리를 뒤로 기댔다.

"좋아요, 그 정도면 됐어요. 몇 분만 있다가 나도 쫓아갈게요. 조심해요, 알았죠? 행운을 빌어요."

클레어가 일어섰다. 시간이 조금만 더 있으면 좋겠다고 생각했다. 레온에게 크리스에 대해, 아이언스와 미스터 엑스, T-바이러스에 대해 이야기해주고 싶었다. 그리고 레온이 엄브렐러에 대해 무얼 알고 있는지, 아니면 하수구에서 나가는 길을 아는지에 대해서도 묻고 싶었다.

'하지만 에이다라는 여자가 지금 혼자서 저격수를 상대하고 있을지도 몰라. 셰리도 어디에 있는지 모르는 상황이고.'

레온은 이미 눈을 감았다. 클레어는 몸을 돌려 교차된 복도를 따라 달리기 시작했다. 그들 중 누구라도 이 미친 곳을 살아서 빠져나갈 수는 있을지 두려웠다.

제22장

온몸에 아프지 않은 곳이 없었다. 아네트는 천천히 일어나 앉았다. 자신을 돌봐달라고 아우성치는 듯한 수백 가지 고통과 통증에 구역질이 나올 것 같았다. 목과 복부가 아팠고, 오른 손목을 부딪혔으며, 두 무릎이 다 부어오르고 있었다. 하지만 가장 심한 건 오른쪽 옆구리에서 느껴지는 날카로운 통증이었다. 아마도 갈비뼈에 금이 갔거나 최악의 경우 부러진 것 같았다.

'이 나쁜 년이….'

아네트는 다치지 않은 손으로 삔 목을 붙들고 뒤로 몸을 기울여 위를 올려다보았다. 보이는 것이라고는 금속과 그림자뿐이었다. 엄브렐러가 보낸 에이다 웡은 이미 도망친 것 같았다. 그녀는 아무것도 모르는 척했지만 아네트는 바보가 아니었다. 에이다는 이미 연구실로 향하고 있거나 자신을 잡으러 오고 있을 것이었다.

'엄브렐러, 엄브렐러가 다 이렇게 한 거야….'

아네트는 분노를 이용해 통증을 누르며 느릿느릿 몸을 일으켰다. 여기서 벗어나야 했다. 스파이들보다 먼저 실험실로 가야 했다. 하지만 통증이 너무나도 심했다. 복부에서 느껴지는 찌르는 듯한 통증은 정말 끔찍했다. 마치 누군가가 뱃속을 칼로 휘젓는 느낌이었다. 그리고 실험실까지는 백만 킬로미터는 떨어져 있는 것 같았다.

'윌리엄의 창조물을 가져가게 놔둘 수는 없어….'

아네트는 타는 듯 아픈 가슴을 움켜쥔 채 휑뎅그렁한 방 안의 문을 향해 비틀비틀 걸어가다가 우뚝 멈춰 서서 고개를 한쪽으로 젖히고 귀를 기울였다.

총성. 옆에 붙은 폐기물 처리장에서 총성이 메아리치고 있었다. 그리고 1초 뒤, 시끄러운 괴성과 함께 더 많은 총성, 그리고 물 튀기는 소리가 들려왔다.

아네트가 씩 미소를 지었다. 유머라고는 찾아볼 수 없는 냉소적인 웃음이었다. 이제 자신이 먼저 실험실에 갈 수 있게 되었다.

'다리, 다리를 내려. 이곳을 빠져나가지 못하게 해야 해.'

피로하고 지친 아네트는 힘들게 유압 계기판으로 가 다리를 내렸다. 옆방에서 무슨 일이 벌어지고 있는지는 몰라도 다리를 움직이는 강력한 모터 소리에 가려 더 이상 들리지 않았다. 플랫폼이 돌아가며 내려오더니 묵직한 쨍겅 소리와 함께 제자리에 맞춰졌다.

아네트는 벽에서 몸을 떼어내고 문 옆의 계기판으로 쓰러졌다. 환풍기 스위치를 찾아 켜자 머리 위에서 시끄러운 소리가 시작되더니 이내 둔한 굉음으로 바뀌었다. 아네트는 여전히 쓴웃음을 지은 채였다. 에이다는 폐기물 처리장에서 문제에 직면했으리라. 잘 된 일이었다. 그곳에서 빠져나오게 두지 않을 생각이었다. 다리가 내려갔고 환기구도 막혔으니 이제는 괴물과 싸워 이기는 수밖에 없게 되었을 터였다.

'리커 한 무리였으면 좋겠군. 그년을 아주 갈기갈기 찢어놓기를 바라겠어.'

아네트는 계기판에서 몸을 돌렸다가 그대로 바닥에 쓰러지고 말았다. 통증과 어지러움이 극도로 심했다. 심한 타박상을 입어 부어오르고 있던 무릎이 그대로 바닥에 부딪치며, 무수히 많은 바늘로 찌르는 듯한 고통이 다리를 타고 새로이 올라왔다.

그때, 그녀 앞의 문이 벌컥 열렸다. 아네트는 권총을 들어 올렸지만 조준할 수 없었다. 고통과 좌절에 비명을 지르고 싶은 것을 참는 데만도 남아있는 힘을 모두 쏟아부어야 했다.

'윌리엄, 너무 아파요. 정말 미안하지만 더 이상은….'

그때 젊은 여자 한 명이 그녀 앞에 무릎을 꿇었다. 더러워진 얼굴에는 걱정스러운 표정이 담겨 있었다. 짧게 자른 청바지와 재킷 차림을 한 여자는 하수를 뚝뚝 떨어뜨리고 있었으며, 미끈하고 묵직한 권총 하나를 들고 있었다. 아네트를 겨냥하고 있지는 않았지만 그렇다고 총구를 다른 곳으로 향하고 있는 것도 아니었다.

'또 다른 스파이!'

"당신이 에이다인가요?"

여자가 조심스레 물으며 손을 뻗어 아네트를 만지려 했다. 하지만 아네트는 그것만은 참을 수 없었다. 비정하고 교활한 스파이에게 동정을 사다니.

"그 손 치워. 난 네 연락책도 아니고 네가 원하는 것도 가지고 있지 않아. 날 죽여도 좋지만 절대로 그걸 찾아내지는 못할 거다."

아네트가 여자의 손을 힘없이 쳐내며 으르렁댔다. 여자가 어리둥절한 표정을 지으며 뒤로 물러섰다.

"뭘 찾아요? 당신은 누구죠?"

또 그 질문. 분노가 지나가자 이제는 망연자실한 기분뿐이었다. 아네트는 속고 속이는 게임에 질려 버렸다. 고통도 너무 심했고, 더 이상은 싸울 힘이 없었다.

"아네트 버킨. 지금 몰라서 묻는 거야?"

'이제 날 죽이겠지. 이제 끝났어. 다 끝났어.'

아네트도 더 이상은 참을 수 없었다. 그녀의 계획만큼이나 아무 쓸모없는 눈물이 볼을 타고 흘러내렸다. 윌리엄의 기대에 부응하지 못했다. 아내로서, 어머니로서, 심지어 과학자로서도 실패하고 말았다. 그래도 이제는 끝이었다. 적어도 이 모든 고통이 끝나는 것이다.

"그럼 혹시 셰리의 어머니인가요?"

여자의 말에 아네트는 깜짝 놀랐다. 마치 얼굴을 한 대 얻어맞은 것처럼 갑작스레 정신이 번쩍 들었다.

"뭐라고? 넌 누구… 어떻게 셰리에 대해 아는 거지?"

"셰리가 하수구에서 없어졌어요! 아이를 찾는 걸 도와주셔야 해요! 배수구로 빨려 들어갔는데… 어디에서 찾아야 할지 모르겠어요."

여자가 다급히 대답했다. 권총을 벨트에 도로 끼워 넣으며 말하는 그녀의 목소리는 필사적이었다.

"하지만 경찰서로 가라고 했는데! 셰리가 왜 여기에 있지? 여긴 위험해. 죽을지도 모른다고! 그리고 G-바이러스… 엄브렐러에서 아이를 찾아내면 그걸 가져갈 거야. 왜 여기에 있는 거야?"

아네트가 소리쳤다. 신체적 고통은 모두 잊혔고 가슴은 두려움과 불신으로 쿵쾅거렸다.

여자가 다시 손을 뻗어 그녀를 일으켰다. 이번에 아네트는 저항하지 않았다. 그럴 힘도 없었고 너무나도 두려움에 질려 있었다. 셰리가 하수구에 있다면, 엄브렐러에서 아이를 찾아낸다면….

여자가 아네트를 유심히 쳐다보았다. 죄책감과 두려움, 희망이 묘하게 뒤섞인 표정이었다.

"경찰서엔 괴물들이 득실거려요. 배수구가 어디로 이어지죠? 제발, 알려주세요!"

'배수구는 필터 저수통으로 이어지지. 그리고 그건 공교롭게도 공장 지하철 바로 옆에 있어.'

진실이 마치 강한 햇살처럼 아네트의 피로와 두려움을 뚫고 들어왔다. 그건 실험실로 가는 가장 빠른 길이었다.

이건 속임수였다. 여자는 실험실로 가기 위해, G-바이러스에 대한 정보를 얻기 위해 셰리의 이름을 이용하는 것이다. 셰리는 아직 무사히 경찰서에 있다. 이건 모두 치밀한 속임수에 불과했다.

'하지만 엄브렐러라면 이미 길을 잘 알고 있어야 해. 이미 안다면 왜 물어보는 거지? 말이 되지 않아!'

아네트는 총을 들어올렸다. 아픈 손목이 덜덜 떨렸다. 뒤로 물러섰다. 머릿속이 너무 혼란스러웠고 의문도 너무나 많았다. 하지만 아무것도 확신할 수 없었기에 섣불리 방아쇠를 당길 수는 없었다.

"움직이지 마. 날 따라오지도 마. 따라오면 쏴버리겠다."

아네트가 고통을 무시하고 으르렁대며 뒤로 손을 뻗어 문을 열었다.

"아네트, 왜 그래요? 난 그저…."

"입 닥쳐! 조용히 하고 날 그냥 놔둬. 왜 다들 날 내버려두지 않는 거야!"

아네트는 문을 통해 뒷걸음질로 나간 뒤 놀라고 겁에 질린 여자를 그 안에 둔 채 문을 닫았다. 해치 문이 닫히자마자 금이 갔는지 부러졌는지 모를 갈비뼈에 다시 팔을 대고 눌렀다.

'셰리….'

그건 거짓말이었다. 거짓말일 수밖에 없었다. 하지만 어찌됐든 달라지는 건 없었다. 아직도 연구실로 갈 수는 있었다. 아니, 가야만 했다. 가서 자신이 시작한 걸 마무리 지어야 했다.

몸을 돌린 아네트는 신음을 흘리고 절뚝거리면서 연결된 터널의 차가운 어둠 속으로 걸어갔다. 고통스러운 한 걸음, 한 걸음이 엄브렐러가 자신에게 무슨 짓을 했는지 상기시켰다.

////

'차갑고 고요한 동굴, 벽은 얼음으로 덮여 빛나고 난 길을 잃었어. 너무 오랫동안 겁에 질려 달려왔기 때문에 길을 잃고 지쳤어.

그래서 잠시 쉬기 위해 앉았어. 너무 고요해. 너무 추워. 그리고 팔도 아파. 기대앉은 벽에 가시가 자라나서 내 살을 파고들고 있어. 너무 아파. 일어서야만 해. 누군가를 찾아야 해. 이제는….'

…일어서야 해!

레온이 눈을 떴다. 다시 정신을 잃었다는 것을 즉각 깨달을 수 있었다. 깨달음과 동시에 헉 하고 숨을 몰아쉬었고, 돌연한 두려움이 그의 정신을 맑게 깨웠다.

'에이다, 클레어… 세상에, 얼마나 오랫동안 정신을 잃었던 거지?'

조심스레 상처 부위에서 손을 떼어보았다. 손가락 사이마다 피가 끈적끈적하게 굳어 있었다. 아프긴 했지만 전처럼 심하진 않았고, 피는 멎어 있었다. 최소한 총알이 관통한 입구에는. 너덜너덜해진 유니폼 조각이 상처에 엉겨 붙어 두꺼운 덮개를 만들어 놓았다.

레온은 앞으로 몸을 기울여 팔을 돌린 뒤 총알이 빠져나간 구멍을 만져보았다. 역시나 욱신대는 상처 위로 옷감이 피와 엉겨 딱딱하게 굳어 있었다. 확신할 수는 없었지만 총알이 뼈를 완전히 피해서 뚫고 나간 것 같았다. 정말이지 운이 좋았다.

'에이다가 혼자 있어. 게다가 클레어가 그녀를 찾으러 갔고. 설사 팔이 떨어져 나간다 해도 두 사람을 찾으러 가야만 해.'

정신을 잃은 건 고통이나 출혈이 아닌 외상의 충격 때문이라고 생각했다. 더 이상 쉴 시간이 없었다. 그는 이를 악물고 멀쩡한 팔로 몸을 지탱해 일으켰다. 콘크리트의 축축한 냉기로 인해 온몸의 근육이 차갑게 굳어 있었다.

왼쪽 어깨가 벽에 살짝 스치자 순간적으로 찌르는 듯 고통이 심해져 레온은 헉 소리를 내뱉었다. 하지만 통증이 금세 물러가면서 몇 초 뒤에는 묵직하게 욱신대는 느낌으로 바뀌었다. 레온은 깊이 심호흡을 하면서 통증이 사라지기를 기다렸다. 이것보다 훨씬 심할 수도 있었는데 그렇지 않아 천만다행이라고 자신에게 상기시켰다.

마침내 일어서게 되자 참을만하다고 생각했다. 어지럽지도 않았고, 바닥과 벽에는 피가 묻어 있었으나 예상한 것만큼 많지도 않았다. 레온은 상처 부위가 움직이지 않게 조심하면서 몸을 돌려 최대한 빨리 복도 끝에 있는 문으로 걸어갔다.

문을 통과하자 양쪽으로 물이 채워진 또 다른 터널이 나타났다. 왼쪽 벽에 사다리가 붙어 있었으나 상처를 다시 벌어지게 할 만큼 움직이지 않고서는 올라갈 방법이 없었다. 게다가 그 위에는 시끄러운 소리를 내며 돌아가는 환풍기가 있었다. 그는 오른쪽으로 가기로 결심하고 짙은 물속으로 들어가 첨벙대며 나아가기 시작했다. 에이다나 클레어가 어느 방향으로 갔는지 흔적이라도 보이기를 바라면서.

'총을 쏜 사람을 쫓아가다니. 어떻게 그럴 수 있지? 그리고 어떻게 날 거기 혼자 놔두고 갈 수가 있어?'

작은 게 모양의 괴물을 토해내던 놈과 대결한 뒤 에이다 웡에 대해서는 그 어떤 판단도 섣불리 내리지 않겠다고 다짐했었다. 그녀는 레온에게 추파를 던졌다가 쌀쌀맞게 대했다가를 반복했고, 서바이벌 게임을 하며 사격을 배운 사람의 솜씨가 그 정도라는 게 사실이라면 자신은 경찰이 아니라 은행 재벌이었다. 하지만 그렇게 혼란스러운 행동과 거짓말에도 그는 에이다가 좋았다. 그녀는 똑똑하고 자신감에 차있었으며, 아름다웠다. 그리고 모순되는 겉모습 아래 어딘가에 선량하고 좋은 면이 숨어 있는 것이 분명하다고 생각했다.

'그런데도 널 버리고 총 쏜 사람을 쫓아갔단 말이지. 넌 총알이 팔에 박힌 채 바닥에 구르고 있는데. 그래, 정말 훌륭한 사람이구나. 당장 청혼이라도 하지 그래?'

터널의 갈림길에 다다른 레온은 더 이상 에이다의 행동을 분석하려는 시도를 그만두었다. 그리고 그녀를 찾아내면, 정말 찾아낼 수 있다면 그때 가서 직접 물어보리라고 생각했다. 오른편 문은 잠겨있어 레온은 왼쪽으로 돌았다. 그리고 터덜터덜 걸어가면서 점점 짙어지는 어둠 속을 불안하게 들여다보았다. 클레어 혼자 에이다를 쫓아가게 두어서는 안 되는 거였다. 어떻게든 몸을 추슬러 함께 갔어야 했는데.

그때 무슨 소리가 들려와 레온은 우뚝 멈췄다. 멀리에서 공허하게 들리는 총성이었다. 앞쪽 어딘가에서 들려오는 것 같았지만 하수구를 구성하고 있는 구불구불한 터널 미로 때문에 시야가 왜곡되어 확실하지 않았다.

레온은 매그넘을 꼭 쥔 채 손목으로 상처를 누르고 달리기 시작했다. 통증이 다시 거세지며 속이 메스꺼워졌다. 힘겨운 조깅 정도의 속도밖에 낼 수 없는데다가, 상처의 고통만큼이나 물살도 그의 속도를 더욱 늦추는 방해요소였다. 하지만 총성의 마지막 메아리가 사라질 즈음 그는 애써 속도를 조금 더 높이는 데 성공했다.

터널 정면에 어두컴컴하게 밝혀진 샛길이 있었고, 왼쪽에서부터 흐린 노란색 불빛이 들어와 가볍게 물결치는 수면을 밝히고 있었다. 거기 다다르기 전에 그는 선택을 내려야 한다는 걸 알았다. 정면에는 일종의 플랫폼이 있었고, 터널 끝의 울퉁불퉁한 벽돌 속에는 무거운 문이 설치되어 있었다. 천장에서 물이 가는 줄기를 이루며 떨어지고 있었다.

'뻔한 선택이지. 하지만….'

레온은 기다랗고 흐릿한 불빛 속에 멈춰 서서 샛길 쪽을 내려다보았다. 또 다른 문이 보였다. 하지만 마음을 정할 수가 없었다. 총성이 어느 쪽에서 들려온 것인지 확신할 수 없었기 때문이다.

탕! 탕!

왼쪽이었다. 레온은 터널에서 몸을 위로 솟구쳤다. 새로운 통증이 느껴지면서 상처에서 다시 피가 흘러 손목을 뜨겁게 적셨다. 다시 시작된 출혈을 무시하고 서둘러 문으로 달려가 당겨 열었다. 넓고 빈 복도를 따라 달리기 시작하는데 총성이 더 들려왔다.

레온이 들어간 복도는 하수구 터널만큼이나 어둡고 추웠지만 훨씬 크고 넓어 중장비 같은 것들이 지나다니는 통로 같았다. 그 복도는 왼쪽으로 휘어졌다 또 다시 왼쪽으로 구부러져 있었고, 두 번째 모퉁이에는 하역장처럼 보이는 것 바로 너머에 상자와 드럼통 같은 것들이 줄줄이 쌓여 있었다.

'아세틸렌, 산소아세틸렌인지도 몰라. 세상에, 대체 어떤 놈이기에 저렇게 총알을 맞아도 죽지 않는 거지?'

또 연거푸 총성이 들려오고 물 튀기는 소리가 이어졌다. 이번에는 조금 다른 소리가 들렸다. 그르릉대는 깊은 괴성에 등골이 오싹해졌다. 이상하게도 귀에 익은 소리였지만 불가능할 정도로 컸다.

'뱀 백만 마리, 거대한 고양이 천 마리, 아니면 끔찍한 태고의 공룡 같은 건가….'

레온은 마침내 총상 부위를 누르려는 시도를 포기하고 마구 달렸다. 속도를 내려면 양 손을 번갈아 빠르게 움직여야 하기 때문이었다. 터널 끝이 가까워오자 깜빡이는 조명 패널이 보였다. 그리고 왼쪽으로 또 다른 거대한 하역장 문이 있었다.

또 한 번 빠르게 총성이 이어지자 그는 총격이 쏟아지는 곳으로 달려들기 직전에 멈췄다. 거대한 물소리와 함께 물이 사방으로 튀며 거센 폭포수처럼 바닥에 쏟아졌다.

"멈춰요! 나 들어갑니다!"

"레온!"

레온이 소리쳤다. 그리고 대답하는 에이다의 목소리를 듣자 어떤 무서운 괴물이 기다리고 있는지는 몰라도 돌연 안도감이 밀려오는 것을 느꼈다.

'에이다가 살아있어!'

상처에서 피를 줄줄 흘리면서도 레온은 매그넘을 들어 올리며 열린 문 안으로 들어섰다. 물결치는 더러운 하수 속에 상자와 부서진 널빤지 등이 마구 떠다니는 가운데, 반대편에 에이다가 보였다. 그녀는 사다리 아래 좁은 콘크리트 턱에 선 채로 몸부림치듯 휘도는 물을 향해 베레타를 겨냥하고 있었다.

"에이다, 뭐가…?"

첨벙!

거대한 물체가 물 밖으로 불쑥 튀어나오더니 레온을 강하게 때려 복도로 다시 날려 보냈다. 너무나도 순식간에 벌어진 일이라 그는 공중으로 날아오르기 전에는 그것을 보지도 못했다. 바닥에 떨어져 부딪치는 순간에야 그의 머릿속에서 방금 본 것의 정보가 수집되었다. 부상당한 팔을 누르며 떨어진 그는 비명을 질렀다. 찌르는 듯한 통증 말고도 방금 본 것에 대한 충격 때문이기도 했다.

'악어잖아!'

일어날 수 있을까 생각하기도 전에 그는 벌떡 일어나 비틀거리며 몸을 피했다. 최소한 9미터는 되어 보이는 거대한 악어가 그를 따라 복도로 들어와서는 어마어마한 괴성을 질렀다. 놈이 물 밖으로 나오자 시멘트 바닥이 부르르 떨렸고, 마치 웃는 듯 한껏 벌린 날카로운 이빨투성이 입에서는 엄청난 양의 검은 물이 줄줄 흘러내렸다.

'아가리 크기만 해도 나만 하잖아. 아니, 더 커.'

레온은 달렸다. 통증이 전혀 느껴지지 않았고, 원초적인 두려움에 심장이 마구 뛰었다. 놈은 자신을 먹어치울 것이다. 게다가 그 전에 우선 수백 개의 피투성이 살덩어리로 그를 갈가리 찢어놓을 것이었다.

놈이 다시 괴성을 지르자 믿기지 않을 정도로 낮은 굉음이 뼛속까지 흔들어놓았다. 떨리는 땀구멍마다 식은땀이 솟아났다. 고개를 돌려 뒤를 본 순간 레온은 자신이 웃는 듯한 악어보다 훨씬, 훨씬 더 빠르게 달리고 있다는 걸 알 수 있었다. 놈은 여전히 하역장 문을 기어오르고 있었다. 거대한 나무 둥치 같은 다리는 짧고 두꺼웠고, 그런 덩치로는 자유로이 움직이기 어려워 보였다.

레온은 두려움 속에 재빨리 무기를 바꿨다. 레밍턴에 한 발을 끼우는 동안 상처가 아우성을 쳤다. 그는 불안정한 움직임으로 옆걸음질 치며 다시 돌아가 복도의 구부러진 모퉁이에 닿았다. 그리고 최대한 빨리 다섯 발을 모두 쏟아 부었다. 산탄이 악어의 흉측한 주둥이에 폭발하듯 쏟아졌다.

놈이 소리를 지르며 머리를 좌우로 흔들자 얼굴에서 피가 폭포처럼 쏟아졌다. 그럼에도 놈은 굴하지 않고 쿵쿵거리며 계속 다가왔다. 무기 같은 기다란 꼬리가 천천히 미끈거리는 물 밖으로 빠져나와 바닥에 끌렸다.

'충분하지 않아. 화력이 부족해.'

레온은 몸을 돌려 다시 달렸다. 후퇴해야 하는 것이 무서웠고, 그가 악어를 남겨두고 가버리면 에이다에게 무슨 일이 벌어질지 두려웠다. 하지만 놈을 없애려면 앞으로 오십 발은 더 필요했다. 아니면 핵폭탄도 좋았다. 그런데 왜 아직도 이런 생각이나 하고 있는 거지. 얼른 몸을 피한 다음 어떻게 해야 할지 궁리해야 했다.

'조금만 기다려요, 에이다.'

거대한 악어의 쿵쾅대는 발걸음이 귀를 가득 채우는 가운데 레온은 상자와 드럼통들을 지나쳐 달렸다. 그러다가 우뚝 멈췄다. 그의 본능은 제정신을 차리라고 외치고 있었지만 순간 조금 황당한 아이디어가 하나 떠올랐다. 악어가 또 한 번 시끄러운 소리를 내며 한 걸음 다가왔고 레온은 몸을 돌려 다시 돌아갔다.

'제발 통하기를. 영화에서는 되잖아. 제발, 신이시여, 제 말을 들어주세요.'

빛나는 드럼통 다섯 개가 강철 밧줄로 묶인 채 벽에 박힌 두꺼운 선반 위에 줄줄이 서 있었다. 선반 옆에는 강철 밧줄을 푸는 버튼이 있었는데 레온이 그것을 누르자 묵직한 철사가 축 늘어지더니 둥근 고리가 달린 한쪽 끝이 바닥으로 떨어졌다.

레온은 산탄총을 떨어뜨리고 가장 가까이에 있던 깡통을 집어 들었다. 근육이 움직이자 다친 팔에서 다시 피가 쏟아졌다. 가느다란 핏줄기가 땀에 젖은 가슴을 타고 흐르는 것이 느껴졌지만 멈추지 않고 힘을 주며 압축가스가 든 드럼통을 선반에서 빼냈다.

'됐다!'

레온이 뒤로 풀쩍 뛰어 물러섬과 동시에 드럼통이 선반에서 떨어져 바닥에서 몇 센티미터 굴렀다. 그가 고개를 들자 악어가 아까보다 15미터 정도 가까워진 걸 볼 수 있었다. 놈이 크게 입을 벌리고 다시 괴성을 지르자 길이가 15센티미터는 되어 보이는 이빨 사이로 더러운 구멍이 보였다. 잠시 뒤엔 뜨거운 입김에서 풍기는 썩은 고기 냄새까지 맡을 수 있을 정도로 가까워졌다.

레온이 한 발을 들어 최대한 힘껏 드럼통을 밀어내자 드럼통은 느릿느릿 거대한 악어를 향해 조금씩 움직였다. 운이 따랐는지 정말 놀랍게도 복도 바닥은 약간 경사져 악어를 향해 내리막을 이루고 있었다. 100킬로그램은 될 것 같은 드럼통이 서서히 속도를 높이더니 악어가 있는 방향을 향해 반원 모양을 그리며 굴러갔다.

레온이 뒤로 물러서며 벨트에서 매그넘을 끄집어내 반짝이는 드럼통을 겨눴다. 당장이라도 방아쇠를 당기고 싶었지만 꾹 참았다. 악어가 터벅터벅 앞으로 나오며 꼬리를 흔들었고, 꼬리가 벽을 칠 때마다 너무나도 강력한 힘에 천장에서 돌가루가 비처럼 쏟아졌다.

레온은 경외심에 가까운 감정에 휩싸인 동시에 본능적으로도 너무 나 깊은 공포에 사로잡혔다. 때문에 그대로 몸을 돌려 도망치지 않기 위해 대단한 노력을 기울여야 했다.

'얼른 와, 이 망할 녀석아!'

이제 30미터도 남지 않은 지점에서 마침내 악어와 드럼통이 만났다. 레온이 방아쇠를 당겼다. 첫 발이 흔들리는 드럼통 앞쪽 바닥에 맞더니 핑, 소리와 함께 튕겨 나갔다. 그러자 놈이 웃는 것처럼 입을 벌리고는 머리를 숙여 앞에 놓인 장애물을 치우려는 듯 드럼통을 입에 물었다.

'침착해.'

레온이 다시 한 번 방아쇠를 당겼다. 그러자….

콰앙!

드럼통이 폭발함과 동시에 레온은 그대로 날아가 바닥으로 내팽개쳐지고 말았다. 휘어진 강철 조각과 불이 붙은 가스가 폭발하면서 놈의 머리통은 마치 터진 풍선처럼 산산이 조각나 그 자리에서 사라져버렸다. 그리고 동시에 김이 모락모락 오르는 살덩이들이 물결처럼 날아와 레온을 덮쳤다. 부서진 이빨 조각, 뼛조각, 그리고 연기가 피어오르는 너덜너덜한 살점들이 축축하게 젖은 두꺼운 담요처럼 그를 뒤덮었다.

놈의 다리가 마치 무게를 견디지 못한 듯 무너지자 머리통이 없는 괴물 악어가 바닥으로 쓰러졌다. 레온은 헛구역질을 해대며 몸을 일으켰다. 귀는 멍하고 팔에서는 피가 줄줄 흘렀다. 그는 피범벅이 된 손으로 다시 상처 부위를 눌렀다. 지치고, 속이 울렁거리고,

통증이 느껴졌지만 꽤 오랜만에 느껴보는 뿌듯한 만족감이 몰려왔다.

"잡았다. 바보 같은 괴물 녀석."

그가 중얼거리고는 씩 웃었다. 잠시 뒤 에이다가 복도를 따라 달려왔을 때까지도 레온은 어지럽고 멍한 상태에서, 피를 흘려 피범벅이 된 와중에도 마치 어린 아이처럼 웃으며 자신의 솜씨를 감상하고 있었다.

제23장

레온은 경찰복 속에 흰색 내의를 입고 있었다. 에이다는 그것을 얇게 찢어 그의 팔에 감고, 다시 겉옷을 입힌 다음 팔걸이처럼 목에 걸어 다친 팔을 고정시켰다. 출혈이 너무 심한 나머지 정신이 멍해진 틈을 타 에이다는 그를 돌보며 변명을 하기 시작했다. 자기 안에서 서로 싸우고 있는 복잡한 감정에 스스로도 약간 충격을 받은 채로.

"…그 여자가 어딘가 낯익다고 생각했어요. 존을 통해 그녀를 전에 만난 것 같아요. 거의 따라잡았는데 몰래 빠져나가 버렸나 봐요. 난 터널 안에서 길을 잃고 다시 돌아오려고 했는데…."

그 중 진실은 하나도 없었지만 레온은 눈치채지 못하는 것 같았다. 그를 만지는 에이다의 부드럽고 조심스러운 손길이나 그를 혼자 남기고 가버린 것에 대해 세 번째로 사과하는 그녀의 목소리에 가벼운 떨림이 있는 것을 눈치채지 못한 것처럼 말이다.

'그가 내 목숨을 구했어. 또. 그런데 그의 희생에 대해 내가 돌려줄 수 있는 것이라고는 거짓말, 철저히 계산된 속임수뿐이라니….'

레온이 자기 대신 총을 맞았을 때, 에이다는 그녀 안의 무언가가 완전히 변한 것을 느꼈다. 그런데 그것을 원래대로 되돌리는 방법을 알 수 없었고, 그것이 원래대로 되돌아오기를 바라지도 않았다. 마치 새로운 느낌, 무엇인지 정확히 알 수는 없지만 그녀를 가득 채우는 것 같은 새로운 감정의 탄생 같았다. 그것은 불편하고도 불안했다. 그런데도 어쩐 일인지 그다지 불쾌하지는 않았다. 자신은 아무리 애를 써도 더 이상 접근을 막는 것 말고는 아무것도 할 수 없어 해치우는 것이 불가능해 보였던 악어를 레온이 그렇게 똑똑한 방법으로 처리한 것이 이름 모를 그 감정을 더욱 강하게 만들었다.

레온의 팔에 난 총상은 다행히 뼈나 장기를 건드리지 않았지만 그의 매끄러운 가슴과 배를 따라 새로 핏줄기가 흘러내린 것으로 보아 꽤 심하게 아팠던 것이 분명해 보였다. 게다가 자신을 구하느라 심하게 기력이 약해졌고, 어쩌면 목숨을 잃을 수도 있었다.

'이제 그를 버려. 여기 놔두라고. 그 때문에 일을 망쳐선 안 돼. 에이다 네 일, 네 임무, 네 인생 말이야.'

에이다의 머릿속에서 또 다른 목소리가 악을 썼다. 그것이 자신이 해야 할 유일한 일이라는 건 알고 있었다. 하지만 할 수 있는 데까지 그의 상처를 돌보며 한심한 변명을 늘어놓고 나니, 편리하게도 자신의 목소리에 귀를 기울이는 걸 잊어버리고 말았다. 에이다는 그를 부축해 일으켜 세우고는 괴물 악어가 남긴 더러운 현장에서 그를 데리고 나왔다. 길을 잃었던 동안 출구처럼 생긴 것을 찾아냈다는 말도 안 되는 소리를 해대면서 말이다.

아네트 버킨은 사라졌다. 레온이 폐기물 처리장에서 악어를 유인해 나간 틈을 타 사다리를 타고 올라가서 확인했었다. 그리고 아네트가 달아나기 전에 머리를 써서 환풍기를 돌리고 다리를 내려 에이다의 탈출을 막아놓은 것도 보았다. 그 여자는 정신병 환자일지는 몰라도 바보는 아니었다. 그리고 누가 에이다를 보낸 것인지를 착각했는지 몰라도 그녀가 여기 온 이유에 대해서만은 정확하게 꿰뚫고 있었다. 임무를 완수하기 위해 에이다는 아네트가 무슨 짓을 저지르기 전에 최대한 빨리 실험실로 가야만 했다. 그런데 레온, 아무 말도 하지 않고 비틀거리기만 하는 레온이 에이다의 이동 속도를 두 배로 늦추고 있었다.

'버리고 가! 무거운 짐은 버리라고! 넌 보모가 아니야. 이건 전혀 너답지 않다고, 에이다!'

"목말라요."

레온이 속삭이자 그의 숨이 에이다의 목에 따뜻하게 와 닿았다. 고개를 들어 피로 얼룩진 그의 얼굴을 들여다보자 내면의 목소리를 무시하기가 더 쉬워진 걸 깨달았다. 당연히 그를 떠나야 했다. 결국에 둘은 갈라설 수밖에 없었다.

'하지만 아직은 아니야.'

"그럼 물을 찾아봐야겠네요."

레온에게 대답하며 에이다는 가야 할 방향으로 조심스레 그를 이끌었다.

셰리는 어둠 속에서 눈을 떴다. 쓰고 이상한 맛이 입에서 느껴지고 찐득찐득한 오물에 옷이 걸려 몸이 움직이지 않았다. 사방에서 우르릉대는 소리가 들려왔다. 마치 하늘이 무너지는 듯한 소음이었다. 잠시 동안 셰리는 무슨 일이 있었는지, 자신이 어디에 있는지 기억하지 못했다. 그런데 차츰 정신이 들고 몸을 움직일 수 없다는 걸 깨닫자 아이는 겁에 질렸다. 천둥이 치는 듯한 소리는 점점 작아지더니 마침내 사라졌다. 하지만 아이는 끔찍한 냄새가 나는 강에 빠져 차갑고 축축한 무언가에 눌린 채였고, 무엇보다도 혼자였다.

셰리는 비명을 지르려 입을 열었다. 그러다가 비명을 지르는 괴물, 거대한 대머리 남자, 그리고 클레어를 기억해냈다. 클레어를 떠올리니 비명을 참을 수 있었다. 왜인지 클레어의 모습은 끔찍한 공포로 가득한 머릿속을 맑게 해주고 이성적인 생각을 할 수 있게 도와주는 위로의 손길 같았다.

'배수구로 빨려 들어갔었지. 이제는 다른 어딘가에 왔어. 소리를 지른다고 달라지는 건 없어.'

그건 용감한, 아주 강한 생각이었다. 그런 생각을 하니 기분이 조금 나아졌다. 셰리는 등을 누르고 있는 딱딱한 물체로부터 몸을 떼어낸 뒤 어두운 물을 헤치고 나왔다. 그리고 자신이 어딘가에 걸려 있던 게 아니라는 걸 깨달았다. 창살이나 바위틈 같은 데 등을 댄 채 서 있었는데 강한 물살 때문에 그저 그곳에 머물러 있었던 것뿐이었다. 하지만 오히려 창살에 막혀있던 탓에 익사하지 않았는지도 몰랐다. 역겹고 찐득한 물질들이 셰리의 주변을 떠다니며 평범한 개울처럼 소리를 내며 흐르고 있었다. 물살은 전처럼 강하지는 않았지만 입에서 나쁜 맛이 나는 것으로 보아 자신도 모르게 그 물을 삼킨 것이 분명했다.

그런 생각을 떠올리자 나머지 기억들도 따라왔다. 물을 따라 떠내려오다 어디에선가 몸이 뒤틀렸고, 화학약품 맛이 나는 끔찍한 액체를 꿀꺽 삼키고는 겁에 질려 정신을 잃었던 것 같았다.

다행히 소음은 멈추었다. 무슨 소리인지는 몰라도 움직이는 지하철이나 굉음을 내며 떠나가는 거대한 트럭 같기도 했다. 조금 더 정신이 드니 앞이 보인다는 것도 깨달았다. 그리 밝지는 않아도 자신이 물로 채워진 커다란 방 안에 있고, 머리 위 높은 곳에서 아주 작고 약한 빛줄기가 내려오고 있다는 것은 알 수 있었다.

'분명 나가는 길이 있을 거야. 누군가 이곳을 지었으니 나갈 길도 만들어 놓았겠지.'

셰리는 커다란 방 안쪽으로 조금 더 헤엄쳐 들어갔다. 발길질을 하자 신발 끝이 무언가 딱딱한 표면 같은 것을 스치는 것이 느껴졌다. 딱딱하고 평평했다. 아이는 그런 생각을 떠올리지 못한 것에 바보 같다고 자책하며 깊이 숨을 들이쉬고 천천히 다리를 내려 보았다. 그러자 바닥을 딛고 일어설 수 있었다. 물이 어깨까지 올라왔지만 어쨌든 설 수는 있었다.

방 한 가운데 서서 천천히 몸을 돌려보자 마지막으로 남아있던 약간의 공포심도 조금씩 사라졌다. 희미한 불빛 속에서 셰리는 마침내 사방을 살펴볼 수 있었다. 그러자 멀리 보이는 벽에 사다리 모양의 무언가가 달려 있는 것이 눈에 들어왔다. 당연히 아직도 겁이 나긴 했지만 사다리가 있다는 건 탈출로를 찾았다는 뜻이었다. 셰리는 다리를 떼고 사다리를 향해 천천히 걸어가기 시작했다. 얼마나 잘 처신하고 있는지 스스로가 대견했다.

'소리도 안 지르고, 울지도 않았어. 클레어 언니가 이야기한 것처럼 난 강해.'

사다리에 닿아 맨 아래 가로대를 향해 다리를 올렸다. 가로대는 물 표면에서 몇 센티미터 위에 있었다. 두 다리를 모두 가로대에 올린 뒤 위로 올라가기 시작했다. 손가락 아래로 느껴지는 미끈거리는 금속 막대의 감촉에 눈살이 찌푸려졌다. 사다리는 영원히 계속되는 것 같았고, 얼마나 높이 올라왔는지 확인하려고 아래를 내려다보자 빛이 직접적으로 닿는 부분이 반짝거리는 아주 작은 물결만 볼 수 있을 뿐이었다. 빛이 어디에서 왔는지도 볼 수 있었다. 지금 매달린 곳에서 그다지 높지 않은 천장에 가느다란 틈이 있었다.

'꼭대기까지 거의 다 왔어. 그리고 설사 떨어진다 해도 다치지 않을 거야. 겁낼 것 하나도 없어.'

셰리는 힘겹게 꿀꺽 침을 삼키고 자신의 말이 사실이기를 빌며 다시 위를 올려다보았다. 가로대를 몇 개만 더 올라가면 된다. 마침내 다음 가로대를 잡기 위해 손을 올렸을 때, 울퉁불퉁한 금속으로 된 천장이 손에 닿았다. 솟구치는 성취감을 느끼며 셰리는 한 손으로 그것을 밀어보았다. 하지만 그것은 움직이지 않았다. 전혀.

"젠장."

불만스럽게 속삭였지만 그것은 원했던 만큼 짜증스럽게 들리지 않았다. 그 목소리는 아주 작고 외로웠다. 거의 애원처럼.

셰리는 붙잡고 있던 가로대에 팔꿈치를 걸고, 행운을 빌기 위해 목에 걸고 있던 펜던트를 한 번 만진 다음, 이번에는 제대로 힘을 주어 다시 한 번 밀었다. 젖 먹던 힘을 다하자 천장이 아주 조금 움직이는 것을 느꼈다. 하지만 그것으로는 어림도 없었다. 아이는 손을 내리고 이번에는 속으로 욕을 내뱉었다. 꼼짝없이 갇힌 것이었다.

몇 분 동안 셰리는 움직이지 않았다. 다시 물속으로 내려가기도 싫었고 진정으로 이곳에 갇힌 것이라고 생각하기도 싫었다. 하지만 팔이 점점 아파왔고, 그렇다고 뛰어내리기도 싫었다. 마침내 아이는 사다리를 내려가기 시작했다. 처음 올라올 때보다 훨씬 더 느리게. 한 걸음, 한 걸음이 마치 패배를 인정하는 것 같았다.

물까지 3분의 1쯤 내려왔을까, 머리 위에서 발소리가 들려왔다. 처음에는 가벼운 울림, 좋게 보아야 약한 진동에 불과했지만 금세 발소리처럼 또렷해지고 점차 커졌다. 그러더니 소리는 더 가까워지며 계속해서 커졌다. 셰리가 의식을 되찾은 구덩이 바로 위로 다가오는 것 같았다.

셰리는 발소리를 무시할까 잠시 생각했다가 허겁지겁 사다리를 올라갔다. 위험하지만 시도해볼 가치가 있다고 생각했다. 클레어가 아닐 수도, 위험한 사람일 수도 있었다. 그래도 이것이 유일한 탈출의 기회일지 몰랐다. 아이는 사다리 맨 꼭대기에 닿기도 전에 소리를 지르기 시작했다.

"여기요! 도와주세요! 내 말 들려요? 이봐요! 여기요!"

발소리가 멈추는 것 같았다. 계속 소리치며 사다리 끝까지 올라갔고, 다시 천장에 닿자 이번에는 주먹으로 몇 번 두들겼다.

"이봐요! 여기에요! 들려요?"

이미 아픈 손으로 다시 한 번 천장을 쾅 두드렸다. 그런데 다음 순간, 주먹이 허공을 가르더니 눈부신 빛이 얼굴을 덮었다.

"셰리! 오, 하느님 감사합니다. 무사했구나!"

클레어, 클레어였다. 얼굴은 보이지 않았지만 클레어의 목소리에 셰리는 기뻐서 어쩔 줄 몰랐다. 힘세고 따뜻한 손이 내려와 아이를 끌어올리고는 따뜻하고 축축한 팔이 몸을 꽉 끌어안았다. 셰리는 눈을 깜빡이며 찡그렸고, 곧 눈부신 흰색 아지랑이 같은 시야를 통해 거대한 방의 모습을 알아볼 수 있게 되었다. 클레어가 여전히 셰리를 끌어안은 채 물었다.

"그게 나인지는 어떻게 알았어?"

"언니인 줄은 몰랐어요. 하지만 내 힘으로는 나갈 수가 없었는데 누군가 걷는 소리를 들어서…."

셰리가 새로 들어온 커다란 방 안을 둘러보았다. 클레어가 자신의 목소리를 들었다는 것이 정말이지 놀라웠다. 이 방은 거대했고 대각선으로 이리저리 뻗은 얇은 금속 통로가 가득했으며, 자신이 올라온 구멍은 방 안에서도 가장 어둡고 가장 먼 모퉁이에 있었다. 클레어가 들어 올린 뚜껑은 폭이 겨우 60센티미터 남짓했다.

'세상에, 내가 두들기지 않았다면, 아니면 언니가 조금이라도 빨리 지나가고 있었다면….'

"그게 언니여서 정말 다행이에요."

셰리가 힘주어 말하자 클레어가 씩 미소를 지었다. 셰리만큼이나 기쁘고 놀란 것 같았다. 하지만 클레어가 아이 앞에 무릎을 꿇자 미소가 조금 흐려졌다.

"셰리… 네 어머니를 만났어. 어머니는 괜찮아. 살아계셔."

"어디에서요? 어디에 있어요?"

셰리가 불쑥 물었다. 그 소식이 너무나도 반가웠지만 알 수 없는 불안감에 온몸이 단단히 긴장되고 숨 쉬기가 조금 힘들었다.

셰리는 걱정하는 듯한 클레어의 회색빛 눈동자를 들여다보았다. 그러자 그녀가 또 거짓말을 하려고 생각 중인 것을, 나쁜 소식을 전달할 수 있는 가장 좋은 방법을 떠올리려고 애쓰고 있는 것을 알 수 있었다. 단 몇 시간 전이었다면 셰리도 클레어를 그대로 믿었을 것이다.

'하지만 이젠 아냐. 우리 둘 다 강하고 용감해져야지.'

"말해줘요, 클레어 언니. 솔직히 말해줘요."

그러자 클레어가 한숨을 쉬며 고개를 흔들었다.

"어머니가 어디로 가셨는지는 나도 몰라. 날 보고… 겁을 내셨어. 아마 날 다른 사람으로, 나쁜 사람이나 미친 사람으로 착각하신 것 같아. 날 피해서 도망갔는데 이 길로 가신 게 분명해. 그래서 다시 네 어머니를 찾으러 다니다가 네 목소리를 들은 거야."

셰리가 천천히 고개를 끄덕였다. 엄마가 이상하게, 애써 듣기 좋게 꾸며 말해야 할 정도로 이상하게 행동했다는 사실을 받아들이기 힘들었다. 마침내 셰리가 물었다.

"엄마가 이리로 온 것 같다고요?"

"확실하진 않아. 그리고 엄마를 만나기 전에 레온이라는 경찰도 마주쳤어. 처음 라쿤 시티에 왔을 때 만난 사람인데, 네가 사라진 뒤에 발견한 터널 한 곳에 있더라고. 부상을 입어서 나랑 같이 널 찾으러 올 수 없었어. 그래서 네 어머니가 자취를 감춘 뒤에 다시 그를 찾으러 돌아갔는데 이미 사라지고 없었어."

"죽은 거예요?"

클레어가 고개를 흔들었다.

"아니, 그냥 사라져 버렸어. 그래서 난 다시 갔던 길로 돌아갔고. 내가 보기에는 이 길이 네 어머니가 갔을 법한 유일한 길이야. 하지만 아까 말한 것처럼 확실하진 않아."

클레어가 얼굴을 찌푸리며 잠시 망설이더니 생각에 잠긴 얼굴로 셰리를 바라보았다.

"셰리, 엄마가 혹시 G-바이러스라는 것에 대해 말씀하신 적이 있었니?"

"G-바이러스? 그런 건 못 들은 것 같은데요."

"그럼 엄마가 가지고 있으라면서 주신 것이 있었니? 작은 유리병 같은 거?"

"아니, 없었어요. 그건 왜요?"

셰리가 얼굴을 찡그리자 클레어가 일어서서 셰리의 어깨에 한 손을 얹으며 동시에 어깨를 으쓱거렸다.

"중요한 건 아니야."

셰리가 눈을 가늘게 뜨자 클레어가 다시 한 번 미소 지었다.

"정말이야. 얼른 가자. 엄마가 어디로 가셨는지 같이 찾아보자. 엄마도 분명 널 찾고 계실 거야."

셰리는 순순히 클레어가 이끄는 대로 움직였다. 하지만 갑자기 궁금해졌다. 왜 클레어가 스스로도 자기 말을 믿지 못하는 것처럼 보이는지, 그리고 자신은 왜 그것에 대해서 차마 더 이상의 질문을 할 수 없었는지.

////

공장의 기계 승강기는 지하철과 마찬가지로 아네트가 놔두었던 위치에 그대로 있었다. 차이가 좁혀진 건 확실했지만 그래도 아직은 스파이들보다 앞서 있었다. 에이다 웡이나 꼬질꼬질했던 그 친구나 모두….

'거짓말, 모두 내게 거짓말만 하고 있어. 윌리엄을 잃은 것, 그런 고통과 상실을 겪은 것만으로는 부족하다는 것처럼….'

아네트는 찢어진 실험실 가운 주머니에서 더듬더듬 열쇠를 꺼낸 다음 계기판에 몸을 축 기댄 채 열쇠를 꽂고 돌렸다. 떨리는 손가락이 작동 스위치를 누르자 길게 늘어선 불빛들이 조종 장치에 나타났다. 달빛을 받아 은은한 어둠 속에서도 그것은 너무나 밝았다. 선선한 가을 공기가 아픈 몸을 가볍게 스치고 지나갔다. 불과 질병의 냄새가 나는 듯한 친근하면서도 비밀스러운 바람이었다.

'핼러윈처럼, 전염병에 걸린 시체들을 불태우며 죽은 자들을 불러낼 때 피우는 어둠 속의 모닥불처럼…'

비명을 지르는 듯 시끄러운 경적 소리가 네 번 밤하늘로 울려 퍼지며 거대한 승강기가 그녀에게 가야 할 시간임을 알려주었다. 아네트는 회색과 노란색으로 칠해진 계단을 비틀비틀 올랐다. 조금 전까지 무슨 생각을 하고 있었는지 기억할 수 없었다. 이제 갈 시간이었고, 그저 너무… 너무나 피곤했다. 마지막으로 푹 자본 게 언제였더라? 그것조차 기억할 수 없었다.

'머리를 부딪쳤나? 그래? 아니면 그저 졸린 것일 수도 있어….'

전에도 피로에 지친 적은 많았지만 부상당한 곳에서 느껴지는 끊임없는 고통은 아네트를 상상조차 하지 못했던 혼미한 상태까지 몰고 갔다. 여러 생각들이 마치 소용돌이처럼 한꺼번에 몰려오며 자세히 살펴볼 수 없는 불안한 감정들이 폭발하듯 터져 나왔다. 무엇을 해야 할지는 알고 있었다. 자폭 시스템을 작동시키고, 지하 문을 열고, 그림자 속에 숨어 상처를 치유하는 것. 하지만 그를 제외한 나머지는 마구잡이로 뭉쳐 나오는 일관성 없고 기이한 생각들뿐이었다. 마치 감각에 과부하가 걸리게 만들어 한 번에 조금씩밖에 생각하지 못하게 만드는 약이라도 먹은 것처럼.

거의 다 끝났다.

그것이야말로 아네트가 붙들 수 있는 유일한 것, 혼란스러운 머릿속에서 유일하게 지킬 수 있는 생각이었다. 이처럼 또렷이 앞을 보지 못하고 맹목적으로 헤매는 상황 속에서도 여전히 눈에 보일 듯 긍정적으로 느껴지는, 마치 마법 같은 말이었다. 공장을 통과해 지나가는 도중에 아네트는 기침하고 또 기침하다 마침내 가늘고 길게 늘어지는 시큼한 맛의 토사물을 토해냈고, 그러자 어두운 색깔의 방울들이 눈앞에서 팡팡 터지듯 나타났다. 시력을 상실했을지도 모른다는 생각이 들 때쯤 겨우 어둠이 서서히 걷혔다.

'거의 다 끝났어.'

마치 잃어버린 옛 사랑처럼 거의 다 끝났다는 그 생각만을 꼭 붙든 채 아네트는 금속으로 이루어진 작은 공간으로 들어가는 손잡이를 찾아내 안으로 들어갔다. 그리곤 계기판을 더듬어 느낌으로 눌렀다. 움직이는 느낌과 소리가 주위를 완전히 에워싸자 그녀는 푹신한 금속 벤치에 그대로 드러누워 눈을 감았다. 잠깐만 쉬자, 그러고 나면 거의 다 끝날 거야.

아네트는 어둠 속으로 빠져들었다. 웅웅대는 모터 소리가 그녀를 깊고도 즉각적인 잠으로 이끌었다. 밑으로 내려가고 있었다. 잔뜩 경직되었던 근육이 풀리고, 통증과 불행도 그녀를 움켜쥐고 있던 손을 조금 풀어주었다. 그리고 마치 끝나지 않을 것처럼 느껴지는 찰나의 시간 동안 아네트는 잠시 평화를 되찾았다.

그때, 울부짖는 듯 끔찍한 비명이 어둠 속을 칼로 찌르듯 쑤시고 들어왔다. 소름끼치도록 무서운 그 분노와 고통의 외침이 마음속으로 곧장 파고드는 것 같아 아네트는 숨을 헐떡거리며 번쩍 정신을 차렸다.

하지만 이내 꿈 없는 깊은 잠에서 자신을 깨운 것이 무엇인지를 깨닫자 생각이 차분히 정리되었다. 아네트가 의지할 수 있는 단 하나의 또렷하고 지속적인 믿음이 다시금 떠올랐다.

윌리엄이었다. 윌리엄이 돌아왔다. 그녀를 따라온 것이다. 이제 엄브렐러는 아무것도 가져갈 수 없었다. 한때 그녀의 남편이었던 생명체가 이제 폭발 사정범위 안으로 되돌아왔기 때문이었다.

비명이 다시 한 번 들려왔다. 승강기가 계속해서 아래로 내려가는 동안 비명은 메아리가 되어 연구실의 많은 비밀 공간들 중 하나로 서서히 멀어졌다.

아네트는 다시 눈을 감았다. 잃어버린 첫사랑 같은 애달픈 생각에 또 다른 생각이 더해졌다. 이 두 가지 생각이 마침내 그녀를 행복하게 만들었다.

'윌리엄이 돌아왔어. 이제 거의 다 끝났어.'

세 번째 생각은 그녀가 다시 침묵 속으로 미끄러져 들어갈 때 자연스레 따라왔다. 이제 마지막으로 남은 일을 시작하기 위해 곧 몸을 일으켜야 할 것이었다. 승강기가 멈추면 잠에서 깨어 준비를 마칠 것이다.

'엄브렐러는 죗값을 치르게 될 거야. 그리고 마지막엔 모두 다 함께 저승으로 가는 거야.'

그 생각을 마지막으로 아네트는 미소를 짓고는 이내 잠에 빠져들었다. 윌리엄의 꿈을 꾸면서.

제24장

에이다가 남겨두고 간 대로 통제실 안에 앉아있던 레온은 마침내 정상으로 돌아온 것 같은 기분이 들었다. 에이다가 먼지 덮인 벽장 안에서 구급상자와 물 한 병을 찾아냈다. 그녀가 나간 지는 10분 정도밖에 지나지 않았지만 벌써 아스피린의 약효가 돌기 시작했고 별 것 아닌 맹물도 기적 같은 효과를 내었다.

레온은 스위치로 뒤덮인 계기판 앞에 앉아 하수구에서 폭발이 일어난 뒤 무슨 일이 벌어졌었는지 끼워 맞추려 애썼다. 그가 제대로 기억하는 마지막 장면은 머리통이 날아간 거대한 악어가 쓰러지는 것이었다. 그 다음엔 어지러움이 몰려오고 힘이 빠져 몸을 제대로 가눌 수 없었다. 에이다가 그에게 붕대를 감아주고 부축해서 터널을 통과했다.

'그러고 나서 지하철 같은 걸 탔지. 한 1, 2분쯤 지하철을 탔었어.'

그리고 마침내 이곳에 왔다. 에이다는 확인할 게 있다면서 그에게 여기에서 잠시 쉬라고 했다. 레온은 위험하다면서 안 된다고 고집을 피웠지만 사실 그녀가 앉혀준 자리에 앉아있는 것 말고는 너무 어지러워 아무것도 할 수 없었다. 자신이 이렇게 무력하게 느껴진 적은, 이렇게 남에게 전적으로 의지해본 적은 이번이 처음이었다. 하지만 약 4리터짜리 물병을 절반 가량 들이켜고 나니 정신이 들기 시작했다. 출혈이 생기면 탈수가 오는 모양이었다.

'그러니까 나한테 물을 주고 대체 뭘 확인하러 간다는 거지? 그리고 이리로 오는 길은 어떻게 알았고?'

아까는 질문은 던지기는커녕 걷기조차 힘들었다. 하지만 제정신이 아닌 상태에서도 에이다가 얼마나 자신 있게 길을 택하는지, 조금도 흔들리지 않고 갈 길을 찾아가는지는 느낄 수 있었다. 대체 어떻게 알았지? 그녀는 뉴욕에서 온 화랑 바이어였다. 어떻게 라쿤 시티의 하수구 시스템에 대해 알 수 있단 말인가.

'그리고 어디에 있는 거야? 왜 돌아오지 않지?'

에이다는 그를 도와주었다. 목숨도 구해주었다고 할 수 있었다. 하지만 그녀가 하는 말을 계속해서 곧이곧대로 믿고 있을 수는 없었다. 레온은 에이다가 무엇을 하고 있는지 알고 싶었다. 그것도 지금 당장. 그녀에게 비밀 같은 게 있기 때문만은 아니었다. 클레어가 아직 하수구 어딘가에 있었다. 에이다가 이곳을 벗어나는 길을 안다면 어떻게든 물어보아 알아내야 했다.

레온은 천천히 몸을 일으켜 의자 등받이를 붙들고 심호흡을 했다. 아직도 힘이 없었지만 어지러움은 사라졌고 팔도 아까처럼 심하게 아프지 않았다. 아스피린 덕분인 것 같았다. 그는 매그넘을 꺼내 들고 작고 지저분한 방의 문으로 걸어가며 이번에는 에이다의 얼버무리는 듯한 대답이나 웃으며 넘기려는 태도를 절대 용납하지 않기로 결심했다.

문을 열고 들어서자 비행기 격납고만큼 거대하게 탁 트인 창고가 그를 맞았다. 아무것도 없고 낡았으며 꽤 어두웠지만 가볍게 지나가는 상쾌한 밤공기가 기분 좋게 느껴졌다.

거기에 에이다가 있었다. 그녀는 격납고 바로 밖에 있는 높은 연단에 올라가더니 열차 칸처럼 생긴 것 뒤로 사라졌다. 그것은 공장에서 주로 쓰는 화물 승강기였다. 창고 안으로 길게 이어진 철로에 기름칠이 잘 되어있는 것으로 보아 공장은 더 이상 사용하지 않더라도 승강기는 완전히 버려진 게 아닌 것 같았다.

"에이다!"

레온은 부상당한 팔을 몸에 딱 붙인 채로 승강기를 향해 달려갔다. 승강기 엔진음이 점점 커지는 소리가 들리자 서서히 분노가 올라오는 것을 느꼈다. 무거운 기계음이 맑은 밤하늘을 향해 쏟아져 나갔다. 에이다는 도망치고 있었다. 무언가를 확인하러 간 게 아니었다.

'내게 사실을 이야기하기 전까진 아무데도 못 가.'

레온은 달빛이 쏟아지는 열린 공간으로 달려 나갔다. 문이 닫히는 소리를 들으며 그는 계기판을 돌아 진동하는 금속 승강장 위로 올라섰다. 도중에 밝게 칠해진 계단에 발이 걸려 넘어질 뻔했다. 그런데 그가 몸의 균형을 되찾기도 전에 승강기가 서서히 내려가기 시작했다. 약 1미터 높이의 물결 모양으로 골이 진 금속 패널이 승강기를 둘러싸고 올라오기 시작하며 매끄럽게 땅 밑으로 내려가는 커다란 승강장을 감쌌다.

진동하는 승강기 주변으로 어둠이 휩싸고 올라오는 가운데 레온은 문을 꼭 붙들었다. 머리 위로 보이는 하늘이 점점 작아지며 별들이 박힌 검은 조각으로 바뀌었다. 서늘하고 창백한 달과 별빛은 금세 승강기의 수은등에서 나오는 밝은 주황색으로 바뀌었다.

그는 비틀비틀 안으로 들어갔다. 그러자 한쪽 벽에 고정된 벤치에서 벌떡 일어서는 에이다의 깜짝 놀란 표정을 볼 수 있었다. 그녀가 베레타를 반쯤 들어 올렸다가 다시 내렸다. 놀란 얼굴에 죄책감이 잠깐 나타났다가 그가 몸을 돌려 문을 닫는 짧은 사이에 다시 사라졌다.

잠시 동안 아무도 말을 하지 않고 서로를 노려보기만 했다. 승강기는 매끄럽게 계속해서 아래로 내려갔다. 레온은 에이다가 변명거리를 생각해내기 위해 애쓰는 것을 느낄 수 있었다. 정말이지 피곤하고 힘이 없긴 했지만 가만히 변명을 들어줄 기분이 아니었다.

"지금 어디 가는 겁니까?"

레온이 화를 숨기려는 노력 없이 무뚝뚝하게 물었다. 에이다가 한숨을 쉬더니 다시 자리에 앉았다. 그녀의 어깨가 축 처졌다.

"이게 나가는 길 같아요. 미안해요. 당신만 두고 혼자 도망가는 게 아니었는데. 하지만 너무 무서워서…."

에이다가 그를 올려다보며 조용히 말했다. 그녀의 어두운 눈동자가 레온의 눈을 가만히 들여다보았다. 그녀의 목소리에 담긴 진정한 슬픔을 느낄 수 있었다. 그리고 그녀의 눈에서도 같은 감정을 들여다 볼 수 있었다. 그러자 분노가 조금 가시는 걸 느꼈다.

"뭐가 무서운데요?"

"당신이 죽을 것 같았어요. 그리고 내가 죽을 것 같았어요. 우리 둘 다 살리려 하다가 말이에요."

"에이다, 대체 무슨 소리를 하는 겁니까?"

레온이 벤치로 다가가 그녀 옆에 앉았다. 그녀는 자기 손만 내려다보며 나지막이 말을 이었다.

"아까 하수구에서 당신을 찾으러 갔다가 지도를 발견했어요. 일종의 지하 연구실이나 공장 같은 게 나와 있었는데 그 지도가 맞았어요. 거기에서부터 도시 외곽 어딘가로 이어지는 터널이 있어요."

에이다가 다시 그와 시선을 맞췄다. 괴로워하는 모습이 그대로 드러났다.

"레온, 당신이 그런 길을 갈 수 있는 상태가 아니라고 생각했어요. 그런데도 당신을 데리고 왔다가 그 길이 막혀 있을까봐, 아니면 무언가가 공격해 올까봐 두려웠어요…."

레온이 천천히 고개를 끄덕였다. 에이다는 자기 자신을, 그리고 레온을 보호하려 하고 있었다.

"미안해요. 말했어야 했는데. 그냥 그렇게 두고 오는 게 아니었어요. 날 위해서 너무나도 많은 일을 해주었는데, 적어도, 적어도 진실을 말했어야 했어요."

그녀의 눈에 담긴 죄책감이나 수치심은 꾸며낼 수 있는 것이 아니었다. 레온이 에이다의 손을 잡았다. 다 이해한다고, 탓하지 않는

다고 말해주고 싶었다.

그때 바깥에서 쿵, 하는 소리가 울려 퍼졌다. 그리고 승강기 전체가 흔들렸다. 가벼운 진동이었지만 두 사람을 모두 긴장시키기에는 충분했다.

"선로에 뭐가 있었나 봐요."

레온이 말하자 에이다가 고개를 끄덕였다. 에이다의 눈에 담긴 강렬한 빛에 레온은 기분 좋게 불편해지는 것을 느꼈다. 그리고 온몸으로 따스한 온기가 퍼져나가는 것이….

콰앙!

그 순간, 거대하고 둥근 무언가가 승강기 벽을 강타하더니 에이다가 벤치에서 날아가 바닥으로 나뒹굴었다. 승강기 옆면의 금속판이 마치 종잇장처럼 그대로 뚫렸다. 안으로 들어온 건 다름 아닌 주먹이었다. 거기에는 뼈처럼 생긴 발톱이 달려 있었고, 각각 30센티미터 정도로 길었으며, 피가 뚝뚝 흐르고 있었다.

"에이다!"

거대한 주먹이 다시 밖으로 빠져나가더니 피투성이 발톱이 금속벽에 새로운 구멍을 뚫었다. 레온이 에이다의 축 늘어진 몸을 끌어당기며 바닥으로 몸을 던져 그녀를 승강기 중앙으로 이끌었다. 무시무시한 비명이 밖에서 움직이는 어둠을 통해 크게 울렸다. 경찰서에서 들었던 그 분노에 찬 괴성이었다. 하지만 이번에는 소리가 훨씬 더 크고 맹렬했으며, 심지어 전보다 훨씬 더 비인간적으로 느껴졌다.

레온은 다치지 않은 한 팔로 에이다를 꽉 붙들었다. 그녀의 오른쪽 옆구리에서 따뜻한 핏줄기가 흐르는 것이 느껴졌고, 거친 호흡으로 들썩이는 자신의 가슴에 힘없이 기댄 그녀의 무게도 느껴졌다.

"에이다, 정신 차려요! 에이다!"

아무 반응도 없었다. 그는 조심스레 에이다를 바닥에 내려놓고 골반 바로 위, 드레스에 난 피투성이 구멍을 잡아당겨 보았다. 두 개의 깊은 구멍에서 피가 차오르고 있었지만 상처가 얼마나 심한지 알 도리가 없었다. 레온은 짧은 드레스의 아랫부분을 잡아당겨 몇 센티미터를 찢어낸 다음 마구 뭉쳐 상처에 대고 눌렀다.

다시 한 번 괴물이 괴성을 울렸다. 하지만 그 날카로운 울부짖음도 레온이 에이다의 창백한 얼굴을 내려다보며 느끼는 감정에 비하면 아무것도 아니었다. 그는 대충 만든 붕대 위로 그녀의 딱 붙는 드레스를 잡아당겨 최대한 고정시킨 다음 일어서서 레밍턴을 꺼냈다.

에이다는 그를 도와주었다. 레온이 자신을 지킬 수 없을 때 그를 보호해주었다. 레온은 경직된 얼굴로 산탄총을 장전했다. 이번에는 자신이 그녀를 도와야 했다. 준비하는 동안 상처에서는 아무런 통증도 느껴지지 않았다.

길 끝처럼 보이는 곳에 다다르자 엄마가 사라진 방향을 알아낸 건 셰리였다. 두 사람은 열려있는 또 다른 어두운 방으로 들어갔지

만 휑뎅그렁한 그곳에는 문이 하나뿐이었고, 다른 출구는 없어 보였다. 아네트가 높이 올라온 바닥에서 아래로 뛰어내려 그들을 둘러싼 캄캄한 공간을 가로질러 간 게 아니라면 말이다.

둘은 어둠의 가장자리에 서서 그 속을 내려다보려고 애썼지만 아무것도 알아볼 수 없었다. 이 방은 마치 하역장처럼 꾸며져 있었다. 철로가 달린 승강장이 뒤편 벽을 따라 문에서부터 이어지다가 갑자기 끊기며 끝없는 어둠처럼 보이는 곳으로 이어졌다. 아네트가 아래로 내려가 어둠 속에 숨겨진 비밀통로를 통해 사라졌거나 클레어가 그녀가 간 방향을 잘못 짚은 것이 분명했다.

'그럼 이제 어떻게 하지? 돌아가? 아니면 어떻게든 따라가야 하나?'

두 가지 다 마음에 들지 않았다. 물론 한치 앞도 보이지 않는 칠흑 같은 어둠 속으로 들어가는 것보다야 왔던 길로 다시 돌아가는 것이 훨씬 나았다. 그리고 레온이 아직 그곳 어딘가에 있을 터였다.

"지하철 같은 건가? 혹시 여기 지하철역 같은 거 아닐까요?"

셰리가 물었다. 셰리의 입에서 '지하철'이라는 말이 나오자마자 클레어는 자기 머리를 콕 쥐어박고 싶은 생각이 들었다.

'승강장, 선로, 머리 위로 지나가는 천 개는 족히 될 것 같은 파이프들….'

클레어가 자신의 어리석음에 고개를 절레절레 흔들며 셰리를 향해 씩 웃어 보였다. 머리가 녹슬어가고 있는 것이 분명했다.

"그래, 그런 것 같네. 내가 아니라 네가 생각해낸 거야. 내 머리가 파업이라도 시작했나 보다."

승강장 한쪽에 있는 작은 컴퓨터 조종 장치, 아까는 중요한 게 아니라고 여겼던 그것이 계기판인 것 같았다. 클레어가 그리로 다가가자 셰리는 금목걸이를 쥐고 뒤를 따랐다. 아까 배수구에서 들었던 소리가 떠올랐다.

"무언가가 움직여 떠나는 소리 같았어요. 지하철처럼요. 그리고 꽤 무서웠어요. 소리가 엄청나게 컸거든요."

그러면 그렇지, 계기판 위의 작은 모니터 바로 아래에 승강기를 부르는 명령어와 숫자를 입력하는 자판이 있었다. 클레어가 코드를 입력하고 엔터키를 누르자 기계가 움직이는 듯한 진동음이 방안을 채웠다. 지하철 소리였다.

"그거 아니? 넌 정말 똑똑한 아이야."

클레어가 말하자 셰리가 환하게 웃었다. 달콤한 미소가 아이의 얼굴 전체에 번졌다. 클레어는 한 팔로 셰리의 어깨를 감싸고 함께 승강장 가장자리로 돌아와 지하철을 기다렸다.

몇 초 뒤 지하철의 전조등 불빛이 나타나더니, 작은 둥근 빛이 점점 더 커졌다. 지금까지 겪었던 끔찍한 일들에 비하면 이건 정말이지 대단히 반가운 변화였다. 클레어는 이 새로운 전개를 낙관적으로 생각하기로 마음먹었다. 그리고 이제 또 어떤 무서운 일이 벌어질지 걱정하지 않기로 했다. 이 지하철은 그들을 도시 밖으로 데려다 줄 것이고, 지하철 안에는 음식과 물이 가득 차 있을 것이며, 따뜻한 물이 나오는 샤워와 깨끗하고 포근한 옷….

'아냐, 그것 말고 뜨거운 물이 채워진 욕조랑 두꺼운 목욕 가운이 있으면 좋겠다. 슬리퍼도.'

생각만으로도 정말 좋았다. 하지만 그녀는 괴물이나 미친 사람이 등장하지만 않는다면 무엇이든 기꺼이 받아들이기로 했다. 셰리를 힐끗 쳐다보자 아이는 여전히 목걸이를 쥔 채 문지르고 있었다.

"그 안에 뭐가 들었어? 남자친구 사진이라도 있니?"

클레어가 물었다. 다시 셰리를 미소 짓게 하고 싶었다.

"안에요? 아, 안에 사진 같은 걸 넣는 게 아니에요. 엄마가 주셨어요. 행운의 부적이래요. 그리고 남자친구 없어요. 우리 또래 남자애들은 정말 유치하거든요."

셰리가 말했다. 클레어는 아이의 두 볼이 가볍게 붉어지는 것을 보고 기분이 좋아졌다. 클레어가 씩 웃었다.

"익숙해지는 게 좋을 거야. 내가 알기론 어떤 남자애들은 나이가 들어도 절대 성숙해지지 않고 마냥 유치하기만 하거든."

이제 지하철은 그 모양을 자세히 볼 수 있을 정도로 가까워졌다. 약 6, 7미터 길이의 한 칸짜리 지하철이 천장에 달린 선로를 따라 미끄러지듯 다가오고 있었다.

"이게 어디로 가는 것 같아요?"

셰리가 물었다. 그런데 클레어가 대답하기도 전에 승강장으로 들어오는 문이 폭발했다. 해치 문이 안쪽으로 터지며 삐걱대는 금속성 소리와 함께 경첩에서 분리되어 쨍그랑 소리를 내며 바닥으로 떨어졌다.

클레어가 셰리를 붙들어 최대한 가까이 끌어당김과 동시에 거대한 미스터 엑스가 방 안으로 들어섰다. 열린 틈을 통과하기 위해 몸을 낮추고 약간 옆으로 몸을 튼 놈의 영혼 없는 시선이 즉시 그들을 찾아냈다.

“내 뒤로 와!”

클레어가 소리치며 아이언스의 권총을 꺼내고 다가오는 지하철을 힐끗 뒤돌아보았다. 10초, 앞으로 10초는 더 있어야 했다.

그때 미스터 엑스가 그들 앞으로 거대한 발을 한 발짝 내디뎠다. 그와 동시에 클레어는 10초의 여유 따위는 없다는 걸 깨달았다. 그의 무표정하고 무서운 얼굴, 이미 위로 올라간 두 주먹, 여전히 서로 간에 6미터 가량 거리가 떨어져 있었지만 놈의 엄청난 보폭을 생각하면 단 네 걸음이면 충분히 따라잡을 것이다.

“지하철이 멈추면 바로 올라타!”

클레어가 방아쇠를 당기며 외쳤다.

넷, 다섯, 여섯 발이 놈의 가슴팍에 박혔다. 일곱 번째 총알이 시체처럼 창백한 볼을 파고들어갔지만 놈은 눈을 깜빡이지도, 피를 흘리지도, 그리고 멈추지도 않았다. 또 한 발짝, 얼굴에 연기가 피어오르는 검은 구멍이 났는데도 아랑곳하지 않는 모습은 놈이 인간이 아님을 그대로 보여주는 증거였다. 클레어는 총구를 내려 놈의 다리와 무릎을 겨냥했다.

탕! 탕! 탕!

총알이 박혀 들어가자 그가 잠시 멈췄다. 적어도 한 발이 왼쪽 무릎에 정통으로 맞았다. 검은 두 눈이 클레어를 찾아내 표적으로 삼은 것 같았다.

“이리로! 얼른 와요!”

셰리가 소리를 지르며 클레어의 재킷 자락을 잡아당기자 클레어는 다시 한 번 방아쇠를 당기며 뒷걸음질 쳤다. 두 발이 놈의 배에 맞았다.

다음 순간 클레어가 지하철에 올랐고 셰리는 문을 닫는 버튼을 찾아냈다. 윙 소리와 함께 문이 닫히자 작은 창문이 미스터 엑스로 가득 찼다. 더 이상 다가오지는 않았지만 여전히 쓰러지지도 않았다. 죽어가지도 않았다.

"따라와!"

클레어가 소리쳤다. 오른편으로 깜빡이는 계기판 불빛이 보였다. 저 거인이, 저 무시무시한 괴생명체가 다시 걷기 시작한다면 문은 일 초도 버티지 못할 것을 알았다. 클레어는 셰리를 옆에 붙든 채 재빨리 계기판으로 달려갔다. 설계자가 빨간 버튼에 "출발"이라고 적어놓은 것에 감사하며 떨리는 손으로 그것을 세게 눌렀다.

지하철이 움직이기 시작했다. 승강장에서 미끄러진 열차는 무슨 짓을 해도 죽일 수 없는 인간 아닌 남자로부터 멀어져 어둠 속으로 달려가기 시작했다.

아네트는 4층의 직원 휴게실에 앉은 채 메인프레임의 전원이 들어오기를 기다리며 P-엡실론 시스템을 가동해야 할지 말아야 할지 고민했다. 자폭 시스템이 발동되면 서로 연결된 복도 문의 잠금 장치가 모두 풀리고, 전기로 가동되는 문 또한 모두 열릴 것이다. 지난 며칠 동안 갇혀 있던 괴물들이 드디어 자유로이 돌아다니게 될 것이고 그 중 대부분은 굶주려 있을 것이었다.

'굶주린 건 물론 감염성도 아주 높겠지. 썩어가는 살점에서 순수한 바이러스를 뚝뚝 흘리고 다닐 거야….'

이곳을 떠나는 길에 예상치 못한 불쾌한 일을 당하고 싶지는 않았다. 그래서 스크린에 암호를 입력하라는 말이 떠올랐을 때 아네트는 시스템 가동을 멈추기로 했다. 미생물학 연구원 두 명이 엄브렐러의 피해 대책팀의 요구에 따라 만든 P-엡실론 가스는 아직 실험 단계에 있었다. 그것이 효과가 있다면 Re3들과 최초로 공기 중에 유출된 바이러스 감염자들을 모두 쓸어버려 탈출 터널까지 안전하게 갈 수 있도록 해줄 것이었다.

하지만 스파이들이 오고 있었고, 그들의 일을 쉽게 만들어주고 싶은 생각은 추호도 없었다. 바이러스 합성 연구실로 비틀비틀 걸어가던 도중에 승강기가 움직이는 소리를 들었다. 스파이들에게 뒤를 밟혔다고 해도 괜찮았다. 아니, 오히려 아주 좋았다. 성대한 피날레를 위해 그들이 제때 이곳에 도착할 수 있을 테니. 그리고 아네트는 자신이 이곳을 빠르게 빠져나가는 동안 그들이 목숨을 건지기 위해 죽을 고생을 하길 바랐다. 수십억 달러를 투자해 만든 이 시설을 모조리 집어삼킬 엄청난 폭발이 일어나기 전까지 말이다.

'모두 다 불타오를 거야. 활활 타오르고 난 이 악몽에서 드디어 빠져나갈 수 있어. 게임이 끝나고 내가 이기는 거야. 엄브렐러가 지는 거지. 가차 없이 사람의 목숨을 빼앗는 더러운 놈들은 모두 끝이야.'

기분이 좋았다. 이제 완전히 깨어난 것 같았고 고통은 거의 느껴지지 않았다. 원래는 돌아오는 즉시, 바이러스 샘플을 가지러 가기도 전에 먼저 자폭 장치를 가동하기 위해 가장 가까운 컴퓨터로 향할 생각이었다. 하지만 비틀비틀 승강장에서 내릴 때엔 이미 앞이 제대로 보이지도 않았다. 그리고 중요한 무언가를 잊어버릴까봐, 아니 바닥에 쓰러져 다시는 일어서지 못할까봐 겁이 났다.

그러나 바이러스 합성 실험실에 있는 구급상자에 다녀온 것이 모든 문제를 해결해주었다. 이미 끔찍한 고통은 먼 기억이 되었고, 생각에 집중하기 어렵게 만들었던 기이한 망상 같은 것도 함께 사라졌다. 약물의 효력이 가시고 나면 잠시 쉬었던 것만큼 고통이 더욱 거세지겠지만 앞으로 최소한 두 시간 정도는 다시 태어난 것처럼, 아니 그것보다 더 기분이 좋을 것이었다.

'에피네프린, 엔도르핀, 암페타민, 섞어놓으니 정말 좋구나!'

자신이 약물에 취해 있다는 걸, 지금의 능력을 과대평가해선 안 된다는 걸 알고 있었지만 그렇다고 기분이 좋아지지 말라는 법은 없지 않은가? 아네트는 앞에 놓인 작은 컴퓨터를 보고 씩 웃으며 암호를 입력하기 시작했다. 약물에 의해 생성된 아드레날린이 확장된 혈관을 따라 미친 듯 흐르는 동안 키보드 위로 손가락이 날아다니고 힘이 솟구쳤다. 무사히 연구실로 돌아왔고, 윌리엄도 돌아왔고, 바이러스 샘플, 이곳에 마지막으로 남은 G-바이러스 샘플도 그녀의 주머니에 얌전히 들어있었다. 윌리엄을 찾으러 가기 전에 퓨즈 상자 안에 숨겨놨다가 직원 휴게실로 가는 길에 찾아놓았던 것이다.

'76E, 43L, 17A, 자폭 시간은… 20분, 음성 경고와 전원 차단 10분, 확인 암호 0001버킨….'

이제 다 되었다. 아네트는 웃음을 멈출 수 없었다. 아니, 멈추고 싶지 않았다. 엔터키를 가볍게 어루만지며 아네트는 뜨거운 기쁨과 승리의 환희가 자신의 너덜너덜하고 멍한 몸을 통해 마구 솟구치는 것을 느꼈다. 이제 키 하나만 누르면 지구상의 그 무엇도 폭발을 막을 수 없다. 앞으로 10분 후면 녹음된 경고 방송이 시작될 것이고 화물 승강기는 작동을 멈춰 지상과 연구 시설을 완전히 격리시킬 것이다. 그리고 15분 후면 카운트다운이 시작되어 지하철을 타고 최소 안전 거리까지 움직여야 하고, 거기에서 다시 5분이 지나면….

'쾅! 이제 폭발까지 20분 남았어. 어떤 괴물이 풀려나든 터널로 가서 지하철의 전원을 올리기까지는 충분하고도 남지. 째깍거리는 시계로부터 도망쳐 도시의 거리 아래를 지나 라쿤 시티 외곽의 고립된 언덕 지대를 통과하기에 충분한 시간이야. 선로 끝까지 가서, 사유지로 나아간 다음에 몸을 돌려 엄브렐러가 모든 걸 잃는 것을 지켜보는 거야.'

시계가 0을 가리키면 연구실의 중앙 전력실에 설치된 플라스틱 폭탄이 작동된다. 총 열두 개 중 하나만 빼고 다 불발하더라도 그 한 개의 폭탄이 건물 벽에 매립된 2차 폭발물을 터뜨리기에 충분했다. 엄브렐러의 자폭 장치는 아무것도 남기지 않고 모든 것을 다 파괴하기 위해 설계되었다. 실험실은 불바다가 되어 죽은 자들의 도시가 된 라쿤 시티까지 불구덩이로 만들 것이고, 수 킬로미터 밖에서도 그것을 볼 수 있을 터였다. 아네트는 거기 그 자리에 서서 모든 광경을 지켜볼 것이다. 자신이 드디어 해냈음을, 계획대로 모든 일을 바로잡았다는 사실에 뿌듯해 하면서 말이다.

'모두가 당신을 위한 거예요, 윌리엄.'

씁쓸하면서도 달콤한 생각이었다. 아내와 남편으로서 결혼생활을 즐기지 못한 지도 꽤 오래 되었다. 윌리엄은 똑똑했고, 바이러스를 합성하고 개발하는 기쁨에 푹 빠져 나중에는 그것이 결혼생활의 즐거움을 대신했었다. 아네트는 그의 놀라운 재능을 알았고, 때로는 귀찮고 괴로운 부부관계 대신 뒤에서 그를 돕는 것이 재미있는 일이라는 것도 배웠다. 하지만 지금, 모든 것을 끝낼 키 위에 손가락을 올려놓은 지금은 문득 지난 몇 년 동안 그들 사이에 단순한 동료관계 이상의 것이 있었다면 얼마나 좋았을까 하는 생각이 들었다. 윌리엄의 재능에 대한 그녀의 존경심과 아네트의 도움에 대한 그의 고마움 말고도 또 다른 것이 있었더라면….

'이게 우리의 마지막 키스에요, 내 사랑. 이것이 우리 연구에 대한 나의 마지막 공헌, 우리가 함께 나누었던 모든 것을 향한 내 마지막 사랑의 행위예요.'

그래, 그거였다. 바로 그 감정이었다. 아네트는 즐거운 마음으로 엔터키를 눌렀다. 입력된 암호가 모니터에 나타나며 녹색으로 빛나는 것이 보였다.

"그럼 정중한 마음으로 사직서를 제출하는 바입니다."

아네트는 나지막이 읊조리고는 깔깔거리며 웃기 시작했다.

제25장

움직이는 승강장 뒤로 어둠이 빠르게 미끄러지듯 지나갔다. 어두운 금속이 흐린 주황색 빛에 감싸여 있었고, 승강기 벽에 구멍을 냈던 놈은 이미 사라지고 없었다. 레온은 조심조심 밀폐된 열차 칸 주변을 두 번 돌아보았지만 아무것도 보이지 않았고, 돌아가는 모터 소리 말고는 아무 소리도 듣지 못했다.

놈이 마침내 지붕 위 어둠 속에서 괴성을 지르자 레온은 산탄총을 들어 올렸고, 그때 눈에 들어온 것을 보고 우뚝 멈춰 서고 말았다. 그것을 제대로 보게 된 순간, 그의 복수심 가득한 분노는 먼지 조각처럼 산산이 흩어지고 다만 등골을 오싹하게 만드는 경외심과 두려움이 그 자리를 채웠다.

'이런 제길!'

그것은 여전히 비명을 지르고 있었다. 고개를 한껏 뒤로 젖힌 놈의 거칠고도 그르릉 거리는 비명은 마치 움직이는 어둠 속 지옥에서 들려오는 목소리 같았다. 한때 그것은 사람이었으리라. 그 증거로 거대한 몸에 여전히 매달린 팔과 다리, 찢긴 옷가지가 보였다. 하지만 인간다운 모습은 모두 사라져 버렸고, 차가운 어둠을 향해 고함을 지르면서 놈은 여전히 변화 중이었다. 레온은 입을 벌리고 지켜볼 수밖에 없었다.

놈의 몸이 부풀어 오르더니 기이하게 생긴 근육들이 불거져 나왔다. 끝없는 비명과 함께 벗은 가슴이 터질 듯 울룩불룩 커졌다. 오른쪽 팔이 왼쪽 팔보다 15센티미터는 더 길었고, 박동하듯 꿈틀대는 손에서 뼈로 된 발톱이 솟구쳐 나왔다. 그리고 오른쪽 이두박근에 붙어 있는, 커다란 접시 크기의 눈알 같이 생긴 움직이는 둥근 물체는 마치 무언가를 찾는 듯 좌우로 불규칙하게 움직였다.

비명 소리도 바뀌고 있었다. 소리가 점점 더 깊어지고, 거칠어지며, 텁수룩한 얼굴이 떨어지듯 아래로 내려오며 가슴으로 녹아들어갔다. 마치 뜨거운 왁스처럼, 영화의 특수효과처럼 놈의 머리는 상체로 흐르듯 내려가더니 잔뜩 성난 듯한 피부 속으로 매끄럽게 사라졌다.

그리고 동시에 목 뒤에서 손가락이 부러지는 듯 끔찍한 우지끈, 소리와 함께 또 다른 얼굴이 생겨나며 점점 올라와 커졌다. 쭉 찢어진 눈이 번쩍 뜨이고, 앙상한 붉은색 구멍 같은 입이 생겨나 새로운 목소리로 성난 비명을 이어갔다.

그 순간 레온이 방아쇠를 당겼다. 그 불경스러운, 존재해서는 안 될 괴물이 눈앞에 있다는 사실을 인정할 수 없었다.

쾅!

산탄이 놈의 가슴에 맞자 진한 보랏빛 피가 흩뿌려지며 놈의 비명이 그쳤다. 하지만 그것이 다였다. 새롭게 만들어진 괴물의 얼굴이 레온을 향해 기울었고 뾰족한 머리통이 갸우뚱 젖혀졌다. 그리고 놈이 승강장으로 뛰어내려 레온의 가슴둘레만큼이나 커다란 다리를 반쯤 구부려 착지했다.

한 차례의 점프와 비틀대는 한 걸음 만에 놈은 레온이 냄새를 맡을 수 있을 정도로 가까워졌다. 번들거리는 피부에서 쏟아져 나오는 듯한 이상하고 톡 쏘는 화학약품 냄새가 느껴졌고, 가슴에 난 총상에서 피가 멈춘 게 보였다. 기이하게 생긴 살점이 마치 작은 총알 구멍들을 먹어치우듯 집어삼키고 있었다.

놈이 거대한 발톱을 들어 올리자 레온은 비틀비틀 뒤로 물러서며 또 한 발을 장전했다. 놈의 발톱이 내려오는 동시에 방아쇠를 당겼다.

카앙!

산탄이 놈의 배에 박혀 들어가면서 금속 선로에서 불꽃이 날아올랐다. 보랏빛 액체가 또 튀어 올랐다. 총구를 몸에 대다시피 한 상태에서 총을 맞았는데도 놈은 전혀 흔들리지 않았다. 놈이 한 발 더 다가오고 레온은 다시 장전하며 뒤로 물러섰다.

레온이 뒤로 물러서다가 계단에 걸려 그대로 엉덩방아를 찧었다. 총알은 뾰족한 놈의 머리 위로 날아갔다. 한 걸음만 더 오면 끝이었다.

'죽었다!'

하지만 놈은 다가오지 않았다. 그 대신 선로를 향해 고개를 돌려 그 기이하게 생긴 머리통을 갸우뚱하더니 찢어진 구멍이라고밖에 할 수 없는 콧구멍을 벌렁거렸다. 그리고 아무 소리도 없이, 우아한 자태로 승강장 가장자리를 뛰어넘더니 빠르게 지나치는 어둠 속으로 사라져버렸다.

잠시 레온은 움직이지 않았다. 그럴 수가 없었다. 괴물이 자신을 죽이지 않은 사실을 받아들이는 것만으로도 바빴다. 놈이 어떤 냄새를 맡았거나 느꼈는지, 이긴 게 분명한 상황에서 최후의 공격을 멈추고 그대로 움직이는 지하철에서 뛰어내린 것이다.

'난 죽지 않았어. 놈은 사라졌어. 난 안 죽었다고.'

그 이유는 알지도 못했고, 짐작조차 할 수 없었다. 그저 살아났다는 걸 받아들이는 것으로 충분했다. 그리고 잠시 뒤, 아마 몇 초도 지나지 않았을 즈음 잔뜩 긴장된 신경과 감각들이 지하철이 느려지고 있음을, 통로가 점점 더 밝아지며 검은 어둠이 회색으로 바뀌고 있음을 알려주었다.

레온은 더듬더듬 자리에서 일어나 에이다를 찾으러 갔다.

셰리는 거대한 구멍 깊은 곳 어딘가 멀리에서부터 들려오는 괴물의 소리를 들었다. 그리고 그 거인, 클레어가 미스터 엑스라고 부른 그 놈이 지하철역에 나타났을 때보다도 더 겁에 질렸다. 클레어는 그것이 괴물이 아닐 수도 있다고, 그저 기계 문제일 가능성이 크다고 했지만 셰리는 믿지 않았다. 물론 소리는 너무나도 멀고 기이해서 괴물이 아닌 다른 무언가일 수도 있었다.

'하지만 그게 아니면? 클레어 언니가 틀렸으면 어떻게 해?'

그들은 창고 바깥의 차가운 어둠 속에 선 채 바닥에 난 거대한 구멍을 내려다보며 기계음이 멈추기를 기다렸다. 거의 보름달에 가까운 달이 하늘에 낮게 걸려 있었고 셰리는 지평선을 덮은 진한 푸른색 빛을 보고 이른 새벽이라는 걸 알았다. 하지만 피곤하지는 않았다. 그보다는 겁이 나고 두려웠다. 클레어의 손을 꼭 잡고 있었지만 괴물이 있을지도 모르는 검은 구멍으로는 내려가고 싶지 않았다.

길게 느껴지는 시간이 흐른 뒤 진동하는 기계음이 멈추고 클레어가 승강기 통로에서 뒤로 물러섰다. 그리고는 창고를 향해 몸을 돌렸다.

"승강기를 부를 수 있는 계기판 같은 게 있는지 가보자. 셰리?"

셰리는 클레어를 따라 움직이지 않았다. 행운의 부적을 손에 쥔 채 클레어처럼 용감할 수 있다면 얼마나 좋을까 생각하며 승강기 통로의 어두운 구멍을 내려다보고 있었다. 클레어처럼 될 수는 없었다. 그리고 어둠 속으로 내려가고 싶지도 않았다.

'안 돼. 못 내려가. 난 클레어가 아니야. 엄마가 저리로 갔다고 해도 상관없어. 상관없다고.'

셰리는 등에 온기가 느껴지는 것을 느끼고 위를 올려다보았다. 그리고 깜짝 놀랐다. 클레어가 입고 있던 재킷을 벗어 자신의 어깨에 걸쳐준 것이었다.

“이제 네가 가져.”

클레어가 말했다. 지금까지 강하게 느껴졌던 두려움에도 불구하고 갑자기 행복감이 밀려오는 것을 느꼈다.

“하지만… 왜요? 이건 언니 거잖아요. 언니 추울 텐데….”

클레어는 잠시 아이의 말을 무시하고 아이가 그것을 입는 걸 도와주었다. 셰리에게는 너무 컸고 더러웠지만 셰리는 그것이 자신이 지금까지 입어본 옷 중에 가장 멋지다고 생각했다.

‘날 위해. 나더러 입으라고 했어.’

이제 얇은 검정색 티셔츠와 반바지만 걸친 클레어가 셰리 앞에 무릎을 꿇고 앉았다. 그녀는 아이를 아주 진지한 얼굴로 쳐다보며 셰리의 가슴 위로 재킷을 잡아당겼다.

“네게 이걸 준 건 네가 겁이 났다는 걸 알기 때문이야. 이 재킷은 아주 오래된 건데 이걸 입을 때면 무슨 일이든 해낼 수 있다는 기분이 들곤 했어. 아무것도 날 막을 수 없을 것처럼 말이야. 우리 오빠도 등에 같은 무늬가 있는 가죽점퍼를 가지고 있는데 오빠는 정말 천하무적이거든. 물론 이 옷을 먼저 입은 건 나였지만 말이야.”

클레어가 갑자기 미소를 지었다. 피로에 지쳤지만 따스한 그 미소는 잠시나마 셰리가 괴물에 대해 잊을 수 있게 만들었다.

“이제 이건 네 거야. 이걸 입을 때마다 기억해줬으면 해. 넌 지구상에서 가장 멋진 열두 살 아이라고 말이야.”

셰리도 미소를 지으며 빛바랜 재킷을 꼭 끌어안았다.

“그럼 이건 뇌물이네요?”

클레어가 한 치의 망설임도 없이 고개를 끄덕였다.

"그럼, 당연히 뇌물이지. 그럼 이제 어떻게 할래?"

셰리는 한숨을 쉬며 클레어의 손을 잡았다. 둘은 함께 승강기 계기판을 찾아 창고로 돌아갔다.

////

레온이 에이다를 삐걱대는 간이침대에 눕히자 그녀가 정신을 차렸다. 머리가 욱신거리고 옆구리에 통증이 느껴졌다. 처음에는 총을 맞은 줄 알았다. 하지만 눈을 뜨고 레온의 걱정 어린 창백한 얼굴이 서서히 시야에 들어오자 기억이 돌아오기 시작했다.

'그가 키스를 하려고 했던 것 같은데. 그리고 그때….'

"무슨 일이 있었던 거죠?"

레온이 손을 내려 이마에 흐트러진 에이다의 머리칼을 빗어주며 가볍게 미소 지었다.

"괴물이 나타났죠. 베르톨루치를 죽인 그 놈 같아요. 놈이 주먹으로 지하철 벽을 뚫고 당신을 쓰러뜨렸어요. 발톱에 찔린 다음 당신은 머리를 부딪쳤고요."

'바이러스!'

에이다는 몸을 일으켜 상처를 살펴보려 했지만 심한 머리 통증으로 다시 몸을 눕힐 수밖에 없었다. 손을 올려 조심스레 왼쪽 관자놀이 바로 위의 욱신대는 부분을 만져보았다. 끈적이는 혹이 느껴져 얼굴이 절로 찡그려졌다.

"가만히 있어요. 상처는 그리 심하진 않지만 머리는 심하게 부딪쳤다고요."

레온의 말에 에이다는 눈을 감고 마음을 추스르려 애썼다. G-바이러스에 감염됐다 해도 이제는 어찌할 도리가 없었다. 아이러니가 아닐 수 없었다. 그녀를 찌른 게 버킨 박사고 그가 아직도 다른 사람을 감염시킬 수 있다면 그녀는 참으로 직접적인 방식으로 G-바이러스 샘플을 손에 넣는 데 성공한 셈이었으니 말이다.

'심호흡을 해. 정신 똑바로 차려. 일단 여긴 지하철 안이 아니야. 그런데 그게 무슨 뜻이지?'

"여기가 어디죠?"

에이다가 눈을 뜨며 묻자 레온이 고개를 저었다.

"잘 모르겠어요. 당신이 말한 것처럼 지하 실험실이나 일종의 공장 같은데. 지하철은 바로 밖에 있어요. 가장 가까운 방으로 당신을 데려온 거예요."

에이다는 욱신대는 머리를 조금 돌려 작은 창문을 내다보았다. 지저분한 카운터 위로 지하철 승강장이 보였다. 주 합성 실험실은 5층에 있었다.

'4층이 분명해. 지하철이 멈추는 곳….'

레온은 진심으로 걱정하는 표정으로 자신을 내려다보고 있었다. 그의 밝은 푸른색 시선이 가슴 아플 정도로 부드러워 에이다는 잠시 임무를 포기할까도 생각했다. 같이 탈출 터널을 따라가 지하철에 올라탄 뒤 이곳을 빠져나가는 것이다. 같이 멀리, 아주 먼 곳으로 도망가는 거다.

'그러고 나면 어떡할 건데? 트렌트에게 전화해서 받은 돈은 환불해주겠다고 해? 그러지 뭐. 그런 다음 레온의 부모님을 만나고, 반지를 사고, 하얀 울타리가 쳐진 작고 예쁜 하얀 집을 사고, 아이도 두 명 낳는 거야. 뜨개질을 배우고, 남편이 음주 운전자를 체포하고 교통정리를 하며 고된 하루를 보내고 집에 돌아오면 발을 주물러주는 거지. 그렇게 둘이 오래도록 행복하게 사는 거야.'

에이다는 다시 눈을 감았다. 그를 바라볼 수가 없었다.

"머리가 꽤 많이 아파요. 지도에서 보았던 그 터널… 그게 정확히 어디에 있는지는 모르겠어요."

"내가 찾을게요. 찾아낸 다음 다시 돌아올게요. 아무 걱정 하지 말아요. 알았죠?"

"조심해요."

레온의 나지막한 말에 에이다가 속삭였다. 그의 부드러운 입술이 이마를 스치는 게 느껴졌고, 그가 일어서서 문을 향해 다가가는 소리를 들었다.

"여기 그대로 있어요. 금방 돌아올게요."

그가 말했다. 문이 열렸다 닫히고 이내 그녀는 혼자가 되었다.

'그는 괜찮을 거야. 터널을 찾으려다 길을 잃을 거고, 다시 돌아와서는 내가 사라진 걸 깨닫고 지상으로 올라가는 승강기를 타겠지. 그 사이 나는 바이러스 샘플을 찾아 탈출하는 거야. 그럼 모두 끝이야.'

에이다는 1분을 센 다음 머리에서 느껴지는 욱신대는 통증에 얼굴을 찌푸리며 천천히 일어섰다. 심하게 부딪친 것은 맞지만 그렇다고 움직이지 못할 정도는 아니었다. 필요한 일은 할 수 있었다.

밖에서 무슨 소리가 들렸다. 에이다는 일어서서 작은 창문 한 곳으로 다가갔다. 보기도 전에 그 소리가 무엇인지 알았다. 그리고 가슴이 조금 내려앉는 것을 느꼈다. 승강기가 다시 위로 올라가고 있었다. 엄브렐러에서 보낸 팀이 도착해 공장으로 불러올린 것이 분명했다.

'그렇다면 이제 시간이 별로 없네. 그리고 그들이 그를 찾아낸다면….'

아니, 레온은 괜찮을 것이다. 그는 투사였고, 위험이 닥치면 미리 알아보고 도망칠 수 있었다. 게다가 강하고 정직했다. 자신 같은 사람을 곁에 두어선 안 되었다. 잠시나마 그런 생각을 한 건 미친 짓이었다. 이제는 일을 마무리 짓고, 여기 온 목적을 달성해야 할 때였다. 그리고 자신이 누구인지를 기억해야 할 때였다. 임무를 위해서라면 훔치고 죽이는 것쯤은 아무렇지 않은 사람, 지금껏 실패라고는 없는 경력에 자부심을 품고 있는 냉철하고도 유능한 도둑. 에이다 웡은 언제나 목표물을 손에 넣어 무사히 빠져나갔다. 푸른 눈의 경찰과 몇 시간을 함께 했다고 그 사실을 잊을 사람이 아니었다.

에이다는 주머니에서 카드키와 마스터키를 꺼낸 뒤 문을 열었다. 그리고 지금 자신이 옳은 일을 하고 있다고, 지금은 아닌 것 같아도 시간이 지나면 분명히 그렇게 확신하게 될 거라고 스스로에게 다짐했다.

제26장

아네트는 문제를 맞닥뜨렸다.

화물 창고로 내려가는 길은 나쁘지 않았다. 감염자, 최초로 감염된 사람들 중 하나를 만나 첫 발에 그의 말라비틀어진 두개골에 총알구멍을 내주었다. 잠든 Re3 한 마리의 아래로 지나갔지만 놈은 천장에 만들어놓은 보금자리에서 깨어나지 않았고 다른 괴물들은 여전히 자신이 자유로운 몸이 되었다는 걸 알지 못한 채 어둠 속에 숨어 있었다. 풀려난 걸 모르는 건지 아니면 그녀가 상상한 것보다 훨씬 많은 놈들이 이미 곤죽으로 변해버린 건지, 어쨌거나 걱정할 때가 오기 전에 그녀는 자취를 감출 것이었다.

아네트는 다 합쳐 3분도 안 되는 시간 만에 화물 창고에 다다랐고, 대단한 일을 성취해낸 것 같은 자부심을 느끼며 비밀번호를 입력했다. 약기운은 점점 약해지고 있었지만 여전히 기분은 좋았다.

그런데 화물 창고의 해치 문이 열리지 않았다. 아네트는 간단한 암호를 한 번 더, 조금 더 차근차근 입력했다. 하지만 아무 일도 일어나지 않았다. 그 문은 이곳 연구 시설에서 자폭 장치가 가동되어도 자동으로 열리지 않는 소수의 문들 중 하나였다. 하지만 그건 문제가 아니었다. 계기판 아래 구멍에 보안 디스크가 끼워져 있었기 때문이었다. 부서장들만 출입시켜야 한다는 엄브렐러의 규정에도 불구하고 그 디스크는 항상 그곳에 있었다.

하지만 구멍을 확인해보니 디스크가 있어야 할 자리에 없었다. 누군가가 가져간 것이 분명했다.

아네트는 열린 공간 속 잠긴 해치 문 앞에 선 채 처음으로 강한 두려움이 머릿속으로 밀고 들어오는 것을 느꼈다. 그대로 둘 수 없는 강한 흥분과 두려움이었다.

'곧 연구실이 폭발할 건데 이미 4분, 아니 거의 5분을 낭비했어. 망할 디스크는 어디에 있는 거야?'

"침착해. 정신 차려. 괜찮아. 괜찮을 거야…."

혼란스러운 머릿속에서 온화한 음성, 이성의 속삭임이 들려왔다. 그저 다른 층에서 승강기를 타기만 하면 되었다. 마스터키가 있고, 무기가 있고, 시간도 있었다. 많지는 않았지만 그 정도면 충분했다.

아네트는 심호흡을 하며 계단으로 이어지는 복도를 향해 걷기 시작했다. 모든 게 괜찮았고, 디스크 따위가 없어진 건 중요하지 않았다. 그녀가 살아서 이곳을 나가든 못 나가든 엄브렐러는 죗값을 치를 것이었다. 죽고 싶지 않았다. 죽지 않을 것이었다. 피가 흩뿌려져 번들거리는 복도와 한때 말끔했던 연구실은 어쨌거나 화염 속에 사라질 것이었다. 그러니 당황할 필요는 없었다.

그녀는 오른쪽으로 돌아 이어지는 복도를 따라 재빨리 움직였다. 고요함 속에 그녀의 발소리는 크고 공허하게 들렸다. 그때, 천장 패널 하나가 그녀 바로 앞에서 무너져 내렸다.

Re3, 리커 한 마리가 바닥으로 떨어져 그녀를 향해 비명을 질렀다.

'안 돼!'

아네트가 총을 발사했지만 앞으로 뛰어오르는 놈의 어깨를 맞혔을 뿐이었다. 놈이 기이하게 변형된 발톱을 들어 그녀를 향해 내저었다. 아네트는 팔에 날카로운 통증을 느끼며 다시 한 번 방아쇠를 당겼다. 이런 일이 벌어지고 있다는 사실을 믿을 수 없었다.

두 번째 총알은 놈의 목에 명중했다. 놈이 찢긴 목에서 피를 뿌리며 비명을 질렀다. 시끄러운 비명과 알아듣기 힘든 울음소리를 내지르며 놈이 다시 한 번 달려들었다.

세 번째 총알이 놈의 젤리 같은 회색 뇌에 박히자 놈은 아네트의 떨리는 다리에서 단 몇 센티미터 떨어진 곳에 쓰러져 경련하다 멈췄다.

얼마나 위험했는지 깨달은 아네트는 숨을 몰아쉬며 피가 흐르는 팔을 내려다보았다. 실험실 가운을 뚫고 두꺼운 상처가 나있었다.

그때 그녀의 머릿속에서 무언가가 무너져 내렸다.

미친 듯 돌아가는 머리와 빠르게 뛰는 심장, 피, 리커, 윌리엄이 만든 리커, 그녀 앞 바닥에 쓰러져 죽은 리커. 이 모든 게 하나의 원을 그리며 회오리치듯 돌고 춤을 추다 단 하나의 놀라울 정도로 단순한 생각으로 고정되었다. 이 모든 걸 단숨에 이해할 수 있는 명료

한 생각이었다.

'이건 그들의 것이 아니야.'

너무나도 뚜렷한, 투명하기 짝이 없는 생각이었다. 고통으로부터 도망칠 수는 없었다. 어디로 가든 고통은 그녀를 찾아낼 테니까. 피가 흐르는 팔이 그 증거였다. 윌리엄은 알고 있었다. 하지만 채 이야기를 듣기도 전에, 자신이 해야 할 일을 알려주기 전에 아네트는 윌리엄을 잃고 말았다. 그들 앞에 나서서 이해시켜야 했다. G-바이러스는 엄브렐러의 것이 아니라고, 단 한 번도 그들의 것인 적이 없었다고 말이다.

'하지만 그들이 이해할까? 이해할 수 있을까?'

그럴 수도, 그렇지 않을 수도 있었다. 하지만 아네트는 너무나도 단순하고도 심오한 진실에 압도되어 있었다. 그들을 이해시키기 위해 최소한 노력이라도 해야 했다. 이 연구는 윌리엄의 것이었다. 이것은 자신의 남편이 남긴 유산이고, 그가 없는 지금 그녀의 것이 되었다. 그 전에도 알고는 있었지만 진정으로 깨달은 것은 지금이었다. 마치 머릿속에 한 줄기 빛이 내려오며 다른 모든 것들을 사소한 일로 만들어버리는 것 같았다.

'그들의 것이 아니야. 내 것이야.'

그들을 찾아서 말해야 했다. 진실을 이해하고 나면 그들도 자신을 가만히 놔둘 것이었다. 그리고 그때까지도 시간이 남아 있다면 원래 계획대로 떠나면 되었다.

하지만 그 전에 약을 한 번 더 맞아야 했다. 아네트는 커다랗게 벌어진 눈으로 씩 미소를 지으며 리커의 시체를 넘어서 계단을 향해 걷기 시작했다.

////

레온은 총성을 들었다고 생각했다.

그는 수술실 같은 곳에 있었다. 에이다를 두고 나온 뒤 처음 들어간 통로 끝에 있는 첫 번째 방이었다. 그곳에서 찾은 구겨진 서류들을 읽고 있다가 고개를 들어 귀를 기울였지만 멀리에서 들려오는 깨지는 듯한 소리는 반복되지 않았다. 그래서 수색을 다시 시작했다. 종이들을 빠르게 넘기며 엄브렐러 로고 아래로 끝없이 이어지는 숫자와 글자들 말고 다른 걸 찾기 위해 필사적으로 애썼다.

'제발, 무언가 유용한 게 있을 것이 틀림없어.'

밖으로 나가고 싶었다. 에이다를 데리고 한시라도 빨리 이곳을 떠나고 싶었다. 모퉁이에 고꾸라져 있는 내장이 마구 헤쳐진 시신 한 구도 충분한 이유가 되었지만, 그게 다가 아니었다. 이 방이나 방 밖의 복도, 이곳 말고도 연구 시설에 있는 모든 방의 공기 자체가 잘못되었다. 죽음의 냄새가 진동했지만 그것 말고도 훨씬 더 어둡고 비도덕적인, 악한 분위기 같은 것이 있었다.

'그들은 여기에서 실험을 했어. 대체 무슨 짓을 했는지는 신만이 알겠지만 그걸로 좀비를 창조하는 병을 만들었지. 에이다를 공격한 괴물 같은 악마도 만들어내고 도시 전체를 살해했어. 무슨 짓을 하려고 했든 악행을 저지르고 있었던 거야.'

그것도 아주 대규모의 악행. 승강기는 둘을 엄브렐러의 비밀 연구 시설로 데려왔고 이곳은 거대했다. 벽에 적힌 숫자로 보아 그는 4층에 있는 것 같았다. 그게 무슨 뜻인지는 몰라도 말이다. 이상한 실험실 같은 곳으로 오기 위해 지나왔던 통로는 20여 미터는 족히 될 것 같은 열린 공간 위로 이어져 있었고, 바닥은 어둠에 가려서 잘 보이지 않았다.

레온은 에이다와 자신이 얼마나 깊숙한 곳까지 들어왔는지 알지 못했고 상관하지도 않았다. 그가 원하는 건 에이다가 하수구에서 찾았다는 지도 같은 것, 화살표로 나가는 곳을 알려주는 명확하고 단순한 약도 같은 것이었다.

'하지만 그건 여기 없어….'

레온은 짜증을 내며 쓸모없는 서류들을 한쪽으로 밀어버렸다. 그러자 강철 테이블 위, 화학 보고서 같은 것 아래에 가려져 보이지 않았던 컴퓨터 디스크가 서류 사이에서 모습을 드러냈다. 디스크를 집어든 레온이 얼굴을 찌푸렸다. 디스크에는 '화물 창고 보안용'이라고 쓰인 잉크가 번진 라벨이 붙어 있었다.

레온은 한숨을 쉬며 그것을 주머니에 집어넣고는 오른손으로 피곤한 눈을 비볐다. 왼팔은 에이다를 승강기에서 내려 방까지 운반한 뒤로는 거의 쓸모가 없는 상태였다. 디스크에 무엇이 저장되어 있는지 알아보기 위해 컴퓨터를 찾고 싶진 않았다. 출구를 찾아 이 방, 저 방을 헤매며 엄브렐러가 마지막까지 무슨 극악무도한 행위를 했는지 알아내고 싶은 마음도 없었다. 그는 피곤했고, 통증에 시달렸으며, 에이다가 걱정스러웠다. 마침내 그는 마음의 결정을 내리고 다시 문으로 돌아갔다. 에이다에게 돌아가 이야기를 해보아야 했다. 출구를 찾을 수 있다고 그녀를 안심시키고 싶었다. 하지만 이곳은 너무나도 거대했다. 에이다가 대강의 방향이라도 알고 있다면, 아니, 층수를 기억할 수만 있다면…. 레온은 문을 열고 복도로 나섰다.

그리고 9밀리미터 구경 권총을 자신의 가슴에 겨냥한 채 앞에 선 한 여자와 마주쳤다. 여자는 피를 흘리고 있었다. 한 팔에서 가느다란 진홍색 핏줄기가 흘러내려 더러운 흰색 실험실 가운을 따라 뚝뚝 떨어지고 있었다. 그리고 그녀의 표정, 번들거리는 커다란 눈에 나타난 기이한 눈빛은 갑작스러운 움직임을 취하는 것이 매우 위험할 수 있다는 사실을 알려주었다.

'오, 하느님. 대체 또 뭐지.'

"넌 내 남편을 살해했어. 너와 네 파트너, 그 여자도. 너희 모두가 윌리엄의 무덤 위에서 춤을 추고 싶겠지만 그렇게는 안 될 거야. 내가 알려줄 게 있거든!"

여자는 약에 취해 있었다. 높고 떨리는 목소리와 경련을 일으키는 피부에서 그것을 알 수 있었다. 레온은 두 손을 양 옆으로 내리고 최대한 침착한 목소리를 냈다.

"난 경찰입니다. 도와주러 온 거예요. 당신을 해칠 생각이 없습니다. 난 그저…."

여자가 피에 젖은 손을 주머니에 쑤셔 넣더니 무언가를 꺼냈다. 보라색 액체가 가득 든 시험관이었다. 그녀는 활짝 웃으며 그것을 머리 위로 들어 올렸다. 권총은 여전히 그의 가슴을 향한 채였다.

"여기 있다! 이게 네가 찾는 거지? 아니야? 내 말 들어 봐. 내 말

들려? 이건 너희들 게 아니야! 내 말 이해하냐고? 윌리엄이 그걸 만들었고 난 그 옆에서 도왔어. 이건 너희들 것이 아니라고!"

"제 것이 아닙니다. 당신이 맞아요. 당신 것입니다. 당연히 당신의 것이…."

레온이 고개를 끄덕이며 천천히 또박또박 말했다. 하지만 여자는 귀를 기울이지 않았다.

"빼앗아갈 수 있을 줄 알았지? 하지만 내가 막을 거야. 이걸 가져가는 걸 막을 거라고. 아직 시간은 충분해. 너와 에이다, 이걸 가져가려는 사람은 누구든 죽일 시간이 충분히 남았어!"

'에이다!'

"에이다를 어떻게 알죠? 그녀를 해쳤습니까? 말해요!"

레온이 반걸음쯤 그녀를 향해 다가가며 외쳤다. 더 이상 침착할 수가 없었다. 여자가 웃음을 터뜨렸다. 유머라고는 없는, 광기 어린 소리였다.

"엄브렐러에서 보낸 여자야. 이 바보 같으니! 에이다 웡, 누구든 이용하고 버리는 여자라고! 그년이 G-바이러스를 훔치기 위해 존을 홀렸어. 하지만 이건 그 여자 것도 아니야. 아니라고! 이건 너희들 게 아니야. 이건 내 거야!"

그때 거대한 충격이 바닥을 뒤흔들며 레온을 넘어뜨렸다. 우르릉대는 진동에 벽이 다 흔들렸다. 쾅, 하는 소리와 함께 천장에서 파이프와 회반죽이 비처럼 쏟아졌다. 곧이어 두꺼운 대들보가 육중한 소음과 함께 여자를 덮쳤다. 콘크리트와 흰색 석고 조각이 그를 때려대자 레온은 머리를 감쌌다.

다음 순간 우뚝 진동이 멈췄다. 레온이 몸을 일으켜 충격에 사로잡힌 채 여자를 쳐다보았다. 방금 무슨 일이 벌어진 건지 알 수 없었다. 여자는 움직이지 않았다. 그녀를 덮친 금속 기둥은 아직 천장에 매달린 상태였고 여자의 팔 한 쪽이 그 아래 깔려 있었다.

그때, 차갑고 또렷한 목소리가 벽 어딘가에 숨겨진 스피커에서 터져 나왔다. 침착한 여자의 목소리에 시끄럽게 울리는 사이렌 소리가 간간이 끼어들었다.

"자폭 시스템이 가동되었습니다. 이 자폭 시스템은 중단할 수 없습니다. 전 직원은 즉시 대피해야 합니다. 자폭 시스템이 가동되었습니다. 이 자폭 시스템은 중단할 수 없습니다. 전 직원은 즉시 대피해야…."

레온이 허둥지둥 자리에서 일어나 쓰러진 여자를 향해 한 걸음 내딛었다. 그리고 몸을 숙여 그녀의 내뻗은 손에서 시험관을 빼낸 뒤 자신의 주머니에 집어넣었다. 그녀가 누군지는 몰랐지만 무엇이 들었는지 모를 시험관 같은 걸 들고 다닐 수 있을 정도로 안정적인 상태가 아닌 건 확실했다.

에이다… 에이다를 찾아내 이곳을 빠져나가야 했다. 골을 지끈거리게 하는 시끄러운 사이렌 소리가 복도를 통해 메아리치며 문을 통해 통로를 달려가는 그의 뒤를 쫓았다. 무심한 듯 말하는 여자 목소리는 곧 폭발이 닥쳐올 것이라는 메시지를 반복하고 있었다.

녹음된 음성은 시간이 얼마나 남았는지 알려주지 않았다. 하지만 레온은 누가 알려주지 않아도 시간이 다 되었을 때 여기에 남아 있어서는 안 된다는 걸 알 수 있었다.

제27장

승강기 통로를 통해 차갑고 어두운 곳을 이동하던 중 유압 브레이크가 끼이익 소리를 내며 승강기가 멈췄다. 그리고 잠시 침묵이 이어졌다. 엔진이 꺼지며 그들을 끝없는 터널 한가운데에 고립시켰다.

"클레어? 무슨…?"

클레어가 한 손가락을 입에 대며 셰리를 조용히 시켰다. 그때 바깥 어딘가에서 사이렌 소리 같은 것이 들려왔다. 반복되는 시끄러운 소음이었다. 누군가 말하는 소리도 함께인 것 같았지만 아주 희미한 웅얼거림만 겨우 알아들을 수 있을 뿐이었다.

"가자. 승강기가 멈춘 것 같아. 여기가 어디인지 한 번 알아보자고. 가까이 붙어 있어."

그들은 승강기에서 나와 승강장으로 올라섰다. 멀게 느껴지던 소음은 이제 더 이상 그리 멀지 않았고, 승강기 뒤편 어딘가에서 나오는 빛도 있었다. 클레어는 셰리의 손을 잡고 함께 빠르게 걸어갔다. 아이를 걱정시키고 싶진 않았지만 지금 들리는 것이 사이렌 소리라는 건 확실했다. 규칙적으로 들리는 찢어지는 듯한 소음 속에 누군가 말하고 있는 것도 분명했다. 클레어는 그 사람이 무슨 말을 하고 있는지 알고 싶었다.

승강기는 서비스 터널 같은 곳에서부터 겨우 몇 미터 아래에 멈췄고, 빛은 터널 천장에 매달린 전구에서 나오는 것 같았다. 문은 없었지만 짧은 통로 끝에 기어가기에 충분한 구멍이 나있었다. 그것으로 만족해야 했다.

'저기 아니면 다시 지상으로 올라가는 수밖에 없어. 지상까지는 1, 2킬로미터 정도일 거야….'

하지만 그럴 수는 없었다. 클레어는 셰리를 위로 올려주고 그 뒤를 따라 올라가기 시작했다. 그리고 셰리 앞으로 가서 몸을 쭈그린 채 어두운 구멍을 향해 걷기 시작했다. 구멍에 가까워질수록 시끄러운 소리도 더 커졌고, 웅얼거림은 여자의 목소리로 바뀌었다. 그녀는 '승강기 고장'이나 '일시적' 같은 말을 기대하며 귀를 기울였지만 여전히 알아들을 수 없었다. 승강기를 버리고 이보다 더 나은 무언가를 만나길 바라는 수밖에 없었다.

클레어가 몸을 돌려 한숨을 쉬며 말했다.

"둘이 같이 기어가야 할 시간이 된 것 같다. 내가 앞장설 테니까 셰리 너는…."

쾅!

그들 뒤로 무언가가 금속판을 뚫고 우레와 같은 소리를 내며 승강기 지붕 위로 추락하는 바람에 셰리가 비명을 질렀다. 클레어가 아이를 붙잡아 가까이 잡아당겼다. 숨조차 쉴 수 없었다.

손, 커다란 손 두 개가 지붕 구멍을 통해 나타났다. 어둠에 휩싸인 두 개의 두꺼운 팔이었다. 그리고 다음 순간 엉망이 된 승강기에서 미스터 엑스의 번들거리는 허연 머리가 나타났다. 마치 별빛 하나 없는 밤하늘에 걸린 죽은 달 같았다.

클레어가 몸을 돌려 셰리를 어두운 구멍 속으로 밀었다. 심장이 쿵쾅대고 갑자기 온몸이 식은땀으로 미끈거렸다.

"가! 얼른 가! 바로 따라갈게!"

셰리가 겁에 질린 생쥐처럼 후다닥 휘어진 어둠 속으로 사라졌고 클레어는 뒤돌아보지 않았다. 너무나도 겁이 나 돌아볼 수조차 없었다. 그녀는 그대로 셰리를 따라 구멍으로 몸을 던졌다. 끝없이 그들을 따라오는 괴물은 너덜너덜해진 승강기 밖으로 기어 나와 다시 한 번 단호한 걸음으로 그들을 따라오고 있었다.

///

에이다는 세 개의 통로가 만나는 어둠 속에서 아네트가 내뱉는 비명 섞인 말들을 주워들었다. 당장 레온을 도우러 달려 나가지 않기 위해 안간힘을 써야 했다. 총성이 들리면 그때 다시 생각해보겠다고 다짐하면서 말이다.

하지만 그때 연구 시설이 심하게 흔들리더니 무미건조한 안내 음성이 반복되기 시작했다.

'빌어먹을!'

에이다는 아네트를 향해 화를 내며 비틀비틀 일어섰다. 이것이 무슨 의미인지 알기에 레온을 향한 안타까운 마음이 고개를 들었다. 아네트가 자폭 장치를 작동한 것이다. 이제는 이곳을 빠져나가는 데 10분도 남지 않았다는 뜻이었다.

'그런데 레온은 나가는 길을 모르잖아.'

아니, 그건 중요한 게 아니었다. 아네트가 지니고 있을 것이 분명한 바이러스 샘플을 손에 넣으려면 지금 바로 움직여야 했다. 레온은 지금 신경 쓸 대상이 아니었다. 단 한 번도 그런 적이 없었다. 그리고 이제 와서, 트렌트가 그리도 중요하게 생각하는 바이러스를 구하기 위해 얼마나 어마어마한 일을 겪었는데 이제 와서 그만둘 수는 없었다.

에이다는 세 개의 통로를 연결하는 중심에서 한 걸음 뒤로 물러섰다. 그때 자신을 향해 다가오는 다급한 발소리를 들었다. 아네트의 것이라고 하기에는 너무 묵직한 소리였다. 그녀는 다시 어둠 속으로 몸을 숨기고 서쪽으로 이어지는 통로를 돌아 통로 벽에 몸을 붙였다.

1초 뒤, 레온이 빠르게 지나갔다. 아마 그녀가 기다리고 있을 곳으로 돌아가는 것 같았다. 에이다는 심호흡을 하고 레온을 머릿속에서 지우며 서둘러 아네트를 찾아 서쪽 통로로 건너갔다.

////

에이다는 사라지고 없었다.

"…시스템이 가동되었습니다. 이 자폭 시스템은 중단할 수…."

"닥쳐, 닥치라고!"

레온이 방 한 가운데 선 채로 소리쳤다. 뱃속이 뒤틀리는 듯 긴장되고 절로 주먹이 꽉 쥐어졌다.

사이렌 소리를 들었을 때 당황하여 도망친 것이 분명했다. 아마 이 거대한 시설 안에서 길을 잃고 헤매고 있을 것이었다. 어쩌면 이 끔찍하도록 침착한 목소리가 반복되고 사이렌이 시끄럽게 울려대는 와중에도 그를 찾고 있을지 몰랐다.

'지하철!'

레온은 몸을 돌려 다시 문을 통과했다. 그런데 승강기는 없었다. 그것이 있던 자리에는 약 1미터 깊이의 거대한 구멍만 입을 벌리고 있을 뿐이었다. 에이다를 찾는 데 온통 집중한 나머지 승강기가 거기 없다는 것조차 알아채지 못했다.

'터널을 찾아야 해. 반드시! 지하철이 사라졌으니 꼼짝없이 여기 갇혔다고!'

마음속으로 고함을 지르며 레온은 몸을 돌려 통로를 향해 다시 달렸다. 너무 늦기 전에 에이다를 찾을 수 있기만 바랄 뿐이었다.

////

기어갈 정도의 구멍이 갑자기 끝나며 약 2미터 아래에 빈 터널이 나타났다. 귀가 멍하고, 입은 바싹바싹 말랐다. 셰리는 네모난 구멍 가장자리를 꽉 잡고 눈을 감은 다음 몸을 내려 거기 매달렸다.

구멍 아래로 몸을 내린 셰리는 몸이 곧게 펴지자마자 잡은 손을 놓았다. 오른 다리가 접힌 채로 비스듬하게 착지하는 바람에 충격을 받았지만 통증은 거의 느껴지지 않았다. 아이는 네 발로 허겁지겁 일어서 비킨 다음 위를 올려다보았다.

클레어가 나타났다. 그녀의 머리가 보이고 겁에 질린 커다란 눈이 셰리가 무사한지, 그곳이 텅 비었고 안전한지 확인했다. 셰리는 무사했다. 문제는 사이렌이 울리고 불길한 여자의 목소리가 끊임없이 뭐라고 말하고 있었으며, 미스터 엑스에게 쫓기는 중이라는 것이었다. 클레어는 최대한 아래로 권총을 쥔 손을 뻗었다.

"셰리, 이것 좀 들고 있을래? 몸을 돌릴 수가 없어."

셰리가 일어서서 손을 뻗어 총을 붙잡았다. 클레어가 놓자 그것이 얼마나 무거운지 깨닫고 새삼 놀랐다.

"아무데도 겨누지 마."

클레어가 속삭이더니 그대로 그곳에서 몸을 날려 몸을 둥글게 말아 머리를 단단히 감싸고 어깨로 착지했다. 그리고 반쯤 공중제비를 돌자 다리가 콘크리트 벽에 그대로 부딪쳤다.

셰리가 괜찮으냐고 묻기도 전에 클레어가 몸을 일으키고는 총을 받아 복도 끝에 있는 문을 겨냥했다.

"달려!"

클레어가 소리치고는 한 손으로 셰리의 등을 밀며 자신도 문을 향해 뛰기 시작했다. 스피커의 목소리는 얼른 이곳을 빠져나가라고, 자폭 시스템이 작동되었다고 말하고 있었다.

그리고 그들 뒤로 계속되는 시끄러운 사이렌 소리 사이로 금속이 부서지는 굉음이 울려 퍼졌다. 셰리는 겁에 질려 더욱 빨리 달렸다.

제28장

아네트 버킨은 무너져 내린 차가운 금속 더미 아래에서 기어 나왔다. 여전히 권총을 쥔 채였지만 G-바이러스는 사라지고 없었다. 분노에 찬 비명을 지르려고, 자신을 이 끔찍한 고난에 빠뜨린 신에게 화를 내려고 입을 열자 침과 피가 군데군데 엉겨 쏟아져 내렸다.

'내 거야. 내 거, 내 거라고!'

아네트는 힘겹게 몸을 일으켰다.

에이다는 어떻게 해도 레온에게 착한 사람으로 남을 수 없다는 걸, 그렇게 될 자격이 없다는 걸 되뇌고 또 되뇌었다. 처음부터 끝까지 쭉 그랬다.

'날 용서해요….'

레온은 승강장에서 다시 통로로 돌아와 서쪽으로 달려왔다. 에이다가 걱정되어 마구잡이로 달려간 그의 뒤로 에이다가 어둠 속에서 걸어 나와 그의 등에 베레타를 겨누었다.

"레온!"

그가 몸을 획 돌렸다. 그때 레온의 얼굴에 퍼져나간 안도감에 에이다는 목이 메는 것을 느꼈다. 그리고 그의 기쁨의 표정이 일그러지고 미소가 사라지는 것을 보며 아무 감정도 느끼지 않기 위해 안간힘을 썼다.

'오, 하느님. 제발 날 용서하세요!'

"기다리고 있었어요."

에이다가 말했다. 이토록 매끄럽고 침착하게 느껴지는 자신의 목소리가 하나도 자랑스럽지 않았다. 너무나도 차가웠다.

사이렌이 계속되었고, 그녀의 목소리만큼이나 기계적인 안내 음성은 자폭 시스템을 중단시킬 수 없다고 말하고 있었다. 그에게 설명할, 자신이 버킨이 만든 괴물과 영혼 없는 좀비들만큼이나 끔찍한 괴물이라는 사실을 이야기할 시간이 없었다.

"G-바이러스. 내놔요."

에이다의 말에도 레온은 움직이지 않았다.

"그녀의 말이 사실이었군. 엄브렐러가 당신을 보낸 거야."

레온의 목소리에 분노는 없었다. 다만 에이다가 감당하기 힘들 정도의 고통만이 담겨 있었다. 에이다가 고개를 흔들었다.

"아니, 내가 누구 지시로 온 건지는 당신이 상관할 바가 아니에요. 난, 난…."

몇 년 만에 처음으로, 아주 어릴 때 이후 처음으로 눈물이 쏟아질 것만 같았다. 그리고 자신을 그렇게 만든, 자기 자신을 미워하게 만든 레온이 미워졌다.

"나도 노력했다고요! 공장에서 당신을 떠나려고 했어요. 그런데 그걸 버킨한테서 빼앗아 와야 했어요? 그냥 둘 수 없었냐고요?"

에이다가 소리쳤다. 온몸을 휘감는 분노의 불길 때문에 침착한 태도는 이미 무너져 내린 뒤였다. 레온의 눈에 담긴 동정심을 보며 에이다는 자신의 분노가 사그라지는 것을 느꼈다. 그리고 그 자리에 슬픔의 물결이 밀려왔다. 그녀가 놓친 그와 함께 할 기회, 아주 오래 전에 이미 잃어버린 자신의 일부에 대한 슬픔이었다.

트렌트에 대해 이야기하고 싶었다. 유럽과 일본에서의 임무에 대해, 어떻게 지금 이 자리까지 오게 됐는지, 불행했지만 스파이로서는 성공적인 삶을 살며 벌어졌던 모든 일들에 대해 그에게 털어놓고 싶었다. 자신을 구해준 남자에게 무기를 겨눈 채로 말이다. 다른 곳에서, 다른 때에 만났더라면 사랑하게 되었을지도 모를 그 남자에게.

시간이 흐르고 있었다.

"이리로 넘겨요. 당신을 죽이고 싶지 않아요."

"아니."

레온이 그녀의 눈을 들여다보며 나지막이 말했다.

1초, 또 1초가 흘렀다.

에이다가 베레타를 내렸다.

///

레온은 총알이 날아올 것이라 생각하며 온몸에 힘을 주었다. 에이다가 쏜, 자신을 죽일 그 총알이. 그런데 그녀가 천천히 무기를 내렸다. 어깨가 축 처지고 도자기처럼 매끄러운 한쪽 볼에 눈물이 흘러내렸다.

레온이 참았던 숨을 내쉬었다. 너무나도 많은 감정이 한꺼번에 몰려들었다. 슬픔과 배신감, 그리고 동정심, 그녀의 아름다운 짙은 색 눈동자에 담긴 괴로움.

그때 에이다 뒤의 그림자 속에서 총성 한 발이 울렸다. 에이다의 눈이 커지고 입이 벌어지더니 그녀가 앞으로 넘어졌다. 권총이 바닥으로 떨어지고 그녀의 몸이 난간을 덮치며 그대로 거꾸로 넘어갔다.

"에이다! 안 돼!"

레온이 달려가 몸을 던졌다. 다행히 에이다는 한 팔로 난간을 붙들고 있었다. 그가 그녀의 손목을 잡았다. 에이다의 몸이 바닥이 보이지 않는 어둠 위에 대롱대롱 매달려 있었고 부서진 어깨에서는 피가 솟구쳤다.

"에이다, 꼭 잡아요!"

"내 거야!"

뒤에서 아네트가 속삭이며 다시 권총을 들어올렸다. 남은 한 놈도 쏘고 자신의 것을 되찾기 위해, 그들에게 벌을 내리기 위해….

그런데 총이 너무 무거웠다. 겨눴던 총이 아래로 떨어지고 아네트도 함께 무너졌다. 총과 그녀는 차갑고 어두운 색 금속 통로 위로 떨어졌다. 어둠이, 짙은 어둠이 몸을 감싸듯 올라오더니 마침내 머릿속을 모두 덮고 고통을 가져갔다.

'윌리엄….'

그것이 눈을 감기 전 아네트의 뇌리를 스친 마지막 생각이었다.

////

문이 열리자 시끄러운 소리를 내는 기계들로 가득찬 방이 나타났다. 덜컹대며 떨리는 거대한 기계의 아우성과 쉭쉭대는 소리에 날카로운 사이렌 소리가 묻혔다.

클레어는 셰리를 밀고 당기며 달렸다. 놈이 가까이 있음을 알고 다급하게 빠져나갈 곳을 찾았다.

'놈이 뭘 원하는 거지? 왜 우리를 따라오는 거야?'

그때 거기, 모퉁이 바닥에서 약 180센티미터 높이에 통로가 보였고 바로 아래에는 한쪽으로 쌓여 있는 상자들이 눈에 들어왔다.

"이쪽이야!"

클레어가 외치자 둘은 함께 달렸다. 부르르 떨리는 금속 계기판과 기계에서 쏟아져 나오는 열기를 지나쳐 클레어가 먼저 셰리를 올려 보내고 자기도 뒤를 따랐다.

쾅!

클레어가 고개를 돌리자 거대한 괴물이 방 반대편 문을 무너뜨리고 소음과 열기 가득한 방으로 들어와 두리번거리는 것이 보였다.

통로 끝에 다다르자 금속으로 된 이중 해치 문이 있었다. 그들은 그리로 달렸다. 클레어는 놈으로부터 도망칠 수 있는 방법, 지금까지 어떤 공격에도 살아남은 괴물을 파괴할 수 있을 만한 방법을 떠올리는 것 말고는 다른 어떤 생각도 하지 않았다.

문은 잠겨 있지 않았다. 그들은 또 다른 통로로 들어섰다. 어두운 방 안의 열기는 타오를 듯 뜨거웠다.

하지만 그곳은 막다른 길이었다. 거대한 공간 안으로 여섯 걸음 정도 달려 들어오기도 전에 알 수 있었다. 그들은 주물 공장 안, 높은 곳에 설치된 직원용 통로 위에 서 있었고, 끓는 듯한 열기는 아래에 있는 거대한 용광로에서부터 올라오는 것이었다.

남은 총알은 모두 열두 발, 두 개의 총에 나뉘어 들어 있었다.

클레어는 셰리를 데리고 통로 끝까지 허겁지겁 걸어갔다. 녹은 금속의 진한 주황색 빛이 그들을 은은하게 감쌌다. 무엇이든 태워버릴 정도로 뜨거웠다.

'하지만 어떻게? 어떻게 하면 뛰어내리게 만들 수 있지?'

"셰리. 저리로 가!"

클레어는 통로의 가장 먼 모퉁이를 가리켰다. 하지만 셰리가 고개를 흔들었다. 아이의 작은 얼굴은 두려움으로 떨리고 있었다.

"가! 얼른!"

클레어가 소리쳤다. 그러자 셰리가 두려움의 비명과 함께 달려갔다. 열린 데님 재킷의 깃 사이로 목에 달린 목걸이가 흔들렸다.

'사진 같은 걸 넣는 게 아니라고….'

그때 셰리가 비명을 질렀다. 클레어가 돌아보자 미스터 엑스가 다가오고 있었다.

놈이 방 안으로 걸어 들어왔다. 처음 보았을 때처럼 뻣뻣하고, 거대하면서, 믿을 수 없을 정도로 인간과는 거리가 먼 존재였다. 으스스한 주황색 빛이 그를 더욱 무서운 악몽 속 존재처럼 보이게 만들었다. 클레어는 그 자리에 서서 아이언스의 총을 반바지 허리춤에 끼웠다. 아직 채 완성되지 않은 계획이 겁에 질린 머릿속을 스쳤다. 통할 리가 없었지만 일단은 시도해봐야 했다.

'놈이 날 잡으려 하면 난간을 뛰어넘는 거야. 난간에 매달리고 놈은 그대로 떨어진다….'

미스터 엑스가 멍한 시선을 클레어에게 돌리고는 바닥이 흔들릴 정도로 무거운 걸음을 떼며 다가왔다. 얼굴과 목에 난 검은 총알구멍은 매끄럽고 끔찍한 호박색 불빛 아래 그저 작은 어둠처럼 보이기만 했다.

그때 괴물이 셰리를 향해 몸을 돌리고 주먹을 들어 올리더니 아이를 향해 걸어가기 시작했다.

"야! 여기야! 나 여기 있어!"

크게 외쳤지만 놈은 그 소리를 듣지도, 클레어를 보지도 않았다. 놈의 모든 신경은 벽에 붙어 몸을 쭈그린 채 목걸이를 꼭 쥐고 흐느끼고 있는 셰리에게 집중되어 있었다.

그 순간, 클레어는 놈이 무엇을 원하는지 깨달았다. 셰리와 아네트로부터 들었던, 반쯤은 잊힌 말들이 번득이며 합쳐져 해답을 만들었다. 저건 그냥 목걸이가 아니었다.

'G-바이러스, 엄브렐러에서 아이를 찾아내면 그걸 가져갈 거

야… 행운의 부적….'

"셰리! 놈이 원하는 건 그 목걸이야! 나한테 던져!"

만일 잘못된 판단이라면 둘 다 죽은 목숨이었다. 미스터 엑스가 아이를 향해 더 다가가며 클레어의 시야를 가렸다.

그때 그 펜던트, 아네트 버킨이 어린 딸에게 맡겼던 G-바이러스가 담긴 펜던트가 뜨거운 어둠 속을 날아 클레어 앞 바닥에 떨어졌다.

미스터 엑스가 휙 몸을 돌리더니 검은 눈으로 날아간 펜던트의 궤적을 좇았다. 목걸이가 날아간 바로 그 순간 셰리 따위는 잊어버린 것이 분명했다. 그 생각이 옳았다.

'잘했어!'

클레어가 그것을 집어 올려 괴물을 향해 흔들었다. 거대한 괴물이 흔들림 없이 자신을 향해 다가오기 시작하자 말로 표현할 수 없는 분노와 악의에 찬 기쁨이 몰려왔다. 놈은 다시 주먹을 들어 올리고 반짝이는 목걸이에 모든 정신을 집중했다.

"이거 갖고 싶어?"

클레어가 약 올리듯 외쳤다. 분노와 함께 하고 싶었던 말이 쏟아져 나왔다. 지금껏 낭비한 총알과 셰리와 함께 겪어야 했던 두려움과 공포에 화가 솟구쳤다.

"그래? 그럼 와서 가져가. 이 불쌍하고 멍청한 괴물아!"

놈이 1.5미터도 채 떨어지지 않은 곳까지 왔을 때 클레어는 몸을 돌려 펜던트를 부글거리며 타오르는 용광로 속으로 던졌다. 목걸이가 액체 상태의 강철 속으로 사라졌다.

그러자 끝없이 이어지는 밤 내내 그들을 따라다니며 괴롭혔던

초인적인 괴물이 그대로 난간을 향해 걸어갔다. 놈의 강력한 움직임에 금속으로 된 난간이 힘없이 끊어졌다.

그리고 미스터 엑스는 조용히 거대한 용광로 속으로 빠졌다. 액화된 금속의 거대한 물결이 까맣게 탄 가장자리 위로 지글거리며 넘쳐흐르자 동시에 놈의 어두운 형체로부터 불길이 솟아올랐다. 이내 놈이 수면 아래로 자취를 감추었다.

승리의 기쁨은 달콤하고도 행복했다. 하지만 그때 녹음된 차가운 목소리가 들려오며 미스터 엑스가 용암으로 목욕하는 모습을 바라보는 즐거움을 앗아갔다.

새된 기계적 사이렌 소리 위로 여자의 목소리가 들려왔다.

"최소 안전거리까지 이동할 시간이 5분 남았습니다. 전 직원은 즉시 대피해야 합니다. 최하층 승강장으로 모이기 바랍니다. 반복합니다. 최하층 승강장으로 모이기 바랍니다. 반복합니다…."

셰리가 어느 새 옆에 다가와 있었다. 클레어는 아이의 손을 잡고 달리기 시작했다.

////

고통은 끔찍했다. 에이다는 눈을 감고 이대로 죽게 되는 것일까 생각했다.

"에이다, 꼭 잡아요! 꼭 잡아! 내가 끌어올려줄게요!"

고막을 찢을 듯 시끄럽게 울리는 사이렌 소리를 뚫고 자폭 시간까지 카운트다운이 시작된 것이 들렸다. 5분이 남았다.

'날 구하려다간 둘 다 죽게 돼.'

자신을 붙잡은 레온의 손은 강했고, 그의 애원하듯 당황한 목소리에 담긴 결의는 그녀의 의지만큼이나 강력해 보였다. 하지만 에이다의 뜻이 더 강했다.

에이다는 고개를 들어 레온을 바라보았다. 이 모든 일을 겪고도 자신이 살아남기를 바라고 있었다. 그는 에이다를 끌어올려 안전한 곳까지 안고 갈 셈이었다.

'이번엔 안 돼요. 난 안 돼….'

지금껏 에이다의 삶은 이기심으로, 자아와 탐욕으로 가득 차 있었다. 그녀는 선량한 사람들이 죽는 것을 많이 보았고, 그러는 동안 어느 시점에선가 그런 사람들에게 관심을 기울이는 방법을 잊어버렸다. 그런 시도조차 시간 낭비이자 약점에 불과하다고 믿었다.

'하지만 내가 틀렸어. 나는 이기적이고, 틀렸었어. 그리고 이젠 너무 늦었지.'

아니, 늦지 않았다. 아래에서 무엇이 기다리고 있든 간에 결정은 내려졌다.

"레온, 아래로 내려가 서쪽으로 가요. 화물 창고를 찾아요. 플라스틱 의자가 줄줄이 늘어선 곳을 지나면 있어요. 디스크가 필요할 텐데, 내 주머니에 보면…."

"에이다, 내가 가지고 있어요! 화물 디스크, 나한테 있어요. 내가 찾았어요! 말하지 말고, 그냥 꼭 잡아요. 내가 올려줄게요!"

레온이 손을 놓지 않으려 애쓰며 난간을 더듬거렸다. 말하는 게 너무나도 힘들었지만, 끝까지 마쳐야 했다. 너무 늦기 전에 다 말해야 했다.

"암호는 345예요. 승강기로 가요, 레온. 그걸 타고 아래로 내려가요. 지하철, 터널이 밖으로 이어져요. 전속력으로 달려야 해요. 그리고 버킨을 조심해요. G-바이러스 감염자… 지금 이 순간에도 변화하고 있다고요. 알았죠?"

레온이 고개를 끄덕였다. 타는 듯한 그의 푸른 눈에 에이다의 모습이 가득 채워졌다.

"꼭 살아요."

그녀가 말했다. 하고 싶었던 말이었다. 마지막으로 남기기에도 훌륭한 말이었다. 자신은 지쳤고, 임무는 끝났으며, 레온은 살 것이었다.

에이다는 난간을 놓았다. 레온이 그녀의 이름을 외쳐 불렀지만 그 목소리는 마치 달콤하고도 씁쓸한 안녕처럼 에이다를 따라 어둠 속으로 떨어졌다.

제29장

셰리는 여전히 겁이 났지만 미스터 엑스는 죽었다. 처음부터 자신을 쫓던 것은 그놈이 분명했다. 경찰서에서부터 따라오던, 자신을 갈기갈기 찢어놓고 싶어 했던 바로 그 괴물 말이다.

하지만 그런 생각을 할 시간이 없었다. 클레어는 셰리를 붙들고 왔던 길을 전속력으로 되돌아갔다. 기계실을 통과해, 구멍이 있던 통로를 지나, 모퉁이를 돌아….

그때 좀비 한 놈이 비틀비틀 다가오는 바람에 셰리가 비명을 질렀다. 먼지투성이 뼈로 만들어진 것 같은 창백한 놈이 나타나자 클레어가 총을 들어 쏘았다.

탕! 바싹 마른 흰색 머리통이 쑥 들어가더니 놈이 신음을 흘리며 바닥으로 쓰러졌다. 클레어는 다시 아이를 끌고 시신을 넘어 복도 끝에 있는 문으로 달렸다.

승강기였다. 클레어의 손에 이끌려 안으로 들어간 셰리는 한쪽 벽에 기대 쓰러진 채 숨을 가다듬으려 애썼다. 클레어가 버튼을 눌렀다. 미스터 엑스로부터 전속력으로 도망친 후라 승강기는 마치 조용히 노래를 부르며 기어가는 것처럼 느껴졌다.

"나갈 수 있어. 조금만 더 참아."

클레어가 헐떡이며 말했다.

셰리가 고개를 끄덕였다. 안전한 거리까지 가는데 4분이 남았다는 목소리에 심장이 더욱 거세게 뛰었다.

////

레온은 일어서서 걸어가는 방법을 잊은 것만 같았다. 난간을 놓기 직전, 그녀의 침착하고도 아름다웠던 얼굴이 눈에 선했다. 그녀는 사라졌다. 에이다는 죽었다.

베레타를 집어 들자 다시금 슬픔이 밀려왔다. 무기는 아직도 에이다의 체온이 남아 따뜻했다. 그리고 너무 가벼웠다. 총알이 없기 때문이었다. 탄창마저 들어있지 않았다. 그녀는 그를 해칠 생각이 없었다. 거짓말, 처음부터 모두 거짓말이었지만 절대 그를 해칠 생각은 없었다.

"…안전거리까지 이동할 시간이 4분 남았습니다. 남아 있는 직원은 즉시 대피해야 합니다. 최하층 승강장으로 모이기 바랍니다…."

4분. 에이다가 남긴 마지막 말대로 하기 위한 시간이 4분밖에 남지 않았다.

그는 일어서서 문을 향해 몸을 돌렸다. 그리고 잠시 멈춰 주머니에 손을 넣은 뒤 보라색 액체로 가득 찬 작은 시험관을 꺼냈다. 시간이 없었지만 팔을 뻗어 그 작은 샘플을 최대한 세게, 자신으로부터 최대한 멀리 던지는 데엔 1초면 충분했다.

그렇게 많은 죽음을 가져온 실험실이 불에 탈 것이라면 G-바이러스도 함께 타야 옳았다.

///

"그래, 이거야!"

승강기 문이 열리자 지하철이 있었다. 은색으로 빛나는 비밀 지하철이었다. 전원이 꺼져 있는지 조용하고 어두웠다. 클레어가 원했던, 금방이라도 달려 나갈 듯 시동이 걸려 있는 상태는 아니었지만 그래도 단연코 지금까지 보았던 그 어떤 것보다도 아름다운 탈 것의 모습이었다.

셰리를 꼭 붙든 채로 클레어는 차량 세 개가 연결된 지하철 앞의 문으로 달렸다. 시끄러운 사이렌이 여전히 콘크리트 터널 안에 울려 퍼지고 있었다. 여자의 밋밋한 목소리, 이미 한참 전부터 너무나도 미워하게 된 그 목소리가 이제 최소 안전 거리까지 가는 데 3분밖에 남지 않았다고 말하고 있었다.

그들은 서둘러 차에 올랐다. 의자도 없이 그저 승객들이 설 수 있는 텅 빈 공간뿐이었지만 상관하지 않았다. 계기판은 왼쪽에 있었다.

"얼른 출발해보자고."

클레어가 말하자 셰리의 지저분하고 지친 얼굴에 밝은 희망의 빛이 떠올라 클레어는 아주 잠시 마음이 찢어질 듯 아파오는 것을 느꼈다.

'오, 셰리.'

클레어는 재빨리 고개를 돌리고는 조종간으로 가는 계단을 올랐다. 지하철이 움직이지 않는다면 셰리를 안고 터널을 달려가리라고 조용히 다짐하면서. 그 두 눈에 담긴 연약한 희망의 빛이 사라지는 걸 보지 않기 위해서라면 무슨 일이든 할 생각이었다.

////

에이다가 알려준 암호와 수술실에서 찾아낸 보안 디스크 덕분에 에이다가 말한 대로 쉽게 문을 열 수 있었다. 넓은 해치 문이 열리며 짧은 복도가 나타났다. 3분밖에 남지 않은 상태로 레온은 추운 복도를 전속력으로 달려 또 다른 지나치게 넓은, 정면에 생물학적 위험 표시가 붙은 문을 통과했다. 문을 지나니 바로 화물 창고가 나타났다.

멈춰서 제대로 돌아볼 시간이 없었다. 그의 초점은 살아서 이곳을 빠져나갈 수 없다는 경고가 들려오기 전까지 승강기에 오르는 것에만 맞춰져 있었다. 레온은 기이한 붉은 빛이 도는 넓은 방의 뒤편으로 달려가 커다란 창고 형태의 승강기를 작동시키는 계기판을 찾아 내려가는 버튼을 눌렀다. 당장이라도 뛰어들어갈 준비가 끝났다.

하지만 아무 일도 벌어지지 않았다. 승강기 문 위로 스무 개쯤 되는 불빛이 줄을 이루며 내려가는 순서대로 반짝이기 시작한 것 말고는 말이다. 그것도 너무 느렸다.

레온은 앞으로 나아가 다시 한 번 버튼을 눌렀다. 승강기가 기어가듯 내려오며 층마다 몇 분쯤 되는 시간 동안 멈춰 서있는 것을 보고 둔한 충격 같은 것을 느꼈다. 그러는 사이에도 사이렌은 큰 소리로 울렸고, 실험실이 파괴되기까지의 카운트다운도 점점 더 끝을 향해갔다.

"제기랄!"

레온이 몸을 돌렸다. 조금만 더 기다렸다가는 고함이라도 질러야 할 것 같았다. 그리고 처음으로 자신이 들어와 있는 방 안을 제대로 돌아볼 수 있었다.

방 벽을 따라 길게 이어진 두 개의 높고 넓은 선반에는 아주 특이한 '화물'들이 세워져 있었다. 각 선반에 늘어선 여섯 개의 거대한 유리관에는 투명한 붉은색 액체 말고는 아무것도 없었다. 하지만 레온은 그것을 바라보는 것만으로도 등골이 오싹해지는 것을 느꼈다. 원통형의 각 유리관은 성인 남자 한 명이 들어갈 수 있을 정도로 컸다. 대체 무슨 목적으로 그것을 만든 것인지 궁금해졌다.

'중요하지 않아. 이제 몇 분만 있으면 산산조각 날 테니까. 그리고

이 망할 승강기가 빨리 올라오지 않는다면 나도 그렇게 될 거야.'

레온은 승강기로 다시 몸을 돌렸다. 상실감과 슬픔 말고도 다른 감정, 분노나 짜증 같은 것이 느껴지는 게 오히려 다행처럼 느껴졌다.

그때 엘리베이터 위로 천장이 부르르 떨리며 흔들리기 시작했다. 레온은 뒤로 물러서 매그넘으로 천장을 조준했다. 그리고 다음 순간, 천장이 그대로 무너져 내렸다.

지하철에서 보았던 바로 그 괴물이 그의 앞으로 떨어졌다. 에이다를 해쳤던, 그를 죽였어야 마땅한 바로 그 악마 같은 놈이었다.

'버킨?'

놈이 이상하게 생긴 머리를 뒤로 젖히고 울부짖자 그 격렬한 야생동물 같은 소리가 사이렌 소리를 모두 덮었다. 그제야 레온은 놈이 아까 마치지 못한 일을 끝내기 위해 돌아왔다는 것을 깨달았다.

////

지하철은 움직일 준비가 되었다. 전원이 들어왔으니 이제 출발하기만 하면 되었다. 다만 터널 문을 조작하는 장치가 오작동하는 것이 문제였다. 계기판은 초록색 불로 가득했지만 단 한 개의 빨간 불이 문을 손으로 열어야 한다는 사실을 알려주었다.

안전한 곳까지 도달해야 하는데 남은 시간은 2분.

'안 되겠어. 제때 못 나갈 거야.'

"여기에 있어."

클레어가 셰리에게 당부하고는 조작 장치를 찾아 밖으로 나갔다. 아무 문제도 일어나지 않기를 기도하면서.

////

괴물이 자신을 향해 다가오기 시작하자 레온은 몸을 돌려 도망쳤다. 강력한 한 발을 내딛을 때마다 그 소리가 방 안에 크게 울렸고, 놈이 질렀던 끔찍한 비명의 메아리는 아직도 방 안을 맴돌고 있었다.

'생각해!'

산탄총으로는 충분하지 않았다. 취약한 부분을 공격해야 했다.

'눈, 매그넘을 써.'

레온이 다시 문으로 돌아왔다. 몸을 돌려 놈의 얼굴을 향해 매그넘을 조준하고 방아쇠를 당겼다.

하지만 얼굴이 다시 바뀌고 있다는 것이 문제였다. 놈이 입을 벌려 괴성을 지르는 동안 턱이 아래로 떨어지더니 그대로 사라졌다. 뾰족한 이빨인지 발톱인지 모를 거대한 것이 입의 남은 부분에서 미끄러지듯 생겨나 고동치는 가슴 위에서 비죽이 튀어나왔다. 그리고 돌연변이를 일으키는 놈의 목에서 또 한 번 비명이 터져 나오자 두 개의 새로운 팔이 양 옆에서 펼쳐지는 것이 보였다. 팔다리가 제자리를 찾아 들어갔다. 팔꿈치가 맞춰지고, 끝에서부터 두꺼운 벌레 모양의 발톱이 달린 손가락들이 자라났다.

탕! 탕! 탕!

총알은 모두 표적을 찾아 쭉 찢어진 왼쪽 눈 바로 위의 팽팽히 당겨진 피부를 파고들었다. 이번에는 괴물이 고통스러운 듯 고함을 질렀다. 부서진 뼈와 고름 같은 보라색 액체가 튀었고, 짙은 색 피가 흘러내려 노란 눈동자를 가리는 것도 보였다.

놈이 고개를 앞뒤로 흔들며 더 많은 액체를 쏟아내더니 마치 돌연변이 개구리처럼 쭈그려 앉았다. 그러고는 공중으로, 오른편으로 날아올랐다가 동물과 같은 신음과 함께 2미터가 넘는 선반 하나에 가볍게 착지했다.

'젠장, 어떻게 저렇게 하는 거야.'

놈의 눈을 볼 수 없었다. 이제는 구부러진 등 말고는 아무것도 볼 수 없었다. 하지만 놈은 다시 변화하고 있었다. 축축한 우지끈, 소리가 들리고 옹이진 척추 뼈가 푸르스름한 등 피부를 통해 올라오는 것이 보였다. 그것이 무엇으로 바뀌는지 보고 싶지 않았지만 승강기는 아직도 도착하지 않았고, 이제 시간은 2분밖에 남지 않았다.

레온은 탄창 하나를 꺼내 제자리에 끼우고는 눈앞에 보이는 것을 향해 총을 발사했다. 여섯 개의 다리가 달린, 이제는 전혀 인간처럼 보이지 않는 괴물이었다.

한 발이 근육질의 어깨에 박히자 놈이 펄쩍 뛰어 올랐다. 마치 야생의 거대한 동물처럼 괴물이 바닥으로 뛰어내리더니 레온에게서 1미터 남짓 떨어진 곳에 착지했다. 가슴팍은 기이하게 생긴 이빨 혹은 가시의 벽으로 바뀌어 헐떡이는 숨과 함께 열렸다가 닫히기를 반복했다. 변화를 마친 놈이 다시 괴성을 지르자 그것은 이제껏 단

한 번도 들어본 적 없는, 마치 저주 받은 천 개의 영혼들이 죽어가며 지르는 비명 같은 소리로 바뀌어 있었다.

레온은 움직이는 이빨을 향해 두 발을 쏘아 맞힌 뒤 비틀비틀 멀어졌다. 지치지 않고 계속되는 사이렌 소리 아래로 승강기가 도착했음을 알리는 경쾌한 땡, 소리가 들렸다.

////

클레어는 지하철 앞으로 달려가 얼굴을 찌푸린 채로 터널 벽에 설치된 일련의 손잡이와 스위치들을 살펴보았다. 그리고 10초도 지나지 않아 붉은색과 흰색으로 된 손잡이를 찾아 힘껏 아래로 당겼다. 지하철 앞 어딘가에서 금속이 갈리는 소리가 들리자 문으로 돌아가기 위해 몸을 돌렸다.

다시 금속성 소리가 들려왔다. 하지만 이번에는 강철이 찢어지고, 깨지고, 구부러지며 구겨지는 소리였다. 지하철 뒤 어딘가, 터널 뒤편 어딘가에서 들려오는 소리였다.

'말도 안 돼!'

클레어는 다시 어둠 속으로 이어지는 닫힌 문의 금속 창살을 지나 지하철 뒤편을 노려보았다. 그때 뼈가 콘크리트에 닿아 으스러지는 소리와 묵직하게 갈리는 소리가 다시 한 번, 또 한 번 반복되는 것을 들었다.

발자국 소리.

클레어가 문으로 달려갔다. 미스터 엑스일 리가 없었다. 그럴 수가 없었다. 놈은 녹아서 사라졌다. 그리고 이제는 G-바이러스도 그들 손에 없었다.

그때 약 10미터 떨어진 곳의 어두운 창살 너머에서 무언가가 움직이는 것이 언뜻 보였다. 키가 큰 형체에서 연기가 피어오르고, 숨이 막힐 듯한 타는 냄새가 느껴졌다. 그것이 그림자 밖으로 나와 지하철 뒤로 다가왔다. 불에 그슬린 거대한 주먹을 들어 올린 채였다.

콰앙!

지하철이 덜컹거리며 흔들렸다. 클레어는 그제야 알았다. 그것이 미스터 엑스임을, 그리고 그놈은 지옥에서 온 악마가 분명하다는 사실을.

승강기를 타고 오면서 남은 총알을 합쳐보니 총 열한 발이었다. 턱도 없이 부족한 수였지만 이게 남은 전부였다.

클레어는 남은 총알이 모두 담긴 아이언스의 총을 들어 올리며 이것이 마지막이 아닐까 생각했다.

레온은 달렸다. 오른편의 선반을 돌아, 곧장 승강기를 향해 달렸다. 바로 뒤에서 시끄러운 발소리가 그를 바짝 뒤쫓고 있었기에 멈출 수 없었다.

또 한 번 돌자 다시 방 한가운데로 돌아왔다.

다음 순간, 레온은 등에 엄청난 충격을 느끼고 그대로 앞으로 날아갔다. 놈이 자신을 들이받은 것이다. 뜨겁고 물컹거리는 살덩이가 그를 바닥으로 메다꽂았다.

레온이 몸을 굴렸지만 놈은 그의 위에 올라타고 있었다. 두꺼운 다리로 레온을 움직이지 못하게 누르고는 정체를 알 수 없는 액체를 뚝뚝 떨어뜨리는 이빨이 그의 두개골을 그대로 파고들려는 것처럼 공중에 멈췄다. 종양처럼 불거진 눈은 여전히 어깨에 박힌 채 레온을 내려다보고 있었다.

다음 순간, 레온이 침을 흘리는 놈의 턱에 대고 총구를 세게 누른 다음 고함을 지르며 방아쇠를 당겼다. 몸부림치는 놈의 머릿속으로 총알을 그대로 쏟아 부었다.

놈이 허우적대며 비명을 지르다가 레온의 몸에서 내려오며 옆으로 쓰러졌다. 레온은 벌떡 일어나 열린 승강기 문을 향해 그대로 달렸다. 거대한 괴물이 여전히 울부짖는 동안 그는 승강기 안으로 뛰어들어 아래로 내려가는 버튼을 눌렀다.

그때 놈이 다시 부르르 떨고 비명을 지르며 변화하는 것이 보였다. 그와 동시에 놈이 승강기를 향해 다가오며 뼈와 살 조각들을 뱉어내듯 사방으로 흩뿌렸다. 놈은 한 걸음 다가올 때마다 속도를 높였다. 문은 천천히 닫히기 시작했다. 이 무시무시한 놈은 이제 거의 날 듯이 달려오고 있었다.

하지만 레온은 이미 산탄총을 꺼내든 상태였다. 그가 한 발을 장전해 방아쇠를 당겼다. 총알이 놈의 거대한 가슴으로 날아가 박히며 놈을 뒤로 넘어뜨렸다.

그리고 문이 닫혔다. 레온은 아래로 내려가고 있었다. 이제 남은 시간은 1분뿐이었다.

제30장

쾅!

셰리는 지하철이 격렬하게 흔들리는 것을 느꼈다.

'클레어!'

클레어가 밖으로 나오지 말라고 한 것을 알았지만 어쨌거나 문으로 달렸다. 그것이 무엇인지, 자신이 도울 수 있는 일인지 알 수 없었지만 그대로 서 있을 수만은 없었다.

쾅!

다시 한 번 차체가 움직이고 또 한 차례 시끄러운 소리가 탁한 공기 중에 울렸다. 발밑에서 바닥이 부르르 떨렸다. 문에 다다른 셰리는 열림 스위치를 눌렀다. 심장이 쿵쾅거리고 얼굴을 덮은 때 사이로 땀이 흘러내렸다.

문이 스르르 열리자 클레어가 거기 있었다. 셰리의 위치에서는 보이지 않는, 뒤편 어딘가를 향해 총을 겨눈 채였다.

클레어의 시선이 아이를 향해 잠시 번뜩였다. 그녀의 외침은 두려움과 공포로 전율했다.

"나오지 마! 문 닫아!"

셰리가 버튼을 향해 손을 뻗었다가 망설였다. 클레어에게 무슨 일이 있을까 두려웠고 그것이 무엇인지 보고 싶었다.

'얼른 보는 거야.'

아이는 아주 잠깐 고개를 내밀고 클레어가 무엇을 두려워하고 있는지, 무엇이 지하철을 두드려대고 있는지 찾았다. 화학약품과 불에 탄 고기 같은 냄새가 어두컴컴한 승강장을 가득 채웠다. 그것은 뒤편에서….

셰리는 금속 창살로 된 벽 바로 너머에서 지하철을 흔들고 있는, 불에 그슬려 너덜너덜한 놈을 보자마자 비명을 질렀다. 거대한 주먹이 지하철의 강철 벽을 때리는 것이 보였다. 하지만 정말 눈을 뗄 수 없는 건 바로 그 놈의 얼굴이었다.

미스터 엑스.

얼굴과 몸의 피부는 완전히 불타 없어졌다. 검게 녹아내린 두개골에서 연기가 피어올랐지만 눈은 아직도 살아있었다. 붉고 검은 그 눈에서 매캐한 연기가 올라왔지만 여전히 살아 움직였다.

"셰리! 들어가! 당장!"

클레어가 연기가 올라오는 놈으로부터 눈을 떼지 않은 채로 소리쳤다. 금속으로 뒤덮인 붉은색 근육의 거대한 몸체, 무시무시한 눈만큼이나 붉게 타버린 그 몸에서 눈을 뗄 수 없었다.

셰리가 버튼을 누르자 문이 닫혔고 클레어는 총을 쏘기 시작했다.

////

승강기는 내려가긴 했지만 레온이 기대한 것만큼, 지금 이 순간 필요한 것만큼 빠르지 않았다.

널따란 승강장이 마치 미끄럼틀처럼 기울어진 터널로 이어졌고 검은 벽에 붙은 네온 빛이 웅웅 소리와 함께 지나쳤다. 느리게.

"…최소 안전 거리까지 40초 남았습니다…."

"가자, 가자고!"

레온이 속삭였다. 머릿속을 가득 채운 두려움 때문에 몸에서 느껴지는 통증은 잊힌 지 오래였다. 이제 목소리는 최하층 승강장으로 모이라고 알려주지 않고 10초 간격으로 카운트다운만 하고 있을 뿐이었다. 반복되는 지시가 그리도 듣기 싫었건만 듣지 못하는 건 더욱 싫었다. 시간을 알리는 말소리 사이에 이어지는 침묵은 마치 이제 그만 포기하라고 말하는 것만 같았다.

'여기까지 와서 느려터진 승강기 때문에 죽게 되다니….'

레온은 받아들일 수 없었다. 지금껏 너무 많은 일을 견뎌냈다. 자동차 사고가 나고, 클레어를 만나고, 경찰서로 도망쳐 괴물과 에이다, 버킨을 만나고…. 살아남아야만 했다. 그렇지 않으면 지금까지의 모든 일이 물거품으로 돌아간다.

내려가는 승강기 아래로 단단한 바닥 같은 건 없는 것 같았다. 만일 있었다면 달려서 내려갔을 것이다. 승강기는 마치 어둠의 양쪽 면에 파인 홈 같은 것을 따라, 자신은 감히 상상조차 할 수 없는 복잡한 기계장치의 작동원리에 의해 아래로 내려가고 있는 것 같았다.

"…거리까지 20초 남았습…."

레온은 몸을 떨기 시작했다. 온몸을 따라 흐르는 긴장감이 근육을 긴장시켜 숨쉬기조차 힘들었다. 안전거리는 정확히 얼마나 되지? 저 비인간적인 침착한 목소리가 0초에 이르면 그 순간부터 폭발까지는 시간이 얼마나 남은 걸까?

'전속력, 에이다가 전속력으로 달리라고 했는데….'

최소한 지하철만은 빨라야 했다. 그리고 이제 거기에 타기까지는 10초가 남았다. 이상한 승강기는 어둠 속을 향해 여전히 느긋하게 내려가고 있었다.

////

문이 닫혔고 셰리는 안전했다. 적어도 지금 당장은. 클레어의 머리는 빠르게 작동하며 찰나의 순간 동안 몇 안 되는 선택지들을 확인하기 시작했다.

'지하철을 탈선시키게 놔둘 수는 없어.'

놈에게 부상을 입히는 건 불가능했지만 주의를 딴 데로 돌려 도망칠 시간을 버는 건 가능할지도 몰랐다. 셰리에게 지하철 조작법을 알려주었더라면, 지하철이 이미 움직이기 시작해 셰리를 안전한 곳으로 데려갔더라면 얼마나 좋았을까 생각했다.

'하지만 그렇게 하지 못했잖아. 이젠 정말 가야 해.'

녹음된 음성은 안전거리까지 이동할 수 있는 마지막 남은 10초를 카운트다운하기 시작했다. 연기가 피어오르는 미스터 엑스가 또 한 번 찌그러진 지하철 벽을 향해 주먹을 날리는 순간 클레어는 놈의 머리를 겨누고 방아쇠를 당겼다.

다섯 발, 그 중 네 발이 귀가 있을 법한 위치에 놈의 피부를 이루고 있는 기이한 물질에 날아가 박혔다. 다섯 번째 총알은 빗나가고 말았다. 차가운 승강장의 어둠을 통해 폭발성 굉음이 울리기 시작하는 가운데 클레어가 미스터 엑스라고 이름 붙인 괴물이 천천히 그녀를 향해 몸을 돌렸다.

'이제 어떻게 하지?'

녹음된 여자의 목소리가 잠시 클레어의 집중력을 분산시킨 가운데 미스터 엑스가 그녀를 향해 한 걸음 다가왔다. 느릿느릿한 그 걸음으로 놈은 그림자 밖으로 완전히 몸을 빼냈다.

"…삼, 이, 일. 이제는 최소 안전거리가 확보되어야 합니다. 자폭이 5분 후에 시작됩니다. 폭발까지 5분 남았습니다."

사이렌은 여전히 시끄러웠지만 여자 목소리는 입을 다물었다. 어쨌거나 클레어는 알아차리지 못했을 것이다. 그녀의 커다래진 두 눈은 괴물에게 못 박혀 있었다. 놈은 괴상망측했다. 마치 정상적인 현실세계를 비웃기라도 하는 듯 여전히 인간의 형태를 하고 있는 것이 더더욱 기이했다. 몸의 대부분이 검게 타 연기가 나는 피부 조각들로 덮여 있었지만 기이한 살점은 탄력을 잃지 않았다. 타버린 피부 아래로 보이는 붉은 물질들이 마치 진짜 근육처럼 팽창과 수축을 반복했다. 놈은 마치 불타는 건물에서 기어 나온, 껍질이 벗겨진 거인 같아 보였다. 용광로 목욕을 하며 조금이라도 다치긴 한 건지 겉으로 보기에는 아무렇지도 않았다. 또 한 발짝, 놈의 두 팔이 올라가자 쇠창살이 그대로 찢겨 콘크리트 바닥으로 떨어졌다.

'최소한 움직임은 느려. 느린 건 아직 그대로야.'

그것이야말로 이 상황에서 이용할 수 있는 놈의 유일한 약점이었다. 클레어는 지하철 문으로 냅다 달려갔다. 아직도 겁이 났지만 연기가 피어오르는 괴물은 느렸다. 힘은 무척 셌지만 빠르게 움직일 수는 없었다.

그런데 갑자기 미스터 엑스가 걸음을 멈췄다. 놈이 허리를 굽히고 무릎을 구부리더니… 놈의 기형적인 발이 믿을 수 없을 만큼 역동적인 동작으로 콘크리트 바닥을 떨치고 뛰어올라 전속력으로 클레어를 향해 달려오기 시작했다.

아무 생각도 할 수 없었다. 클레어는 오른쪽으로 몸을 피해 성큼성큼 달려오는 괴물을 피해 최대한 빨리 달렸다. 거의 붙잡힐 뻔했다. 놈의 반사 신경은 단순히 빠른 것 그 이상이었다. 마치 피부라는 껍데기를 벗어던지고 나니 움직임이 자유로워지기라도 한 듯, 녹은 금속이 불필요한 것들을 벗겨내고 알짜배기만을 남기기라도 한 듯이 말이다.

클레어가 부서진 대문 위로 뛰어올라 어둠 속으로 몸을 감춤과 동시에 돌덩이처럼 딱딱한 손가락들이 시멘트 바닥을 긁는 소리가 들렸다. 그리고 미스터 엑스가 거대한 한쪽 팔을 들어 올려 방금 전까지 그녀가 있던 곳의 허공을 마구 헤집는 것을 보았다. 놈은 클레어의 내장을 그대로 파낼 생각이 분명했다.

'하지만 왜? G-바이러스도 없는데, 이럴 이유가 없다고!'

클레어는 메아리치는 어둠 속으로 더 깊숙이 달렸다. 스피커에서는 여전히 폭발까지 몇 분 남았는지 침착하게 알려주고 있었다.

////

"폭발까지 4분 남았습니다."

'제길! 제길! 제길!'

답답한 마음에 심장마비가 올 것 같다는 생각이 들었을 때에야 비로소 승강기가 멈추었다. 레온은 두꺼운 금속 문의 손잡이를 잡아당기며 달릴 준비를 했다.

문이 열리며 통로의 벽이 나왔다. 천장에 달린 깜빡이는 형광등이 무미건조한 콘크리트 복도를 비추고 있었다. 어디로 가야 할지 알려주는 표지판은 없었다.

'왼쪽? 아니면 오른쪽?'

망설이며 허비한 몇 초가 곧 죽음으로 이어질 수 있었다. 아직도 살 가망이 남아 있다면 말이다.

선택을 해야 할 때 사람들은 본능적으로 자주 쓰는 손의 방향을 따라간다는 이야기를 어딘가에서 들은 적이 있었다. 라쿤 시티에서 보낸 길고도 긴 밤 내내 운이 따라주지 않았던 것을 고려해 그는 반대편을 택하기로 했다.

왼쪽. 레온은 달렸다. 그의 군화가 바닥을 때렸다. 이렇게 애쓸 필요나 있는 건지, 포기하는 게 나은 건 아닐지 의문스럽기만 했다.

////

부서진 대문에서 멀지 않은 곳에 지하철 위로 지나가는 통로가 보였다. 그리로 올라가는 계단은 짙은 어둠에 가려져 보이지 않았다.

그리고 클레어는 자신을 향해 달려오는 미스터 엑스의 발소리를 들었다. 한 걸음 옮길 때마다 돌연변이의 기이한 살덩이가 시멘트에 부딪치며 철썩 소리를 냈다. 두려움이 그녀를 몰아붙였다. 클레어는 발이 바닥에 닿는 것을 거의 느끼지도 못한 채, 이러다 짙은 어둠 속에서 벽에 그대로 부딪히는 것은 아닐까 걱정조차 못하고 전속력으로 달렸다. 어쩌면 그편이 나을지도 몰랐다. 놈은 터무니없이 강력했고 빨랐으며 죽이는 것이 불가능해 보였다. 놈에게 잡히면 살아남을 수 없었다.

그때 놈의 발소리가 더 커지고 빨라졌다. 무시무시한 발톱이 달린 손가락이 콘크리트 바닥에 긴 고랑을 파는 소리도 들렸다. 놈이 자신을 산산조각 내기 전까지 1초도 채 남지 않은 것 같았다.

클레어는 다시 한 번 오른쪽으로 급히 방향을 틀며 계단을 바로 지나 컴컴한 공간으로 몸을 던졌다. 거대한 미스터 엑스가 나는 듯이 지나쳐갔다. 차가운 바닥으로 떨어지는 순간, 놈이 휘두른 손에서 일어난 바람이 다리를 스치는 것을 느꼈다.

팔을 타고 날카로운 통증이 올라왔다. 시멘트 바닥에 팔꿈치가 깨진 것 같았지만 그녀는 무시하고 바로 몸을 일으켜 어둠 속에서 괴물을 찾았다.

'보이지 않아. 놈은 나를 볼 수 있을까?'

클레어의 손이 오른쪽에서 기울어진 벽을 찾아냈다. 등 뒤와 왼쪽은 모두 시멘트였다. 클레어는 계단 아래 빈 공간에 있었고, 아무 소리도 내지 않는 미스터 엑스가 어디에 있는지 전혀 알 수 없었다. 놈이 어둠 속에서 앞을 볼 수 있다면 이런 상황은 자신에게 아무 도움이 되지 않았다.

클레어는 벽을 더듬어 스위치를 찾아내고는 그것을 눌렀다. 위쪽 어딘가에서 희미한 빛이 들어오며 그림자가 바뀌었다. 그리고 괴물이 15미터도 떨어지지 않은 곳에 서 있는 것을 발견했을 때, 놈이 몸을 돌려 붉은 눈으로 버려진 승강장 위를 훑었다.

놈이 클레어를 찾아냈다. 그리고 표적으로 삼았다. 유일하게 들리는 소리라곤 여전히 연기가 피어오르는 놈의 몸에서 나는 피부 갈라지는 소리뿐이었다. 놈이 계단을 향해 걸음을 떼자 보라색 다리 아래로 시멘트가 으스러졌다.

'여섯 발, 일곱 발쯤 남았어. 눈을 맞혀.'

클레어가 재빨리 그림자 밖으로 나서서 계단을 향해 뒷걸음치며 아이언스의 총을 들고 방아쇠를 당겼다.

탕! 탕! 탕!

미스터 엑스는 또 한 번 공격을 하기 위해 자세를 잡고 있었다.

총알이 놈의 녹아내린 얼굴로 날아가고, 두 발은 클레어를 향해 돌아서는 놈의 두개골을 맞고 튀어 올랐다.

탕! 탕!

클레어는 계단 위에 있었다. 한 걸음 위로 올라섰고, 총알은 맞지 않았으며, 미스터 엑스는 달리기 시작했다. 이대로라면 몸을 돌리기도 전에, 계단을 올라가기도 전에 그녀를 덮칠 것이었다.

'이러다 죽을지도 몰라. 하지만 최소한 그 전에 놈에게 부상이라도 입혀야 해.'

미스터 엑스가 한 걸음, 두 걸음을 내딛으며 둘 사이의 거리를 반으로 좁히는 동안 클레어는 마지막 남은 총알을 헛되이 쓰지 않겠다는 일념으로 다시 권총을 조준했다. 그녀는 죽게 될 것이었고, 유일한 여한이 있다면 셰리를 끝까지 지키지 못한 일이었다. 그리고 마지막으로 바라는 것이 있다면 셰리를 위해 죽기 전에 미스터 엑스를 움직이지 못할 정도로 다치게 만드는 것이었다.

클레어가 총을 발사했다. 괴물의 왼쪽 눈이 폭발하며 짙은 색 액체가 놈의 인간답지 않은 얼굴 위로 터져 나왔다.

'됐어!'

미스터 엑스가 오른쪽으로 몸을 틀었다. 멈추지는 않았지만 더 이상 이쪽을 향해 곧장 다가오지도 않았다. 그래도 여전히 계단 아래쪽을 덮칠 것 같았다. 너무 가까웠다. 남은 한쪽 눈을 쏴야 했고, 시간은 2초쯤 남았다. 클레어는 목표를 향해 조준했다. 그리고….

철컥!

총알이 한 발도 남지 않았다. 괴물은 계단 맨 아래 칸으로 달려오고 있었다. 구운 고기 냄새가 덮쳐오는 가운데 놈이 거대한 한 손을 들었다. 끔찍하고 거대한 놈의 몸이 그녀가 볼 수 있는 전부였다.

클레어가 몸을 공처럼 말아 콘크리트 계단을 굴러 내려왔다. 그리고 비명을 질렀다. 미스터 엑스의 날카로운 손가락이 왼쪽 허벅지를 스친 것이다.

멀리에서 3분 남았다는 목소리가 들려왔다.

제31장

왼쪽이 아니었다. 춥고 텅 빈 복도를 따라 이리 돌고 저리 돌았지만 나오는 것은 창고, 막다른 골목이었다.

"폭발까지 3분 남았습니다."

레온은 몸을 돌려 온 길을 다시 돌아갔다. 그리고 마지막 남은 모든 힘을 짜내어 비틀비틀 달리기 시작했다. 너무나 지쳐서 실망하기도, 다가올 죽음을 걱정하기도, 무의미한 후회를 하기도 힘들었다. 그저 계속해서 움직이는 데만도 남은 모든 에너지가 들어갔다.

이제는 살든가 죽든가 둘 중 하나였다. 결과가 어떻든 이제는 전혀 놀랍지 않았다.

////

계단 아래 바닥으로 떨어진 클레어는 재빨리 일어섰다. 뜨겁게 박동하는 듯한 통증과 함께 다리에서 피가 흘렀다. 비틀비틀 물러서며 몸 상태를 살폈다. 다행히 부러진 데는 없었다.

하지만 찢어진 다리는 이제부터 놈이 자신에게 할 짓의 시작, 진정한 고통의 서막에 불과하다는 걸 알고 있었다.

미스터 엑스는 여전히 계단 난간 너머 몸을 구부린 채였지만, 클레어가 비틀거리며 물러서서 승강장의 부서진 대문으로 돌아갈 즈음 몸을 일으켰다. 놈이 그녀가 있는 방향으로 몸을 돌리자 텅 빈 검정색의 눈구멍에서 진한 색의 끈적거리는 액체가 흘러내리는 것이 보였다. 한 눈이 보이지 않게 되었지만 어떻게든 균형을 되찾고, 방향을 똑바로 잡아 이쪽을 향해 달려올 것이 분명했다. 그리고 무자비한 기계처럼 클레어를 무참히 살해할 것이다. 그걸 막을 길은 없었다.

'이왕 죽을 거라면 폭발로 죽겠어.'

부러진 대문의 창살에 걸려 넘어질 뻔했다. 겨우 균형을 잡았지만 비틀거리며 한 걸음 내딛자 피가 바닥에 쏟아졌다.

'제발 빠르게 끝내주기를.'

"여기! 이걸 써요!"

클레어가 휙 몸을 돌리자 미스터 엑스가 다시 공격을 하기 위해 자세를 잡는 것이 보였다. 그리고 높은 곳, 지하철 위 통로에 누군가가 서 있는 것이 보였다. 여자의 목소리, 여자의 형체였다. 어둠에 가려진 그 사람이 무언가를 던졌다.

'누구?'

그것이 큰 소리를 내며 클레어와 미스터 엑스 사이 콘크리트 바닥에 떨어졌다. 금속이었고, 은색이었으며, 영화에서 본 적이 있었다. 그건 바로 기관총이었다. 클레어는 기관총을 향해 달려갔다. 가능성이 얼마나 희박하든 그녀와 셰리가 살아남을 수 있는 또 하나의 마지막 희망, 또 하나의 기회였다.

클레어는 무기를 향해 팔을 뻗으며 몸을 바닥에 던졌다. 미스터 엑스가 그녀를 향해 달려오는 것이 보였다. 거대한 발소리가 지축을 뒤흔들었다.

클레어는 무거운 총을 들어 올려 바닥을 박차고 몸을 뒤로 던져 똑바로 누웠다. 흔들리는 손이 방아쇠를 찾아내고 몸이 무기를 제대로 붙잡기 위해 움직였다. 개머리판은 바닥에 대고 팔을 비틀어 차가운 금속 총을 꼭 붙든 뒤 겨냥했다.

'제발, 제발!'

괴물이 오직 한 걸음을 남겨둔 곳까지 왔을 때 총알이 폭발하듯 시끄럽게 뿜어져 나오며 클레어의 온몸을 흔들었다. 날아간 총알은 놈의 배에 박혔다. 무수히 많은 총알의 힘만으로 놈이 걸음을 중간에서 멈추었고 이내 뒤로 밀리기 시작했다.

타타타타타타타타타타타타!

흔들리는 총이 손아귀에서 빠져나갈 것 같아 클레어는 더 꽉 붙들었다. 개머리판이 무서운 속도로 바닥을 때려댔다. 총알은 여전히 놈의 배를 향해 퍼부어지고 있었다. 발사되는 속도가 너무나도 빠르고 총알의 양 또한 너무나도 많아서 클레어는 자신이 내지르는 분노와 고통, 환희의 외침을 들을 수조차 없었다.

놈은 여전히 앞으로 움직이려고 했다. 그런데 이상한 일이 벌어졌다. 이상하고도 행복한 일이었다. 놈의 배가 끊임없는 총알 세례에 너덜너덜하게 헤지고 상처가 점점 깊이와 크기를 키워가더니, 울퉁불퉁한 상처에서 흘러나온 검은 액체가 하체를 따라 흘러내리기 시작한 것이다. 미스터 엑스의 입은 마치 눈알이 터져나간 눈구멍처럼 텅 빈 구멍이 되어 벌어졌고, 그곳에서 진한 액체가 쏟아져 나와 냉혹한 얼굴을 가리기 시작했다.

타타타타타타타타타타타타!

클레어는 총구를 놈에게 향한 채 총을 꼭 붙들고 놈이 물결처럼 날아와 박히는 총알을 맞고 서 있으려 애쓰는 것을 지켜보았다. 놈이 피를 흘리는 것을, 놈의 거대한 몸이 마치 압축되듯 무너져 내리고 상체가 가라앉는 것을 지켜보았다.

총알은 계속 발사되었다. 미스터 엑스가 두 팔을 들어 올렸다.

그리고 다음 순간, 미스터 엑스의 몸이 반으로 잘렸다.

놈의 상체가 마치 무거운 고깃덩이처럼 철썩, 소리를 내며 시멘트 바닥에 떨어지고, 다리가 무너져 한쪽으로 쓰러졌다. 기이한 빛깔의 피가 놈의 쪼개진 두 조각 몸뚱이의 경계에서 분수처럼 솟구치자 클레어는 방아쇠에서 손을 뗐다. 빛나는 검은 동그라미가 놈의 부서진 몸 조각 주변에 만들어지며 끈적이는 웅덩이로 변했다. 놈이 죽었다. 설사 죽지 않았더라도 이제는 상관없었다. 놈이 달리는 것만큼이나 빠른 속도로 몸을 일으켜 다가올 수 있는 게 아니라면 미스터 엑스라는 무시무시한 괴물과의 싸움도 드디어 끝이 난 것이다.

'이제 됐어. 시간이 없어. 움직여!'

클레어는 즉시 몸을 일으켰다. 신발 안에서 질척거리는 피도, 그 것의 원인인 다리의 통증도 무시하고 자신의 목숨을 구해준 이름 모를 사람을 찾아 위를 올려다보았다. 하지만 거긴 아무도 없었다. 그리고 소중한 1분이 더 지나갔더라도 총성에 묻히는 바람에 모르고 있었을 것이다.

"셰리! 가야 해. 지금!"

클레어가 소리치며 지하철로 달려갔다.

아무 대답도 없었다. 들리는 소리라고는 귓속에서 웅웅대는 소리와 자신의 떨리는 목소리가 만들어낸 메아리뿐이었다. 셰리를 구하려면….

클레어는 몸을 돌려 달리기 시작했다.

"…폭발까지 2분…."

레온은 조금 더 속도를 높였다. 이리저리 얽힌 터널이 그의 힘겨운 호흡과 숨 가쁜 의식 너머로 희미한 회색빛 형체가 되어 빠르게 지나갔다. 얼마나 많은 모퉁이를 돌고 방향을 바꿨는지 기억도 나지 않았고, 레온은 빠른 속도로 희망을 잃어가고 있었다. 머릿속 한 구석에서는 그냥 이대로 멈추라고, 앉아서 숨이나 돌리라고 속삭이는 목소리도 들려왔다.

그때 그 소리가 들렸다. 그 소리에 의해 절망에 사로잡힌 머릿속 작은 속삭임은 금세 자취를 감췄다.

육중한 기계에 시동이 걸리는 소리가 바로 앞 어딘가에서 들려왔다. 멀지 않았다.

'지하철이야!'

더 빨리, 다리는 자기 것처럼 느껴지지 않는 물컹거리는 고무 같았고, 폐가 터질 것 같았고, 심장은 마구 박동 쳤다. 이러나저러나 이제 끝이 멀지 않았다.

제32장

클레어는 커다란 기관총을 들고 한쪽 다리는 피에 뒤덮인 채 지하철 안으로 달려 들어갔다. 그리고 재빨리 문을 닫는 버튼을 누른 뒤 조종실로 뛰었다. 셰리는 지금 위험하다는 것도, 아슬아슬한 상황이라는 것도 알고 있었기에 아무것도 묻지 않았다. 클레어가 무사하다는 사실에 이루 말할 수 없을 정도로 안도감을 느꼈지만 티 내지 않고 그대로 클레어 뒤를 따랐다.

'괜찮아. 언니도 무사해. 이제 우린 가는 거야.'

스피커에서 들리던 목소리가 이제 조종실 내부에서 작게 들려왔고 작은 계기판에 붙은 사이렌이 시끄럽게 울어댔다.

"폭발까지 2분 남았습니다."

클레어는 희한하게 생긴 기관총을 떨어뜨린 뒤 계기판에 온 정신을 집중한 채 버튼을 누르고, 스위치를 올렸다. 갑자기 시끄러운 기계음이 그들을 감싸고 우르릉대는 소리가 점점 더 커져 클레어는 이를 부드득 갈았다. 셰리는 그것이 미소인지 아닌지 알 수 없었지만 지하철이 덜컹이며 움직이기 시작하자 자신도 모르게 미소를 지었다.

그리고 지하철이 달리기 시작했다. 그들을 승강장으로부터 멀리 데려가기 위해서.

몸을 돌려 셰리가 뒤에 서 있는 것을 확인한 뒤 클레어는 미소를 지으려 했다. 그녀는 한 손을 셰리에 어깨에 올렸지만 아무 말도 하지 않았다. 셰리 역시 입을 다문 채로 무슨 일이 벌어질 것인지 잠자코 기다렸다.

지하철은 점점 속도를 높이며 어둑한 통로와 승강장을 빠르게 지나쳤다. 그들 앞으로 이어진 터널은 어둡고 텅 비어 있었다. 셰리는 클레어의 손에서 온기를 느끼며 우리는 친구라고, 무슨 일이 벌어지든 클레어는 자신의 친구라고 되뇌었다.

그때 어떤 남자, 경찰복을 입은 한 남자가 정면 왼편에서 나타났다. 지하철이 미끄러지듯 그를 스쳐 지나가자 그의 눈이 커다랗게 벌어지며 지저분한 얼굴에 다급한 표정이 어렸다.

"클레어 언니!"

"나도 봤어!"

클레어가 몸을 돌려 조종실에서 달려 나갔다. 금속으로 된 지하철에 발소리가 시끄럽게 울려 퍼졌다. 그녀는 버튼을 누르고 문을 밀어 열었다. 밀폐된 공간을 빠르게 지나가는 지하철의 시끄러운 소음이 더욱 크게 부풀어 올랐다.

"레온! 서둘러요!"

클레어가 외치며 갑자기 휙 몸을 뒤로 빼자 벽 하나가 지나갔다. 레온만큼이나 다급한 표정으로 클레어가 다시 고개를 내밀고 뒤를 돌아보았다. 1초 뒤, 그녀가 몸을 돌려 문을 닫았다.

"아저씨도 탔어요?"

셰리가 물었다. 클레어도 알 리 없다는 걸 알면서도 질문은 그대로 입 밖으로 나왔다.

클레어가 다가와 한 팔을 아이의 어깨에 올렸다. 지하철은 계속해서 더욱 빠르게 달렸고 클레어의 얼굴은 걱정으로 점점 굳어졌다.

스피커의 목소리가 1분이 남았다고 알려주었다.

그때 차량 뒤편의 문이 열리고 레온이 비틀거리며 들어왔다. 그의 팔은 너덜너덜하고 얼룩진 붕대에 묶여 있었고, 머리칼은 짙은 색의 찐득하게 말라붙은 액체로 범벅이 되었다. 하지만 더러운 얼굴 속에서도 눈만은 푸른색으로 빛났다.

"전속력으로!"

그가 외쳤다. 클레어가 고개를 끄덕이자 레온이 한숨을 내쉬었다. 그가 둘을 향해 비틀거리며 다가가자 마치 로켓처럼 빠르게 터널을 달리는 지하철이 앞뒤로 흔들렸다. 그가 한 팔을 클레어에게 두르자, 클레어가 레온을 꽉 끌어안았다.

"에이다는요? 아네… 그 과학자는요?"

클레어가 속삭였다. 레온이 고개를 저었다. 셰리는 그가 울음을 터뜨릴 것 같다고 생각했다.

"아니, 못 찾았어요."

"폭발까지 30초 남았습니다. 29… 28…."

여자의 목소리가 카운트다운을 이어갔다. 숫자는 정상보다 두 배는 빠른 속도로 이어지는 것 같았다. 셰리는 클레어의 따뜻한 품에 얼굴을 묻고 엄마를 생각했다. 엄마, 아빠. 두 분 다 무사히 빠져나갔기를, 어딘가 안전한 곳에 있기를 빌었다.

'하지만 아닐 거야. 아마 죽었을 거야.'

셰리는 클레어의 심장이 두근거리는 소리를 들었다. 그래서 클레어를 더 꽉 끌어안고 그 생각은 나중에 하기로 했다.

"…5, 4, 3, 2, 1. 시스템 완료. 폭파."

1초간 아무 소리도 들리지 않았다. 사이렌 소리가 마침내 멈추고 덜컹거리는 지하철 소리만이 유일하게 들렸다.

다음 순간, 폭발이 일어났다. 처음에는 작은 것 같았던 슈웅, 하는 소리는 계속 이어지고 점점 더 커지더니 마침내 어마어마하게 커졌다.

셰리가 눈을 감았다. 갑자기 지하철이 심하게 흔들렸고 세 사람이 바닥으로 쓰러짐과 동시에 밝은 불빛이 창문을 통해 번쩍였다. 마치 자동차가 충돌하는 것 같은 소리가 사방에서 들려왔다. 지하철 지붕 위로는 무거운 무언가가 비 오듯 투두둑 쏟아져 내렸다.

지하철은 계속해서 달렸다. 계속 달려가다가 어느 순간 빛이 사라졌다. 그리고 그들은 죽지 않았다.

///

눈을 멀게 할 것 같은 섬광이 사라지고 희미해지자 레온은 몸에서 긴장이 빠져나가는 것을 느꼈다. 옆으로 몸을 굴리자 클레어가 일어나 옆의 어린 소녀에게 손을 뻗는 것이 보였다.

"괜찮아?"

클레어가 묻자 아이가 고개를 끄덕였다. 두 사람 모두 레온을 바라보았다. 둘의 얼굴에는 그가 똑같이 느끼고 있는 충격, 피로, 놀라움, 희망이 한데 뒤섞여 있었다.

"레온 케네디, 이쪽은 셰리 버킨이에요."

클레어가 조심스럽게, 하지만 '버킨'이라는 말을 아주 살짝 강조하며 아이를 소개했다. 레온은 강렬한 그녀의 시선 없이도 그 말의 뜻을 이해할 수 있었다. 레온은 이해했다는 의미로 고개를 끄덕인 뒤 아이를 향해 미소 지었다.

"셰리, 이쪽은 레온이야. 처음 라쿤 시티에 도착했을 때 만났단다."

클레어가 말을 이었다.

셰리도 미소로 화답했다. 지친 데다 너무나도 어른스러운 미소는 어딘지 어색했다. 그런 미소를 짓기에 이 아이는 너무도 어렸다.

'엄브렐러가 저지른 또 하나의 악행이군. 아이한테서 동심을 빼앗아가다니….'

몇 초간 그들은 그냥 바닥에 앉은 채 서로를 쳐다보기만 했다. 서서히 미소가 사라졌다. 레온은 정말로 모든 게 끝났다는, 드디어 악몽 같은 곳에서 벗어나게 되었다는 생각을 감히 품을 수 없었다. 그리고 앞에 있는 두 사람이 자신과 똑같은 생각을 하고 있는 것도 알았다. 걱정스러운 듯 찌푸린 셰리의 눈썹에서, 클레어의 지친 회색 눈동자에서 그걸 느낄 수 있었다.

그래서 지하철 뒤편 어딘가에서 금속성 소음이 들려왔을 때 레온은 놀라지 않았다. 찢어지는 듯한 소리에 이어 묵직하고 어딘가 모르게 은밀한 쿵 소리가 들리더니 이내 조용해졌다.

'끝난 게 아니라는 걸 알았어야 했어.'

"좀비일까요?"

셰리가 속삭였다. 빠르게 움직이는 지하철의 덜컹대는 소리에 목소리가 묻혀 거의 들리지 않았다.

"나도 모르겠어."

클레어가 나지막이 대답했다. 그제야 레온은 그녀의 왼쪽 다리가 심하게 찢겨있고 서너 군데 상처에서 피가 조금씩 배어나오고 있는 것을 눈치챘다. 아슬아슬한 탈출에 너무나도 놀란 나머지 이전에는 보지 못했던 것이었다.

"내가 가서 확인해보면 어떨까요?"

레온이 클레어의 행동에서 힌트를 얻어 역시 나지막하고 침착하게 말했다. 더 이상 셰리에게 겁을 줄 필요는 없었다. 그가 일어서서 클레어의 다리를 향해 고갯짓을 했다.

"셰리, 여기에서 클레어랑 있으면서 언니 다리 좀 봐주지 않을래? 난 뒤에 가서 상황을 확인하고 붕대 같은 것이 있나 찾아볼게. 클레어가 움직이지 않도록 해, 알겠지?"

셰리가 고개를 끄덕였다. 아이의 작은 얼굴이 사명감으로 빛나더니 다시 나이에 비해 지나치게 성숙한 표정으로 바뀌었다.

"알겠어요."

"금방 돌아올게."

레온이 말을 마친 뒤 흔들리는 지하철 뒤편으로 몸을 돌렸다. 아무것도 아니기를 빌었지만 그런 기대는 함부로 품어선 안 된다는 것도 알고 있었다. 그는 산탄총을 꺼낸 다음 그리로 향했다.

레온이 문을 열었다. 움직이는 열차 소리가 잠시 커졌다가 그가 밖으로 나간 뒤 문을 닫자 다시 수그러들었다. 클레어의 자리에서는 그가 다음 차량으로 들어가는 걸 볼 수 없었다. 클레어는 자신이 레온과 함께 갈 수 있는 상태라면 얼마나 좋을까 생각했다. 정말로 열차에 무언가가 올라탔다면 셰리는 안전하지 않았다. 아니, 그들 중 누구도 안전하지 않았다.

'그런 생각은 하지 마. 아무것도 아닐 거야. 끝났다고.'

'미스터 엑스가 끝났다고 생각했던 것처럼 말이지?'

"상처는 어떻게 해야 해요? 꾹 눌러야 하죠?"

셰리의 물음에 클레어가 절망스러운 생각에서 깨어났다.

클레어가 고개를 끄덕였다.

"그래, 하지만 우리 둘 다 꾀죄죄한 상태라 오히려 감염의 위험이 있을지도 몰라. 그리고 피가 응고되기 시작한 것 같으니 일단은 레온이 깨끗한 걸 찾아올 때까지 기다려보자….”

말소리가 작아지고 생각은 다시 미스터 엑스로 향했다. 마음 한 구석에 걸리는 것이 있었지만 클레어는 출혈로 인해 조금 어지러운 상태였다.

‘G-바이러스. 놈은 G-바이러스를 찾고 있었어.’

미스터 엑스는 왜 승강장으로 왔을까? 왜 지하철 안으로 들어오려고 했을까? 혹시….

클레어는 어지러운 머리와 욱신대는 다리를 무시하고 일어나려고 했다.

“움직이지 마요. 레온이 가만히 있으라고 했잖아요!”

셰리가 놀란 표정으로 말했다.

몸의 통증 정도는 이겨낼 수 있었을 것이다. 하지만 섣불리 움직였다간 셰리가 금방이라도 겁을 먹을 것 같았고, 그건 견딜 수가 없었다. 지하철에 G-바이러스 괴물이 정말 타고 있다면, 그게 미스터 엑스가 나타난 진짜 이유라면 레온이 놈을 홀로 상대해야 할 상황이었다. 셰리를 두고 갈 수는 없었다. 레온이 돌아오지 않는다면 뒤의 차량을 떼어버리거나 괴물이 다가오기 전에 내릴 수 있도록 지하철을 세울 방법을 찾아야 했다.

클레어는 생각을 접은 뒤 셰리를 위해 억지로 미소를 지었다.

“알았어. 그냥 레온이 두 번째 차량으로 잘 들어갔는지 보고 싶었을 뿐이야.”

그러자 셰리의 얼굴에 안도감이 스쳐 지나는 것을 볼 수 있었다.

“그래요? 하지만 그런 걱정은 하지 마요. 이제 내가 언니를 책임

져야 하니까 절대 움직이면 안 돼요."

클레어가 생각에 잠긴 채 고개를 끄덕였다. 자신의 생각이 틀렸기를, 레온이 얼른 돌아오기만을 빌었다.

탕! 탕! 탕!

레밍턴의 총성은 시끄럽고도 명확했다. 세 발의 총성과 함께 클레어의 혼란한 머릿속에서 희망이 홀연히 사라졌고 셰리는 클레어의 손을 꼭 잡았다. 지하철은 어둠 속을 미끄러져 갔다.

두 번째 차량은 비어 있었다. 레온이 처음 들어갔던 곳과 똑같이 열린 빈 공간은 먼지 덮인 금속 말고는 별로 볼 것이 없었다. 이 탈출용 지하철을 누가 설계했는지는 몰라도 마치 통조림 속의 정어리처럼 엄브렐러 직원들이 빽빽이 서 있기를 의도한 것이 분명했다.

'하지만 지금은 우리 세 명뿐이군. 그리고 허락 없이 몰래 탄 놈 하나도 함께 말이야.'

볼만한 것은 아무것도 없었다. 레온은 그래도 천천히 움직이며 어둑한 모퉁이를 샅샅이 살피고 다음 칸에서 나타날지 모를 괴물을 대비해 마음을 단단히 먹었다. 무엇이 나타나든 화물 창고에서 그를 덮쳤던 괴물보다 나쁠 수는 없을 것 같았다. 그것이 정말 버킨이 맞다면 말이다. 그 괴물이 클레어의 어린 친구와 관련이 있다고 생각하니 단순히 기이한 것을 떠나 터무니없다고 느껴지기까지 했다.

괴물과 미친 여자, 둘 다 목숨을 잃었다. 그런데 그 두 사람이 이 어린 소녀의 부모였다니.

레온은 흔들리는 열차 칸의 뒤편에 이르러 문을 살짝 열고 세 번째 칸을 내다보았다. 다른 생각은 모두 지운 채 마지막 차량에 보이는 것이 있는지 최대한 정신을 집중했다. 어둠, 그밖에는 아무것도 없었다.

'젠장!'

아무것도 없는 것 같아도 자세히 들여다보아야 했다. 레온은 다시 새롭게 아드레날린이 솟구치며 피로감이 사라지는 것을 느꼈다. 분명 아무 일도 아닐 것이다. 하지만 기분이 이상했다. 무언가 잘못된 느낌이 들었다.

'마지막, 이게 마지막이야.'

그가 깊이 숨을 들이쉬고 문을 연 다음 시끄럽게 몰아치는 바깥 공기 속으로 나서서 난간을 붙잡았다. 시끄러운 지하철 소리에 두근대는 심장 박동 소리가 묻혀 들리지 않았다. 그는 마지막 차량으로 움직여 문을 열고 어둠 속으로 들어섰다.

레온은 즉각 산탄총을 들어 올렸다. 뒤로 문이 닫히는 순간 온몸의 모든 감각이 당장 도망치라고 외쳤다. 뒤로 손을 뻗어 더듬더듬 조명 스위치를 찾았다. 어두웠지만 마치 표백제 같은 독한 냄새가 났고 무언가 질척거리는 것이 움직이는 작은 소리도 들렸다.

스위치를 찾아 누르자 차량 중간에 매달린 갓 없는 전구 하나가 깜빡거리다 불이 들어왔다. 그리고 잠시 그는 자신이 미쳐버린 게 분명하다고 생각했다.

이상한 생명체. 한쪽 옆으로 튀어나온 기이한 생김의 박동하는 종양, 마치 눈알처럼 생긴 미끈거리는 구체를 제외하고는 인간과 조금도 닮지 않은 생명체가 거기에 있었다.

'버킨이야.'

놈은 거대했다. 짙은 색의 미끈거리는 물질이 마치 얼룩처럼 넓게 펴져 당겨진 채 차량의 폭을 다 덮고 있었다. 얼마나 키가 큰 건지도 알 수 없었다. 이제 버킨이라고 부르기조차 힘든 괴물에게서는 두꺼운 띠 같은 것이 길게 뻗어 나와 있었고, 축축하고 탄력 있는 점액 물질로 이루어진 촉수가 그 앞의 모든 공간, 천장과 벽, 바닥을 덮었다. 레온이 지켜보고 있는 동안에도 그 괴이한 생명체는 천천히 앞으로 움직였다. 어두운 색의 팔다리가 수축하며 몸을 몇 센티미터 앞으로 끌어당기는 것이었다.

레온이 미친 게 아니었다. 눈앞에 펼쳐진 장면은 현실이었다. 촉수가 다시 한 번 뻗어 나오며 검정과 녹색, 보라색의 어지러운 색깔들이 불쾌하게 뒤섞였고, 차량 안에 붙은 끈적이는 물질은 다시 한 번 형체 없는 덩어리 같은 몸체를 앞으로 끌어당겼다. 몸통 자체는 입을 벌리고 있는 거대한 구렁텅이, 이빨이 달려있는 축축한 동굴에 지나지 않았다.

그리고 당장 혐오감으로 가득 찬 정신을 똑바로 차리지 않으면 놈은 금방이라도 레온에게 덤벼들고 말 것이었다.

레온은 입에 난 거대한 구멍을 겨냥하고 방아쇠를 당겼다. 장전하고 당기고, 장전하고 당기고를 반복했다.

이내 산탄총이 텅 비었지만 반쯤 액체 같은 그 거대한 괴물은 여전히 조금씩 앞으로 움직이고 있었다.

어떻게 하면 놈을 죽일 수 있는지, 방금까지 쏜 총알들이 놈에게 조금이라도 상처를 입히긴 한 건지조차 알 수 없었다. 그의 머리는 해답을 찾아, 이 G-바이러스 괴물의 끔찍한 생을 마감할 수 있는 방법을 찾아 빠르게 움직였다. 마지막 차량을 분리시킬 수도 있었다. 두 차량을 연결하고 있는 장치를 찾을 수 있다면 총을 쏘아 파괴할 수도 있었다.

'하지만 그렇게 하면 놈은 죽지 않겠지. 여전히 살아서 터널 안 어둠 속에서 계속해서 변화하며 완전히 새로운 것으로 바뀔 거야.'

놈이 다시 확장하며 또 한 번 전진했다. 레온은 문을 여는 버튼을 찾아 뒤로 손을 뻗었다. 안타깝게도 차량을 분리시키는 것 말고는 다른 수가 없었다.

'아니야. 혹시….'

그는 잠시 망설이다가 매그넘을 총집에서 꺼내 형체를 알아볼 수 없는 놈을 향해 겨누었다. 고무 같은 피부에 난 쭉 찢어진 구멍 같은 곳으로 바깥을 내다보고 있는 기이한 눈알, 버킨이 어떻게 변하든 늘 따라왔던 그 눈알이 남아 있었다. 그는 정확히 조준한 뒤 방아쇠를 당겼다.

탕!

그 효과는 즉각적이면서도 확실했다. 육중한 총알이 점액 투성이의 눈알을 꿰뚫자 쉬식 거리는 듯한 시끄러운 비명, 혹은 휘파람 소리 같은 것이 이빨 달린 구멍에서 쏟아져 나왔다. 마치 지구상 생명체의 것이 아닌 것 같은, 기계 또는 광기 어린 무언가의 울부짖음 같은 소리가 울려 퍼졌다. 형체 없는 물질에서 뻗어 나와 있던 덩굴손들이 안으로 오그라들며 검정색으로 변해 말라붙기 시작했다.

다음 순간, 놈의 몸이 내부로 빨려 들어가듯 무너지더니 본래 크기의 4분의 1도 안 될 정도의 김이 모락모락 오르는 검정 덩어리로 쪼그라들었다. 바람이 빠진 비치볼처럼 얼어붙은 덩어리는 주름이 지고 줄어들더니 납작하게 무너져 거대한 점액 웅덩이로 변하고 말았다.

"또 한 번 바뀌어 보시지."

레온이 조그맣게 내뱉었다. 이제는 움직이지 않는 죽은 웅덩이 속에서 마지막으로 남은 거품 몇 개가 터졌다. 그는 딱히 아무 생각도 하지 않은 채 잠시 그것을 바라보았다. 그리고 마침내 몸을 돌려 자신을 기다리는 사람들에게 향했다. 드디어 모든 게 끝났다고 말해주어야 했다.

'출근 첫날부터 대단하군.'

그가 생각했다.

"연봉 인상을 요구해야겠어."

누구든 들으라고 한 말은 아니었지만 얼굴 만면에 퍼지는 미소를 참을 수 없었다. 피곤함이 어린 밝은 미소는 금세 사라졌다. 그래도 미소를 짓고 있던 몇 초 동안, 레온은 아주 오랜만에 기분이 좋아진 듯한 느낌이 들었다.

레온이 돌아왔다. 어디선가 점프슈트도 한 벌 찾아와 그것을 가늘게 찢어서는 클레어의 다리를 동여맸다. 그가 말한 것이라고는 이제 안전하다는 것뿐이었지만 셰리는 그와 클레어가 '지금 말고 이따 따로 말해요'라는 표정을 주고받는 것을 보았다. 하지만 너무 피곤한 나머지 신경 쓰지 않기로 했다.

셰리가 클레어의 품으로 파고들자 그녀는 아이의 머리를 쓰다듬었다. 세 사람 모두 아무 말 하지 않았다. 달리 할 말도 없었다. 최소한 잠시 동안은 말이다. 그들은 살아남았고, 어둠 속을 무섭게 달리는 지하철 안에 타고 있었으며, 정면의 멀지 않은 곳에서 은은한 빛이 들어와 조종실 창문을 밝히고 있었다. 셰리는 이제 아침이 된 것 같다고 생각했다.

에필로그

그들은 도시 밖 16킬로미터 떨어진 곳에서 폭발의 여파를 보았다. 이른 아침 햇빛을 뚫고 위로 솟은 검은 구름이 마치 거대한 폭풍처럼 라쿤 시티 위에 무겁게 걸려 있었다.

'구름이 아니면 나쁜 꿈이겠지. 반복해 꾸는 엄브렐러라는 악몽.'

레베카는 자신의 생각을 소리 내어 말하지 않았다. 말할 필요조차 없었다. 존과 데이비드는 스펜서 저택의 악몽을 겪지 않았지만 캘리밴 코브의 연구 시설을 다녀와 엄브렐러가 무슨 짓을 저지를 수 있는지 두 눈으로 똑똑히 보았다. 그들은 알고 있었다.

모두가 입을 다문 가운데 데이비드가 차의 속력을 높였다. 운전대를 잡은 그의 주먹이 하얗게 변했다. 처음으로 존은 그곳에서 무슨 일이 벌어졌을지를 두고 아무 농담도 꺼내지 않았다. 심각한 상황이라는 건 모두가 알고 있었다. 질과 크리스, 배리가 유럽으로 떠나기 전, 질이 또 다시 유출 사고가 벌어진 것 같다는 소식을 보내며 잘 지켜봐달라고 했었다. 전화선이 끊기자 그들은 SUV에 장비를 가득 실어 메인 주를 떠나 이곳으로 왔다. 이번에는 대체 얼마나 많은 사람들이 죽었느냐가 그들이 지닌 유일한 의문이었다.

'이게 정말로 마지막인지도 몰라. 저 정도 폭발이면… 엄브렐러도 쉽게 은폐할 수 없겠지. 상황이 보이는 만큼 심각하다면 말이야.'

존이 마침내 침묵을 깼다. 그의 낮고 부드러운 목소리는 그답지 않게 가라앉아 있었다.

"자폭 장치일까요?"

데이비드가 한숨을 쉬었다.

"그런 것 같군. 정말로 유출 사고가 있었다면 우린 들어가지 않는다. 외곽을 돌아본 다음 래섬으로 구조 요청을 보낼 거야. 엄브렐러에서는 아마 벌써 뒤처리를 할 사람들을 보냈을 거다."

레베카가 존과 함께 고개를 끄덕였다. 그들은 이제 사실상 스타스의 일원이 아니었지만 데이비드는 전에 그들을 지휘했고 거기에는 충분한 이유가 있었다. 일행은 다시 긴장된 침묵으로 빠져들었다. 새벽빛이 닿은 나무들이 빠르게 지나쳐갔다. 레베카는 자신들이 무얼 발견하게 될지 궁금했다.

그때 길을 따라 터덜터덜 걸으며 두 손을 흔드는 사람들이 레베카의 눈에 들어왔다.

"저기요…."

하지만 레베카가 말을 마치기도 전에 데이비드가 이미 브레이크를 밟으며 속도를 늦추고 남루한 행색을 한 세 사람에게 다가가고 있었다. 한 팔에 붕대를 감은 경찰관과 짧은 바지를 입은 젊은 여자는 둘 다 무기를 들고 있었고, 어린 소녀는 너무 커 보이는 붉은색 민소매 재킷을 걸친 채였다. 그들은 감염되지 않았거나 최소한 레베카의 눈에는 감염되지 않은 것처럼 보였다. 그럼에도 그들은 정말 처참한 모습이었다. 찢긴 옷과 창백한 얼굴, 더럽게 묻은 때 아래로 충격에 빠진 듯한 표정은 걸어 다니는 좀비처럼 보이고도 남을 법했다.

"내가 말을 걸어보지."

데이비드가 말했다. 그의 딱딱한 영국 억양은 부드러우면서도 단호했다. 그들이 마침내 라쿤 시티의 생존자들 옆에 차를 세웠다.

데이비드가 창문을 내리고 시동을 끄자 젊은 경찰관이 앞으로 나섰고, 여자는 더러운 팔로 아이의 어깨를 꼭 끌어안았다.

"라쿤 시티에서 사고가 있었습니다."

경찰관이 말했다. 그들은 분명 지치고, 상처 입고, 도움이 필요해 보였지만 그의 어조에는 경계심이 가득했다. 상황이 얼마나 안 좋았는지 보여주는 듯한 조심스러운 태도였다.

"끔찍한 사고예요. 거긴 안 가는 게 좋을 겁니다. 위험해요."

"어떤 사고 말씀입니까, 경관님?"

"엄브렐러 사고요."

데이비드가 눈살을 찌푸리자 젊은 여자가 입을 열었다. 단호하고도 굳은 표정이었다. 여자의 말에 경찰관이 고개를 끄덕였고, 아이는 여자의 골반 쪽으로 얼굴을 묻었다. 존과 레베카가 시선을 교환했고 데이비드는 잠긴 문을 여는 버튼을 눌렀다.

"정말입니까? 매우 끔찍한 사고였겠군요. 원하신다면 도와드리지요. 아니면 도움을 불러 드리겠습니다."

데이비드가 상냥하게 말했다. 그건 질문이었다. 경찰은 여자를 힐끗 돌아보았다가 다시 몇 초간 데이비드와 시선을 맞추었다. 데이비드의 얼굴에서 믿을 수 있는 무언가를 보았음이 분명했다. 그가 여자와 아이에게 앞으로 나오라고 고갯짓했다.

"고맙습니다. 차를 태워주신다면 고맙겠습니다."

경찰관이 말했다. 마침내 피로한 기색이 역력히 드러났다. 데이비드는 미소를 지었다.

"어서 타세요. 존, 레베카, 이분들을 좀 도와드려."

존이 차 뒤편에서 담요 두어 장을 꺼냈고 레베카는 우묵한 바퀴집 옆에 잘 숨겨둔 소총이 눈에 띄지 않게 조심하면서 구급상자를 꺼냈다.

'엄브렐러 사고라….'

레베카는 엄브렐러와 관련된 사고에서 살아남은 것이 얼마나 운이 좋은 것인가를 그들이 알고 있는지 궁금했다. 하지만 그 지치고 공허한 표정을 보니 이미 알고 있을지도 모른다는 생각이 들었다.

데이비드가 차를 돌리기도 전에 그들은 이야기를 나누기 시작했다. 그리고 얼마 지나지 않아 그들은 서로가 많은 공통점을 가지고 있다는 사실을 발견했다. 아이가 잠이 든 사이, 그들은 불타는 도시를 뒤에 남기고 왔던 길을 되돌아갔다.

바이오하자드 3

죽은 자들의 도시

초판 1쇄 | 2017년 7월 6일

지은이 | S.D 페리
옮긴이 | 구세희

펴낸이 | 서인석
펴낸곳 | (주)제우미디어
출판등록 | 제 3-429호
등록일자 | 1992년 8월 17일
주소 | 서울특별시 마포구 독막로 76-1(상수동) 한주빌딩 5층
전화 | (02)3142-6845
팩스 | (02)3142-0075
홈페이지 | www.jeumedia.com

ISBN
978-89-5952-569-0
978-89-5952-481-5(SET)
※파본은 구입하신 서점에서 교환해 드립니다.

제우미디어 소설 공식 카페 | cafe.naver.com/jeunovels
제우미디어 페이스북 | www.facebook.com/jeumedia
제우미디어 블로그 | blog.naver.com/jeumediablog

만든 사람들
출판사업부 총괄 손대현 | **편집장** 전태준 | **책임 편집** 이경인 | **기획** 홍지영, 최현준, 박건우, 장윤선
디자인 경놈 | **제작** 김금남 | **영업** 김영욱, 박임혜